KB100859

| PREMIUM LABEL. op. 007

계모인데, 딸이 너무 귀여워

이 도서의 국립중앙도서관 출판시도서목록은 서지정보유통지원시스템 홈페이지(http://seoji.nl.go.kr)와 국가자료공동목록시스템(www.nl.go.kr/kolisnet)에서 이용하실 수 있습니다. (CIP제어번호: CIP2020046805)

I

계모인데 딸이 너무 귀여워

이르 장편소설

CONTENTS

계모인데, 딸이 너무 귀여워

Romance Fantasy
crescendo

Iam Stepmother, But My Daughter Is So Cute

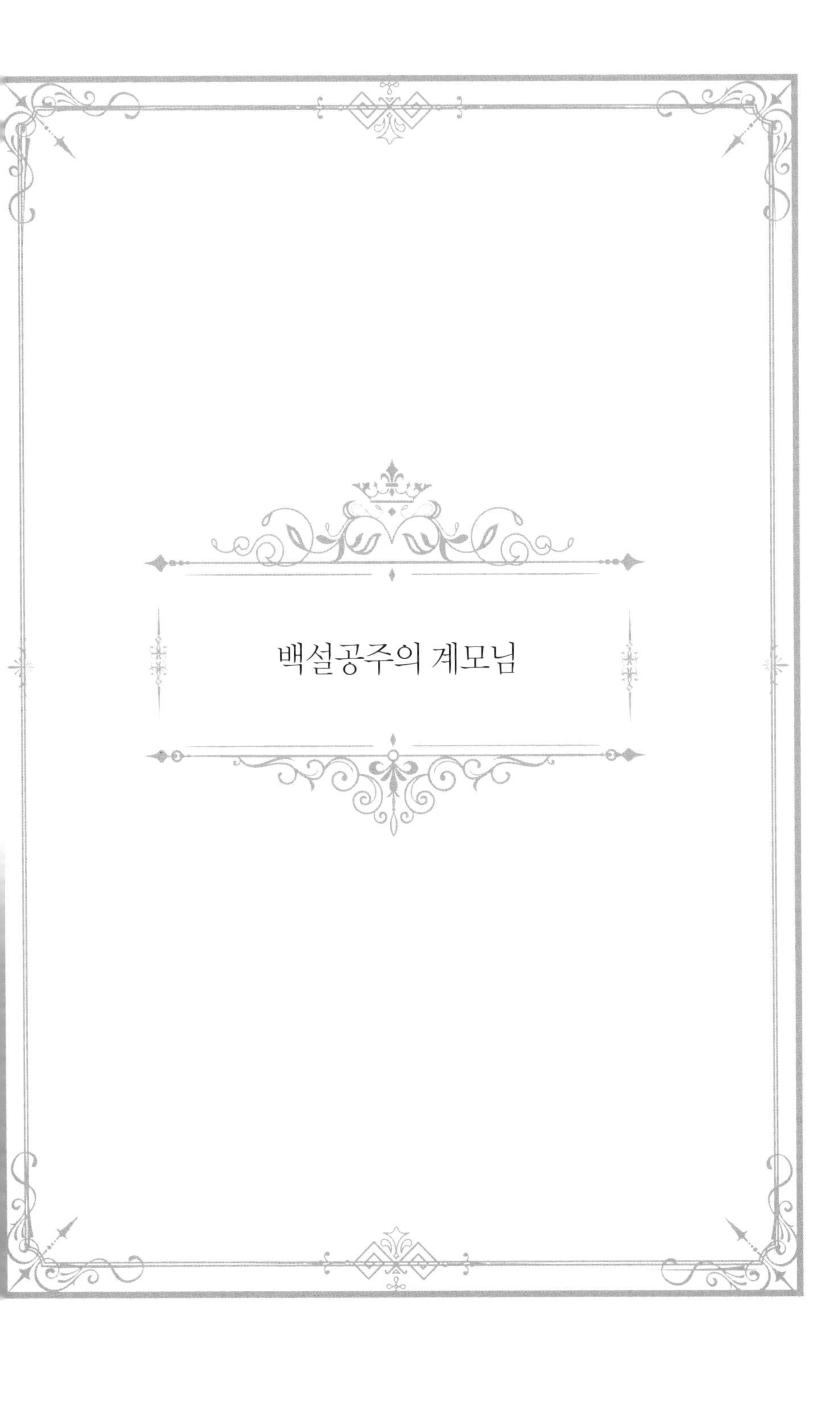

백설공주의 계모님

1

백설공주의 계모님

거울 속에는 아름다운 여자가 비치고 있었다. 결이 좋은 은발이 파도처럼 굽이치고, 자수정과 같은 보랏빛으로 반짝이는 두 눈동자.

아름답지만 눈매는 베일 듯이 날카로웠고 사나웠다. 전반적으로 표독스럽게 생긴 얼굴. 악역이라는 호칭이 잘 어울리는 얼굴이었다.

거울 속 여인의 입술은 붉었다. 피처럼 붉은 입술이 벌어지며, 낮은 목소리가 흘러나왔다.

"거울아, 거울아. 세상에서 누가 제일 아름답니?"

그 질문에 거울의 표면이 일렁거리기 시작했다. 마치 호수에 돌멩이를 던져 넣은 것처럼. 그러나 그것도 잠시. 곧 파문과 함께 은발의 여자는 사라지고 한 소녀의 얼굴이 떠올랐다.

"세상에서 가장 아름다운 사람은 블랑슈 프리드킨 공주님입니다, 아비게일 왕비님."

그 무뚝뚝한 음성에 나는 거울을 뚫어져라 바라보았다. 시선이 느껴지기라도 하는 것인지, 거울 속 소녀는 잔뜩 겁을 먹은 눈초리였다.

"블랑슈……."

나는 블랑슈의 이름을 중얼거리며 거울 가까이 다가갔다.

블랑슈 프리드킨 공주. 이제 막 11살이 된 어린 소녀다. 소녀는 거울의 말대로 아름다웠다. 밤하늘처럼 그윽하고 품위 있는 검은 머리카락. 눈같이 하얀 피부에는 잡티 하나 없다.

제 나이보다 더 어려 보이는 소녀는 무척이나 귀여웠다. 토끼처럼 동그란 눈이 사랑스럽고, 보드라운 뺨은 누구라도 한 번쯤 찔러 보고 싶게 생겼다. 아직 11살이라 아름답기보다는 귀여운 쪽에 가깝지만, 성인이 되면 필시 많은 남자들의 프러포즈를 받게 되겠지.

"역시……."

쾅! 나는 벽을 주먹으로 강하게 내리쳤다.

쾅, 쾅! 몇 차례 주먹질해도 마음이 가라앉지 않았다. 역시, 역시 블랑슈는……!

"역시 우리 블랑슈가 세상에서 제일 귀여워!"

오늘도 블랑슈가 사랑스러워서 참을 수가 없었다. 귀여운 얼굴에 공주다운 품위가 느껴지고, 사랑스러움은 기본!

거울 속의 블랑슈가 올망올망한 얼굴로 유모와 이야기를 나누는 것이 보였다. 토끼 같기도 하고 강아지 같기도 한 저 귀여움……! 여기가 21세기였다면 아역 배우로 데뷔해, 전 세계인의 사랑을 받았을 텐데! 으아아악! 이 덕심을 참을 수가 없다!

터질듯한 마음을 참지 못하고 나는 벽에 마구 주먹질을 했다. 한참 주먹질을 하자 흥분이 조금 가라앉았다. 주먹에 피가 좀 맺혔지만 괜찮았다.

휴, 오늘도 블랑슈의 귀여움은 우주 제일이었어. 이렇게 귀여운 아이가 내 딸이라니……. 믿기지가 않았다. 엄연히 말하면 내 친딸은 아니지만.

나에게 이토록 사랑스러운 딸이 생긴 건, 약 한 달 전.

죽었다가 되살아나 보니, 나는 『백설공주』의 세계에 들어와 있었다.

나의 이름은 이백합.

평범한 서른 살 여성이었다. 평범하게 야근을 하고, 평범하게 외모 고민을 하고, 평범하게 다이어트에 열을 올리는 그런 여자.

나를 모르는 사람들은 내 이름만 듣고 흰 피부에 여리여리한 체형을 가진 미인을 상상하곤 한다. 하지만 안타깝게도 나와 백합이라는 이름은 전혀 어울리지 않았다.

까무잡잡한 피부, 작은 키, 뚱뚱한 체형, 그리고 개성 있는…… 아니, 솔직해지자. 못생겼다. 나는 평범하게 못생긴 여자였다. 외모 때문에 힘든 일도 많았지만 나름 즐겁게 살았다. 일 덕분이었다.

디자인과를 졸업한 뒤 아동복 회사에 취직했다. 옷을 직접 디자인하고, 그것이 실물로 탄생하는 순간을 보는 건 너무도 즐거운 일이었다.

그런데 너무 열심히 했나 보다. 몇 년 내내 야근에 초과근무를 하다가 회사 수면실에서 깜빡 잠이 들었는데, 죽었다. 과로사였던 것 같다. 으, 야근만으로도 무리인데 다이어트까지 병행한 탓인가. 역시 밥은 잘 챙겨 먹어야 했는데.

그렇게 나는 죽었고 눈을 떠 보니 이 몸에 들어와 있었다. 아름답고, 고혹적이며, 잔인한 악녀. 백설공주의 계모이자 제 양딸의 미모를 질투하다 못해 갖은 악행을 일삼다가 죽어 버린 여인. 아비게일 프리드킨.

얼굴 역시 악녀라는 느낌이다. 좀 더 순하게 생겼다면 블랑슈도 날 덜 무서워하지 않을까. 나는 맞은편에 앉은 블랑슈를 힐끗 보았다.

오붓한 티타임 자리. 나는 블랑슈를 향해 인자하게 말했다.

"블랑슈 공주, 편히 들어요."

"네, 네에……. 아비게일 님."

블랑슈는 얼굴이 하얗게 질린 채 나와 눈도 마주치지 못하고 있었다. 찻잔을 든 손이 덜덜 떨려 홍차가 왈칵 튀어나올 것만 같았다. 흑, 나는 블랑슈와 함께 도란도란 화기애애한 티타임을 가지고 싶었을 뿐인데.

침묵 속에 티타임이 이어졌다. 찻잔만 내려다보고 있던 블랑슈가 슬쩍 나를 올려다보았다. 커다랗고 푸른 눈망울은 순진무구하기 그지없었다. 마치 작은 강아지가 떠올랐다. '나한테 화났어?'라는 표정으로 위를 올려다보는 강아지.

아아아, 너무 귀여워. 자동적으로 광대가 승천하는 걸 막을 수 없었다. 엄마 미소가 자동으로 발사되자 블랑슈의 표정이 변했다. 아까는 시무룩한 강아지 같더니 지금은 잔뜩 겁먹은 토끼 같은 얼굴이 되었다. 두 눈에 눈물이 방울방울 맺히려 했다.

"제, 제가 무슨 잘못이라도……."

음. 그러고 보니 아비게일은 웃는 얼굴이 무서웠었지. 지난번 거울 앞에서 웃어 보고 깜짝 놀랐다. 살인미소라는 게 딱 이런 느낌이겠지. 사람 죽일 것 같은 미소.

"아뇨. 아무것도 아니에요."

나는 황급히 표정을 굳히고 홍차를 마시는 척했다. 그러자 블랑슈의 표정이 조금 누그러졌다. 아주 조금.

그 아이는 양손으로 컵을 감싸 쥔 채, 홀짝홀짝 홍차를 마셨다. 그러면서도 틈틈이 내 눈치를 보고 있었다.

블랑슈가 나를 무서워하고 어려워하는 게 너무 눈에 보여서, 미안한 마음 반 아쉬운 마음 반이었다.

하아아, 저 탐스러운 머리카락을 만지고 싶다. 세 갈래로 땋아 위로 틀어 올리면 너무 귀여울 텐데. 깜찍한 멜빵바지에 프릴 달린 블라우스를 매치해도 사랑스럽겠지?

블랑슈의 눈동자 색과 잘 어울리는 마린룩도 좋지 않을까? 흰 원피스에 세일러 칼라를 달고, 파란색 리본을 달면……!

나도 모르게 오른손이 근질거렸다. 오랜만에 디자인화를 그리고 싶었다. 블랑슈를 볼 때마다 내 안의 창작욕이 들끓고 있었다. 과로로 죽었는데도 디자인을 하고 싶은 걸 보면 나도 별종은 별종이다 싶다.

내가 디자인한 옷을 블랑슈가 입어 준다면 얼마나 좋을까? 뭐, 지금도 강제로 입힐 수는 있겠지만……. 신종 괴롭힘 정도로 생각하지 않을까.

그때, 블랑슈의 목소리가 들려왔다.

"저어, 아비게일 님."

쭈뼛거리는 목소리를 듣고 나는 황급히 정신을 차렸다. 블랑슈는 양손을 꼬물꼬물 만지며 내 눈치를 보았다.

"오늘은 무슨 일로 부르신 건가요……? 혹시, 제가…… 뭔가를 잘

못했나요?"

"아니에요. 그냥 차나 한잔하려고 불렀답니다."

블랑슈는 내 대답을 듣고도 여전히 겁을 먹은 눈치였다. 그동안 아비게일이 한 짓을 생각하면 그럴 만도 했다.

아비게일은 딱 동화 속의 악녀 그대로였다. 그녀는 자신이 세상에서 제일 아름다운 여자여야만 했다. 조금이라도 예쁜 시녀나 하녀들은 모두 트집을 잡아 내쫓았다. 남은 여자들 역시 이유 없는 구박과 벌을 받아야 했다.

블랑슈 역시 마찬가지였다. 공주이기에 심하게 손을 댈 수는 없었지만 크고 작은 괴롭힘을 몰래 가했다. 블랑슈를 불러 온갖 트집을 잡는다거나. 블랑슈에 대한 험담을 퍼트리고 다닌다거나. 블랑슈의 드레스를 갈기갈기 찢는다거나.

……음. 블랑슈가 저렇게 바들바들 떠는 게 당연했다.

블랑슈와 친해지고 싶어서 티타임을 가졌지만, 오히려 괴롭히는 꼴이 된 것 같다.

흑흑. 어떻게 하면 속죄를 하고, 블랑슈와 친해질 수 있을까. 심란한 마음으로 차를 마시는데 기도로 차가 넘어갔다.

"쿨럭, 크어억……!"

쿨럭거리며 기침을 하자 가뜩이나 커다란 블랑슈의 눈이 똥그래졌다. 그 아이는 어쩔 줄 몰라 하며 내게 손수건을 건넸다.

"아비게일 님? 괘, 괜찮으세요? 어디 아프세요?"

나는 괜찮다는 의미로 손을 내저었다. 블랑슈의 걱정 가득한 얼굴을 보고 있자니 죄책감이 들었다.

아비게일이 자신을 얼마나 괴롭혔는데 걱정을 해 주다니. 흑흑, 역시 주인공답게 착하구나. 나는 가까스로 기침을 가라앉힌 뒤 말했다.

"괘, 괜찮아요. 별일 아니에요."

"혹시 아직 몸이 편찮으신 건가요……?"

블랑슈는 걱정되어 어쩔 줄 모르겠다는 눈으로 나를 보았다. 왜 저런 눈으로 보는 거지? 아, 설마 그것 때문인가.

사실 이백합인 내가 죽은 것처럼 아비게일도 한 번 죽었다. 내가 눈을 떴을 때는 아비게일의 장례식장이었다. 나는 관 안에 누워 있었다. 수백 송이의 백합이 관을 가득 채우고 있어 꽃향기에 질식할 것만 같았다.

이게 무슨 일인가 싶어 벌떡 일어나 주위를 둘러보니 경악한 얼굴을 한 외국인들이 보였었지. 그 뒤에 여기가 어디냐고, 왜 내가 이런 모습이 되었냐고 난리를 피운 기억이 난다.

주치의는 가사 상태에서 회복한 쇼크로 인해 착란이 일어난 거라고 진단을 내렸다. 아비게일의 기억이 흐릿한 것도 쇼크 때문일까? 내게는 아비게일의 기억이 남아 있었으나 온전하지는 못했다. 불행 중 다행히 왕비로서 살아가는 데 필요한 지식은 서서히 떠올랐다.

나는 상황 파악을 한 뒤, 이 세계에 적응하기로 했다. 하지만 문제가 있었다. 동화의 결말대로라면 나는 분명히 블랑슈에게 독이 든 사과를 건넬 것이었다. 그리고 뜨겁게 달구어진 쇠 구두를 신고 미친 듯이 춤추다 죽겠지.

그렇게 죽을 수는 없다. 그런 비참한 죽음을 피하려면 일단 블랑슈와의 관계를 개선하는 것이 첫 번째! 나는 가만히 블랑슈를 바라보았다. 웃지 않되, 부드럽게 말하려 애썼다.

"몸은 괜찮아요. 걱정해 줘서 고마워요. 그나저나 블랑슈 공주."

"네, 네……?"

"그동안 미안했어요."

내 말을 듣고 블랑슈의 눈이 크게 떠졌다.

"내가 그동안 블랑슈 공주를 괴롭힌 일들 말이에요. 무척 후회하고 있어요. 죽었다가 되살아나니 반성을 하게 되더군요."

블랑슈는 묘한 표정이 되었다. 꽤나 놀란 모양인지 뭐라 말도 하지 못한 채 두 눈만 깜빡이고 있을 뿐이었다.

"사과를 한다 하더라도, 이제까지 저지른 일이 사라지는 건 아니겠죠. 그래도 사과하고 싶었어요."

블랑슈는 한동안 말이 없었다. 나는 대답을 기다리며 아래를 바라보았다. 홍차에 아비게일의 얼굴이 비쳤다.

화난 고양이 같은 얼굴이지만, 그래도 미인이다. 내 전생과는 비교도 할 수 없는 모습이었다. 또렷하고 매혹적인 이목구비. 신비로운 은발과 보라색 눈동자.

키는 170cm에 철저하게 관리한 모델 체형이었다. 피부 역시 온갖 수고를 들인 덕에 도자기처럼 매끈했다. 막 빙의했을 때는 아비게일의 외모에 홀려 하루 종일 거울만 들여다보았을 정도였다.

그녀는 왜 그렇게까지 미인들을 미워했을까? 자신도 충분히 미녀면서. 특히나 이렇게 사랑스러운 아이를 괴롭히다니.

나는 힐끗 블랑슈를 바라보았다. 고뇌하는 표정 역시 햄스터처럼 귀여웠다. 진짜 뺨 한 번만 만져보고 싶다. 아비게일도 예쁘긴 하지만…….

난 블랑슈가 더 좋아. 귀엽잖아. 세상에서 가장 강력한 능력은 귀여움이다! 귀여워. 짜릿해. 역시 귀여운 게 최고야! 으으, 블랑슈랑 사이좋게 지내고 싶다.

하지만 이제까지 아비게일이 쌓아 온 업보가 있다. 그것을 증명하듯 블랑슈의 입에서 용서의 말은 나오지 않았다. 그저 혼란스러운 얼굴로 내 눈치만 보고 있을 뿐.

하긴, 블랑슈 입장에선 당황스럽겠지. 사과 한마디로 모든 게 잘 풀리리라 생각지도 않았다. 일단 사과는 했고, 앞으로 행동으로 보여 주자.

이쯤 되면 블랑슈를 돌려보내는 게 나을 것 같았다. 분명히 이 자리가 가시방석이겠지.

"갑작스레 내가 놀라게 했군요. 미안해요. 블랑슈 공주, 이만 쉬러 가도 좋아요."

"네? 아, 네……."

블랑슈는 어쩔 줄 몰라 하며 눈치를 살피다 조심스레 일어났다. 그 아이가 꾸벅 인사를 올리고 다실을 빠져나가려던 그때.

"꺅!"

다실 안으로 들어오던 사람과 블랑슈가 쿵, 하고 부딪쳐 버렸다. 넘어진 쪽은 자그마한 블랑슈였다.

"브, 블랑슈!"

나도 모르게 블랑슈의 이름이 터져 나왔다. 황급히 그 아이에게 다가가려던 찰나, 나는 안으로 들어온 사람을 보고 멈춰 섰다. 블랑슈와 마찬가지로 흑단 같은 검은 머리카락을 지닌 사내였다. 20대 중반 정도 되었을까.

그를 처음 보았을 때, 나는 언젠가 가 보았던 사진전을 떠올렸었다. 수많은 사진 중, 검은 표범이 찍힌 사진 앞에 한참을 서 있었다.

흑표범의 털은 벨벳마냥 고상하고 품위 있어 보였다. 사진 속의 표범은 나를 가만히 응시하고 있을 뿐이지만 그럼에도 중압감과 위엄이 느껴졌다. 두렵지만 시선을 피할 수는 없었다. 알 수 없는 매력에 홀려, 나는 한참이고 맹수의 눈을 들여다보고 있었다.

지금 내 눈앞에 서 있는 남자도 검은 표범을 닮았다. 고고하고, 아름다우며, 절제된 매력이 풍기는 사내. 오른쪽 눈가에 있는 눈물점마저 그를 더욱 매혹적으로 보이게 만들었다.

누구라도 그를 보면 얼굴을 붉힐 것이다. 하지만 나는 그를 바라보며 욕설을 삼킬 수밖에 없었다. 그는 이 나라의 국왕이자, 블랑슈의 아버지이며, 나의 남편이기도 한 세이블리안 프리드킨.

나의 원수와도 같은 사내였다.

모든 시종과 시녀들이 그를 향해 허리를 숙였다. 나 역시 그에게 인사를 올려야 했다. 하지만 그보다 먼저 해야 할 것이 있었다.

"블랑슈 공주, 어디 다치지 않았어요?"

나는 황급히 블랑슈를 일으켜 세웠다. 그때, 세이블리안의 서늘한 목소리가 들려왔다.

"주의력이 부족하군."

얼음 조각 같은 목소리가 내 말허리를 잘랐다. 세이블리안은 자신의 딸을 타인이라도 되는 듯이 바라보고 있었다. 그의 시선은 그저 무기질적이었다. 우려도, 애정도 없는 눈빛.

자기 딸인데 어쩜 저런 눈으로 볼 수 있지? 그것도 이렇게 귀여운 아이를!

그 와중에 블랑슈는 울지 않았다. 비틀거리며 자세를 바로잡을 뿐. 그리고는 작은 손으로 양쪽 옷자락을 붙잡고는 인사를 올렸다.

"실례했습니다, 아바마마. 미숙한 모습을 보여 죄송해요, 아비게일 님."

아니, 왜 사과를 하는 거야? 고작 부딪쳐 넘어진 것뿐인데…….

그때, 나는 뭔가 위화감을 느꼈다.

"블랑슈 공주, 괜찮나요?"

나는 블랑슈의 오른팔을 조심스레 잡았다. 그러자 그 아이는 아픈 듯 살짝 몸을 떨었다.

아, 역시……. 방금 전 인사를 할 때, 오른쪽 옷자락을 든 손이 축 처져 있더라니. 아까 넘어지면서 손을 접질린 모양이다.

"손목을 다친 것 같은데……."

"아, 그. 괜…… 찮아요. 정말 괜찮아요……."

내 말에 블랑슈가 황급히 오른손을 뒤로 감췄다. 마치 뭔가를 훔치다 들킨 아이처럼. 그리고는 세이블리안의 눈치를 보았다.

시무룩해진 블랑슈를 보니 마음이 아팠다. 아니, 넘어졌는데 울지도 않는다니. 세이블리안은 여전히 냉정한 어조로 말했다.

"주치의를 불러 주지. 이만 물러가거라, 블랑슈. 아비게일과 할 이야기가 있으니."

"……네, 아바마마."

블랑슈는 고개를 꾸벅 숙이고는 응접실을 빠져나갔다. 마치 작은 토끼가 도망가는 모양새였다. 나는 세이블리안을 노려보았다.

"너무 무정한 것 아니신가요?"

"무엇이 말입니까."

"딸 아이가 다쳤는데……. 다정한 말 한마디 정도는 해 주실 수 있잖아요."

그 말에 세이블리안은 고개를 느릿하게 외로 기울였다. 그의 눈동자가 나를 찌르는 것처럼 느껴졌다.

"우습군요. 당신이 언제부터 그렇게 블랑슈를 아꼈다고?"

"……."

할 말이 없다. 이제까지 그 누구보다 열심히 블랑슈를 괴롭힌 사람이 갑자기 실드를 치니 이상해 보일 수밖에.

"한 번 죽고 살아나니 생각이 많이 바뀌더군요."

"그렇습니까."

전혀 믿지 않는 눈치였다. 보통 죽었다 깨어난 사람이 뭐라 말하면 흔들릴 법도 한데.

그는 천천히 탁자로 다가가 블랑슈가 앉았던 자리에 앉았다. 하녀들이 황급히 새 찻잔을 내놓았다. 세이블리안은 어서 앉지 않고 뭐하냐는 듯 고개를 까닥였다.

젠장, 그렇게 개 부르듯 고갯짓으로 사람 부르지 말라고.

나는 이를 악물고 맞은편에 앉았다. 이렇게 정면에서 보니…….
쓰레기 같은 놈이지만 정말 잘생긴 쓰레기였다.

"어디 아프십니까, 아비게일? 표정이 좋지 않군요."

"차가 좀 뜨거워서요."

그렇게 변명하며 고개를 틀었다. 아, 정말 가시방석이다. 이렇게 잘생긴 남자랑 차를 마시는데도 기분이 더럽다니. 신기한 일이었다.

그는 여러모로 완벽한 사내였다. 한 나라의 수장이며 수려한 외모를 지녔고, 현명하고 강한 왕으로 추앙받았다. 하지만 그러면 뭐하나. 나는 이 사내의 마음속이 텅 빈 것을 알고 있다. 혈관을 흐르는 피가 겨울의 강물처럼 차디차다는 것을 알고 있다.

내가 관 속에서 의식을 찾았을 때, 가장 먼저 본 것은 세이블리안의 얼굴이었다. 세이블리안은 마침 나에게 마지막 인사를 건네던 참이었다.

[다음 생에는 두 번 다시 마주치지 맙시다, 아비게일.]

그 말을 들은 순간, 단편적인 기억이 흘러들어오며 자리에서 벌떡 일어났다.

결혼식 날, 일반적으로 신랑과 신부는 맹세의 입맞춤을 한다. 하지만 아비게일과 세이블리안은 키스하지 않았다. 그뿐만 아니라 피로연 때 함께 춤을 추지도 않았다. 세이블리안이 피곤하다는 이유로 먼저 자리를 뜬 탓이었다.

그리고 첫날밤. 세이블리안은 아비게일에게 손끝 하나 대지 않았다. 그저 이 한마디만 했을 뿐.

[아비게일, 내가 당신 몸에 손대는 일은 없을 것입니다.]

이유도 말하지 않은 채 그는 먼저 잠에 빠져들었다. 아비게일은 뜬눈으로 첫날밤을 보냈다.

그렇게 결혼한 지 일 년이 넘도록 손 한 번 잡지 않았다. 아비게일은 그의 냉정한 태도에 자존심이 갈가리 찢기는 것만 같았다. 모든 사내들이 아비게일을 원했으나, 세이블리안은 그녀를 거부했다.

자존심이 상한 아비게일 역시 처음에는 그를 냉담하게 대했다. 그러나 시간이 지날수록 세이블리안을 향한 집착은 심해졌다. 그의 사랑을 너무나 갖고 싶어 자존심도 버리고 세이블리안에게 매달렸다.

[전하, 어째서 이렇게 저를 멀리하시나요? 제가 무엇을 해야 사랑해 주실 건가요?]

[내게 가까이 오지 마십시오. 아무것도 하지 말고, 아무 말도 하지 마십시오. 그저 죽은 듯이 지내세요. 그게 당신이 할 일입니다.]

그 말에 아비게일은 절망했다. 그녀는 어째서 세이블리안이 그토록 자신을 거부하는지 고민하고, 고민하고, 또 고민했다.

긴 고민 끝에 그녀가 내린 결론은 하나였다. 자신이 충분히 아름답지 않아서 세이블리안이 안아 주지 않는 거라고.

원래도 성격이 나쁜 아비게일이었지만 그 말을 들은 이후 더욱 사나워졌다. 조금이라도 예쁜 여자가 있으면 궁에서 내쫓고, 경계했다. 블랑슈를 질투하여 구박한 것도 비슷한 연유에서였다.

아비게일은 나쁜 여자였다. 블랑슈나 다른 여자들에게 한 짓을 옹호할 수는 없다. 하지만 부부관계에 있어서는 그녀를 동정하게 되었다. 국가 간의 정략결혼, 사랑 없이 계산으로 이루어진 결혼이라 하더라도 그의 처사는 가혹했으니까.

세이블리안, 나쁜 자식. 아무리 아비게일이 마음에 안 들어도 그렇게 무안을 주냐. 그럴 거면 대체 왜 결혼한 거야? 뒤늦게 생각하니 열 받네.

나는 타는 속을 가라앉히기 위해 냉수를 벌컥 들이마셨다. 그런 판국이니 세이블리안이 날 찾아온 게 달갑지 않았다. 애초에 이렇게 먼저 찾아오는 일이 드문 남자였다. 무슨 일로 찾아온 건진 모르겠지만, 좋은 일은 아닐 거다.

"그래서, 무슨 일로 저를 찾아오셨나요. 전하."

"당신의 죽음에 관해 할 이야기가 있습니다."

죽음. 그 이야기를 듣는 순간, 나도 모르게 잠시 움찔했다. 나는 찻잔을 내려놓고 세이블리안을 응시했다.

"제 죽음이요?"

"예. 당신이 운 좋게 살아나기는 했지만 한 번은 죽은 몸. 사인과 범인을 조사하는 중입니다."

그 말에 귀가 쫑긋 섰다. 원작의 결말만큼이나 신경 쓰이는 것 중 하나가 아비게일의 죽음이었다.

아비게일은 잠자듯 죽어 있었다고 했다. 그녀는 23살의 젊은 나이. 비명횡사를 할 만한 나이는 아니다. 지병도 없다. 그렇다면 누군가에게 살해당했을 가능성이 크다.

으, 뒤늦게 소름이 돋았다. 내가 한 번 죽기는 했지만 과로사로 죽은 거랑 남에게 살해당한 거랑은 다른 문제인걸.

세이블리안은 팔짱을 낀 채 책이라도 읽는 것처럼 무미건조한 목소리로 말을 이어 갔다.

"아마도 독을 사용한 것으로 추정되더군요. 해부했다면 좀 더 정확한 사인을 알 수 있었겠지만……."

야. 해부라는 단어를 말하며 그렇게 빤히 바라보지 말아 줄래?

"우선 그날 왕비의 시중을 담당하던 시녀와 하녀들을 모두 조사해 보았지만, 딱히 증거가 나오지 않았습니다."

"……그것참 안타까운 소식이군요."

그렇다면 이 궁에 나를 죽인 사람이 남아 있을 수도 있다는 말이잖아. 왠지 뒷덜미가 스산해졌다.

한기를 느끼는 나와 달리 세이블리안은 덤덤한 태도였다. 그가 천천히 홍차를 마시며 말했다.

"죽기 전에 무슨 일이 있었는지 아직도 기억이 나지 않습니까? 기억이 남아 있다면 범인을 잡기도 수월할 텐데 말입니다."

그의 말대로 내게 기억이 남아 있다면 참 좋았을 테지만……. 나는 고개를 저었다.

"안타깝게도 기억이 잘 나지 않아요."

아비게일의 기억은 중간중간이 타들어 간 지도 같았다. 기억이 잘 떠오르다가도 길이 뚝 끊긴 것처럼 아무것도 생각이 나지 않았다.

내 대답에 세이블리안은 고개를 들었다. 그는 가만히 나를 응시하다가 입을 열었다.

"아비게일, 혹시 그 일 기억 나십니까?"

"그 일이라뇨?"

"반년 전, 당신이 독을 먹고 쓰러진 일 말입니다."

반년 전? 나는 간신히 기억을 더듬어 보았다.

아, 음. 기억났다. 독을 먹고 쓰러지기는…… 했는데.

"……제가 스스로 독을 먹은 일 말씀이시군요."

그랬다. 아비게일은 스스로 미약한 독을 먹은 전례가 있었다. 세이블리안의 관심을 얻고 싶어서 아비게일이 벌인 자작극이었다.

그녀가 독을 먹고 병상에 누워 있을 때. 세이블리안은 답지 않게 다급한 발걸음으로 침소에 뛰어들었다. 그때, 아비게일이 얼마나 기뻐했던가. 비록 진상이 드러나면서 세이블리안은 더욱 차가워졌지만.

그는 고개를 끄덕이곤 다시 나를 바라보았다. 그의 시선이 나를 해부할 것처럼 느껴졌다.

"이번에도 나의 관심을 원했습니까, 아비게일?"

나는 순간 어이가 없어 입이 떡 벌어졌다. 뭐, 뭐야? 아비게일이 자살 기도를 했다고 의심하는 거야?

물론 아비게일이 관심을 받으려고 했던 적이 있지만, 이렇게 매도하는 건 너무 심하잖아! 아비게일이 환자인 척 위장을 하기도 하고! 스스로 호수에 빠지기도 하고! 독을 좀 먹기도 했지만!

음…… 그러게. 의심할 만하네. 나마저도 아비게일이 의심스러울 지경이었다.

왜 판은 아비게일이 벌이고 수습은 내가 하는 거지? 몹시 억울한 마음이 들긴 했지만 앞으로의 평탄한 삶을 위해 화를 내는 건 자제하기로 했다.

"물론 제가 전하의 관심을 받고 싶어서 기행을 저지른 적이 조금 있습니다만……."

"조금?"

"며, 몇 번……."

"몇 번?"

"아, 아무튼! 이번엔 아닙니다."

나는 최대한 침착하게 말하려 애썼다. 여전히 그의 눈동자에는 불신이 가득했지만.

"그대가 무슨 짓을 하더라도, 난 그대가 원하는 사랑을 줄 수 없습니다."

그 얼굴에 찬물을 확 끼얹어 주고 싶었다. 아니, 누가 뭐래? 고백하기도 전에 차인듯한 더러운 기분이 들었다.

"다행이네요. 저 역시 더 이상 전하의 관심을 원하지 않으니까요."

그 말은 농담이나 허세가 아닌 100% 진심이었다. 나는 더 이상 그의 관심 따위 원하지 않았다.

하지만 세이블리안은 여전히 의심스럽다는 오라를 내뿜고 있었다. 나는 진심을 담아 다시 한번 말했다.

"죽었다가 살아나니 그 모든 것들이 허망하다는 것을 느꼈습니다. 전하께 애정을 구걸해 봐야, 돌아오는 것은 고작해야 동정일 테지요. 전 그런 동정 따위는 원치 않아요."

세이블리안이 내게 애정을 느끼지 못하는 것처럼 나 역시 세이블리안에게 애정을 느끼지 못했다. 잘생긴 얼굴에 잠시 호감이 생기기도 했었다. 하지만 곧 그의 냉혈한 모습에 염증이 났다.

"제가 수상하시겠지만, 이번에는 저와 제 고국의 명예를 걸고 아니라는 걸 말씀드리겠습니다."

"그 명예는 지난번에 걸지 않았습니까."

젠장, 아비게일! 똥 치워 줄 사람 생각해서 거짓말 좀 작작 했어야지!

나는 침착하려 애쓰며 말을 이어 갔다.

"만약 제가 전하의 관심을 받고 싶어 이런 짓을 저지른 거라면, 시녀가 범인이라고 지목했을 거예요."

진짜 아비게일이라면 그랬을 것이다. 예쁘다고 생각한 시녀 중 하나를 골라 가문까지 말살시켰겠지.

"저는 이미 자작극을 몇 번 벌였고, 범인이 누군지 모르겠다고 하면 분명 의심받을 게 뻔하죠. 차라리 전하가 납득할 만한 범인을 만들어냈을 겁니다. 이렇게 의심받는 대신에."

"……."

세이블리안은 반박하지 않았다. 그러나 나를 향한 의심의 시선을 돌리지도 않았다. 우리 사이의 불신은 굳어 버린 눈처럼 쉬이 녹지 않았다.

"제가 한 짓이 있으니 의심하시는 것도 당연해요. 앞으로는 행실을 바로 하겠습니다. 이제까지의 행동을 반성하는 차원에서 제안 드릴 게 있어요."

"제안이라면?"

"우리……."

나는 산뜻하게 웃으려 애쓰며 입꼬리를 올렸다.

"각방 써요."

세이블리안의 눈이 미미하게 커지는 걸 볼 수 있었다. 아비게일이 죽었다 살아났을 때만큼이나 커진 것 같다.

"각방…… 말입니까?"

"네. 각방."

나는 발음 하나하나에 힘을 주어 말했다. 언뜻 보면 세이블리안을 위한 제안 같지만 사실 나를 위한 제안 같기도 했다.

지금 아비게일과 세이블리안은 한 침대를 쓰고 있었다. 나는 그게 너무도 불편했다. 이리저리 뒤척이면서 좀 편하게 자고 싶은데 바로 옆에 사람이 있으니 송장처럼 차렷 자세로 잘 수밖에 없었다.

결정적으로 그는 내게 낯선 남자였다. 부부의 껍데기를 쓰고 있지만 철저한 타인에 불과했다. 낯선 남자와 한 침대라니. 매번 긴장한 채 자다가 가위눌리는 것도 지겨웠다.

그러니 각방을 쓰면 나도 좋고, 세이블리안도 좋을 터였다. 이 일로 세이블리안의 호감도 얻으면 좋고.

그는 여전히 의심의 눈초리로 나를 바라보았다. 그렇게 얼마나 시간이 흘렀을까. 세이블리안은 결국 고개를 끄덕였다.

"알겠습니다. 그러면 곧 당신의 침소를 다시 마련하죠."

"알겠어요. 아, 그리고…… 아까 전에는 제안이었고, 이번에는 부탁이 하나 있어요."

"……부탁?"

윽, 또 세이블리안의 눈매가 예리해졌잖아. 나는 더 이상 오해가 커지기 전에 입을 열었다.

"제게 남편으로서의 의무를 지키지 않으셔도 됩니다. 다만 아버지 역할에는 충실해 주세요."

"아버지 역할이라면?"

"후사 만들기에 관심이 없으시니, 있는 아이라도 애지중지하셔야 하는 것 아닌가요?"

세이블리안은 자기가 뭘 잘못했는지 모르겠다는 표정이었다. 나는 작게 한숨을 내쉬었다.

"조금 전에도 블랑슈 공주가 다쳤을 때, 마치 남처럼 매정하게 대하지 않으셨나요."

"주치의를 부르지 않았습니까?"

"주치의를 부르는 대신 괜찮냐고 한마디 해 주시는 편이 더 나았을 거예요."

여전히 세이블리안의 얼굴에는 반성의 기색이 없었다. 참 알 수 없는 남자다. 처음에는 블랑슈가 여자아이라서 하대하는 건가 싶었는데, 그건 또 아닌 것 같았다. 사내아이를 원했으면 진작 아비게일이랑 잤겠지.

아비게일이 마음에 들지 않아서 그런 것인지도 모른다. 하지만 그런 것치고는 이혼을 생각하거나, 제2 왕비를 들이려고도 하지 않았다.

아니면 그건가? 사자가 낭떠러지에서 자식을 떨어트리는 스파르타 교육? 블랑슈를 강하게 키우기 위한 방책? 그딴 건 다 개소리다. 엄하게 키우는 것과 방치하는 건 엄연히 다르다.

"다른 사람도 아니고 전하의 아이잖아요. 좀 더 사랑해 주세요."

"예. 맞는 말씀입니다. 내 아이죠."

오? 이제 말이 좀 통하나?

하지만 그런 기대가 무색하게도, 세이블리안의 목소리는 북풍처럼 차가웠다.

"당신의 것이 아닌 내 것이니, 내가 알아서 하겠습니다."

뭐? 내 '것'? 지금 자기 애를 물건 취급한 거야?

원래의 아비게일이 들었다면 좋아서 춤을 췄을 것이다. 블랑슈와 세이블리안의 사이가 틀어지는 걸 누구보다 기뻐했으니까.

하지만 이젠 아니다. 어린아이가 이토록 냉대받는 것을 보면서 모른 척할 수는 없는 노릇이다.

나는 이를 악물고 자리에서 벌떡 일어났다. 그 바람에 테이블이 덜컹거리며 홍차가 살짝 튀었다.

"제 이름은 이제 아비게일 프리드킨입니다. 블랑슈 역시 프리드킨이고요. 그러니 제가 간섭할 자격은 충분하죠."

그리고는 온갖 경멸과 증오를 담아 그를 노려보았다. 세이블리안은 그저 침묵으로 일관할 뿐이었다.

"제 요구는 여전히 똑같아요. 블랑슈 공주를 사랑해 주세요. 오늘부터 혼자 자도록 하겠습니다. 그럼 실례하도록 하죠."

먼저 자리를 뜨는 게 예의는 아니지만 알 게 뭐람. 나는 찬바람을 일으키며 응접실을 떠났다. 세이블리안으로부터 배웅은 없었다.

"클라라, 왕비님이 정말 전하와 각방을 쓰신다고?"

"정말이라니까요, 노마 님."

아비게일의 시중을 드는 시녀들이 작은 목소리로 소곤대고 있었다.

노마라 불린 여인은 미인이라고 하기에는 어려운 외형이었다. 껑충한 키에 매부리코. 이야기를 나누고 있는 클라라 역시 평범한 외모로 적갈색 머리에 주근깨가 박힌 어린 시녀였다.

클라라는 아주 심각한 비밀이라도 이야기하는 듯, 목소리를 한껏 낮추었다.

"그것도 왕비님이 먼저 각방을 쓰자고 하셨대요."

"또 무슨 짓을 벌이시려는 거지."

태풍이라도 찾아온 듯 궁 안은 매일같이 소문으로 소란스러웠다. 그 태풍을 불러온 사람은 다름 아닌 아비게일이었다. 그녀의 이름은 그 누구보다도 사람들 입에 자주 오르내리고 있었다.

한 번 죽어 수의를 입고 관에 들어갔다가 되살아난 여인. 게다가 그 뒤로는 믿기지 않는 행동을 보이고 있었다.

"무슨 일을 벌이다뇨? 원래 두 분 사이가 안 좋으셨다면서요. 그래서 각방 쓰시는 거 아니에요?"

클라라가 천진난만한 얼굴로 말했다. 반면 노마는 입술을 꾹 깨문 채였다.

"그럴 리가 없어, 클라라. 분명히 뭔가 노리고 있는 게 틀림없어. 그 아비게일 님인걸."

노마는 아비게일이 입궁한 날부터 그녀를 보좌해 온 전속 시녀였다. 그녀의 곁에 머무르는 1년 동안 얼마나 많은 고초를 겪었는지, 노마는 일주일 내내 말할 수도 있었다.

지금 입고 있는 복장만 하더라도 그랬다. 시녀들은 일반 하녀들과 달리 귀족 출신만이 뽑힐 수 있다. 귀족이니만큼 드레스를 입고 귀금속을 걸치는 것은 기본.

하지만 노마와 클라라의 복장만 보면, 일반 하녀와 다를 것이 없었다. 아비게일이 화장이나 치장에 심한 관리질을 했기 때문이었다. 자신보다 조금이라도 눈에 띈다 싶으면 곧바로 꾸짖었다.

때문에 시녀들은 문초를 피하고자 수수한 옷을 입고, 화장도 제대로 하지 않았다. 장신구 역시 마찬가지였다.

"사람이 쉽게 변하겠어? 분명 저러다 우리에게 화풀이할 거야. 방심하지 마."

"으음. 네. 주의하도록 할게요."

클라라는 고개를 끄덕였지만, 여전히 반신반의한 얼굴이었다. 노마는 낮게 한숨을 내쉬었다. 아비게일의 암살 사건으로 인해 많은 수의 시녀와 하녀들이 물갈이당한 참이었다.

클라라는 새로 들어온 시녀 중 하나였다. 그래서 아비게일이 얼마나 무서운 여자인지 모르는 눈치였다. 이대로 가다간 며칠 안에 쫓겨날 터였다.

노마가 다시 한번 주의를 주려는 찰나, 안쪽 방에서 벨이 울렸다. 아비게일이 부르는 것이었다. 늦으면 타박을 맞을까 봐 두 사람은 서둘러 안으로 들어섰다.

그러나 이미 아비게일은 심기가 불편한 기색이었다. 그녀는 입술을 꾹 다문 채, 테이블을 불태울 기세로 노려보고 있었다.

이런 젠장. 큰일 났군. 노마는 속으로 욕을 뇌까렸다. 표정을 보아하니 또 뭔가 히스테리를 부릴 심산인가 보다.

"두 사람에게 묻고 싶은 게 있는데."

그 차가운 목소리에 솜털이 쭈뼛 서는 기분이었다. 노마가 공손하게 대답했다.

"예, 왕비님."

"이 두 개 중에서 뭐가 더 블랑슈 공주에게 어울린다고 생각해?"

아비게일은 테이블 위를 가리켰다. 거기에는 앙증맞은 구두 두 켤레가 놓여 있었다. 하나는 검은색의 메리 제인 슈즈였고 또 하나는 굽이 낮은 흰색 구두였다. 뒤에 깜찍한 리본 장식이 달린 것이었다.

블랑슈에게 줄 물건인가? 분명 저기에도 뭔가 수작을 부릴 셈이겠지. 못이나 바늘 같은 걸 꽂아 넣는다든지.

문제는 뭐가 낫냐는 질문에 답해야 한다는 점이었다. 블랑슈 공주에게는 둘 다 과분한 선물이라고 하는 게 좋을까?

노마가 대답을 고민하는 사이 옆에 있던 클라라가 입을 열었다. 그녀는 해맑은 얼굴로 눈을 반짝였다.

"저는 둘 다 잘 어울릴 것 같은데요."

노마는 화들짝 놀라 클라라를 바라보았다. 아니, 어떻게 그런 멍청한 대답을 할 수가 있지? 분명히 아비게일이 격노를……!

"그렇지? 내가 봐도 둘 다 잘 어울릴 것 같아."

클라라의 대답에 아비게일은 반색하며 눈을 반짝였다. 하지만 갑자기 불이 꺼진 것처럼 안색이 어두워졌다.

"으음, 그런데 혹시 내가 선물해 준 게 마음에 들지 않으면 어떡하지."

"그러면 둘 다 보여 드리고 직접 고르시게 하는 건 어떨까요?"

"역시 그편이 좋을까?"

그렇게 말하며 아비게일은 다시 고민에 빠졌다. 노마는 다소 넋이 나가 그녀를 보고 있었다.

……정말로 어떤 신발을 선물할지 고민하고 있었단 말인가? 표정

만 보면 누군가를 암살하려고 하는 사람 같은데.

하지만 전과는 사람이 바뀐 것 같기는 했다. 예전 같았으면 클라라에게 어디서 말을 얹냐며 역정을 냈을 여자였다.

되살아난 뒤부터, 뭔가 바뀌긴 했는데……. 노마는 복잡한 심경이 되어 아비게일을 관찰했다.

아비게일의 자색 눈동자가 클라라의 목 부근에 닿은 게 보였다. 뚫어져라 클라라를 바라보던 아비게일이 입을 열었다.

"클라라."

"네. 아비게일 왕비님."

"그 귀걸이 잘 어울리네."

머리카락으로 감춰 둬 잘 보이지 않았지만 클라라는 파란 보석으로 장식된 귀걸이를 하고 있었다. 노마는 심장이 덜컥 내려앉는 것을 느꼈다. 바보 같은 클라라. 분명히 액세서리는 금지라고 했는데!

아비게일은 씨익 웃었다. 지옥에서 올라온 악마의 미소였다. 그 미소를 보자, 클라라도 뒤늦게 사태를 파악한 모양이었다.

"죄, 죄송해요. 두 번 다시 귀걸이를 하지 않을게요!"

클라라는 안색이 하얗게 질려 허둥지둥 귀걸이를 떼어내려 했다. 서두르는 바람에 귀에 피가 맺히기 시작했다.

그 순간, 아비게일이 자리에서 일어났다. 그리고는 황급히 클라라의 손목을 붙들었다.

"클라라, 피가 나잖아! 진정하렴."

귓불에 핏방울이 장식처럼 맺혀 있었다. 아비게일은 손수건을 집어 그녀의 피를 닦아 주었다.

"많이 아프겠다……. 괜찮니?"

노마는 지금 무슨 일이 일어나고 있는지 이해할 수가 없었다. 지금 아비게일이 시녀의 피를 닦아 준다고? 피를 흘려 제 방의 러그를 더럽혔다고 고함을 치는 게 아니라?

지금 아비게일의 얼굴에는 걱정만이 가득했다. 그녀는 제가 다친 것마냥 안쓰러워하는 목소리로 말했다.

"귀걸이가 잘 어울려서 칭찬을 한 것뿐이니, 그렇게 놀라지 않아도 돼."

"저, 정말요……?"

클라라는 얼떨떨한 눈치였다. 아비게일은 그녀를 달래려는 듯, 짐짓 나긋나긋한 어조로 말했다.

"물론. 그리고 이제부터는 원하는 대로 자유롭게 입어도 괜찮아. 너희가 하고 싶은 대로 하렴. 다른 시녀에게도 전해 줘."

"네, 네. 왕비님……."

클라라는 더듬거리며 말했다. 아비게일은 피가 멎은 것을 확인한 뒤, 손수건을 떼어냈다.

"피는 멎었지만 혹시 모르니 의사를 찾아가 보렴."

표정은 무뚝뚝했지만 목소리는 다정했다. 그 다정한 모습에 클라라는 순간 넋이 나가고 말았다. 일국의 왕비에게 이런 호의를 받다니.

그런 클라라의 속을 알 리 없는 아비게일은 여전히 미안해하는 눈치였다. 그녀는 피가 묻은 귀걸이를 잠시 바라보다가 화장대로 발을 옮겼다.

"아, 그러고 보니 내가 안 쓰는 귀걸이가 있는데."

아비게일이 보석함을 열자, 오색의 보석들이 빛을 받아 반짝거렸다. 다이아몬드, 가넷, 에메랄드, 산호, 진주, 사파이어……. 보석함은 마치 작은 박물관 같았다. 세상의 모든 보석이 들어 있는 것 같았다.

클라라도 귀족 가문의 영애이니 보석 장신구는 여러 개 가지고 있었다. 하지만 그런 클라라조차도 입을 벌릴 정도로 보석함 안에는 훌륭한 보석들이 가득했다.

아비게일은 그중에서 사파이어 귀걸이를 꺼내 들었다. 방금 전, 클라라가 한 것과 마찬가지로 푸른색인 귀걸이였다. 가격은 천차만별일 테지만.

"자, 네게 줄게."

그녀는 조심스레 귀걸이를 내밀었다. 클라라가 화들짝 놀라 손을 내저었다.

"아, 아니에요. 이런 건 받을 수 없어요."

"어차피 나는 안 쓸 물건인걸. 보석 중 상당수는 처분할 생각이었으니, 받아 주렴."

자비로운 목소리에 클라라의 눈동자가 흔들렸다. 아비게일은 그 틈을 노려 클라라에게 귀걸이를 쥐여 주었다.

그리고는 몸을 틀어 노마를 바라보았다. 노마가 흠칫 놀라 어깨를 떨었다. 아비게일은 유심히 그녀를 바라보다 고개를 끄덕였다.

"노마는 페리도트 쪽이 어울릴 것 같네."

"아, 아뇨. 괜찮습니다, 왕비님. 저에게는 과한 물건이에요."

"그렇지 않아. 그리고 특히 노마에게는 선물을 주고 싶어. 내가 그동안 널 많이 힘들게 했으니까……. 정말 미안했어, 노마."

선물만큼이나 어색한 것이 사과의 말이었다. 그녀는 연녹색 목걸이를 집어 노마에게 건네주었다. 노마 역시 뭐라 말도 하지 못한 채, 그것을 받았다.

두 사람에게서 감사의 말이 나오지 않았음에도 아비게일은 꾸짖지 않았다. 그녀는 보석함을 제자리에 돌려놓은 뒤 말했다.

“나중에 다른 시녀들에게도 선물을 줄 생각이니 부담 갖지 말고. 그럼 난 잠시 나갔다 올게.”

아비게일은 대수롭지 않게 말한 뒤 방을 나섰다. 방에는 정적이 남아 있었다. 아무도 말을 꺼내지 못했다.

노마는 지금 이 상황이 꿈인지 현실인지 모르겠다는 듯, 입을 벌리고 있었다. 그녀가 자신도 모르게 중얼거렸다.

“정말 사람이 바뀌기라도 한 건가……?”

시녀들에게 복장을 자유롭게 해도 좋다는 명령을 내린 뒤, 약 일주일이 흘렀다. 처음에는 다들 의심하는 분위기였다. 다행히 며칠이 지나자 조금씩 바뀌기 시작했지만.

몇 시녀들은 내가 선물로 준 액세서리를 하고 있기도 했다. 특히 클라라는 신이 나서 매일 같이 새 옷을 입고 나왔다. 귀에는 사파이어 귀걸이를 한 채였다.

하지만 모두가 클라라 같은 건 아니었다. 노마를 비롯한 몇 시녀들은 복장이 수수했다. 본인들이 선택한 것이라면 상관없지만, 분위기로 봐서는 내 눈치를 보느라 그러는 것 같았다.

에휴, 그간 아비게일이 해 온 짓이 있으니 쉽게 믿음이 생기지 않는 모양이다. 정말 여러모로 업보가 깊은 여자다. 시녀 중 누군가가 앙심을 품고 살해했다고 해도 믿을 법하다.

그나저나 과연 누가 아비게일을 죽였을까.

아비게일을 눈엣가시로 여기는 사람이 여럿이었다. 우선 전 왕비, 미리엄의 세력이 있다. 전 왕비는 스토크라는 공작 가문의 영애였다고 한다.

그녀가 죽은 뒤, 스토크 가문에서는 미리엄의 동생을 차기 왕비로 추천했다. 하지만 크로넨버그의 공주 아비게일이 왕비 자리에 앉게 되었다. 이런 상황이다 보니 스토크 가문이 아비게일을 싫어할 법했다.

또 신경이 쓰이는 쪽이라면……. 세이블리안의 배다른 형제다. 이쪽도 왕위 계승 문제로 인해 세이블리안과 척을 지고 있다. 이름은 레이븐이라고 했다. 이름답게 까마귀처럼 검은 머리카락을 지닌 사내였다.

배다른 형제임에도 그는 세이블리안과 쌍둥이처럼 닮았다. 하지만 성격도 꽤 다르고, 눈동자 색이 금색이라 구분하기는 쉬웠다. 머리카락도 등을 덮을 정도로 길고.

아비게일과 나쁜 사이는 아니었던 것 같지만 정치적으로는 적대 관계에 가깝다. 아비게일이 아들을 낳는다면 레이븐의 왕위 계승권이 더욱 약해질 테니 말이다.

그 외로도 소소한 원한을 쌓은 건 덤이다. 시녀들을 포함해서 수많은 사용인들을 괴롭혔지……. 아, 아비게일. 이 적 많은 여자야, 흑흑……. 생각하면 할수록 범인 후보가 너무 많아진다.

일단은 적부터 줄이는 게 우선이다! 원작의 결말처럼 죽을 수는 없어. 블랑슈랑도 사이좋게 지내야지.

“클라라, 오늘이 블랑슈 공주가 새로 드레스를 맞추는 날이지?”

“네, 왕비님.”

"내가 가서 구경하면…… 블랑슈 공주가 싫어할까?"

블랑슈가 새 꼬까옷을 입는 현장이라니! 너무너무 보고 싶었다. 하지만 블랑슈는 여전히 날 무서워하기에 망설여지는 부분이 있었다.

클라라는 잠시 생각에 잠겼다. 한 2초 정도. 그녀는 해맑게 웃으며 말했다.

"아마 괜찮지 않을까요!"

클라라가 그렇게 대답해 주니 왠지 용기가 생겼다. 선물을 가져왔다는 핑계를 대고 잠깐만 보고 나오자!

"좋아. 그럼 외출 준비를 도와주렴."

"네, 아비게일 님!"

클라라와 노마가 작은 상자를 하나씩 들었다. 지난번에 고른 신발 두 켤레였다.

나는 노마와 클라라를 대동한 뒤, 접견실로 향했다. 가까이 다가가자 방 안쪽에서 말소리가 들려왔다. 여러 사람의 말소리였다. 어른들의 목소리. 나는 빼꼼히 안을 들여다보았다.

의자에 앉아 있는 블랑슈가 보였다. 손발을 꼭 모은 채 얌전하게 앉아 있는 블랑슈는 인형처럼 보였다. 멀리서 봐도 귀엽기는 참 귀엽다. 오밀조밀한 눈코입에 발그레한 뺨. 손가락으로 콕 찌르면 뽀잉뽀잉한 소리가 날 것 같았다.

그리고 방 안에는 마네킹과 커다란 상자들이 놓여 있었다. 마네킹에는 여러 종류의 드레스가 걸려 있었다. 겨울이 끝나고 봄이 찾아오는 시기라 방 안에 걸린 드레스들은 한결 화사하고 가벼워 보이는 디자인이었다. 사이즈는 어른용이었지만.

"제레미 부인, 이 의상은 어떠신가요?"

맵시 있는 의복을 입은 남자가 입을 열었다. 아마도 양장사인 모양이었다. 제레미 부인은 골똘한 표정으로 드레스들을 보고 있었다.

제레미 부인은 블랑슈의 유모인 동시에 가정교사라고 들었다. 블랑슈가 어렸을 때부터 일했다던데. 그리고 스토크 공작의 조카라고 했던가? 공작의 혈연이기에 다른 사람들이 쉽게 건드리지 못하는 사람이라고도 들었다.

그 외에는…… 딱히 아는 게 없었다. 사실 난 그녀가 어떤 사람인지 잘 모른다. 애초에 아비게일과 제레미 부인은 접점이 거의 없었다. 두 사람이 처음이자 마지막으로 만난 것은, 아비게일이 입궁했을 무렵이었다.

제레미 부인은 블랑슈에 대해, 그리고 교육 방침에 대해 설명하려고 했다. 하지만 아비게일은 이렇게 말하고 제레미 부인을 내보냈다.

[공주의 교육은 모두 당신에게 맡길 테니, 내게 귀찮은 일이 없도록 하세요. 이런 일로 다시 찾아오지도 말고.]

하아, 아비게일. 대체 왜 그랬니. 다음에는 제레미 부인에게도 선물을 하나 해야겠다.

그렇게 상념에 빠져 있는 동안, 제레미 부인은 거침없이 드레스를 골라 갔다.

"이 드레스 말고 다른 것은 없나요?"

지금 그녀가 보고 있는 것은 고동색의 드레스였다. 시크하고 우아한 맛이 있었지만 내 눈에는 좋게 보이지 않았다. 사실 저 드레스뿐만 아니라 다른 드레스들 역시 그다지 마음에 들지 않았다.

아이의 옷과 어른의 옷은 다르다. 그런데 지금 마네킹에 걸린 것들은 모두 코르셋이 포함된 성인용 드레스. 아마 저 드레스를 블랑슈 사이즈로만 줄여서 만들겠지. 아이의 특징을 고려하지 않은 옷들이 편할 리가 없는데…….

그런 점들 때문에 더더욱 블랑슈의 옷을 내가 디자인하고 싶었다. 뛰어들어서 말리고 싶지만, 일단 참자. 이 기회에 블랑슈의 취향인 드레스를 기억해 두었다가 나중에 아동용으로 만들어 줘야지.

그 사이 양장사는 다른 드레스를 보여 주었다.

“그럼 이쪽은 어떠신가요?”

연한 하늘색에 자잘한 흰 리본들이 달린 드레스였다. 블랑슈는 좋아하려나? 슬쩍 블랑슈를 보자, 두 눈이 별을 박은 것처럼 반짝이는 것이 보였다.

살짝살짝 드레스를 훔쳐보는 블랑슈는 들뜬 기색이 역력했다. 작은 발이 허공에서 까딱까딱했다. 흑흑, 다리가 짧아서 닿지도 않아. 너무 귀여워……. 다행히 마음에는 드나 보다.

내가 블랑슈를 지켜보는데 매진하는 사이, 제레미 부인이 말했다.

“이 디자인 말고 다른 디자인을 보여 줘요.”

“요새는 이런 디자인도 유행 중입니다.”

양장사는 다른 드레스를 내밀었다. 그 드레스를 본 순간, 나도 모르게 입을 틀어막고 말았다. 그건, 인류에게는 너무 이른 드레스였다.

내가 살던 시대를 기준으로 하더라도 꽤나 전위적인 디자인이었다. 하물며 지금 이 시대에 이런 디자인을 보게 될 줄이야.

그 드레스에는 수많은 색의 비단들이 사용되었다. 빨주노초파남보, 마치 무지개를 형상화한 듯한 디자인.

색의 조합도 조합이었지만 옷의 형태 역시 놀라웠다. 어깨 퍼프는 수박이라도 하나 숨길 수 있을 정도로 큼지막했고, 목 부근에는 사자 갈기 같은 퍼가 부착되어 있었다.

아까 양장사는 이 옷이 유행 중이라고 그랬었지. 내 생각에는 재고 처리하려고 가져온 것 같은데…….

그때, 제레미 부인이 입을 열었다.

"이게 좋겠군요."

뭐? 나는 나도 모르게 문을 박차고 뛰어들 뻔했다. 아니 저 무지개 드레스를 우리 블랑슈에게 입히겠단 말인가?

저런 전위적인 옷을 블랑슈가 입으면!

예쁘겠지!

음. 잠시 상상해 봤는데 무지개 드레스를 입어도 블랑슈는 예뻤다. 제레미 부인도 그걸 알아서 저 드레스를 사려는 것일까.

아니면 블랑슈의 취향이 무지개일 수도 있으니까. 취향이면 그럴 수 있지. 나는 그렇게 생각하며 블랑슈를 바라보았다.

기분 좋게 까딱거리던 발이 딱 멈춰 있었다. 들떠 있었던 얼굴이 지금은 충격으로 굳어 있었다.

왠지 예전에 키우던 멍멍이가 생각났다. 산책하러 가자 해놓고 병원으로 데려가면 저런 표정을 지었는데.

블랑슈 역시 병원에 끌려간 강아지처럼 어깨가 추욱 처져 있었다. 울 것 같은 얼굴을 보니 마음이 아파 왔다. 어흐흑, 블랑슈. 저 드레스가 싫었구나!

블랑슈가 슬픈 눈으로 드레스를 바라보다 조심스레 입을 열었다.

"저, 저어……. 제레미 부인."

"무슨 일이시죠, 공주님."

제레미 부인이 생긋 웃었다. 웃고 있지만, 왠지 단호해 보이는 미소였다. 블랑슈는 흠칫 놀라서 고개를 떨구었다.

"아, 아무것도 아니에요……."

그녀는 블랑슈의 반응이 귀엽다는 듯 눈짓만 한 번 주고는 다시 양장사와 이야기를 나누기 시작했다.

으음……. 뭔가 좀 이상한데. 제레미 부인이 원래 눈치가 없는 사람인 걸까? 그녀는 막힘 없이 다른 드레스들을 선택하기 시작했다.

으으으, 나도 블랑슈에게 옷 골라주고 싶다. 블랑슈에게는 어떤 옷이 어울릴까? 그리고 블랑슈는 어떤 스타일을 좋아할지 너무 궁금했다.

……응? 어떤 스타일?

그러고 보니 뭔가 좀 이상했다. 드레스를 고르는 동안 블랑슈는 아무런 말도 하지 않고 있었다. 방금 전, 무지개 드레스를 보고 입을 연 게 전부였다.

옷을 고르는 게 귀찮아서 제레미 부인에게 모두 맡기고 있는 걸까? 아니, 그런 것 같지는 않았다. 무지개 드레스를 보았을 때는 크게 충격받은 것처럼 보였고, 양장사가 어떤 드레스를 권유할 때는 눈을 빛냈다.

그때, 양장사가 마지막 드레스를 집어 들었다. 블랑슈의 눈이 또랑또랑하게 빛나는 것을 나는 놓치지 않았다.

분홍색 원단을 아낌없이 쓴 드레스였다. 예쁘다기보다는 조금 귀여운 쪽. 자잘한 꽃무늬가 포인트로 들어간 것이 봄에도 잘 어울렸다. 양장사가 환히 웃으며 말했다.

"이 드레스 역시 유행하고 있습니다. 어떠십니까? 제레미 부인."

제레미 부인은 잠시 드레스를 바라보았다. 그리고는 치우라는 듯 손짓을 했다.

"공주님께 이런 드레스는 어울리지 않을 것 같군요. 아까 고른 것까지만 주문하겠어요."

"알겠습니다. 그러면 오늘 고르신 드레스를 공주님의 치수에 맞춰서 제작하겠습니다."

그렇게 말하고 양장사는 견본 드레스들을 정리하기 시작했다. 블랑슈는 잔뜩 시무룩해져서 고개만 떨구고 있었다.

아, 안 돼! 이대로 돌아가면 우리 블랑슈는! 우리 블랑슈의 소중한 핑크 드레스는!

잠자코 지켜보려고 했지만 어쩔 수 없었다. 이렇게 양장사를 보냈다간, 우리 블랑슈는 봄 내내 남이 골라준 옷을 입고 다녀야 한다고!

나는 가볍게 노크를 하고 곧바로 안으로 들어섰다. 안에 있던 사람들이 놀라 내게 고개를 숙였다.

"어서 오십시오. 왕비 전하."

"어, 어서 오세요, 아비게일 님."

블랑슈가 자리에서 벌떡 일어나 허리를 숙여 인사했다. 블랑슈의 머리가 고양이 뒤통수처럼 작고 동그래서 나도 모르게 쓰다듬을 뻔했다. 크윽, 참아야 한다.

나는 몸을 틀어 제레미 부인을 바라보았다.

"양장사가 왔다고 하여 들렀어요. 블랑슈 공주의 봄옷은 어찌 되어 가는 중이죠?"

"예. 지금 막 주문을 끝낸 참입니다, 전하."

제레미 부인이 공손히 대답했다. 나는 양장사를 힐끗 보았다. 그의 얼굴이 희끗하게 질려 있었다.

창문에 비친 내 얼굴을 슬쩍 보았다. 와, 이거 거의 미성년자 관람불가 얼굴이네. 무표정한 얼굴로 눈에 힘을 주니 악녀다운 포스가 물씬 풍겼다.

"고른 드레스를 보고 싶다만."

"예, 예. 물론입니다. 전하."

양장사가 사람을 불러, 정리했던 드레스를 다시 풀어놓았다. 십수 벌의 드레스가 있건만 그중 블랑슈가 고른 것은 없었다.

나는 잠시 드레스를 살펴보다가 블랑슈를 향해 고개를 틀었다. 그 아이는 양손을 꼭 잡은 채 얌전히 서 있었다.

"블랑슈 공주, 공주는 이 중에서 어떤 드레스가 가장 마음에 드나요?"

나는 최대한 상냥하게 말하려 애썼다. 블랑슈는 쭈뼛쭈뼛하며 말했다.

"아, 그게…… 다 마음에 들어요."

"그렇군요."

흠. 이 분위기에서는 블랑슈가 솔직하게 대답하지 않을 것 같았다. 나는 성큼성큼 걸어가, 드레스 상자 하나를 벌컥 열었다. 아까 그 분홍꽃무늬 드레스를 여기에 넣는 걸 봤었다.

내 행동에 제레미 부인이 곤란해하는 게 느껴졌다. 그래도 어쩔 수 없었다. 그녀는 블랑슈의 유모지만, 나는 계모니까. 내게도 간섭할 자격은 있겠지.

"내 눈에는 예뻐 보이는데. 블랑슈 공주는 어떻게 생각하나요?"

나는 분홍꽃무늬 드레스를 집어 든 뒤, 블랑슈에게 내보였다. 그 아이는 잠시 당황한 것처럼 보였다. 그러나 이내 끄덕끄덕, 고갯짓을 했다.

"네, 네! 예쁘다고 생각해요……!"

"그럼 이걸로."

그리고 아까 연한 하늘색 드레스를 봤을 때도 표정이 좋았지. 나는 다른 상자를 뒤져 하늘색 드레스를 찾았다.

"이 드레스는 어때요, 블랑슈 공주?"

"네. 예뻐요……!"

블랑슈의 눈동자에 다시 빛이 돌아왔다. 연못에 햇빛이 닿아 반짝이는 것처럼 푸른 눈동자가 빛났다.

좋아, 좋아. 이대로 블랑슈 취향의 드레스를 좀 더 골라야지. 아까 다른 드레스도 마음에 들어 하는 것 같던데.

다만 문제는 어떤 드레스들이었는지 기억이 안 난다는 점이었다. 그리고 답은 내가 이 나라의 왕비라는 사실이었고.

"좋아요. 대답을 잘한 착한 공주님에게는 상이 있어야죠."

금도끼 은도끼 동화에서도 솔직하게 말하면 상을 주는 법. 나는 양장사를 향해 말했다.

"여기 견본으로 가져온 드레스를 모두 만들어서 가져오게. 단, 코르셋은 제외하고 만들게. 대금은 내가 지불하겠네."

내 말이 나온 순간, 갑자기 분위기가 싸해졌다. 그저 침묵. 모두 말도 안 된다는 눈치였다. 시녀들 역시 어안이 벙벙한 와중. 양장사만이 이게 웬 횡재냐 싶어 입이 헤벌쭉 벌어졌다.

영원할 것 같은 정적을 깬 사람은 제레미 부인이었다. 그녀는 미소 지은 채 말했다.

"전하, 외람된 말씀이지만 드레스를 모두 주문하기에는 할당된 예산이 적습니다. 국왕 전하께서 사치를 금하시어……."

젠장, 세이블리안! 블랑슈가 돈 펑펑 쓰며 사치하는 타입도 아닌데 쪼잔하기는. 그렇다고 한들 물러설 수는 없었다.

"내게 할당된 예산을 쓸 생각이니, 문제는 없을 겁니다. 혹 국왕 전하께서 책임을 묻는다면 내 지시였다고 답하세요."

내 옷 살 돈으로 블랑슈한테 옷을 선물했다고 하면, 자기도 할 말 없겠지. 제레미 부인도 결국 고개를 끄덕였다.

"……명령대로 하겠습니다, 전하."

휴, 일단 해결된 건가. 나중에 세이블리안이랑 싸우게 될지 모르지만……. 응?

누군가가 내 드레스를 꾹 잡아당기는 게 느껴졌다. 아래를 내려다보자 어느새 블랑슈가 다가와 있었다. 아이가 내 옷자락을 잡은 채, 간절한 눈으로 나를 올려다보았다.

"저, 저 아비게일 님……. 저는 괜찮아요. 저 때문에 아비게일 님이 드레스를 못 사는 건 싫어요……."

아비게일이 무서워서 이러는 걸까? 하지만 표정을 보아하니 그런 것 같지는 않았다. 그 아이는 내게 진심으로 미안해하고 있었다. 눈빛을 통해 블랑슈의 마음이 전해졌다.

순간 코끝이 찡해졌다. 아니, 얘는 정말 천사인 게 아닐까? 나는 웃지 않으려 애쓰며 천천히 무릎을 접었다. 블랑슈와 눈높이가 비슷해졌다.

"괜찮아요, 블랑슈 공주. 저는 입을 옷이 너무 많아서 어차피 안 사려고 했어요."

"그, 그래도요……."

블랑슈가 시무룩해져서 말했다. 이렇게 미안해할 필요 없는데…….

나는 다정하게 말하려 애썼다.

"그러면 내 부탁 하나만 들어줄래요?"

"네? 네!"

그 아이는 정말 뭐든 다하겠다는 듯한 눈으로 나를 봤다. 작은 주먹을 꼭 쥔 채 의지를 다지고 있었다.

"나중에 드레스가 도착하면, 제일 마음에 드는 옷을 입고 날 찾아와 주세요. 블랑슈 공주가 자랑하는 걸 보고 싶어요."

이렇게 하면 블랑슈 취향이 뭔지도 알 수 있겠지. 블랑슈는 어리둥절한 눈이 되어 고개를 갸웃했다.

"그거면…… 되는 건가요?"

"네. 충분해요."

충분하다 못해 차고 넘친다. 꼬까옷 입은 블랑슈를 볼 생각에 벌써 뿌듯하다.

"그럼 이만 가 볼게요. 아, 블랑슈 공주. 이건 선물이에요. 이걸 주러 들린 참이었답니다."

나는 구두 상자 두 개를 내밀었다. 블랑슈가 쉽사리 받지 못하자, 나는 작게 속삭였다.

"나중에 구두 신은 모습도 보여 줘요. 그걸 보답으로 받을게요."

테이블에 구두를 올려놓은 뒤, 나는 사람들을 돌아보았다. 제레미 부인이 유령이라도 본 듯한 얼굴이 되어 있었다.

"그럼 이만 실례하죠. 다음에 봬요."

나는 얼떨떨한 얼굴의 블랑슈를 뒤로 한 채 접견실을 나섰다. 밖으로 나온 순간 나는 깊게 숨을 토해냈다.

으아, 심장 터져 죽는 줄 알았네. 이렇게 남한테 뭐라 해 본 적이 처음이라 아직도 손이 덜덜 떨렸다.

그래도 블랑슈를 도울 수 있었으니 후회는 없다. 잠시 복도에 서서 새가슴을 달래던 중, 뒤에서 다급한 목소리가 들려왔다.

“저, 저어…… 아비게일 님……!”

뒤를 돌아본 순간, 거기에는 블랑슈가 서 있었다. 뛰어오기라도 한 것일까. 밭게 숨을 쉬느라 어깨가 달싹이고 있었다.

“네. 블랑슈 공주. 무슨 일인가요?”

“그, 그게…….”

블랑슈가 머뭇거리다가 삐쭉, 작은 발을 내밀었다. 구두 앞코가 햇빛을 받아 반짝였다. 레이스 양말과 메리 제인의 매치는 훌륭했다.

그 아이는 내가 선물해 준 메리 제인 구두를 신고 있었다. 인형 신발을 신은 것처럼 작은 발이었다. 잘 어울릴 거라고 생각하긴 했지만 직접 보니 미치도록 잘 어울렸다.

“구두 신은 모습…… 보고 싶다고 하셔서…….”

그 아이는 더듬더듬 말을 이어 갔다. 긴장한 모양인지 얼굴이 딸기처럼 빨갰다. 그리고는 수줍게 웃으며 나를 바라보았다.

“정말, 마음에 들어요. 정말 정말 감사합니다…….”

환하게 웃는 블랑슈의 얼굴은 너무도 아름다웠다. 나는 이 아이가 이렇게 웃는 것을 단 한 번도 보지 못했다.

미소에도 온도가 있다면 이 아이의 미소는 봄의 온도를 가지고 있을 것이다. 보는 사람의 마음속에 꽃을 피우게 하는 온도였다.

크으윽, 잘했다 나새끼. 정말 잘했어! 블랑슈가 이렇게 기뻐할 줄이야. 노마마저 훈훈한 미소를 짓고 있던 와중, 복도 끝에서 누군가의 목소리가 들려왔다.

"블랑슈 공주님! 치수를 재셔야 합니다!"

제레미 부인의 목소리였다. 블랑슈가 화들짝 놀라 허둥대며 말했다.

"저, 저어. 이만 가 봐야 할 것 같아요."

"그래요. 가 봐요."

"다, 다음에 옷 입고 뵈러 갈게요……!"

블랑슈는 고개를 꾸벅 숙이고 왔던 길을 도도도 걸어가기 시작했다. 그 아이의 발이 닿은 자리마다 꽃이 피어나는 것 같았다.

아이고, 흐뭇해라. 블랑슈가 좋아하는 모습을 보니 무척 기분이 좋아졌다.

훈훈하다, 훈훈해. 방으로 돌아온 뒤에도 입꼬리가 자꾸 씰룩거렸다. 클라라가 그런 나를 물끄러미 바라보다 말했다.

"왕비님, 의사를 부를까요? 표정이 좋지 않으세요."

아닌데. 지금 기분 최고로 좋은데. 역시 이 얼굴은 여러모로 오해를 불러일으킨다.

"난 괜찮아. 일단 조금 쉬고 싶으니, 모두 나가줘. 내가 부를 때까지 들어오지 말고."

"네. 왕비님."

시녀들은 재빨리 방에서 나갔다. 찰칵, 하고 문 닫히는 소리가 들리자 나는 침대로 점프했다. 그리고 베개를 마구 두들겨 팼다.

아악, 아아악! 블랑슈 너무 귀여워! 어떻게 그리도 사랑스럽지? 옷 만들고 싶어. 내가 만든 옷을 입히고 싶어……!

마음 같아서는 지금 당장 양장사를 불러 드레스를 만들게 하고 싶었다. 하지만 몇 가지 문제점이 있다.

우선, 블랑슈에게 드레스를 선물하기에는 아직 일렀다. 그 아이가 뭘 좋아하고 무슨 취향인지도 알아야 하니까. 단순히 예쁜 옷이 아니라 블랑슈가 좋아하는 옷을 만들어 주고 싶었다.

제레미 부인이 드레스를 골라 줘도 거부하지 못하는 걸 보면 내가 어떤 드레스를 선물하더라도 일단은 입겠지.

분명 무지개 드레스를 선물해도 입을 것이다. 그러니 조금 더 친해져야 했다. 블랑슈가 내게 'No'라고 말할 수 있을 정도로.

나는 주먹을 불끈 쥐고 의지를 다잡았다. 언젠가 블랑슈를 위한 패션쇼를 열 수 있겠지. 그때까지 블랑슈와 친해지도록 하자!

늦봄의 햇빛은 따사로웠다. 세이블리안은 볕이 좋은 창가에 서 있었다. 그는 맞은편의 건물을 바라보고 있었다. 그곳은 아비게일이 거주하는 서관이었다.

아비게일은 복도에 홀로 나와 있었다. 그녀는 누군가가 자신을 바라본다는 것을 눈치채지 못한 모양이었다. 아니, 애초에 본인이 다른 이를 보느라 정신이 없었다.

그녀의 시선이 향한 곳으로 고개를 돌려보니 산책을 하고 있는 블랑슈가 보였다. 어린 공주는 분홍색 드레스를 입은 채 사뿐사뿐 정원을 거닐고 있었다. 그저 평범하게 산책을 하고 있을 뿐인데, 아비게일은 반 시간 가까이 그곳에 서 있었다.

이런 모습을 보는 게 오늘이 처음은 아니었다. 아비게일은 어쩌다 블랑슈가 지나가면 한참이나 그 자리에 서서 블랑슈를 바라보았다.

감시하는 건가. 대체 무슨 음모를 꾸미고 있는 거지. 세이블리안은 지긋이 입술을 깨물었다.

지난번 이야기를 나눌 때, 아비게일은 블랑슈를 아껴달라고 말했다. 마치 다른 사람이라도 된 것처럼 블랑슈를 생각하는 아비게일. 몇 사람은 그녀가 정말 새사람이 되었다고 했지만, 세이블리안은 믿지 않았다.

아무리 봐도 아비게일은 블랑슈를 증오하는 것처럼 보였다. 한참 동안 블랑슈를 감시하다가 주먹으로 벽을 치고, 발을 동동 구르며 제자리에서 빙글빙글 돌곤 했다. 블랑슈에 대한 살의를 저런 식으로 표현하는 것일까.

그때, 아비게일이 슬며시 고개를 틀었다. 그러자 표독스러운 얼굴을 고스란히 볼 수 있었다. 마치 지옥의 악마가 웃는다면 저런 표정을 짓지 않을까. 그 표정에 세이블리안의 청회색 눈동자가 서늘하게 가라앉았다.

역시 블랑슈를 증오하고 있군.

세이블리안으로서는 아비게일의 사고방식을 이해하기 어려웠다. 아비게일은 죽은 전처를 질투하다가, 죽은 이를 미워하는 것으로는 충분치 않자 살아 있는 사람을 타깃으로 삼았다. 블랑슈가 사라져야 자신과 아이를 만들 거냐고 소리를 지르기도 했었다.

그런 여자이니, 쉽게 변했을 리가 없다.

그 사이 블랑슈는 산책을 끝낸 모양이었다. 그러자 아비게일도 발을 옮기기 시작했다. 자세히 보니 그녀는 손에 상자를 들고 있었다. 사람 머리 하나 정도 들어갈 만한 크기였다.

그 상자를 본 순간 세이블리안의 눈썹이 꿈틀거렸다. 그는 본능적으로 무언가를 느꼈다.

저 여자, 뭔가를 하려고 하고 있어. 대체 어떤 음모를 품었기에 저리도 음흉하고 포악한 미소를 띠고 있단 말인가.

아비게일은 시녀도 데리지 않고 조용히 이동했다. 세이블리안은 그녀가 향하는 방향을 응시하고는, 곧 자리에서 일어났다.

음, 이제 슬슬 블랑슈가 돌아오려나?

나는 상자를 든 채 벽 너머에 서 있었다. 블랑슈의 방이 슬쩍 보이는 위치였다. 요 일주일 동안 블랑슈를 관찰하고, 주위로부터 블랑슈에 대한 이야기를 들으며 나는 그 아이가 뭘 좋아할지 머릿속으로 시뮬레이션을 했다.

드레스는 지난번에 맞추었으니 좀 그렇고, 신발도 선물로 줬으니 패스. 액세서리를 하기엔 이른 것 같았다. 실제로도 잘 안 하는 것 같고.

고심 끝에 나는 완벽한 선물을 골랐다. 이거라면 블랑슈도 분명히 마음에 들어 할 것이다. 문제는 타이밍이었다. 아까 정원을 산책할 때 줄까 고민했는데 괜히 방해하고 싶지 않아서 참았다.

여기서 기다리고 있다가 우연히 마주친 척하고 상자를 주면 분명 블랑슈도…….

……아니, 이거 오히려 더 부담 주는 거 아닐까? 나는 잠시 블랑슈 처지에서 생각해 보기로 했다.

블랑슈에게 있어서 나는 껄끄러운 직장 상사 같은 느낌이겠지. 만약에 쉬고 돌아오는 길목에 부장님이 서 있다면?

순간 소름이 돋았다.

안 돼, 블랑슈가 오기 전에 얼른 여길 벗어나야겠어. 선물은 그냥 방문 앞에 두고 갈까…….

선물을 받았을 때 표정이 보고 싶었지만 물러서기로 했다. 나는 아쉬운 마음을 삼킨 채 상자를 내려놓았다.

그때, 뒤편에서 인기척이 느껴졌다. 블랑슈가 벌써 돌아온 건가? 황급히 뒤를 돌아보니 거기에는 세이블리안이 서 있었다. 다행이다. 그런데 이 양반이 왜 여기에 있지?

각방을 쓴 뒤로 오랜만에 보는 얼굴이었다. 식사도 따로 하는 터라 마주칠 일이 없었다. 그래도 일단 인사는 해야겠지. 나는 자리에서 일어나 침착하게 고개를 숙였다.

"전하, 강녕하셨나요."

"거기서 뭘 하고 있습니까, 아비게일."

인사 대신 날이 선 질문만이 돌아왔다. 세이블리안의 목소리는 유리 파편처럼 날카로웠다. 순간 흠칫했지만 당당해지기로 했다. 왜, 뭐, 왜. 나 그냥 블랑슈한테 선물 주려고 온 건데.

"블랑슈 공주에게 선물할 것이 있어 두고 가려던 참이에요."

"선물?"

그는 여전히 의심 가득한 눈초리였다. 마치 내가 폭탄 테러범이라도 된 기분이었다.

"네, 선물."

"이리 줘 보십시오."

세이블리안이 내게 손을 내밀었다.

달라고? 내가 우리 블랑슈 주려고 선물이랑 깔 맞춤해서 분홍색 리본으로 예쁘게 포장까지 했는데?

하지만 여기서 넘겨주지 않으면 그는 물러서지 않을 것 같았다.

……뭐. 리본이야 다시 묶으면 되니까.

나는 짜증을 감춘 채 그에게 상자를 내밀었다. 세이블리안은 무신경한 손놀림으로 리본을 풀어헤쳤다.

흑흑, 블랑슈에게 주려던 선물이! 왜 네가 먼저 보는 건데!

곧 상자의 뚜껑이 열리고 내용물이 드러났다.

"……이건?"

"보시다시피 인형이에요."

그 안에 든 것은 블랑슈를 닮은 사랑스러운 토끼 인형이었다. 그리고 의상은 내가 만들었다. 지난번 블랑슈가 고른 분홍색 드레스와 같은 디자인이었다. 일종의 커플 룩이라고 할까. 같은 옷을 입고 있는 인형을 꼭 끌어안고 있는 블랑슈는 너무너무 귀엽겠지.

세이블리안은 뚫어져라 인형을 바라보았다. 내가 정말로 폭탄이라도 넣어놨을까 봐?

"자, 이제 돌려주세……."

내가 그렇게 말하며 손을 내민 순간, 그가 허리춤에 꽂은 칼을 빼냈다. 스르릉 소리와 함께 장검이 빠져나왔다.

어우씨, 깜짝이야! 나는 흠칫 놀라 뒤로 물러섰다.

어, 야, 뭔데? 너 왜 칼 드는데? 설마 날 죽인 범인이 너였냐……!

내가 허둥대고 있던 중, 인형이 바닥으로 툭 떨어졌다. 그리고 그 위로 세이블리안의 검이 박혔다. 그러니까, 토끼 인형의 배 위로. 푹, 하고.

나는 멍한 눈이 되어 세이블리안을 바라보고 있었다. 지금 무슨 일이 일어나고 있는 거지?

그의 검이 인형의 배를 갈랐다. 내가 만든 옷은 순식간에 두 동강이 났다. 갈라진 배에서 흰 솜이 삐져나왔다. 그는 인형을 집어 든 뒤, 안의 내용물을 모두 빼냈다.

인형은 순식간에 넝마가 되었다. 발치에는 녹지 않은 눈처럼 솜이 떨어져 있고, 분홍빛이 도는 원단은 죽은 꽃잎처럼 흩어져 있었다.

그는 집요하게 인형을 헤집고, 내용물을 확인했다. 한참이 지난 후에야 그는 인형의 잔해를 떨구었다.

"정말 인형이었던 건가."

세이블리안이 낮게 중얼거렸다. 그 무정한 중얼거림을 듣자, 그제야 현실로 돌아올 수 있었다.

"무얼……."

내 목소리에 세이블리안이 내 쪽으로 시선을 틀었다. 그가 놀라는 것이 느껴졌다.

"무얼 하신 겁니까. 전하."

분노를 참을 수가 없었다. 뒤늦게 끓어오른 화는 내 예상보다도 더욱 뜨거웠다. 내가 만든 인형과 옷이 한순간에 걸레 조각이 되었다. 블랑슈를 위해 준비한 선물이 쓰레기가 되는 꼴을 이 눈앞에서 목도했다.

게다가 세이블리안의 표정이 날 더욱 열 받게 했다. 그는 조금 놀랐을 뿐, 미안한 기색은 전혀 없었다.

아비게일이 생전에 블랑슈를 괴롭혔으니 내가 의심스러울 것이다. 뭔가 인형에 수를 썼을 거라고 생각해도 어쩔 수 없다.

하지만 이런 방식을 써야 했는가? 울음을 참으려 했지만 막을 수 없었다. 휘몰아치는 감정이 눈물이 되어 흘러나왔다.

그러자 세이블리안의 표정에 변화가 생겼다. 물론 미안함은 아니었다. 신기한 동물이라도 본 듯한 놀라움이 스쳐 지나갈 뿐.

꼴도 보기 싫은 얼굴이었다. 당장 이 자리를 뜨고 싶었지만, 할 일이 있었다. 쭈그리고 앉아 주섬주섬 인형의 잔해를 주웠다.

비참했다. 버려도 상관없지만 그래도 이렇게 쓰레기처럼 널브러진 꼴을 볼 수는 없었다.

블랑슈를 위해 준비한 건데……. 그 아이가 기뻐하길 바라며 만든 건데…….

손이 떨리는 와중, 누군가의 목소리가 들려왔다.

"아비게일 님? ……아바마마?"

블랑슈의 목소리였다. 뒤를 힐끗 보니 어느새 블랑슈가 시녀와 함께 복도에 나타나 있었다.

블랑슈를 보자 또다시 눈물이 나올 것만 같았다. 그러고 보니 인형이랑 똑같은, 그 분홍색 드레스를 입고 있었지. 하지만 블랑슈 앞에서 울 수는 없었다. 나는 황급히 눈가를 닦아냈다.

"블랑슈 공주. 평안하셨나요."

"네, 아비게일 님. 그나저나 그건……?"

아비게일이 내 손에 담긴 인형의 잔해들을 바라보았다. 머리가 남아 있어서 간신히 토끼 인형이란 걸 알아볼 수 있었다.

"그게……."

뭐라고 답하면 좋을까? 나는 망설이다가 별일 아니란 듯이 말했다.

"블랑슈 공주에게 선물하려던 인형이었는데, 바느질이 허술했나 봐요. 솜이 터져 나왔네요."

허술한 건 바느질이 아니라 내 거짓말이었다. 누가 봐도 인형은 날붙이로 엉망이 된 상태였다. 그리고 내 뒤에는 칼을 들고 서 있는 세이블리안이 있고.

솔직하게 '네 아빠가 네 선물 난도질해 버렸어! 저거 완전 개자식이야!'라고 말해도 상관은 없었겠지만 나는 입을 다물었다. 그래도 아이 앞에서 부모가 싸우는 모습을 보여 주면 안 되니까. 설령 사랑이 없는 부모라 하더라도.

블랑슈의 시선이 잠시 세이블리안을 향했다가, 다시 내 손으로 향했다. 그리고는 고사리 같은 손을 뻗어 내 손을 감쌌다.

"제 하녀 중에 바느질을 잘하는 하녀가 있어요. 분명 말끔하게 고쳐줄 거에요."

그 아이는 나를 위로하려는 듯 미소 지었다. 그리고는 조심조심 인형의 잔해를 받아갔다. 작은 손에 담기엔 양이 너무 많아, 옆에 있던 상자에 담았다.

"감사합니다. 아비게일 님. 소중히 간직할게요."

아, 그 말에 참았던 눈물이 다시 터질 것만 같았다. 나는 괜히 천장을 올려다보았다.

어떻게 저런 인간 쓰레기에게서 이런 천사가 태어났을까. 분명 죽은 아내가 보살이었을 거야.

나는 블랑슈와 더 이야기를 나누고 싶었지만, 세이블리안과 이 이상 마주하고 싶지는 않았다.

"방 앞에서 소란을 피워 미안해요, 블랑슈 공주. 편히 쉬어요. 저도 이만 가 볼 테니."

"네, 네……!"

나는 자리에서 일어났다. 그리고는 세이블리안에게 가볍게 고개를 숙인 뒤, 옆을 스쳐 지나갔다.

뛰듯이 복도를 벗어났다. 아래층으로 향하는 계단을 밟은 순간, 결국 눈물이 터져 나오고 말았다. 아, 젠장. 울고 싶지 않았는데.

그래도 오늘 블랑슈가 내 선물을 받아 줬잖아? 내 손도 잡아 줬고. 고맙다고도 해 줬고. 그리고, 그리고…….

좋은 일들이 많았는데도 눈물은 그치지 않았다. 나는 기둥 뒤에 숨어 양손에 얼굴을 파묻었다. 두 손에 넘치도록 눈물이 고였다.

그는 손안에 남아 있는 드레스 조각을 들여다보았다. 한때 인형이 입고 있던 분홍색 드레스였다. 세이블리안은 그것을 책상 위에 내려놓았다. 손톱만 한 원단 조각일 뿐인데, 그는 시선을 떼지 못했다.

"전하, 무슨 생각을 하고 계십니까."

자신을 부르는 목소리에 그는 고개를 들었다. 그의 보좌관인 밀러드가 어느샌가 옆에 다가와 있었다.

"아무것도 아닐세."

그 말을 들은 밀러드는 묘한 표정을 지었다. 아무것도 아니라면서 왜 천 쪼가리를 들고 사색에 빠진 철학자 같은 표정을 짓는 것인가.

"밀러드."

그러던 중 세이블리안이 갑자기 입을 열었다. 그가 무뚝뚝한 얼굴로 말했다.

"요즘 아비게일 왕비는 어떠한가. 어떤 소문이 돌고 있지?"

그 질문에 밀러드는 적잖이 놀랐다. 세이블리안이 아비게일에 대해 관심을 갖다니. 밀러드는 낮은 목소리로 말했다.

"이야기를 듣자 하니, 시녀들을 괴롭히던 게 멎었다고 하더군요. 또한 블랑슈 공주님을 자주 찾아간다고 합니다."

"어떠한 용건으로?"

"특별한 용건은 없어 보였다더군요. 주로 선물을 주러 방문했다고 합니다."

선물이라. 그는 오늘 자신이 찢어발긴 인형을 떠올렸다.

그 안에 아무것도 없을 줄은 미처 몰랐다. 안에 바늘 같은 것이라도 넣어놨을 줄 알았건만. ……정말 선물이었던 걸까. 아니, 그럴 리가 없는데. 그러고 보니 인형이 입고 있던 옷과 블랑슈가 입은 옷이 같은 디자인이긴 했다.

세이블리안은 원단 조각을 만지작거렸다. 그는 자신의 행동을 후회하지 않았다. 당연히 거쳐야 하는 절차라고 생각했다. 하지만 아비게일이 눈물을 보였을 때는 다소 동요했다.

부부가 된 지 일 년. 아비게일과 세이블리안 사이에서 많은 일이 있었다. 아비게일이 자신을 향해 미친 듯이 화를 내고, 걸인처럼 애원하던 모습은 충분히 봤다. 그러나 그녀가 우는 것은 처음이었다. 진심으로 상처받은 듯한 표정을 보는 것도.

"나도 비슷한 이야기는 많이 들었네. 마치 다른 사람이 된 것 같다고 하더군."

세이블리언은 밀러드를 응시했다. 여전히 얼굴에는 표정이 없었다.

"그녀가 개과천선한 것처럼 보이지만, 자네는 어떻게 생각하는가."

"연기라고 생각합니다. 왕비님의 성격을 보면."

밀러드는 노골적으로 적의를 드러내며 말했다.
"전하를 방심시켜 호감을 얻으려는 게 분명합니다. 블랑슈 공주님께 접근하는 것도 비슷한 이치겠죠."
세이블리안도 처음에는 비슷한 생각을 했었다. 그러나 지금은 생각이 좀 달라졌다. 아비게일이 눈물을 흘리며 자신을 스쳐 지나가던 순간이 눈앞에 선했다.
그 옆얼굴이, 그 표정이 과연 연기였을까. 세이블리안은 대답 없이 생각에 잠겼다. 그때 시종이 방 안으로 들어섰다.
"전하, 대신들께서 알현을 요청합니다."
세이블리안은 허가의 뜻으로 고개를 끄덕였다. 곧 50대 중반의 남성 두 명이 안으로 들어왔다. 그중 한 명은 전 왕비의 아비인 스토크 공작이었다. 그는 환히 웃고 있었다.
"전하, 강녕하십니까. 일을 방해한 건 아닌지 모르겠습니다."
"용건은?"
자신의 장인을 향한 것이라고는 믿을 수 없을 만큼 싸늘한 목소리였다. 그럼에도 스토크 공작은 여전히 미소를 머금은 채였다.
"이런, 실례가 많았습니다. 다름이 아니라 재혼에 대한 답을 듣고자 왔습니다만."
재혼이라는 이야기에 세이블리안의 표정이 더욱 험악해졌다. 스토크 공작은 태연히 말을 이어 갔다.
"1년이 넘도록 아비게일 왕비께서 아이를 갖지 못하지 않으셨습니까. 후대를 위해서라도 제2 왕비를 들이는 것이 좋으실 듯 사료됩니다만."
"말했듯이, 나는 재혼 생각이 없소."

"제 딸인 카린은 참으로 참하고 어여쁜 아이입니다. 분명 전하께서도 마음에 들어 하시리라 생각……."

"그만."

세이블리안이 냉정하게 말을 끊었다. 평소에도 차가운 인상이었지만 지금과는 비교할 수도 없었다.

"난 두 번 경고하지 않소."

단두대의 칼날이 떨어지며 머리를 자르듯, 세이블리안은 스토크 공작의 말을 잘라냈다. 스토크 공작의 목덜미가 스산해졌다.

알고 있다. 세이블리안의 말이 공갈 협박이 아님을. 자신이 전 왕비의 아비라 할지라도 봐주지 않을 것임을 알고 있었다.

이 이상 심기를 건드려봐야 좋을 것이 없다. 그는 입을 다물고, 억지로 웃는 낯을 했다.

"실례했습니다. 전하를 염려하는 마음이 커, 말을 너무 많이 했군요. 이만 물러가겠습니다."

스토크 공작은 떫은 표정을 한 채 방을 떠났다. 남아 있던 대신이 가만히 눈치를 살폈다. 세이블리안이 날카로운 목소리로 말했다.

"그대도 할 말이 있소?"

"전하. 스토크 공작의 말에는 일리가 있습니다. 혹 상대가 문제라면 다른 가문의 여식이라도 들이시는 게…… 그것이 왕의 의무가 아니겠습니까."

세이블리안의 눈빛은 여전히 날카로웠다. 하지만 대신은 물러서지 않았다.

"왕자를 낳지 못하면 왕위 계승권이 레이븐 님의 자식에게 넘어갈지도 모릅니다."

레이븐은 선왕의 사생아였다. 사생아이기에 왕위 계승권은 낮았지만 무시할 수 없는 존재였다. 왕위 계승권은 서계보다는 적통이, 공주보다는 왕자가 우선했다.

만약 레이븐이 아들을 낳는다면, 대신들은 적통인 공주와 서계인 왕자 두 편으로 가라질 것이었다.

"어질고 현명한 영애를 후처로 들이거나, 외국의 왕가와 결혼을 하는 것도 괜찮을 듯합니다."

"내가 그것을 모를 거라 생각하여 감히 훈계하는 건가?"

날카로운 목소리에 대신은 입을 다물었다. 세이블리안의 눈동자에는 여전히 서늘한 적의가 남아 있었다.

"내게 아내는 아비게일 한 명으로 충분하네. 다른 여자를 더 들일 생각은 없어."

그렇게 말하고 세이블리안은 더 이야기하고 싶지 않다는 듯, 서류로 시선을 돌렸다. 대신은 가볍게 고개를 숙였다.

"……예. 실례했습니다. 전하."

"물러가게. 그리고 밀러드 자네도 잠시 자리를 비켜 주게."

세이블리안의 명에 그들은 순순히 자리를 떴다. 혼자 남게 되자, 그는 짜증스레 앞머리를 쓸어 넘겼다.

그러다 문득, 손에 분홍색 원단 조각이 붙어 있는 걸 깨달았다. 그 원단 조각을 보고 있자니 아비게일이 했던 말이 문득 뇌리를 스치고 지나갔다.

[제게 남편으로서의 의무를 지키지 않으셔도 됩니다. 다만 아버지 역할에는 충실해 주세요.]

의무. 의무라. 방금 전 대신이 지껄이고 간 말이 떠올랐다. 왕의 의무를 다하라는 주제넘은 참견.

대신이 말한 왕의 의무나 남편으로서의 의무나 사실 근본은 똑같았다. 후세를 만들라는 것이었다.

의무를 다하라는 말은 반평생 가까이 들어왔다. 하지만 의무를 다하지 않아도 좋다는 말은 난생처음 들어보았다.

아비게일은 남편으로서의 의무를 지키지 않아도 된다고 했다. 그저 아버지로서의 역할만을 다해 달라고 했을 뿐.

아버지로서의 역할. 그는 블랑슈에게 아버지로서의 역할을 다하고 있다 생각했다. 하지만 오늘은 그 역할을 제대로 해내지 못한 것만 같았다.

블랑슈가 넝마가 된 토끼 인형을 보며 울적한 표정을 지은 것이 떠올랐다. 돈으로 따지면 금화 한 닢도 되지 않을 인형이다. 평소 같으면 쉬이 넘겼을 일이 왜 이리 걸리는 것일까.

상념으로 인해 머리가 복잡했다. 시답잖은 생각 따위는 하고 싶지 않았다. 그는 서류를 집어 들었다. 일을 하면 이 알 수 없는 찝찝함도 가시겠지.

식사도 거르며 그는 업무에 열중했다. 어느새 해가 지고 밤이 찾아왔다. 오랫동안 자리에 앉아 있으니 몸이 뻐근했다. 그는 가볍게 목을 꺾으며 집무실을 떠났다.

그나마 얼마 전부터 각방을 쓰게 되어 다행이란 생각이 들었다. 지금 아비게일을 마주치게 된다면 뭐라 할 말이 없었기 때문이었다.

그가 침소에 들어서자 시종들이 옷 갈아입는 것을 도와주었다. 그들은 왠지 모르게 표정이 굳어 있었다.

"그, 그럼 저희는 물러가겠습니다. 푹 쉬십시오, 전하."

그리고는 왠지 겁에 질린 것처럼 그들은 자리를 떴다. 오늘은 정말 이상한 일투성이라 생각하며 세이블리안은 침소로 들어섰다.

그리고 안으로 들어간 순간, 그는 흠칫 놀라며 멈춰 서고 말았다. 오늘은 아직 끝나지 않았고 이상한 일 역시 끝나지 않았다.

“어서 오세요, 전하.”

평소와는 다르게 장미 향이 진동하는 침소 안. 야릇한 불빛이 방 안을 밝히고 있었다.

어둠과 향기가 어우러진 그 가운데. 나이트가운을 걸친 아비게일이 침대에 앉아 있었다. 기다렸다는 듯 비소誹笑를 지은 채.

내 모습을 본 세이블리안이 입구에 우뚝 멈춰 섰다. 거리가 좀 있었지만 그의 동공이 격렬하게 흔들리는 것을 알 수 있었다.

“……각방을 쓰기로 한 것 아니었습니까.”

목소리마저 희미하게 떨리고 있었다. 그 모습을 보자 나는 왠지 모를 뿌듯함을 느꼈다. 그가 싫어할 거라고 예상하긴 했는데 예상보다도 더욱 싫어하고 있었다.

아로마 향초를 피워놔 좋은 향기가 방 안에 가득하고, 은은한 불빛 때문에 로맨틱한 분위기가 넘쳐흘렀다. 이불 위에는 장미 꽃잎이 흩뿌려진 상태. 침대에는 가운 하나만을 걸친 미녀가 요염하게 다리를 꼬고 앉아 있다.

웬만한 남자들이라면 좋아서 입이 찢어질 상황이지만 난 알 수 있었다. 로맨틱하면 로맨틱할수록, 세이블리안은 싫어한다.

시녀들의 도움을 받아 화장도 한껏 야하고 화려하게 했다. 내가 봐도 소스라치게 놀랄 정도로 관능적이었다. 그리고 세이블리안은 내 예상대로 화를 내고 있었다. 일그러진 얼굴이 그 사실을 증명했다.

흥, 왜 네가 화를 내? 화를 낼 사람은 나인데!

"……당신은 변하지 않았군요."

"변하지 않았다니, 뭐가 말이죠?"

"난 그대가 각방을 쓰겠다는 약속을 지킬 거라 생각했습니다. 잠시나마 당신을 믿은 내가 바보 같군요."

그는 배신당한 사람처럼 말했다. 저렇게까지 상심하는 것은 처음 보는 것 같다. 아비게일이 암살 쇼를 벌였을 때도 저 정도는 아니었었다. 그 모습을 보자 왠지 모를 미안함이 느껴졌다.

으, 아니야. 미안해하면 안 돼! 내 목적을 달성해야지! 나는 마음을 굳게 다잡은 채, 뻔뻔하게 말했다.

"약속, 지킬 생각이에요."

그는 미간을 찌푸렸다.

"이런 상태로 말입니까?"

"저는 전하의 의심을 덜고자 각방을 쓰자고 했습니다. 하지만 전하께서 여전히 저를 의심하시니, 각방을 쓰는 의미가 없는 듯하군요."

나는 다리를 반대 방향으로 꼬았다. 나의 치명적인 몸짓에 세이블리안이 흠칫하는 게 느껴졌다.

"……아까, 약속은 지킬 생각이라고 하셨죠."

세이블리안이 감정을 억누르며 말했다. 이대로 뛰쳐나갈 법도 한데, 그는 용케 버텨내고 있었다.

"네. 지킬 생각이에요."

"어떻게 지키겠다는 겁니까?"

"저를 의심한 것에 대해 사과하시면 약속대로 각방을 쓰러 가겠습니다."

"사과하지 않으면?"

나는 말해 무엇하냐는 듯 입을 삐죽거렸다.

"합방할 거예요."

그 말에 세이블리안의 안색이 새하얗게 질렸다. 나는 치명타를 가했다.

"이 가운도 벗고 잘 거고요."

"……."

"안에는 끝내주게 섹시한 속옷을 입었답니다."

나는 뻔뻔하게 턱을 치켜들었다. 흥, 어때? 생각만으로도 끔찍하지?

세게 나오긴 했지만 사실 나도 조금 긴장하고 있었다. 가운 아래에 정말 야한 란제리를 입고 있었기 때문이었다.

처음에는 평범하게 슈미즈를 입으려 했다. 하지만 클라라에게 저지당했다. 클라라는 합방 날에 슈미즈가 말이나 되는 소리냐며 기염을 토했다. 그리고는 언제 준비해 놨는지 무지막지하게 야한 란제리를 가져왔다. 검은색의 란제리는 거의 끈에 가까운 형태였다.

벗겠다고 협박하긴 했지만 절대 벗고 싶지 않았다. 야, 세이블리안. 빨리 사과해. 나도 내가 란제리 입은 모습 보여 주기 싫단 말이야!

한참의 정적이 흐른 후, 세이블리안이 간신히 입을 열었다. 표정이 조금 누그러진 것 같기도 했다.

"당신은…… 변했군요."

"뭐가 말이죠?"

"당신이라면 이 기회를 틈타서 나와 동침할 거라 생각했는데."

"왜 제가 그런 짓을 해야 하죠?"

나는 어깨를 으쓱했다.

"말씀드리지 않았나요? 저는 더 이상 전하에게 관심이 없다고."

이건 복수였다. 아무 죄 없이 요단강을 건넌 토끼 인형에 대한 복수.

돌아와서 한참을 생각해 보았지만 역시 세이블리안이 나빴다. 백 번 양보해서 의심하고, 인형을 찢어발긴 것까지는 그렇다고 치자.

그런데 그게 오해였다면 사과를 하는 게 당연한 거 아닌가? 미안하다고 한마디만 하면 내가 바다같이 넓은 마음으로 용서해 주었을 것이다.

하지만 그는 사과를 할 생각이 없어 보였다. 이렇게 된 이상 엎드려 절받기라도 나는 꼭 사과를 받아내야겠다. 그렇지 않으면 앞으로도 이런 일이 있을 때마다 그저 속으로 삼켜야만 할 테니까.

"다른 방에 가신다고 해도 상관없어요. 사과할 때까지 매일 합……."

"미안합니다."

……야. 사과가 너무 빠른 거 아니냐?

이 자식, 내가 싫긴 정말 미친 듯이 싫었나 보다. 사과를 받았는데도 분이 풀리지 않았다.

"마음을 담아 사과하지 않으면 인정하지 않겠습니다."

"진심으로 미안합니다, 아비게일."

다시 한번 사과의 말이 들렸다. 이번에도 건성인 건가 싶었지만……. 어쩐지 목소리가 평소와는 달랐다.

나는 슬그머니 고개를 틀어 세이블리안을 바라보았다. 그의 표정에서 노기가 사라져 있었다. 무표정한 사람이라 알아채기 어렵지만 그의 눈매가 조금 처져 있었다.

……이거 정말로 미안해하는 건가? 그 덩치 큰 맹수 같은 사람이 축 처진 모습을 보니 알 수 없는 죄책감이 들었다.

나는 꼬고 있던 다리를 바로 했다. 나도 모르게 민망함에 뒷머리를 긁적거렸다.

"……뭐, 저도 평소에 한 짓이 있으니까. 봐 드릴게요."

"……."

세이블리안은 여전히 아무 말이 없었다. 그저 나를 바라보기만 할 뿐.

감정이 드러나지 않는 눈동자였는데 오늘은 왠지 미안함이 어려 있었다. 으윽, 아니 사과받고 싶긴 했지만……! 이런 어색한 분위기를 참을 수는 없었다.

나는 황급히 침대보를 탈탈 털어 장미 꽃잎을 바닥으로 떨어트렸다. 아로마 향초도 끄고 창문을 열어 환기했다.

아직은 조금 쌀쌀한 봄바람이 방 안으로 들어왔다. 향초가 워낙 독했는지 장미 향이 잘 빠지지 않았다.

향초를 끄자 방 안이 어둑해졌다. 그래도 보름달이 떠 있어서 방 안이 그렇게 어둡지는 않았다.

음, 아무 말도 없으니 더 어색하다. 나는 잠시 말을 고르다 입을 열었다.

"……저는 더 이상 후사도, 권력도 원하지 않습니다. 저를 좋아해 주지 않으셔도 괜찮아요. 후사가 걱정이라면 다른 아내를 들이셔도 됩니다."

오히려 그쪽이 나에게는 좋았다. 새로 들어오는 아내가 아비게일 같은 여자라서 나를 시기 질투하면 그건 또 걱정이지만.

조용히 숨어 살면 별일 없겠지. 눈에 띄지 않게 살던 것은 전생의 내 특기이기도 했다.

"스토크 가문의 카린 영애가 총명하고 어질다 들었습니다. 그분을 후처로……."

"스토크 가문과는 결혼하지 않을 겁니다."

세이블리안이 단호하게 말했다. 방금 전의 미안함은 사라지고, 평소와 같은 냉혈한의 모습으로 돌아와 있었다.

"스토크 가문이 마음에 안 드시면 다른 가문도 괜찮습니다."

"대신들이나 당신이나 정말……."

그는 흐트러진 앞머리를 쓸어넘기며 말했다. 그의 푸른 눈동자가 묘하게 관능적으로 보였다.

"나는 스토크 가문의 영애와도, 그 어떤 여자랑도 결혼하지 않을 겁니다. 내 아내는 오로지 당신뿐입니다."

귓가를 어루만지는 목소리에 왠지 입이 말라왔다. 세이블리안의 얼굴은 한없이 진지했다.

왜 저런 진지한 표정으로 이런 이야기를 하는 거지? 이 사람……. 분명 날 싫어하는 것 아니었나?

아니, 방심하지 말자. 저 말에도 어떤 의도가 있을 것이다. 이 남자는 나를 노리는 맹수다.

하지만 그 사실을 알면서도 쉽게 눈을 뗄 수 없었다. 나는 입술을 깨물었다. 간신히 시선을 피한 뒤, 옆으로 빠져나왔다. 그 뒤에야 나는 입을 열 수 있었다.

"……알겠어요. 사과는 충분히 받았으니, 전 이만 물러가죠."

더 이상 세이블리안의 옆에 머물렀다간 내가 더 괴로워질 것 같았다. 심장이 자폭이라도 할 기세로 뛰는 중이었다.

나는 고개를 숙여 인사한 뒤, 침소를 떠났다. 봄바람에 몸이 싸늘하게 식어 있었는데, 아직도 내 머리카락에서는 장미 향이 났다.

◇

머리카락을 빗어 내리는 감각이 기분 좋았다. 나는 소파에 반쯤 누운 채, 시녀들의 관리를 받고 있었다.

아아, 이것이 권력의 맛인가. 처음에는 어색했지만 점점 시간이 갈수록 익숙해졌다.

클라라가 천천히 내 머리를 어루만지고 머리카락에 향유를 발랐다. 장미 향이었다. 장미 향을 맡자 며칠 전의 일이 생각났다. 어색하게 세이블리안과 헤어진 그날.

그 뒤로 또다시 각방을 쓰게 되어 얼굴 볼 일이 없었다. 무척 잘된 일이었다. 하지만 내게 가까이 다가오던 그의 얼굴을 떠올리자 또 심장이 두방망이질을 쳤다. 으윽, 해로운 얼굴이다. 그런 얼굴은 텔레비전에서 보는 것만으로도 충분해.

"클라라, 다음부터는 장미 향 말고 다른 거로 해 줘."

"네, 왕비님."

클라라는 고분고분 답하며 내 머리카락을 계속 빗어 내렸다. 그러던 중, 그녀의 손이 우뚝 멈췄다.

"저어……. 왕비님."

"왜?"

"혹시 그날 무슨 일 있으셨어요?"

"그날?"

"전하의 침소에 간 날이요."

엥? 왜 갑자기 침소 이야기를?

나는 눈을 뜨고 클라라를 바라보았다. 그녀의 얼굴에 우환이 가득했다. 클라라가 우물쭈물하며 말했다.

"침소에 가셨다가 다시 돌아오셨길래……. 혹시 제가 고른 향초가 마음에 들지 않으셨거나 그런 건가 싶어서."

그때 침소를 꾸미는 일은 클라라와 몇 하녀들이 맡았다. 클라라가 누구보다 열심히 꽃잎을 뿌려대던 게 생각났다.

"아니, 그런 거 아니야."

"그러면 혹시 속옷이 전하 취향이 아니었나요?"

"아니, 그런 거 아니라니까. 다 잘 풀렸어. 걱정하지 말렴."

나는 단호하게 말했다. 언니 믿지? 클라라. 클라라는 나를 가만히 바라보다 활짝 웃었다.

"……네! 알겠어요. 다음에는 더욱 성심성의껏 골라 볼게요. 제가 유명한 란제리 디자이너도 알아 놨으니까요!"

아니, 그만둬. 그랬다가는 세이블리안이 너랑 나를 교수대에 보낼 수도 있단다.

하지만 차마 그렇게 말을 하지는 못하고 시선을 피했다. 그때 노마가 안으로 들어왔다. 노마는 여전히 수수한 옷차림인 채였다.

"왕비님, 아비게일 님께 선물이 도착했습니다."

"선물?"

그녀는 상자 하나를 들고 있었다. 상자는 심플한 검은색이었다. 나는 그것을 받았다. 약간의 무게감이 느껴졌다.

"누가 보낸 거지?"

"국왕 전하께서 하사하신 선물입니다."

아니, 세이블리안이 선물을? 딱히 선물 받을만한 짓을 하지 않았기에, 나는 몹시 걱정이 되었다.

사실 선물이 아니라 불에 달군 쇠 구두 같은 게 들어 있는 건 아니겠지? 내가 근심 어린 눈으로 상자를 내려보고 있자, 옆에서 클라라가 눈을 반짝이며 말했다.

"왕비님께 잘 어울리는 란제리일지도 몰라요!"

아니, 그거 아냐. 란제리에서 벗어나 이 친구야.

"얼른 열어 보세요!"

"……그래."

설마 쇠 구두겠어? 나는 조심조심 상자의 뚜껑을 열었다. 내용물을 본 뒤 나는 눈이 휘둥그레졌다.

"정말 전하가 보낸 거라고?"

"네. 왕비님."

상자 안에 든 것은 쇠 구두가 아닌 인형이었다. 내가 블랑슈를 위해 준비한 것과 같은 토끼 인형. 보들보들한 인형의 감촉도, 입고 있는 의상도 그때와 똑같았다.

게다가 인형은 하나뿐만이 아니었다. 이쪽도 흰색 토끼 인형이었지만 크기가 조금 컸고, 의상이 달랐다. 내가 그날 입고 있었던 것과 같은 보라색 드레스였다. 앙증맞은 토끼 인형 두 개는 무척 사이좋은 모녀처럼 보였다.

와중에 인형은 깜찍한데 포장은 심플하다 못해 수수한 것이 세이블리안다웠다.

……아니, 그 남자가 이런 선물을 보내다니. 여기에 폭탄이라도 들어 있는 건 아니겠지?

나는 인형을 들어 요리조리 살펴보았다. 평범한 인형이었다. 아비게일을 닮은 토끼 인형의 눈동자는 보라색 보석이었다.

뭐지, 이 섬세한 디테일은? 본인이 직접 골랐을까?

그건 아니겠지. 그렇다 하더라도 그 남자가 이런 선물을 줄 줄이야. 생각보다 나쁜 녀석은 아닌…… 건가?

그렇게 인형을 살피던 중, 상자 안에 시선이 닿았다. 거기에는 작은 카드가 하나 들어 있었다.

세이블리안이 손편지라도 쓴 건가? 후후, 짜식. 반성하긴 했나 보군. 이번에는 마음 넓은 내가 용서해 주지.

나는 설레는 마음으로 카드를 읽었다.

「앞으로 이런 일이 한 번 더 발생하면, 당신 앞으로 할당된 예산을 깎겠습니다. 자제 부탁드립니다.」

"……."

나는 카드를 집어 던졌다.

크아아악! 세이블리안! 나쁜 녀석은 아니라고 했던 거, 취소. 취소! 이거 아주 나쁜 놈이잖아? 정말 밉상인 놈이야.

뭐, 어차피 이제 엮일 일 없을 테니까. 바보 같은 남편은 신경 쓰지 말고, 덕질이나 해야지! 덕질이 최고야!

Iam Stepmother, But My Daughter Is So Cute

어머니의 이름으로

2

어머니의 이름으로

대리석으로 이루어진 긴 복도를 걷는 발소리는 날카로웠다. 하이힐 뒷굽과 바닥이 부딪치자 깨질 듯한 소리가 울려 퍼졌다.

응접실로 향하는 아비게일의 발걸음은 다급했다. 그녀가 가까이 다가가자 경비병들이 문을 열어 주었다.

응접실 안에는 한 남자가 서 있었다. 복장이나 낯빛을 보면 꽤 부유한 것처럼 보이지만, 귀족 특유의 고상함은 느껴지지 않았다.

"시간을 내주셔서 감사합니다, 왕비님."

사내는 아비게일의 손등에 키스했다. 그의 손은 긴장으로 떨리고 있었다. 아비게일은 파충류처럼 서늘한 냉기를 뿜고 있었다. 그녀는 새침한 얼굴로 말했다.

"좋은 물건이 있다고 해서 와 봤는데."

"예. 준비해 두었습니다."

한 하인이 작은 상자를 들고 왔다. 상자가 열리자 아비게일의 눈동자가 예리하게 번뜩였다.

"믿을 만한 물건이겠지?"

"물론입니다. 이 물건이라면 블랑슈 공주님도 버티지 못할 겁니다."

그녀는 상자 안에서 물건을 꺼냈다. 그것은 사과만 한 크기의 유리병이었다. 유리병 안의 내용물은 굳은 흙덩어리처럼 울퉁불퉁한 모양새에, 아비게일의 눈동자처럼 불길한 보라색이었다.

내용물을 확인한 아비게일은 만족스럽게 웃었다. 입꼬리가 비틀어지며 기이한 미소를 자아냈다.

"그래. 이 물건만 있다면 블랑슈 공주도……."

큭큭큭. 낮은 웃음소리가 응접실을 울렸다. 그 소리가 사뭇 섬뜩했다. 창밖으로 먹구름이 가득해 분위기가 더욱 음산했다.

"수입할 수 없는 물건일 텐데 솜씨가 좋군."

"외국에 다녀왔을 때 몰래 몇 병 사 두었던 참입니다."

아비게일은 마개를 열어 보았다. 그러자 달콤한 향기가 물씬 흘러넘쳤다. 그 과자는 아비게일의 고향, 크로넨버그에서 유행하는 제비꽃 설탕 과자였다. 외국에 수출조차 안 하는 귀한 과자였다.

제비꽃 설탕 과자의 냄새를 맡자 아비게일의 혀 아래로 침이 고였다. 하지만 그녀는 초인적인 자제력을 발휘해 뚜껑을 다시 닫았다.

"사례는 충분히 하도록 하지."

"다른 물건들도 준비해 놨는데, 한 번 보시겠습니까?"

아비게일이 가볍게 고개를 끄덕이자, 하인들이 방 안으로 수많은 상자들을 날라왔다. 상자 안에는 아이가 좋아할 법한 장난감이나 장신구가 담겨 있었다.

그녀는 주위에 상자가 쌓이는 것을 보며, 지난번 무역 상인들과 마주했던 날을 떠올렸다.

아비게일이 입궁한 뒤, 무역상들은 자주 그녀를 찾아왔다. 그녀는 상인들에게 있어 최고의 손님이었다. 그녀는 액세서리나 드레스, 장식품뿐만 아니라 마도구나 특이한 무역품 역시 좋아했다.

마음에 들기만 한다면 얼마든지 돈을 냈다. 때문에 상인들은 앞다투어 그녀를 찾아왔고, 그날도 접견실에는 수 명의 상인들이 모여 있었다.

아비게일의 앞으로 백발이 성성한 사내가 다가왔다. 늘 아비게일의 마음에 쏙 드는 물건을 가져와 왕비가 아끼는 상인이었다.

[왕비님, 이 진주 목걸이를 봐주십시오. 이렇게 상등품의 진주는 저 바닷속의 인어공주조차 가지지 못했을 것입니다. 특별히 2만 데로나만 받겠습니다.]

사내가 내민 것은 화려하다 못해 목이 부러질 것처럼 휘황찬란한 목걸이였다. 중앙에는 알이 굵은 진주가 있고, 그 옆으로는 자잘한 크기의 진주들이 꿰어 있었다.

진주에서는 은은한 광채가 느껴졌다. 특히 가운데에 장식된 진주는 아비게일이 이제껏 본 것 중 가장 큰 진주였다. 딱 아비게일이 좋아할 법한 물건이라 생각하며 상인은 속으로 웃었다.

하지만 뭔가 이상했다. 평소 같으면 눈을 반짝이며 당장 가져오라고 했을 그녀건만. 지금은 소파에 앉아 심드렁한 표정으로 턱을 괴고 있었다.

[그것 말고는 없나?]

[예? 아, 예. 물론 있습니다. 동쪽의 땅에서 건너온 도자기는 어떠십니까?]

그는 황급히 도자기 하나를 내밀었다. 어깨 부분이 넓고 허리는 잘록한 백자였다. 흰 몸체에 푸른색의 문양이 레이스처럼 그려져 있었다.

[이 도자기는 동방의 왕족들이 아끼던 가보라고 합니다. 정말 어렵게 구한…….]

[다른 건 없나?]

아비게일의 냉정한 반응에 상인은 주춤했다. 혹시 이 도자기가 가품이라는 사실을 눈치챈 건가……?

도자기는 왕족의 가보 같은 것이 아니라 동방에서는 흔하게 볼 수 있는 싸구려였다. 아비게일은 보는 눈이 없는 여자였다. 이제껏 몇 번이나 가품을 팔고 바가지를 씌웠으나 발각된 적은 없었다.

다행히 아비게일은 좀 심드렁해 보일 뿐. 딱히 뭔가를 눈치챈 것 같지는 않았다. 목걸이도, 도자기도 마음에 들지 않아 하면 뭘 팔아야 하나 싶었다.

그때, 상인은 무언가를 떠올렸다. 아비게일이라면 '그 물건'도 살 것이라며 부하와 농지거리를 했던 기억이 났다. 그는 씩 웃고는 도자기를 물렸다. 그리고 정중한 태도로 고개를 조아렸다.

[역시 이 정도의 물건으로는 만족하지 못하시는군요. 그렇다면 특별히 요정 왕국에서 만들었다는 마도구를 보여드리겠습니다.]

상인은 뒤편에 있는 하인에게 시선을 주었다.

[그 물건을 가져오도록.]

'그 물건'이라는 말에 하인은 몹시 당황했다. 하지만 곧 미소 지은 뒤 큼지막한 상자를 가져왔다.

상인은 상자를 열고 천천히 내용물을 꺼내 들었다. 그 모습을 지켜본 시녀들이 어리둥절한 표정이 되었다. 그는 분명히 무언가를 들어 올리고 있었으나, 거기에는 아무것도 없었다. 마치 천 같은 것을 잡아 올린 모양새.

아비게일의 눈썹이 살짝 일그러졌다.

[왕비님, 아름답지 않습니까? 아침 이슬과 새벽빛, 거미줄로 짠 드레스입니다.]

상인이 태연한 어조로 말했다. 물론 거짓말이었다. 그는 여유롭게 말을 이어 갔다.

[이 드레스는 마력이 깃든 옷으로, 아둔하고 악한 자의 눈에는 보이지 않는다고 합니다.]

그 말을 듣자 아비게일이 멈칫하는 것처럼 보였다. 그래, 이런 이야기를 들으면 자존심 강한 당신은 아무런 말도 못 하겠지.

[마치 입지 않은 것처럼 가볍지만, 여름에 입으면 시원하고 겨울에 입으면 따뜻하다고 합니다. 그리고 무엇보다, 아름답지요.]

상인은 하인을 향해 말했다.

[자네가 보기에도 아름답지 않은가?]

[예. 참 아름다운 드레스입니다.]

상인이 이번에는 시녀들을 향해 말했다.

[여러분이 보시기엔 어떻습니까? 왕비님께 잘 어울릴 것 같지 않습니까?]

[네? 아, 네…… 자, 잘 어울리실 것 같아요!]

[디, 디자인이 정말 세련됐네요!]

시녀들은 어쩔 줄 몰라 하며 칭찬을 더했다. 실제로 보이지 않았지만, 아둔하고 악한 자로 몰릴 수는 없었다.

[이 드레스를 입는다면, 왕비님의 아름다움은 더욱 빛을 발하게

될 것입니다. 어떠십니까? 왕비님께 너무도 잘 어울리는 드레스이니, 반값인 30만 데로나에 팔겠습니다.]

왕비에게 사기를 친지도 오래되어 슬슬 외국으로 도망갈 생각이었다. 떠나기 전 크게 한탕 하는 것도 나쁘지 않겠지.

아비게일은 동요하는가 싶더니 곧 평소의 무표정으로 돌아왔다. 그리고는 나지막이 말했다.

[그게 드레스라고?]

[예, 예. 이 드레스가 보이지 않으십니까?]

상인이 조롱하듯이 물었다. 아비게일의 성격이라면 안 보인다고 말할 수는 없을 터였다.

[그럴 리가. 무척이나 아름다운 옷이로군.]

그 대답에 상인은 조소를 삼켰다. 아비게일이 섬뜩한 미소를 띤 채 말을 이어 갔다.

[한데, 그 옷이 내 눈에는 드레스가 아니라 남성용 야회복처럼 보이는데.]

[……예?]

이건 또 무슨 소리란 말인가. 예상치 못한 대답에 상인은 순간 넋이 나갔다.

[나보다는 자네에게 잘 어울릴 것 같군. 일단 자네가 입어보게. 괜찮다 싶으면 전하께 권하도록 하지.]

아비게일의 눈빛이 살벌했다. 그는 뭔가 잘못되어 가는 것을 눈치챘다.

[아, 아닙니다. 생각해 보니 옷을 잘못 가져왔군요. 다음에 다른 물건을…….]

[내 말 안 들리나?]

아비게일의 노호가 홀을 점령했다. 그녀는 이글이글 불타는 눈으로 상인을 노려보았다.

[그 옷을 입으라고 명령하고 있다.]

맹수가 목을 울리는 것처럼 위협적인 목소리. 시녀들도 뒤늦게 뭔가를 눈치챈 듯, 표정이 변했다.

[저자를 빈방으로 안내해라. 옷을 갈아입으면 바로 끌고 나오도록.]

[와, 왕비님……!]

상인이 변명하려 했지만, 시종들의 움직임이 더욱 빨랐다. 그들은 재빨리 상인을 끌고 홀을 나섰다.

문이 쾅 소리를 내며 닫히자, 홀에는 침묵이 흘렀다. 아비게일에게서는 여전히 살기가 흘러나오고 있었다.

잠시 후, 곧 상인이 되돌아 왔다. 그는 투명 연회복을 입고 있었다. 즉, 알몸이었다. 그는 속옷 한 장만 간신히 걸친 채 사형대에 선 사람처럼 바들바들 떨고 있었다.

[연회복이 잘 어울리는군. 그 옷에 잘 어울리는 장소도 알고 있지.]

아비게일이 빈정대며 말을 이었다.

[당장 지하 감옥에 집어넣어.]

[와, 왕비님! 부디 자비를……! 아아악!]

상인은 단말마와 같은 비명을 내지르며 경비병들에게 끌려갔다. 쿵, 하고 문 닫히는 소리가 들려왔다.

가뜩이나 얼음장 같았던 분위기가 더욱 얼어버렸다. 왕비가 상인들을 죽일 듯이 노려보며 말했다.

[더 보여 줄 물건은 없나? 고작 이런 시시한 물건을 팔려고 궁에

들어온 건가? 다들 가져온 물건을 보여 주게.]

[아, 알겠습니다.]

아비게일의 엄포에 상인들이 앞다투어 가져온 물건들을 늘어놓았다. 수많은 드레스. 아름다운 보석. 동방의 수입품들. 모두 아비게일의 취향일 터였다. 하지만 그녀는 인상을 찌푸린 채 성을 냈다.

[이런 물건밖에 없나? 뭔가 좀 귀엽거나 특이한 건 없어? 아이가 좋아할 만한!]

아비게일의 말에 상인들은 얼어붙었다. 아이가 좋아할 만한 물건? 아비게일은 그런 걸 단 한 번도 요청한 적이 없었다. 그러나 이대로 물러섰다간 두 번 다시 궁에 출입하지 못할 분위기였다.

갈색 머리를 한 상인이 망설이다 입을 열었다.

[제, 제가 정말로 마도구를 가지고 있습니다.]

[또 저런 투명 드레스는 아니겠지?]

[네, 네. 물론입니다! 어서 마차에서 가져와!]

그는 하인들을 시켜 물건을 가져오게 했다. 잠시 후, 두 사람이 커다랗고 판판한 무언가를 들고 왔다. 그 위로 천을 씌워놓은 상태였다.

[이것은 요정들이 만든 마법의 거울입니다. 진실을 답하는 거울이라고도 불리죠.]

상인은 식은땀을 흘리며 아비게일의 안색을 살폈다. 다행히 그녀의 표정이 조금 풀어지는 게 보였다.

[……거울이라고?]

그녀는 흥미롭다는 듯이 거울을 바라보았다. 아비게일이 자리에서 일어나 천천히 거울로 다가왔다. 천을 끌어 내리자 그곳에는 얼어붙은 겨울 호수처럼 매끄럽고 맑은 거울이 있었다.

아비게일은 홀린 듯이 거울을 바라보고 있었다. 그녀는 거울 속의 자신과 손을 마주 댄 채 중얼거렸다.

[거울아, 거울아.]

마치 그녀가 거울의 주인인 것처럼 자연스러운 모습이었다. 아비게일의 입술이 다시 움직였다.

[세상에서 가장 아름다운 건 누구지?]

그러자 거울의 표면이 흔들리기 시작했다. 곧 거울 속의 아비게일은 사라지고 어둠만이 존재했다.

그리고 잠시 후, 누군가의 목소리가 들려왔다.

[최소한 그런 멍청한 질문을 하는 너는 아닌 것 같네.]

퉁명스러운 대답이 돌아왔다. 그 대답에 상인들은 사색이 되었다. 특히 거울을 가져온 상인은 졸도하기 직전이었다. 그가 떨리는 목소리로 말했다.

[와, 왕비 전하. 저, 정말 죄송합니다. 하인이 실수로 불량품을 가져왔습니다……!]

하인은 무릎을 꿇은 채 넋이 나가 있었다. 변명이 아닌 진실이었기 때문에 상인은 더욱 억울했다.

원래 이 마도구는 귀부인들의 말 상대를 해 주는 용도였다. 적절히 아부를 떨고, 대화 상대가 되어 주는 역할. 그런데 개 중 딱 하나. 불량품이 섞여 있었다. 순종적인 다른 거울과는 달리 유독 반항적인 거울이었다.

요정들에게 돌려보내려고 따로 빼둔 것인데. 하필이면 그 불량품을 가져오다니.

[불량품? 지금 이 나에게 불량품이라고 한 거야? 내가 아부나 떨

어대는 그런 고물들이랑 같은 줄 알아?]

거울은 바락바락 소리를 지르며 분노하고 있었다. 상인이 황급히 거울에 천을 뒤집어씌웠다. 그러자 거울의 목소리가 조금 줄어들었다.

[야, 인마! 뭐 하는 짓이야! 이거 안 치워?!]

[당장 이 거울은 마차에 처박아 두고 새 물건을 가지고 와!]

[예, 예!]

거울은 그 와중에도 상인을 향해 온갖 욕을 퍼붓는 중이었다. 하인들이 허둥지둥 거울을 갖고 나가려는 순간, 아비게일이 하인들의 앞을 가로막았다.

[와, 왕비님……?]

[가져갈 필요 없네.]

아비게일은 그렇게 말한 뒤, 천을 거칠게 끌어내렸다. 거울에는 무표정한 얼굴의 아비게일과 경악한 상인이 비치고 있었다.

[방금 나한테 멍청하다고 했나?]

[그래.]

거울은 부루퉁한 목소리였다. 아비게일은 무뚝뚝한 얼굴로 질문을 이어 갔다.

[왜 내가 멍청하지?]

[그야 말도 안 되는 걸 물어보잖아. 세상에서 가장 아름다운 사람이 누구냐고? 그런 주관적이고 추상적인 질문에 누가 답할 수 있는데?]

거울 파편처럼 날카로운 목소리였다. 그 대답에 아비게일의 눈썹이 꿈틀거렸지만, 거울은 말을 멈추지 않았다.

[아름다움이나 추함이나 결국 사람마다 다른 거고, 세상에서 가장 아름다운 얼굴 역시 각자 다른 거잖아. 그러니 멍청한 질문이지.]

아비게일이 아닌 다른 사람이라 하더라도 화를 낼 법한 말이었다. 이대로라면 궁에 출입금지 당하는 게 아니라, 감옥에 갇힐지도 모르는 노릇이었다. 상인은 아비게일의 앞에 무릎을 꿇었다.

[죄, 죄송합니다. 용서해 주십시오, 왕비님. 지금 당장 새 거울을 가져올 테니……]

[아니, 됐네.]

아비게일은 만족스러운 목소리로 말했다. 상인은 어리둥절한 표정이 되었다.

[이 거울을 사도록 하지.]

[예, 예?!]

[마음에 드는군.]

그 결정에 모두가 경악하는 것이 느껴졌다. 상인들뿐만 아니라 시녀들도 못 믿겠다는 눈치였다.

거울 역시 갑자기 조용해졌다. 아비게일은 주변 분위기 따위는 신경 쓰지 않은 채, 음험하게 웃으며 말했다.

[그래서 거울, 널 뭐라고 부르면 되지?]

[……그냥 거울이라고 부르면 되잖아.]

[이름은 없나?]

[그런 게 무슨 소용이겠어.]

거울은 거울일 뿐. 그 외의 이름으로 불린 적은 없다.

아비게일은 거울을 잠시 바라보며 생각에 잠겼다. 곧 그녀가 입을 열었다.

[그러면 베리테라고 부르도록 하지. 마음에 드나?]

거울은 침묵했다. 놀라움에 아무런 말도 나오지 않았다.

아비게일은 허영심이 많고 다혈질이며 자존심이 센 여자라고 들었다. 온갖 사치품을 사들이는 망나니라고도 했다.

이런 여자에게 팔려가, 매일 같이 아부를 하며 살아야 한다니. 그럴 바에야 차라리 깨져 버리는 편이 나았다.

그래서 아비게일을 도발했다. 아비게일이라면 분을 이기지 못해 자신을 깨버릴 것이라 생각했지만 오히려 그녀는 웃었다. 게다가 자신을 마음에 든다고 하고, 곁에 두겠다고 했다. 이름까지 지어 주었다.

거울은 아비게일을 바라보았다. 이를 드러내고 웃는 그녀는 조금, 아니 꽤나 악랄해 보였지만 나쁘지만은 않았다.

[……뭐, 나쁜 이름은 아니네.]

자신에게 진실(Verite)이라는 이름을 붙여 주다니.

아비게일이 팔짱을 낀 채 고고하게 말을 이어 갔다.

[좋아, 베리테. 독설을 뱉는 것 외에 다른 기능은 없나?]

[이 궁에 있는 웬만한 문관보다는 내가 똑똑할 거야.]

[그것도 마음에 드는군.]

아비게일은 싱긋 웃었다. 그 미소를 보자, 베리테의 내부가 어떤 감정으로 차오르는 것 같았다. 그것은 경이로움에 가까운 감정이었다. 산산이 깨진 채 사라져 버릴 줄 알았건만, 주인이 생기고 이름을 받았다.

[오늘부터 너는 내 궁에서 일하도록 해. 나를 보필할 때, 세 가지 주의할 점이 있다.]

[그게 뭔데?]

[반말하지 마.]

표독스러운 보라색 눈이 거울을 노려보았다. 다른 사람이 보기에는 자기 자신과 눈싸움하는 것처럼 보였다.

[……알겠어. 아니, 알겠습니다.]

베리테는 약간 불퉁하게 말했으나 처음에 비하면 많이 유순해져 있었다.

[그리고 두 번째. 네 이름대로 늘 진실을 말해 줘. 내게 거짓말을 하거나 아부 같은 건 하지 마.]

아부를 하기 위해 태어난 존재에게 아부를 하지 말라니. 베리테는 웃고 싶은 것을 참았다.

[그렇게 하죠. 마지막은?]

아비게일은 거울에 가까이 다가갔다. 입김이 서릴 정도의 거리에서 그녀는 가만히 속삭였다.

[세상에서 가장 아름다운 사람은 블랑슈 공주다. 앞으로 만약 내가 같은 질문을 한다면, 그렇게 대답하도록 해.]

[뭐? 웃기지 마! 아까 말했잖아, 그건 답이 없는 질문이라고!]

[답 따윈 상관없어. 블랑슈 공주라고 답해.]

베리테는 순간 그녀가 농담을 하거나 자신을 시험하는 거라고 생각했다. 하지만 저 맹수와도 같은 안광. 공기를 저릿저릿하게 만드는 살기는 분명 거짓이 아니었다.

그러나 여기에서 물러설 수는 없었다. 방금 전, 그 질문에 답이 없다고 스스로 말하지 않았는가.

만약 아비게일의 말에 승복하지 않으면 어떻게 되는 것일까? 아니, 어떤 처벌이 내려지든 상관없다. 어차피 한 번 버리려고 한 목숨. 목숨이 아까워 굴복한다면 그것만큼 모양새 빠지는 일도 없었다.

몸뚱이가 없지, 자존심이 없냐. 절대로 물러설 수 없다. 내뱉은 말을 번복할 일은 없을 것이다.

그 와중에 아비게일의 눈빛이 너무도 살벌하여 거울이 깨질 듯이 덜덜 떨리는 것 같았다. 베리테는 죽음을 불사하고 입을 열었다.

[이 세상에서 가장 아름다운 사람은……!]

"거울아, 거울아. 세상에서 가장 아름다운 사람은 누구지?"

"블랑슈 공주입니다."

"그러면 세상에서 가장 사랑스러운 사람은 누구지?"

"……블랑슈 공주입니다."

"그러면 세상에서 가장 귀여운……."

"블랑슈! 블랑슈 공주! 이제 됐지? 제발 그만해! 이게 몇 번째야 대체!"

베리테가 버럭 소리를 질렀다. 나는 귀를 틀어막았다. 입도 없는 주제에 소리 하나는 끝내주게 지른다.

"야! 반말하지 말랬지!"

"아, 몰라, 몰라! 차라리 너한테 아부 떠는 게 낫겠어! 대체 몇 번이나 똑같은 걸 물어보는 거야!"

"몇 번 안 물어봤는데?"

"오늘만 열한 번째라고!"

그렇게 많이 물어봤던가? 나는 머쓱해져서 슬쩍 자리를 옮겼다. 방금 전까지 거울에 떠 있던 블랑슈의 모습은 사라지고 없었다.

그리고 그 자리에는 하늘색 머리카락과 은색 눈동자를 지닌 사람이 나타났다. 10대 중후반 정도 되어 보이는 소년이 나를 째려보고 있었다.

베리테였다. 내가 거울을 보고 이야기하자니, 나 자신과 이야기하는 것 같다고 불만을 토로하자 베리테는 사람의 형태를 갖추었다.

"너무한 거 아니냐? 어떻게 하루 종일 블랑슈 이야기만 할 수 있어?"

"그걸 들어주는 게 네 임무잖니, 직무유기 거울아. 답은 정해져 있고 너는 블랑슈가 예쁘다고 대답만 하면 된단다."

내 해맑은 목소리에 베리테의 어깨가 처량하게 움츠러들었다. 작게 속삭이듯이 '아 정말 먹고 살기 힘드네'라고 중얼거린 것 같기도 했다.

나는 거울의 테두리를 위로하듯 두드렸다. 사회생활이 원래 힘든 거란다. 그러고 나서 베리테를 보며 해사하게 웃었다.

"아무튼, 좋아. 그럼 우리 다음 이야기로 넘어갈까?"

"무슨 이야기?"

"블랑슈에게 줄 선물을 고를 거야. 구두, 가방, 장식, 드레스 등등 한 20가지? 표정 좀 피렴. 즐거운 일이잖아?"

'세상에' 하는 탄성과 함께 쩌정, 하고 거울이 갈라지는 소리가 들린 것만 같았다.

"그럼 뭐부터 고를까? 신발? 드레스? 골라봐."

"안 골라! 제비꽃 과자 샀다며? 빨리 그거 들고 블랑슈한테 가 버리라고!"

베리테는 잔뜩 토라져서 말했다. 투덜대면서도 거울 너머로 사라지지 않는 것이 제법 귀여웠다.

베리테와 함께 지낸 지 몇 달. 나는 어째서 마법의 거울이 귀부인

사이에서 인기인지 새삼 깨달을 수 있었다.

클라라는 나를 잘 따르고, 다른 시녀들도 나를 잘 보필한다. 그렇다 하더라도 시녀들에게 온전히 마음을 드러낼 수는 없다. 아무리 가까워도 나는 그들의 주인이다. 친절하되 위엄이 있어야 했고, 가까이하되 속내를 보여서는 안 됐다.

그런 점에서 베리테는 정말 좋은 말동무였다. 편하게 이야기를 나눌 수 있는 유일한 상대. 처음에는 반말을 하는 게 좀 마음에 안 들었지만……. 뭐, 나름 친구가 생긴 것 같아 편하니 봐준다!

베리테는 여전히 궁시렁대는 중이었다. 아이고, 또 삐졌네. 나는 목소리 톤을 좀 바꿨다.

"베리테~ 내가 이 성에서 가장 의지하는 건 너란 말이야. 나랑 블랑슈 이야기해 주면 안 돼? 나도 네가 좋아하는 마법 역학 이야기 들어줄게."

원래 덕토크를 할 때는 하나씩 주고받아야 하는 법. 내 덕질 이야기를 베리테가 들어줬으니, 나도 베리테의 덕질을 들어줘야지.

마법 오타쿠인 베리테는 잠시 말이 없었다. 그러다 곧 새침한 목소리가 들려왔다.

"……뭐. 그러면 어쩔 수 없지."

"고마워! 그러면 포장지 좀 골라 줄래?"

"그래. 이리 가까이 가져와 봐, 비비."

나를 비비라는 애칭으로 부르는 걸 보니 화가 풀린 모양이다. 자주 삐지는 거울이지만 또 금세 풀리니 다행이었다.

천 조각과 리본을 들고 다가갔다. 베리테가 눈꺼풀을 내리깔자 그의 은색 눈동자가 유리처럼 빛났다.

"음. 보라색 리본이 잘 어울리는 것 같네."

"너도 그래? 역시 보는 눈이 있다니까. 예쁘게 잘 포장해야지. 하아, 블랑슈도 좋아해 주려나."

나는 부드러운 천으로 유리병을 감싼 뒤, 조화와 리본으로 장식을 더했다. 나도 모르게 흥얼흥얼, 콧노래가 흘러나왔다. 베리테가 어이없다는 듯이 피식 웃었다.

"선물 받는 사람보다 선물 주는 사람이 더 신나 보이네."

"이게 바로 주는 기쁨이라는 거야. 블랑슈가 기뻐해 줬으면 좋겠는데 말이지……."

"기뻐할 거야. 제비꽃 설탕 과자 받고 싫어할 어린애는 없어."

"좋아. 궁에서 제일 똑똑한 거울의 말을 믿어보겠어."

나는 리본이 풀리지 않도록 꼭 동여맨 뒤 자리에서 일어났다. 베리테가 얼른 가라는 듯, 손을 내저었다.

"다녀와, 비비."

"응! 다녀와서 블랑슈가 어땠는지 이야기 들려줄게."

나는 선물을 챙긴 뒤, 시녀들과 함께 블랑슈의 방으로 향했다. 노마는 침묵하는 반면, 클라라가 옆을 따라오며 재잘재잘 떠들었다.

"그 선물은 뭐에요, 왕비님?"

"제비꽃 설탕 과자. 내 고향의 특산품이야."

"핫, 저 이야기 들어봤어요. 너무 맛있어서 외국으로 수출하지 않는다고 하던데……."

클라라가 눈을 초롱초롱 빛내며 말했다. 누가 봐도 먹고 싶어 하는 눈치였다. 나는 그 모습을 보고 피식 웃었다.

"걱정하지 말렴. 두 병 더 있으니까. 한 병은 너희끼리 나눠 먹어."

"정말요, 왕비님?"

"정말이고말고. 대신 너 혼자 다 먹으면 안 된다. 다른 하녀랑 시녀들이랑도 나눠 먹으렴."

"역시 우리 왕비님이 최고예요!"

클라라는 양손을 꼭 쥐어 뺨에 갖다 댄 채, 황홀하다는 듯이 눈을 반짝거렸다. 와중 노마는 아무런 말도 하지 않고 있었다.

그렇게 이야기를 나누는 사이, 어느새 블랑슈의 방이 보이기 시작했다. 그때, 방에서 누군가가 나왔다.

저 사람은…… 스토크 공작이잖아? 블랑슈한테 무슨 일이지?

스토크 공작은 블랑슈의 할아버지니까 방문하는 것 자체가 이상한 일은 아니지만. 아비게일의 암살 용의자 중 한 명과 마주치니 기분이 좋지는 않았다.

그가 제레미 부인과 짧게 이야기를 나누는 것이 보였다. 제레미 부인은 양손을 공손히 앞으로 모은 채, 그의 말을 경청하고 있었다. 그는 제레미 부인의 어깨를 몇 번인가 두들기고는 자리를 떴다.

흠……. 대체 무슨 이야기를 한 걸까? 두 사람의 사이가 꽤나 친밀해 보였다.

어느새 제레미 부인은 안으로 들어간 상태였다. 약간의 텀을 둔 뒤 나도 그 뒤를 따라 들어갔다. 나를 본 블랑슈의 시녀가 긴장한 목소리로 말했다.

"어, 어서 오십시오. 왕비님. 블랑슈 공주님은 지금 예절 교육을 받고 계신 중입니다. 안쪽으로 들어가시면 됩니다."

"수업 중인데 들어가도 괜찮은 건가?"

"네. 물론입니다."

나는 잠시 고민하다 고개를 끄덕였다.

클라라와 노마는 내버려 둔 채 슬그머니 안쪽의 공부방으로 향했다. 블랑슈와 제레미 부인이 보였다.

블랑슈는 오늘 자세 연습을 하는 모양이었다. 그 아이는 머리에 책을 올려놓고 뽀짝뽀짝 걸어가고 있었다. 고상하기보다는 귀, 귀여워……! 왜 이 시대에는 카메라가 없지? 이걸 찍어놔야 하는데! 흑흑, 어쩔 수 없다. 내 망막에 잘 보존해 놓는 수밖에.

속으로 열심히 야광봉을 흔들며 블랑슈를 응원하던 중, 뭔가가 툭 떨어지는 소리를 들었다. 응? 뭐지? 아, 블랑슈의 머리 위에 놓여 있던 책이 떨어졌구나.

그런데 뭔가 좀 이상했다. 고작 책이 떨어졌을 뿐인데, 블랑슈의 얼굴이 희끗하게 질려 있었다.

제레미 부인이 다가와 가만히 책을 집어 들었다. 그 표정이 제법 서늘했다. 그녀는 무심하게 책에 묻은 먼지를 툭툭 털어냈다.

"다시 한번 해 보죠, 공주님. 미리엄 님의 아이이니, 분명 공주님도 잘하실 수 있을 테죠. 다시 걸어 보세요."

"네. 네……!"

블랑슈는 책을 받아들고는 방의 끄트머리로 황급히 이동했다. 머리에 책을 올리고 다시 걷기 시작했지만, 이번에는 절반도 가지 못해 책이 떨어졌다.

어색한 정적 사이로 제레미 부인의 한숨 소리가 들렸다. 그녀는 짐짓 엄한 어조로 말했다.

"끝까지 걸어가는 것도 중요하지만, 자세에 신경 쓰십시오. 아름다움은 자세에서 나옵니다. 아무리 화려한 드레스를 걸치더라도 자세가 흐트러지면 빛을 잃는 법입니다."

으아, 무서워. 제레미 부인 완전 스파르타식이잖아. 아직 어리니까 조금 유하게 말해도 좋을 텐데. 그녀는 계속해서 설교를 이어 갔다.

"여성에게 가장 중요한 것은 아름다움입니다. 출신이 귀하고 현명하더라도 겉모습이 그를 받쳐 주지 않으면 모두 허사가 되는 법이죠."

그 말을 듣는 순간, 진흙이라도 삼킨 듯 기분이 나빠졌다. 전생에 들었던 말들이 갑자기 떠올랐다. 나쁜 기억들이 내 심장을 마구 때리는 듯한 기분이었다.

여자한테 가장 중요한 건 외모지. 그렇게 말하며 내 얼굴과 몸을 훑어보던 눈빛, 그리고 비웃음들.

제레미 부인의 말은 옳지 않다. 옳지 않지만…….

내가 홀로 침음을 삼키고 있던 중. 제레미 부인이 블랑슈에게 다가가 자세를 교정해 주었다.

"등은 펴시고, 시선은 정면보다 약간 아래를 내려다보세요. 그리고 허리는…… 음?"

블랑슈의 허리를 만지작거리던 제레미 부인이 미묘한 표정을 지었다.

"……공주님, 혹시 제가 지정한 것 이외의 식사를 하셨습니까?"

"아, 아니에요."

"저녁에 뭔갈 드신 건 아니죠?"

"네, 네에……."

"허리 사이즈가 늘었는데……."

그녀는 그렇게 중얼거리고는 고개를 들었다. 그리고 다정한 미소를 지은 채 말했다.

"그러면 식단 조절을 하시는 편이 좋겠군요."

나는 화들짝 놀라 고개를 들었다. 뭐? 식단 조절이라고? 11살짜리 애한테? 난 내가 뭔가를 잘못 들은 건가 싶었다. 건강에 심각한 지장을 줄 정도로 살이 쪘다면 모를까, 블랑슈는 오히려 마른 편에 속했다. 그런 아이에게 식단 조절이라니?

"일단 조금 쉬시죠. 10분 동안 쉬는 시간을 갖겠습니다."

쉬는 시간이 주어지자, 나는 황급히 정신을 차렸다. 이 틈에 얼른 선물을 줘야겠다. 체중 조절에 대해서도 물어보고.

나는 헛기침을 하며 안으로 들어섰다. 제레미 부인은 정중하게 인사를 올렸다.

"어서 오십시오, 왕비님. 무슨 일로 오셨습니까?"

제레미 부인은 웃고 있었지만 나에 대한 거부감이 희미하게 느껴졌다.

"블랑슈 공주에게 줄 것이 있어서요. 여기요, 블랑슈 공주."

나는 포장한 유리병을 내밀었다. 그 아이는 머뭇거리며 그것을 받았다.

"저어, 이건……?"

"열어 봐요."

블랑슈가 힐끗 제레미 부인을 바라보았다. 그녀는 허락한다는 듯 고개를 끄덕였다.

블랑슈는 꼬물꼬물, 보라색 리본을 조심스레 풀었다. 그러자 달콤한 냄새가 풍겨왔다. 약간 거리를 두고 있는 나도 그 향기를 맡을 수 있을 정도였다.

"내 고향에서 유명한 제비꽃 설탕 과자예요. 아주 맛이 좋답니다."

다행히 블랑슈가 흥미를 보이는 것 같았다. 그 아이는 유리병 속의 과자들을 보석이라도 보는 것마냥 바라보았다. 두 눈이 기대감으로 초롱초롱 빛났다.

"먹어 봐요."

"가, 감사합니다……."

내 허락이 떨어진 뒤에야 블랑슈는 손을 뻗었다. 그리고 과자를 한 조각 들려는 순간.

"공주님, 설마 그걸 드실 생각은 아니겠지요."

제레미 부인의 나긋한 목소리가 들려왔다. 블랑슈가 움찔하더니 손을 거두어 갔다. 제레미 부인이 나를 향해 정중히 고개를 숙였다.

"왕비 전하, 블랑슈 공주님께서는 식단 조절이 필요하신 상태입니다. 정말 죄송하지만, 선물을 물러 주시길 청합니다."

방금 전 들었던 식단 조절 이야기는 착각이 아니었구나. 나는 속이 꽉 막히는 듯한 기분이 들었다.

"한 조각 정도는 괜찮지 않나요? 그리고 블랑슈가 식단 조절을 할 만큼 건강이나 습관에 문제가 있는 것도 아닌데……."

"전하, 이것은 모두 공주님을 위한 일입니다. 또한 공주님의 교육은 제게 모두 일임하지 않으셨던가요?"

블랑슈는 중간에 끼어 당황하고 있었다. 그 아이가 나와 제레미 부인을 번갈아 보다가 조심스레 말했다.

"아비게일 님, 저는 괜찮아요. 과자 안 먹어도 괜찮으니까……. 죄송해요, 제가 식탐이 많아서."

블랑슈는 어색하게 웃었다. 나는 입술을 깨물었다. 이렇게 웃는 블랑슈는 보고 싶지 않았다. 과자를 보고 그렇게 눈을 빛내던 아이인데. 고작 11살짜리 어린아이일 뿐인데.

"먹어도 돼요. 먹고 싶다면."

"왕비 전하."

제레미 부인이 미소를 띤 채 말했다.

"저 역시 공주님께 달콤한 것을 드리고 싶습니다. 전하의 마음 역시 잘 알지만, 그 마음이 블랑슈 공주님께 독이 될 것입니다."

상냥하지만 단호한 어조였다. 이렇게 강하게 나오는 것은 정말로 그게 블랑슈에게 옳은 일이라고 믿어서일까?

"블랑슈 공주님은 체중을 조절하셔야 합니다. 드레스에 가장 어울리는 몸매가 되려면 이 이상 체중이 늘어서는 안 됩니다."

"이렇게 말랐는데, 체중 조절이라고요? 드레스가 블랑슈 공주의 건강보다 중요한가요?"

나의 목소리는 싸늘하게 가라앉아 있었다. 제레미 부인의 얼굴에 두려움이 스쳐 지나갔다.

"다, 다른 귀족 영애들도 다 비슷합니다. 성인용 코르셋을 쓸 나이가 되었을 즈음엔 다들 관리를 하고 있습니다."

나는 울컥하고 말았다. 그깟 코르셋, 그깟 옷이 뭐라고 11살짜리 아이에게 체중 조절을 강요하는가.

"아무리 변명한다 하더라도 제레미 부인의 결정이 블랑슈 공주의 건강을 해한다는 건 부정할 수 없습니다. 아닌가요?"

제레미 부인은 침묵했다. 하나 물러설 기색은 없어 보였다. 나는 입술을 깨물었다. 이런 사람에게 블랑슈를 맡길 수는 없다.

"제레미 부인께 교육을 맡기려 했으나, 이 상태로는 어렵겠군요. 앞으로 블랑슈 공주의 식사와 건강 관리는 다른 사람에게 맡기도록 하겠습니다."

"왕비님……!"

"블랑슈 공주와 할 이야기가 있습니다. 당장 물러나세요."

나는 칼로 자르듯 말을 끊었다. 제레미 부인은 억울하다는 표정이 되었으나 결국 방을 떠나갔다.

제레미 부인을 내쫓았지만 기분은 여전히 착잡했다. 이 세계에서도 다들 체형 관리에 신경 쓰는구나.

제레미 부인의 마음이 아예 이해가 가지 않는 건 아니었다. 나도 죽는 순간까지 다이어트를 했으니까.

그렇다 하더라도 11살인 아이에게 그러는 건 너무 심하지 않은가. 더군다나 나를 더욱 슬프게 만드는 것은 블랑슈의 얼굴.

블랑슈는 자기 때문에 우리가 싸운다고 생각한 모양이었다. 어떻게 해서든 내 기분을 풀려고 눈치를 보고 있었다.

"죄송해요, 아비게일 님. 저 과자 안 먹을게요. 그러니까 화내지 마세요……."

그 아이는 금방이라도 울 기색이었다. 네가 잘못한 건 아무것도 없는데, 왜……. 나는 그 아이를 달래듯이 말했다.

"아니에요. 화 안 났어요. 과자 먹어도 괜찮아요. 같이 먹을까요?"

나는 유리병을 블랑슈에게 슬쩍 건넸다. 하지만 그 아이는 받지 않았다.

"먹어 봐요. 맛있어요."

"하지만…… 살이 찌면 드레스가 안 맞을 거예요……."

"드레스가 안 맞으면 어때요?"

나는 과자를 하나 집어 들었다. 손가락 끝에 반짝이는 설탕 가루가 묻어났다.

"살이 쪄도 괜찮아요. 드레스가 안 맞아도 괜찮고요. 어린아이는 맛있는 걸 잔뜩 먹고 행복해져야 할 권리가 있어요."

그렇게 말하자 블랑슈의 눈동자가 흔들렸다. 마치 이런 말을 한 번도 들어보지 못한 사람처럼.

나는 다시 한번 과자를 내밀었다. 블랑슈는 한참을 망설이다가 내가 주는 과자를 슬그머니 받아먹었다.

입안에 달콤한 설탕 과자가 들어가자 블랑슈의 눈이 반짝 빛났다. 아작아작, 씹는 소리가 들려왔다.

"맛있나요?"

끄덕끄덕. 블랑슈가 힘차게 고갯짓을 했다. 어지간히 맛있긴 했나 보다. 그 아이는 눈치를 보다가 슬쩍 물었다.

"……하나 더 먹어도 돼요?"

"그럼요."

과자를 하나 더 집어 주자, 블랑슈는 아기 새처럼 얌전히 과자를 받아먹었다. 입안에서 설탕이 녹자, 블랑슈의 눈매도 사르르 녹아내렸다. 먹지 않아도 배부르다는 게 이런 건가.

그 모습을 흐뭇하게 지켜보고 있던 중. 갑자기 블랑슈의 눈가에 눈물이 그렁하게 맺혔다.

"고, 공주? 왜 그래요? 돌이라도 씹었어요? 뱉을래요?"

나는 황급히 블랑슈의 눈물을 닦아 주었다. 그 아이가 더듬더듬하며 말했다.

"아뇨, 그, 그게 아니라……. 이, 이렇게 달콤한 건……."

블랑슈가 눈물이 가득 고인 눈으로 웃으려 애썼다.

"처음, 먹어 봐서……."

그 말을 듣자 마음 한구석이 스러지는 것 같았다. 이게 뭐라고 우니. 고작해야 과자인데. 얼마나 참고 살았으면 일국의 공주님이 과자 하나에 이렇게 감격을 할까.

그 아이가 너무도 애처로워, 나도 모르게 조심스레 블랑슈를 끌어안았다. 그 조그마한 아이는 내 품에 안겨 훌쩍거렸다. 엄마에게 매달리는 아이처럼 내 옷자락을 꼭 쥔 채.

"많이 먹어요. 블랑슈 공주가 원한다면 이 세상의 모든 과자와 사탕을 가져다줄게요."

블랑슈는 대답하지 못한 채, 그저 흐느끼기만 했다. 나는 가만히 블랑슈의 뒤통수를 쓸어내렸다. 품에 안긴 블랑슈가 너무 작아서 나는 슬퍼졌다. 또래보다 작은 게 이것 때문이었던가…….

나는 블랑슈를 꼭 끌어안았다. 블랑슈, 내일은 다른 과자를 가져올게. 모레에는 더 맛있는 사탕을 가져다줄게. 이 세상 모든 달콤한 것을 너에게 가져다줄게. 그러니 울지 말렴. 늘 햇빛 속에서 웃어 줘.

나이프와 포크가 달그락거리는 소리가 들려왔다. 긴 테이블 양 끝에 두 사람이 앉아 있었다. 프리드킨 부부는 서로에게 눈길도 주지 않은 채 식사를 하고 있었다. 아비게일로서는 달갑지 않은 자리였다.

늘 따로 식사를 챙기는 사이인데, 갑자기 세이블리안으로부터 저녁을 함께하자는 권유를 받았다.

도대체 왜 부른 것인가. 저 반들반들한 면상 따위는 꿈에서도 보고 싶지 않았다. 아비게일이 속으로 욕을 삼키던 중, 세이블리안이 입을 열었다.

"블랑슈의 유모와 다퉜다고 들었는데, 사실입니까?"

달그락. 아비게일은 나이프를 내려놓았다. 천천히 고개를 들고 맞은편을 바라보자, 세이블리안이 무감한 얼굴로 자신을 바라보고 있었다. 그녀는 시선을 피하지 않고 떳떳한 어조로 말했다.

"네. 그렇습니다만."

"이유가 있습니까?"

"블랑슈 공주에게 제대로 식사를 제공하지 않아서요."

세이블리안은 아비게일을 응시했다. 그녀의 표정은 그저 고고할 뿐이었다.

이제까지 제레미 부인의 교육관으로 인해 마찰이 생긴 적은 없었다. 시녀들 중 누군가가 보고를 한 적도, 블랑슈가 불만을 표한 적도 없었다.

"제레미 부인은 블랑슈를 위하는 일이라고 했습니다만."

"식사를 안 주는 게 위하는 건가요?"

아비게일은 빈정거렸다. 비웃는 얼굴 하나만큼은 누구에게도 질 것 같지 않은 여자였다.

"아이에게 너무 가혹한 처사입니다. 식사뿐 아니라 다른 면에서도 제레미 부인은 블랑슈 공주를 존중하지 않고 있어요."

"예를 들자면?"

"드레스를 고르는데, 블랑슈의 의사는 묻지 않더군요."

지난번, 아비게일이 자신의 봄옷 예산을 모두 털어 블랑슈의 옷을 샀다는 이야기를 들었다.

아비게일은 씀씀이가 헤픈 여자였다. 매일 같이 돈이 부족하다며, 자신에게 배정된 예산을 늘려달라고 항의를 하곤 했다. 그런 여자가 블랑슈를 위해 돈을 쓰다니.

세이블리안은 테이블을 검지로 톡톡 두드리며 말했다.

"제레미 부인은 블랑슈가 어려서 스스로 판단을 하지 못하기에, 대신 한 것뿐이라 하였습니다."

"개나 고양이조차도 제 의지가 있고, 제 생각을 표현하는 법입니다. 하물며 블랑슈 공주는 인간이죠."

흥미로운 말을 하는군. 세이블리안은 테이블을 두드리던 손을 멈추었다.

"그러면 어떻게 하길 바랍니까? 제레미 부인의 역할을 대신할 사람을 구해야 할 텐데 말입니다만."

"누구든 상관없지만, 공주를 존중해 주는 사람이면 좋겠군요."

세이블리안의 예상과는 다른 답이었다. 그는 아비게일이 일부러 제레미 부인을 흠집 잡은 거라고 생각했다.

제레미 부인은 전 왕비의 사람이다. 스토크 공작의 조카이며, 10여 년간 유모 일을 하며 나름대로 입지를 다져왔다. 그런 사람이니 아비게일에게 눈엣가시일 것이 틀림없었다. 때문에 제레미 부인을 내쫓고 자신이 그 자리를 차지하겠다 말할 줄 알았다.

"스토크 가문에서 유모로 일할 사람을 데려와도 괜찮습니까?"

"네. 상관없어요."

아비게일이 투덜거리며 한마디를 덧붙였다.

"식사에 제한을 두는 사람만 아니라면요."

식사에 제한을 두지 않는 사람이라. 예상치 못한 조건이었다. 아비게일이 무슨 생각을 하는 것인지 그로서는 가늠이 가지 않았다.

"그대에게는 식사라는 게 참 중요한가 봅니다."

그 말에 아비게일이 순간 움찔했다. 흥미로운 표정이라 생각하며, 세이블리안은 말을 이어 나갔다.

"예. 알겠습니다. 그러면 제레미 부인은 유모 직에서 물러나게 해 두죠. 그리고 빈 자리는……."

그는 가만히 아비게일을 바라보다 말했다.

"왕비께서 맡아 주시면 어떨까 싶습니다만."

"……제가요?"

"예. 그대가 블랑슈의 어머니이기도 하니, 괜찮겠지요."

아비게일은 조금 놀란 것처럼 보였다. 아니, 꽤 많이 놀란 것 같았다.

"그건…… 블랑슈 공주가 부담스러워할 텐데요."

"블랑슈 공주가 싫으십니까?"

"아뇨!"

"그러면 빈 자리를 채워주십시오."

한참을 망설이던 아비게일이 결국 고개를 끄덕였다. 세이블리안은 냅킨으로 입가를 닦은 뒤, 자리에서 일어났다.

"용건은 끝났습니다. 그럼 먼저 실례하겠습니다."

세이블리안은 망설임 없이 식당을 나섰다. 그 뒤를 따라 나온 밀러드는 문이 닫히자마자 냉큼 물었다.

"괜찮으시겠습니까?"

"뭐가 말이지?"

"왕비 전하를 공주님 곁에 두는 것 말입니다. 위험할 수도 있습니다."

세이블리안은 밀러드를 가만히 바라보았다. 그가 무뚝뚝한 어조로 말했다.

"그렇게까지 멍청한 여자는 아닐 거라고 믿는다. 블랑슈에게는 호위를 붙여 두었으니 큰일은 없겠지."

"그렇긴 하겠지만, 굳이 왕비님께 블랑슈 공주님을 맡길 필요는 없잖습니까? 어째서 그런 결정을 내리신 겁니까?"

"확인하고 싶어서."

단조로운 어투였다. 세이블리안의 입가는 여전히 무뚝뚝하게 굳어 있었다.

"정말 사람이 바뀐 건지, 아니면 연기를 하고 있는 건지 궁금해졌다. 곧 꼬리를 드러내겠지."

연기라면 그러한 태도를 하루 종일 이어갈 수는 없을 것이다. 블랑슈의 곁에는 세이블리안이 심어 둔 자들이 많다. 만약 아비게일이 아주 잠깐의 틈이라도 내보인다면, 곧바로 세이블리안에게 보고될 터였다.

세이블리안은 그렇게 말하고 밀러드를 바라보았다. 충분한 답이 되었을 텐데도, 밀러드는 여전히 묘한 표정을 짓고 있었다.

"전하, 혹시……."

밀러드가 조심히 운을 떼었다. 그리고는 눈치를 보다가 뒤 문장을 이어 갔다.

"왕비님에게 마음이라도 생기신 겁니까?"

"마음?"

대답 대신 반문이 돌아왔다. 세이블리안의 목소리는 차가운 대리석을 연상케 했다. 표정 역시 마찬가지였다. 온기도, 피도 흐르지 않을 것 같은 얼굴이었다. 그는 우습다는 듯이 말했다.

"부부 사이에 그런 것이 필요하던가?"

마음이 없어도 결혼은 할 수 있고, 잠자리도 가질 수 있으며, 아이도 낳을 수 있다. 세이블리안에게 있어 부부란 일종의 거래 관계에 불과했다. 마음은 쓸모없는 장식품일 뿐이다.

세이블리안의 눈동자는 심해처럼 서늘하게 가라앉아 있었다. 더 이상 발언하지 마라. 그런 경고를 담은 눈빛이었다. 밀러드는 무언가를 말하려는 듯 입술을 달싹였다. 하나 아무런 말도 나오지 못했다.

세이블리안은 더 이상 응대하지 않고 발을 옮겼다. 밀러드는 주먹을 꾹 쥔 채, 주인의 뒤를 따랐다. 마른 발소리가 복도에 울려 퍼졌다.

테이블 맞은편의 의자는 비어 있었다. 나는 빈 식기를 앞에 둔 채, 자리를 지키고 있었다. 약속 시각까지 10분. 으아, 긴장돼 미치겠다. 괜히 입이 말라 물만 들이켰다. 이게 벌써 석 잔째였던가.

오늘은 블랑슈와 처음으로 식사를 하는 날이었다. 설렘과 긴장 때문에 어제 잠도 제대로 자지 못했다.

"클라라, 오늘 내 얼굴은 어떻지?"

"변함없이 아름다우세요."

"고마워. 무섭거나 그렇진 않지?"

"무서운데 괜찮아요!"

아냐, 괜찮지 않아! 나는 황급히 숟가락에 얼굴을 비춰보았다. 긴장한 탓에 평소보다도 더욱 흉악한 얼굴이었다. 으윽, 이대로는 안 된다. 부드러운 표정, 부드러운 표정……!

손가락으로 입꼬리를 올려 보았으나, 오히려 더욱 음산한 얼굴이 되어 버렸다. 하아, 차라리 가면 쓰고 올걸. 정말 얼굴에 베일이라도 드리우고 다닐까? 한숨이 절로 나온다. 매일매일 웃는 연습을 하는데도 차도가 없다. 그래도 최대한 안면 근육을 풀어보자.

볼을 꾹꾹 누르며 얼굴을 푸는데, 입구 쪽에서 발소리가 들려왔다. 숟가락을 내려놓고 입구 쪽을 바라보았다. 분명 소리는 들렸는데, 아무도 없었다.

그리고 잠시 후. 빼꼼하고 블랑슈가 고개를 내밀었다. 나와 눈이 마주치자 그 아이가 깜짝 놀라 말했다.

"아, 안녕하세요. 아비게일 님."

"어서 와요, 블랑슈 공주."

블랑슈는 쭈뼛거리며 식탁으로 다가왔다. 그리고는 상기된 얼굴로 더듬더듬 말했다.

"시, 식사에 초대해 주셔서 정말 감사합니다. 혹 제가 늦은 것은 아니지요……?"

빳빳하게 굳은 블랑슈는 안쓰러운 동시에 귀여웠다. 나도 모르게 입을 틀어막을 뻔했다. 어흐흑, 이 토끼 같은 아이를 어찌하면 좋을까.

"늦지 않았으니, 괜찮아요. 일단 자리에 앉아요."

진정해, 진정해라 나 녀석아. 신경 써서 표정 관리를 하지 않으면 또 도깨비 같은 얼굴이 튀어나올 것이다.

블랑슈는 꼬물꼬물 내 맞은편에 앉았다. 내가 블랑슈와 같은 테이블에 앉아 밥을 먹는 날이 다 오다니. 그동안 못 먹은 만큼 내가 많이 먹여 줘야지!

"뭘 좋아하는지 몰라서, 일단은 평범하게 준비했어요. 곧 식사를 가져올 거예요."

"네, 네. 감사합니다."

블랑슈는 조금 긴장한 것처럼 보였지만, 그래도 나를 보고 경기를 일으키거나 하지는 않았다.

내가 조금은 편하게 느껴지는 걸까? 제비꽃 설탕 과자 덕분인가 보다. 역시 친해지는 데는 맛있는 게 최고지.

그렇게 흐뭇하게 블랑슈를 바라보고 있던 중, 하녀들이 음식을 가지고 왔다. 처음으로 나온 것은 완두콩 수프였다.

"자, 먹죠."

나는 수프를 한술 떠 입으로 가져갔다. 흐음, 고소하고 은은한 단맛이 나는 것이 일품이었다.

천천히 그 맛을 음미하고 있는데 블랑슈가 놀란 눈으로 수프를 보고 있는 게 보였다. 흠? 왜 저러지?

"블랑슈 공주, 안 먹나요?"

"아, 저기 그게……."

그 아이가 내 눈치를 보다가 조심히 물었다.

"……이거 다 먹어도 되는 건가요?"

"네?"

이게 무슨 소린가 싶었다. 블랑슈도 의아하다는 표정으로 나를 바라보았다.

"그게…… 평소에는 반 그릇만 먹으라고 해서……."

크아아악, 제레미 부인! 가뜩이나 성장기인 애한테 반 그릇이라니! 이게 대체 말이나 되는 소리야?

"아비게일 님. 표정, 표정이요."

그때 뒤에 서 있던 클라라가 작게 속삭였다. 아차, 또다시 표정이 구려졌나 보다. 나는 황급히 손으로 입가를 가렸다. 블랑슈는 여전히 망설이는 눈치였다.

"먹고 싶은 만큼 먹어요. 무리해서 적게 먹을 필요도, 많이 먹을 필요도 없답니다."

그렇게 말한 뒤, 나는 다시 수프를 먹기 시작했다. 그러자 블랑슈도 슬그머니 스푼을 쥐었다.

블랑슈는 후후 불어 수프를 식혔다. 그리고 작은 입을 벌려 수프를 냠, 하고 먹었다. 그러자 눈이 반짝하고 빛났다. 무척 마음에 드는 모양이었다. 한 입씩 먹을 때마다 얼굴에 미소가 걸렸다.

흑흑, 그 모습을 보니 안 먹어도 배가 부르는 것 같았다. 명절날 큰집에 갈 때마다, 할머니가 계속 밥을 먹이는 심정이 이해가 갔다. 그냥 이렇게 블랑슈가 밥 먹는 모습만 하루 종일 보고 싶었다. 이렇게 귀여운 아이에게 밥을 안 주다니…….

그러고 보니, 세이블리안은 그 식사량을 보고도 뭐라고 안 한 건가?

"그러고 보니 전하와 식사를 할 때 별말 없으셨나요?"

수프를 먹던 블랑슈가 고개를 들었다. 그 아이는 무슨 말인지 모르겠다는 눈치였다.

"아, 네……? 저는 아바마마와 식사를 같이 해 본 적이 없어서……."

"네? 단 한 번도요?"

"네. 아바마마는 국정 때문에 바쁘셔서 따로 식사를 하세요."

하긴. 제 딸이 넘어져도 모른 척하는 작자인데. 밥을 같이 먹을 리가 없다. 세이블리안은 대체 왜 그렇게까지 블랑슈를 싫어하는 걸까? 궁 생활을 하며 몇 가지 소문을 듣기는 했었다.

전 왕비 미리엄은 블랑슈를 낳고 얼마 가지 않아 죽었다. 그리고 10여 년 동안 세이블리안은 왕비를 들이지 않았다. 그것은 죽은 왕비에 대한 그리움 때문이라고 했다. 그녀를 너무 사랑해서, 새로운 아내를 들이지 않은 것이다.

블랑슈를 방치하는 이유도 그 때문이라고 했다. 블랑슈가 태어나지 않았다면, 아내도 죽지 않았을 테니까. 그래서 블랑슈를 미워하는 것이라고.

그게 사실이라면……. 세이블리안이 이해가 안 가는 건 아니다. 하지만 블랑슈가 너무 불쌍하다. 그 애가 일부러 어머니를 죽인 것도 아닌데. 블랑슈도 참 안쓰럽다. 어머니는 일찍 죽고, 아버지는 양육에 관심이 없고……. 나라도 잘 대해 줘야겠다.

그 사이 블랑슈는 수프를 깨끗이 비운 뒤, 아쉬운 듯 그릇을 내려다보고 있었다. 후후, 블랑슈. 내가 수프 하나만 주고 끝낼 것 같았니? 곧 하녀가 다음 요리를 가져다주었다. 코스 요리가 진행되는 동안, 블랑슈의 표정이 기쁨으로 맑게 빛났다.

"맛있나요?"

"네, 네! 너무 맛있어요……."

아이고, 이러다 또 울겠다. 나는 흡족한 마음으로 그 모습을 바라보았다. 블랑슈는 새로운 길로 산책을 가는 강아지처럼 요리가 나올 때마다 즐거워했다.

대화는 적었지만 그래도 즐거운 시간이었다. 클라라가 가끔씩 대화에 끼어들어 준 덕분에 어색한 느낌도 없었다.

어느새 식사 시간은 끝이 보이기 시작했다. 노마가 디저트를 가져다주었다. 오늘의 디저트는 에클레어였다. 길쭉한 과자 위에는 생크

림과 봄딸기, 블루베리가 앙증맞게 올라가 있었다.

나는 에클레어를 잘라 한 조각을 입에 넣었다. 에클레어 안에 든 크림은 부드럽고 달콤했다. 이거라면 분명 블랑슈도 좋아할 거야! 나는 기대 가득한 얼굴로 블랑슈를 보았다.

하지만 예상과 달리, 블랑슈는 한 입 먹은 뒤 포크를 내려놓은 참이었다. 그리고 남은 그릇을 내 쪽으로 슬쩍 밀었다.

"아, 아비게일 님. 드실래요……?"

헉, 무슨 일이지? 취향이 아니었던 건가?

"에클레어를 좋아하지 않나요? 요리장을 불러 다른 요리를 가져오라고 하죠."

나는 노마에게 눈짓을 주었다. 그녀가 주방으로 가려고 하자, 블랑슈가 황급히 말했다.

"아, 아니에요! 맛이 없는 게 아니라……."

설마 이것도 양이 너무 많아서 그런 건가? 블랑슈가 쭈뼛대다가 입을 열었다.

"너무 맛있어서……. 그래서 아비게일 님께 더 드리고 싶었어요……."

블랑슈가 수줍게 웃었다. 그 아이의 뺨이 딸기처럼 발그레해져 있었다. 아, 신이시여. 제발 제 소원 하나만 들어주십시오. 저 볼따구 한 번만 만져보게 해 주세요!

웃고 있는 블랑슈도 귀여웠지만, 마음씨가 너무 고마웠다. 자기도 분명 먹고 싶을 텐데 나에게 나눠주려 하다니……. 흐흐흑, 감동의 눈물이 흐를 것만 같았다. 나는 입술을 깨물며 감정을 억눌렀다.

"지금 다 먹어도 돼요. 요리장에게 말해서 에클레어를 더 가져오라고 할 테니까요. 자, 얼른 먹어요. 얼른."

"네, 네! 잘 먹겠습니다아……."

내가 독촉을 한 뒤에야 블랑슈는 에클레어를 먹기 시작했다. 정말 복스럽게 먹는다는 말이 딱 어울렸다. 볼이 햄스터처럼 빵빵해져서 행복해하는 그 모습이라니……!

하아, 정말 사랑스럽다. 세이블리안이 블랑슈를 미워하는 건, 아마 이런 표정을 보지 못해서가 아닐까? 블랑슈가 이렇게 행복해하는 모습을 본다면 세이블리안의 마음도 바뀔지 모른다.

그렇게 되면 딸을 11년이나 방치한 자신이 미워 죽을 것이다. 그가 자신의 잘못을 반성하며, 블랑슈에게 싹싹 빌게 된다면……! 후후, 아주 기대되는군.

어느새 내 앞에는 추가한 에클레어가 도착했다. 나는 달콤한 디저트를 한 입 먹으며, 속으로 계획을 짜기 시작했다.

세이블리안은 서재에 앉아 독서에 집중하고 있었다. 창을 통해 들어온 햇빛이 책 위로 드리워져 있었다. 국무에 이리저리 치이다 오랜만에 생긴 여가 시간이었다. 그는 그럴 때마다 서재에 머무르길 좋아했다.

이곳에 있을 때면 오롯이 혼자가 된 듯한 기분이 들었다. 고독은 그가 반기는 유일한 친구였다. 볕이 잘 드는 자리에 앉아, 활자와 고요를 즐기는 이 순간이 그 무엇보다 소중했다.

그때, 그의 즐거움을 깨는 노크 소리가 들려왔다. 밀러드인가. 세이블리안은 혀를 찼다. 자신의 휴식 시간을 방해할 만한 사람이라면 밀러드 정도였다.

“들어오게.”

허락이 떨어지자 문이 열렸다. 그는 들어오는 사람을 보지 않은 채, 여전히 독서에 집중해 있었다.

“그래서, 용건은?”

“아, 그게…….”

들려오는 목소리는 여인의 것이었다. 그는 소리가 들려온 곳을 바라보았다. 아비게일이 다소 머쓱해하며 서 있었다.

“음, 제가 방해를 한 건가요.”

의외의 방문객이었다. 아비게일을 내보낼까 고민하다가 그는 읽던 책을 덮었다.

“앉으십시오, 아비게일.”

휴식을 방해받았으니 마냥 달갑지만은 않았다. 하지만 아비게일이 서재까지 찾아온 것은 처음이었고, 또한 그녀의 표정이 무척 굳어 있었다. 아마 꽤 중요한 이야기를 하려는 모양이었다.

요즘 각방도 쓰고 있어, 그는 한결 마음에 여유가 생겨 있었다. 세이블리안이 아비게일을 응시하며 물었다.

“무슨 용건으로 오셨습니까, 아비게일.”

“부탁드릴 게 있어서요.”

“어떤 부탁입니까?”

다시 합방을 하자고 하는 것은 아니겠지. 세이블리안이 눈을 가늘게 뜬 채 그녀를 바라보았다.

아비게일은 주눅이 든 기색도, 아첨을 떠는 기색도 없었다. 그녀는 곧은 눈빛으로 말했다.

"앞으로 하루에 한 번, 블랑슈와 식사를 해 주셨으면 합니다."

또 블랑슈인가. 이번에도 예측이 빗나가자 세이블리안은 짐짓 놀라고 있었다.

아비게일은 부탁을 잘하는 여자였지만 요즘에 하는 부탁들은 꽤 낯선 것이었다. 예산을 늘려 달라, 정원을 지어 달라, 자신을 사랑해 달라 그런 부탁을 하곤 했는데.

그나저나, 식사라. 세이블리안은 그녀가 왜 이런 부탁을 하는지 이해가 가지 않았다.

"식사를 굳이 같이할 필요가 있습니까? 블랑슈는 어린아이가 아닙니다. 왕국의 후계에게 어리광을 가르치고 싶지는 않습니다만."

그 대답에 아비게일이 질린다는 듯한 표정을 지었다. 그녀는 인내심을 갖고 말했다.

"어리광을 가르치는 게 아니라 관계를 쌓기 위함이에요."

"관계를 쌓다니. 왜 그래야 하죠?"

"블랑슈와 전하는 가족이니까요."

가족. 그 단어는 마치 멸망한 왕국의 이름만큼이나 낯설게 들렸다. 그는 여전히 이해하기 어려웠다. 왜 가족이 함께 식사를 해야 하는가. 자신 역시 어린 시절, 부모와 함께 식사를 한 적이 없었다.

"블랑슈 공주와 당신이 함께 식사를 한다고 들었습니다. 저까지 참여할 이유가 있습니까?"

"전하도 블랑슈 공주의 가족이니까, 함께 해 주셨으면 해요."

아비게일은 물러서지 않았다. 이쯤 되면 포기할 법도 하건만. 고작 밥을 먹는 게 뭐가 그리 중요하다는 건지.

세이블리안이 수락하지 않자, 아비게일은 다급히 말을 덧붙였다.

"저 때문에 그러시는 건가요? 저와 함께 드시지 않아도 상관없어요. 지난번에도 말씀드렸지만, 제 남편 역할은 하지 않으셔도 됩니다. 하지만 아버지 역할은 해 주세요."

차라리 남편 역할이 더 쉽겠다는 생각이 들었다. 세이블리안이 그녀를 비스듬히 바라보며 말했다.

"그 남편 역할이라는 게 무얼 말하는 겁니까."

그 말에 아비게일이 순간 입을 다물었다. 그녀는 잠시 말을 고르다 입을 열었다.

"……애정 어린 말이라든지, 잠자리 같은 것 말입니다."

예전의 아비게일은 매일같이 애정을 갈구했다. 그러던 여자가 왜 갑자기 말을 바꾸게 된 것일까. 이제껏 궁금하지 않았던 것이 궁금해졌다.

"한 가지 여쭤봐도 됩니까?"

"무엇이지요?"

"어째서 제 관심을 원하지 않게 되신 겁니까?"

아비게일은 순간 말문이 막힌 표정이었다. 곤란해 보이기도 했다. 그녀가 쉬이 대답하지 못하자, 세이블리안이 대신 입을 열었다.

"혹시 애인이 생기셨습니까?"

"……네?"

"질타하려는 것은 아닙니다. 정부를 만드셔도 상관하지 않겠습니다. 임신을 하셔도 제 아이인 것으로 하겠습니다."

그녀에게도 나쁘지 않은 제안일 터였다. 하지만 돌아오는 대답은 없었다. 세이블리안이 아비게일을 바라보니, 그녀의 얼굴은 험상궂게 일그러져 있었다.

"지금 뭐라고 하셨습니까? 정부요?"

그녀는 어처구니없다는 듯 말했다. 화가 난 것처럼 보이기도 했다.

"제가 그런 걸 만들 사람으로 보이나요? 어찌 그런 말을 하시죠?"

아비게일의 눈동자에 보라색 불길이 일렁거렸다. 표독스러운 얼굴에 분노가 깃드니, 웬만한 강심장이어도 흠칫할 모습이었다.

"저는 블랑슈 공주에게 부끄러운 어미가 되고 싶지 않습니다. 그러니 두 번 다시 애인 같은 이야기는 꺼내지 마세요."

아비게일은 여전히 숨을 씩씩 몰아쉬며 세이블리안을 노려보고 있었다. 세이블리안은 아무 말이 없었다. 어째서 그녀가 저토록 화를 내는지 알 수 없었다.

하지만 아비게일을 보고 있자니, 어쩐지 자신이 큰 잘못을 저지른 것만 같았다. 굳게 닫혀 있던 입술이 벌어졌다.

"……실언을 했습니다. 용서하십시오, 아비게일."

사죄의 말은 어색하게 흘러나왔다. 세이블리안은 철이 든 이후부터 다른 이에게 사과를 해 본 일이 없었다. 그는 무결한 왕이었다. 실수 따위는 하지 않는 왕이었고, 사사로운 감정 따위로 일을 그르친 적도 없었다.

누군가는 그를 철혈의 왕이라 불렀다. 인간으로서는 어딘가 결여된 것처럼 보일지 몰라도, '왕'으로서의 세이블리안은 늘 옳았다. 때문에 사죄를 할 일은 없었다. 그런데 아비게일에게는 두 번이나 사과했다.

지난번에는 사과를 받고도 유하게 넘어간 아비게일이었으나 오늘은 그렇지 않은듯했다. 그녀가 볼멘 얼굴로 말했다.

"그냥 넘길 수는 없고, 아까 말씀드린 제 부탁을 들어주시면 용서

해드릴게요.”

“……식사, 말입니까?”

세이블리안은 조금 곤란하다는 표정을 지었다.

“하루에 한 번은 너무 많습니다. 한 달에 한 번은 어떻습니까?”

“사흘에 한 번이면 받아들이겠습니다.”

“보름에 한 번은 어떠십니까?”

“사흘.”

“……열흘에 한 번은.”

“사흘!”

아비게일의 눈동자는 이글이글 불타올랐다. 불꽃은 꺼질 기색이 없었다. 그녀는 마치 전장에 선 장군 같았다.

그 모습을 보자 세이블리안은 왠지 웃음이 나왔다. 아비게일이 날카롭게 말했다.

“뭐가 그리 재미있으시죠?”

“아무것도 아닙니다.”

그는 태연하게 표정을 굳혔다. 그리고는 항복한다는 의미로 한쪽 손을 들어 올렸다.

“알겠습니다. 사흘에 한 번 식사에 참여하도록 하겠습니다.”

그 말을 듣자 아비게일의 얼굴이 환하게 피어났다. 그녀가 눈을 반짝이며 상체를 앞으로 기울였다.

“정말이시죠? 번복하시면 안 됩니다?”

“네. 약속하겠습니다.”

세이블리안이 단언하자, 그녀의 표정이 누그러졌다. 기뻐 보였다. 고작 식사를 하는 것뿐인데, 그게 그렇게나 좋을까.

세이블리안으로서는 이해할 수 없었다. 그는 잠시 아비게일을 바라보다 말했다.

"대신 저도 조건이 있습니다."

"……조건이요?"

풀어졌던 아비게일의 얼굴이 삽시간에 굳었다. 그녀는 긴장한 채 세이블리안을 바라보았다.

"어떤 조건인가요?"

"쉬운 일입니다."

세이블리안은 손깍지를 낀 뒤, 무릎 위에 올려놓았다. 그가 무감정한 목소리로 말했다.

"블랑슈와 식사하는 자리에 당신도 참석해야 합니다."

오늘 대화를 하며, 아비게일은 세이블리안이 본 적 없는 표정들을 보여 주었다. 자신이 모르는 아비게일의 얼굴은 몇 가지나 될까. 함께 식사를 한다면, 더 많은 표정을 볼 수 있지 않을까.

그리고 그것이 거짓인지, 연기인지도 알 수 있게 되겠지.

"그 조건을 받아들이시면, 저도 사흘에 한 번 블랑슈와 식사를 하겠습니다. 어떠십니까?"

"……전하랑 제가 같이 식사를요?"

아비게일은 벌레 씹은 표정이 되었다. 그 노골적인 표정에도 세이블리안은 그저 덤덤했다.

"싫으십니까? 그러면 블랑슈와의 식사도 없던 걸로……."

"아, 아뇨. 괜찮습니다. 좋아요."

그녀는 억지로 미소를 지은 채 말했다. 미소라기보다는 협박하는 듯한 표정이었지만.

"그럼 교섭은 성사되었군요. 언제 식사를 하러 가면 될지 차후 알려 주시길 바랍니다."

그는 그렇게 말하고 책을 집어 들었다. 용무는 끝났을 텐데, 아비게일은 여전히 자리에 앉아 있었다.

"하실 말씀이 더 있습니까?"

세이블리안이 물끄러미 아비게일을 응시했다. 그녀는 잠시 고민하다 입을 열었다.

"결례가 되지 않는다면 한 가지 여쭤봐도 될까요?"

세이블리안이 고개를 끄덕였다. 어차피 블랑슈에 관한 것이겠지. 허락이 떨어지자 아비게일이 불쑥 물었다.

"혹시 저와의 동침을 피하시고, 블랑슈 공주를 멀리하는 건…… 전 왕비님 때문인가요?"

이건 또 무슨 소리인가. 세이블리안이 미간을 찌푸렸다. 아비게일은 말을 이어 갔다.

"전 왕비님을 많이 사랑하셨다고 들었어요. 하지만 그것 때문에 블랑슈 공주를 멀리하는 건……."

"잠깐, 잠깐."

세이블리안이 말을 끊어보라는 듯 한쪽 손을 들었다. 그리고는 어처구니가 없다는 듯이 말했다.

"대체 무슨 말씀을 하시는 겁니까? 누가 당신에게 그런 이야기를 했습니까?"

"그런 이야기요?"

"제가 전 왕비를 사랑했다는 이야기 말입니다."

"궁에서 도는 소문을 들었습니다만, 아닌가요?"

“하아…….”

세이블리안은 한 손으로 제 얼굴을 쓸어내렸다. 10년 동안 왕비의 자리를 비워둔 것이 이런 소문을 만들어낸 것인가.

손가락 사이로 그의 눈빛이 사납게 빛났다. 그가 손을 내리고는 또박또박 힘을 주어 말했다.

“뭔가 오해하고 계신 듯합니다. 저는 전 왕비를 사랑해서 10년간 그 자리를 비워 놓은 게 아닙니다.”

왜 이 여자에게 이런 이야기를 하고 있는 걸까. 그 자신도 이해하지 못했지만 계속 말을 이어 갔다.

“블랑슈를 멀리하는 것 역시 마찬가지입니다. 그런 헛소문을 믿다니…….”

“그러면 왜 블랑슈 공주를 멀리하시는 거죠? 전하에게도 부성애라는 게 있으실 거 아니에요.”

그 질문에는 답이 돌아오지 않았다. 시간이 멈춘 것처럼 그 누구도 움직이지 않았다.

괜한 것을 물었나. 아비게일은 후회했다. 답할 필요 없다고 말하려는 순간, 세이블리안의 목소리가 들려왔다.

“……모르겠군요. 부성애라는 게 뭔지.”

“네?”

아무런 말도 하지 않았던 것처럼 세이블리안은 침묵했다. 마치 짧은 여름 소나기가 지나간 것 같았다.

아비게일은 더 이상 묻지 않았다. 세이블리안의 표정이 왠지 모르게 가라앉았기 때문이었다.

어색한 침묵이 이어졌다. 고요 속에서 햇빛만이 찬란하게 빛나고 있었다. 세이블리안은 천천히 자리에서 일어났다.

"그렇다 하더라도 그 아이가 왕국의 계승자라는 사실에는 변함이 없습니다. 블랑슈의 교육에는 최선을 다할 테니, 염려하실 필요 없습니다."

"……."

"여기에는 좋은 책이 많으니 편히 즐기다 가십시오."

세이블리안은 그렇게 말하고는 서재를 떠나갔다. 아비게일의 인사말이 들렸지만, 그는 대답하지 않았다.

그는 홀로 복도를 걸어갔다. 어쩐지 속이 울렁거렸다. 방금 전 그녀가 했던 말이 귓가에 맴돌았다.

사랑이라니. 웃기지도 않은 이야기였다. 죽은 미리엄이 이 이야기를 듣는다면 무덤에서 뛰쳐나올 법했다.

사랑 같은 것은 과거에도, 현재에도 존재하지 않았다. 현재에도 존재하지 않으니 미래에도 없을 것이다. 그런 것이 없어도 아무런 문제는 없다. 이제까지 잘 살아 오지 않았던가.

그는 괜한 짓을 했다고 생각했다. 식사 초대를 거절할 것을. 아비게일을 서재에 들이지 말 것을. 그랬다면 이 영문 모를 기분은 느끼지 않아도 됐을 텐데.

그는 후회했으나, 약속을 취소하러 서재로 돌아가지는 않았다.

"부성애라는 게 뭔지 모르겠다, 분명히 그렇게 말했어."

나는 세이블리안의 말투를 흉내 내며 말했다. 베리테가 거울 속에서 한쪽 다리를 꼬고 앉아 있었다.

"흐음, 그리고 또?"

"그리고 소문이랑 다르게 전 아내를 사랑하는 것 같지도 않더라."

그가 전 아내를 사랑한 적이 없다고 했을 때, 난 좀 당황했었다. 그가 그렇게까지 정색할 줄이야. 마치 말도 안 되는 모욕을 받은 사람처럼 보였다.

"난 세이블리안이 전 아내를 사랑해서 수절한 줄 알았는데, 그게 아니라면 왜 11년 동안 자리를 비워 둔 걸까?"

"물어보는 김에 같이 물어보지 그랬어."

"분위기가 좀 그랬단 말이야."

부성애가 뭔지 모르겠다고 말했을 때, 세이블리안의 표정은 무척이나 어두웠다. 그에게는 블랑슈가 일종의 상처인 것처럼 느껴졌다. 때문에 나는 그 이상 물어볼 수 없었다.

"세이블리안이 왜 블랑슈를 싫어하는지 알아내면 두 사람이 사이가 좋아질 방법도 생각할 수 있을 텐데."

"흠. 내가 궁에서 떠돌던 소문을 몇 개 들었는데."

"소문? 그나저나 넌 이 방에만 있는데 어떻게 소문을 들었어? 시녀들 이야기라도 들은 거야?"

"아니. 거울이 있는 곳은 다 들여다볼 수 있으니까. 여기저기서 소문이 들려와."

베리테는 별일 아니라는 듯이 말했지만 나는 놀랄 수밖에 없었다. 아니, 거울이 있는 곳은 다 볼 수 있다고? 엄청난 기능 아냐? CCTV 같은 거잖아. 그 부분에 대해서 더 물어보고 싶었지만, 일단 세이블리안의 소문이 궁금했다.

“그래서 무슨 소문을 들었는데?”

“세이블리안은 원래 감정이 없는 냉혈한이다, 뭐 그런 소문. 딸도 저렇게 냉대하고, 자기 어머니도 유폐시켰으니 말이야.”

아, 그러고 보니 그런 이야기도 있었지. 내 시어머니 되는 대비는 현재 이 궁에 없다. 멀리 떨어진 변경으로 쫓겨났다던데.

대비가 섭정 노릇을 하며 정치에 간섭하고 사병을 기르자, 어머니가 제 자리를 빼앗을까 봐 두려워 그녀를 유폐시켰다고 들었다.

이야기만 들으면 패륜아에 사이코패스가 따로 없다. 하지만 블랑슈 이야기를 하면서 그가 언뜻 보여 주었던 표정을 생각하면 마냥 메마른 사람 같지는 않았다. 물론 싸가지는 없지만.

“또 다른 소문은 없어?”

“있기는 한데…… 별로 좋은 이야기는 아니라서.”

베리테가 살짝 얼굴을 찌푸렸다. 그리고는 뺨을 매만지며 짜증 난다는 듯이 말했다.

“블랑슈가 세이블리안의 아이가 아니라는 이야기가 있어.”

“응? 그럼 입양이라도 한 거야?”

“아니. 미리엄이 다른 남자와 바람을 피웠대.”

나도 모르게 입이 쩍 벌어졌다. 바, 바람? 불륜? 왕비님이 간도 크지……!

“그게 사실이야?”

“근거는 없어. 소문일 뿐이니까. 소문에 따르면 세이블은 블랑슈가 다른 남자의 아이라서 미워하는 거고, 그 뒤로 여자를 불신하게 돼서 10년간 홀로 지냈다던데.”

나는 벌어진 입을 황급히 다물었다. 불륜이라. 전처의 불륜 때문에 블랑슈까지 싫어하게 되었다면 앞뒤는 맞는 이야기였다. 하지만…….

"그런 것 치고 블랑슈는 세이블리안이랑 똑같이 생겼는걸?"

성격은 완전히 다르지만 겉모습만 봤을 때, 블랑슈는 누가 봐도 세이블리안의 아이였다. 머리카락 색이나 눈동자 색뿐만 아니라 이목구비마저 아버지를 닮았다. 솔직히 세이블리안이 혼자 낳은 애라고 해도 믿을 법한 얼굴이었다. 그런데 남의 자식이라니.

내 반응에도 베리테는 여전히 심드렁했다. 그가 대수롭지 않다는 듯이 말했다.

"세이블리안이랑 똑 닮은 사람이 하나 더 있잖아."

"똑 닮은 사람? ……설마?"

베리테가 고개를 끄덕인 뒤 말했다.

"세이블리안의 이복형제, 레이븐 말이야."

세상에, 이게 무슨 아침 드라마도 아니고. 아내가 배다른 형과 바람이 났다니?

레이븐과는 많은 이야기를 나눠 보지 않았지만, 그는 꽤나 얌전한 타입이었다. 사람들 앞에도 모습을 잘 드러내지 않은 채 조용히 지낸다고 들었는데…….

"물론 진위 여부는 확실하지 않아. 확인할 방법도 없지. 당사자인 미리엄은 죽었으니까. 레이븐에게 자백을 받아내는 방법도 있겠지만……."

"사실대로 말할 리가 없겠네."

드라마 속 이야기라면 팝콘 먹으면서 봤겠지만, 이건 이제 나의 현실이었다. 머리가 띵했다.

"으, 그게 사실이면 어떡하지. 어떻게 부녀 관계를 개선할 수 있지?"

나는 머리를 박박 긁었다. 아내와 형이 낳은 딸을 제 자식처럼 여기려면…….

글렀다. 이건 세이블리안이 부처가 되지 않는 이상 무리야.

그렇다고 해서 블랑슈를 이대로 내버려 둘 수도 없었다. 고통에 몸서리를 치자 베리테가 입을 열었다.

"이봐, 진정해. 모든 건 불확실한 가정일 뿐이야. 확실하게 알기 위해서는 직접 보는 편이 낫지."

"직접 보다니? 어떻게?"

"이 궁에 있는 모든 거울은 내 눈이거든."

그 말이 끝나자마자 거울이 순간 일렁이더니 베리테가 사라졌다. 그리고는 거기에 세이블리안이 나타났다. 장소는 집무실인 것 같았다. 그가 집중하여 서류를 들여다보고 있었다.

"이거 지금 세이블리안 비추는 거야?"

"응. 이걸로 계속 감시하다 보면 대충 알 수 있지 않겠어?"

베리테가 아무렇지도 않게 범죄 계획을 누설했다. 나는 혹여라도 누가 들어올까 싶어 문가를 힐끗거렸다.

"그래도 이건 좀 아닌 것 같아. 당사자가 얼마나 기분이 나쁘겠어? 혹시 나 혼자 있을 때도 보고 그러는 건 아니지?"

"안 봐! 사생활은 존중할 줄 안다고. 세이블리안도 안 비출게."

베리테는 짐짓 찔리는 듯한 목소리로 말했다. 곧 세이블리안이 사라지고, 베리테가 모습을 드러냈다.

"그럼 이제 어떻게 알아낼 건데? 세이블리안이 왜 블랑슈를 싫어하는지."

"으으…… 나중에 본인한테 물어보면……."

"과연 알려 줄까?"

베리테가 무관심한 목소리로 물었다. 나는 조금 위축이 되었다.

"아마도 안 알려 주겠지만…… 그래도 이런 이야기는 당사자한테 들어야 할 것 같아."

추측과 소문에 휩쓸리기에는 너무 엄중한 일이었다. 세이블리안이 미리엄을 열렬히 사랑했다는 소문도 결국 가짜였고. 불륜설도 가짜일 가능성이 있다.

"일단은 블랑슈랑 친해지고, 두 사람이 자주 만나게 하고, 분위기를 조율하는 걸 목표로 할래. 그게 제일 중요한 거니까."

세이블리안이 나도 식사에 참여하라고 했을 때, 나는 정말 망했다고 생각했다. 사흘마다 그 얼굴을 봐야 한다니. 처음에는 소름이 끼쳤지만, 좋게 생각해 보기로 했다.

블랑슈 혼자 그 자리에 내보내는 것보단, 같이 나가는 게 낫겠지. 둘이서 식사를 하면 아무 말도 없을 게 뻔했다.

어쩔 수 없네. 또 내가 나서야겠구만. 첫 번째 식사 자리를 완벽하게 마무리 짓자. 나중에 블랑슈 앞에 무릎 꿇고 반성할 세이블리안의 얼굴을 보기 위해서라도!

궁의 주방은 식사 준비로 매우 분주했다. 평소에도 식사 시간이면 바쁜 공간이었지만, 오늘은 특별히 부산해 보였다.

"전하와 공주님의 식사는 어떻게 되어 가고 있나? 문제는 없겠지?"

"예! 탈 없이 진행 중입니다."

요리장은 근엄한 표정을 지은 채 부하들을 바라보았다. 한편으로는 겁을 먹은 것처럼 보이기도 했다.

"다들 탈 없이 준비를 마쳐야 하네. '그' 아비게일 님이 지시하신 것이니 말이야."

아비게일의 이름이 언급되자 다들 마른침을 삼켰다.

죽었다 살아난 뒤로는 꽤나 성격이 부드러워졌지만, 그 전까지만 해도 그녀는 무척이나 까다로운 상대였다. 본래도 예민한 성격인데 입까지 깐깐했다. 그 때문에 요리장이 곤욕스러워한 게 수차례였다.

그런 아비게일이 오늘은 굳이 주방까지 찾아왔다. 그리고는 세이블리안과 블랑슈가 함께 식사를 하는 날이니 특히 신경 써 달라고 했었다. 웃고 있었으나 필시 협박이었다. 이번 만찬을 제대로 치르지 못한다면 어떤 벌을 받을지 가늠조차 되지 않았다.

"생선 요리를 거의 다 드신 듯하니, 이제 메인 요리를 준비한다. 그사이 셔벗을 가져다드려."

주방의 모두가 한목소리로 답했다. 하녀들이 셔벗을 내는 동안, 조리사들은 메인으로 낼 스테이크를 준비했다.

요리장이 한껏 실력을 발휘해 구운 스테이크에서는 침샘을 자극하는 냄새가 풍겼다. 이쯤 되면 아비게일도 트집을 잡지 못할 것이다. 하지만 음식이 식으면 또 뭐라고 할 사람이었기에, 요리장은 급히 하녀를 불렀다.

"자, 얼른 갖다 드리도록. 아까 말한 거 잊지 말고. ……이봐, 내 말 듣고 있나?"

하녀가 화들짝 놀라 고개를 들었다. 요리장은 부루퉁한 얼굴이었다. 그녀는 허둥대며 말했다.

"네? 아, 네……! 곧 갖다 드리겠습니다."

요리장이 잠시 미심쩍은 눈빛을 보냈으나, 가만히 서 있기에는 너무 바빴다. 그는 나가라는 듯 손짓했다. 하녀는 왜건을 밀며 주방을 나섰다. 주방과 식당의 거리가 꽤 있기에 서둘러야 했다.

급하게 왜건을 미는 바람에 그릇들이 불안하게 달그락거리는 소리가 들렸다. 벽에 걸린 거울에 그녀의 얼굴이 비쳤다. 얼굴이 딱딱하게 굳어 있었다.

"기다렸어. 얼른 오렴."

맞은편에서 목소리가 들려, 하녀는 화들짝 정신을 차렸다. 복도에 누군가가 서 있었다.

제레미 부인이었다. 그녀는 하녀를 보고 빙그레 웃었다.

"저, 제레미 부인. 정말 괜찮은 것이지요……?"

하녀는 초조해하는 기색이 역력했다. 반면 제레미 부인은 사교회라도 참여한 사람처럼 온화한 모습이었다.

"물론 괜찮고말고. 네게 해가 될 일은 아무것도 없단다."

그녀는 웃고 있었다. 하지만 속은 분노와 질투로 검게 타들어 가는 중이었다. 그 불길은 아비게일을 향한 것이었다.

유모 일에서는 손을 떼게 되었지만, 그녀는 여전히 궁에 남아 있었다. 숙부인 스토크 공작이 손을 써서 시녀로 남게 해 준 덕이었다.

시녀로 남게 되었으나 분노는 여전했다. 제레미 부인은 용납할 수 없었다. 10여 년간 유모 일을 하며, 블랑슈의 양어머니라고 해도 과언이 아닐 정도의 위치에 서 있었다.

그런데 허수아비 왕비에 불과한 여자가 자신에게 망신을 주다니. 이대로 물러날 수는 없었다. 그 오만방자한 여자의 얼굴을 굴욕으로 물들여 주고 싶었다.

"별것 아니야. 난 그저 모든 걸 원래대로 되돌려 놓으려는 것뿐이란다."

제레미 부인이 상냥하게 웃으며 말했다.

그래, 그저 원래대로 돌려놓으려는 것뿐. 아직 세이블리안이 아비게일에게 온전히 마음을 연 것은 아니다. 아비게일이 작은 실수를 한다면 이제껏 쌓아온 신뢰는 한순간에 무너지게 될 것이다.

"서둘러 주세요, 제레미 부인. 얼른 옮기지 않으면……."

하녀의 재촉에 제레미 부인은 고개를 들었다. 너무 늦게 가면 아비게일이 식사를 돌려보낼지도 모른다. 제레미 부인은 품에서 작은 병을 꺼내 들었다. 그 안에는 갈색 가루가 담겨 있었다.

그녀는 플레이트 커버를 열고 접시를 살폈다. 다른 고기보다 눈에 띄게 작은 고기가 눈에 들어왔다. 이게 블랑슈 공주의 것이겠지.

그녀는 그 위로 갈색 가루를 뿌리기 시작했다. 꽤 많은 양이었다.

"이쪽에 있는 요리를 공주님께 드려. 고기의 크기가 작으니 구별하기 쉽겠지."

"네, 알겠습니다. 그나저나 지금 뿌리신 건…… 뭔가요?"

"궁금한 게 많구나."

날카로운 말에 하녀의 안색이 하얗게 질렸다. 제레미 부인은 언뜻 보면 자애롭게 웃고 있었으나, 그 미소 뒤로 깊은 어둠이 도사린 것 같았다.

"너무 걱정하지 마. 공주님의 체중 조절을 위해 넣은 것뿐이니까. 먹어보겠니?"

제레미 부인이 들고 있던 병을 건넸다. 하녀는 머뭇대다가 내용물을 조금 먹어보았다.

"아, 이건……."

가루를 맛본 하녀의 표정이 밝아졌다. 제레미 부인은 빼앗듯이 병을 받아갔다.

"얼른 갖다 내렴. 식겠구나."

하녀는 고개를 끄덕이고는 황급히 왜건을 밀며 가 버렸다. 그 모습을 지켜보던 제레미 부인은 가만히 웃었다.

이건 작은 소동일 뿐이다. 고작 작은 소동. 하지만 아비게일이 쌓아온 신뢰를 무너트리기엔 충분할 것이다.

이미 같은 병을 아비게일의 처소에 숨겨 두었다. 나중에 수색을 하게 되면 범인으로 몰리는 사람은 분명 아비게일일 터였다.

제레미 부인은 미소를 삼키며 자리를 떴다. 그 사이 하녀는 식당 안으로 들어섰다. 테이블에는 세이블리안과 아비게일, 블랑슈가 앉아 있었다. 셔벗 그릇은 비어 있었다.

예상보다 조금 늦게 도착해 다른 하녀들이 눈총을 보냈다. 이대로라면 아비게일이 한소리를 할 게 틀림없었다.

하지만 그녀는 아무런 말도 하지 않았다. 아비게일은 세이블리안과 블랑슈를 향해 재잘재잘 떠들고 있었다.

"평소에도 맛있었지만, 오늘은 더욱 맛있네요. 셔벗은 블랑슈 공주가 좋아하는 사과로 부탁했는데, 어땠나요?"

"아, 네! 정말 맛있었어요."

블랑슈가 눈을 반짝이며 말했다. 하녀는 블랑슈의 표정을 보고 내심 놀라고 있었다. 식사를 할 때면 늘 무표정한 얼굴로, 기계적인 손놀림으로 식사를 하던 블랑슈였건만.

세이블리안은 아무런 말이 없었다. 하지만 이 자리가 불편한 것처럼 보이지는 않았다.

그사이 시종이 기미를 마쳤다. 하녀는 요리를 세 사람 앞에 내려놓았다. 블랑슈의 앞에 접시를 놓을 때는 손이 조금 떨렸다. 하지만 그녀는 크게 걱정하지 않았다. 제레미 부인이 뿌린 건 평범한 향신료였다. 더군다나 기미를 할 때 아무 일도 일어나지 않았다.

어느새 접시는 블랑슈 공주 앞에 놓여 있었다. 스테이크의 겉면은 육즙으로 반들거렸다. 먹음직스러운 갈색으로 익혀진 고기 옆에는 몇 종류의 가니시가 놓여 있었다.

블랑슈는 천천히 포크와 나이프를 들어 올렸다. 아무것도 모르는 아이의 눈은 반짝이고 있었다. 하녀의 가슴이 심하게 두방망이질 쳤다. 아무 일도 없을 거라는 생각, 그리고 뭔가가 잘못되고 있다는 생각이 서로 요동치고 있었다.

심장이 터질 듯이 뛰던 중, 누군가의 목소리가 들렸다.

"잠깐."

아비게일이었다. 그녀의 말에 세이블리안과 블랑슈가 손을 멈추었다.

"무슨 일이세요, 아비게일 님?"

"제 접시와 블랑슈 공주의 접시가 바뀐 것 같네요."

아비게일은 그렇게 말하며 접시를 바꾸었다. 세이블리안이 가만 바라보다 물었다.

"뭐가 잘못되기라도 했습니까?"

"아, 아뇨. 제가 아스파라거스를 좋아하지 않아서 빼달라고 했거든요."

그러고 보니 블랑슈와 아비게일의 접시에 담긴 가니쉬의 종류가 달랐다. 하녀의 얼굴은 하얗게 질렸다. 아까 요리장이 뭐라고 했던 것이 뒤늦게 떠올랐다.

아비게일의 앞에 블랑슈의 요리가 놓였다. 하녀는 그것을 말릴 수 없었다. 물러나는 동안 뒤를 힐끗거리는 것이 고작이었다.

아비게일은 나이프를 들었다. 질 좋은 고기는 힘을 주지 않아도 부드럽게 썰렸다.

나이프가 천천히 스테이크를 갈랐다. 그 안의 붉은 속살이 드러났다. 아비게일은 한 조각을 찍어, 입안으로 집어넣었다.

그녀는 천천히 고기를 씹었다. 곧 목울대가 움직이며 요리가 목 뒤로 넘어갔다. 아비게일이 한 조각을 더 입에 넣었다. 그렇게 세 조각, 네 조각이 들어갔다.

……아무런 일도 일어나지 않았다.

하녀는 속으로 안도의 한숨을 내쉬었다. 아무 일도 없어서 다행이었다. 하지만 불안이 가시자 의구심이 들었다. 대체 제레미 부인은 왜 그걸 뿌린 걸까. 하녀는 다른 요리를 가져오기 위해 자리를 떴다. 찜찜한 마음을 뒤로 한 채.

그런 내막을 알 리 없는 아비게일은 즐겁게 스테이크를 먹고 있었다. 향신료가 좀 센 것 같았지만, 나쁘지 않았다. 굽기 조절도 완벽했고 고기는 잡내 없이 입안에서 녹듯이 사라졌다.

마음 같아서는 더 먹고 싶었으나, 아비게일은 포크와 나이프를 내려놓았다. 마지막 자존심으로 남겨 둔 스테이크 한 조각이 덩그러니 놓여 있었다.

다이어트 때문이었다. 아비게일은 여전히 마른 몸이었지만, 죽기 전에 비하면 꽤 살이 오른 상태였다. 아비게일은 씁쓸함을 삼켰다. 블랑슈에게는 살이 쪄도 괜찮다고 했지만, 차마 그 말을 자신에게 할 수는 없었다.

외모보다 성격이 중요하다고, 아름다운 사람들이 그렇게 종종 말했다. 하지만 아비게일은, 아니 백합은 그렇게 말할 수 없었다. 뚱뚱하고 못생긴 자신이 그렇게 말해 봐야 돌아오는 것은 비웃음뿐이었다. 못생긴 사람의 정신승리라는 조롱.

당당함은 아름다운 사람들의 특권이었다. 현재의 자신은 아름다운 아비게일의 모습을 하고 있지만, 그래도 두려웠다. 살이 찌면 그때 받았던 시선들을 고스란히 받을까 봐.

언젠가는 스스로에게도 말할 수 있을까. 살이 쪄도, 못생겨도 괜찮다고. 언젠가는 가능할지도 모른다. 하지만 지금은 아니었다.

그녀는 냅킨으로 입가를 닦아냈다. 요리가 몇 개 더 나온 뒤, 후식으로는 차가 나왔다. 아비게일은 홍차로 입을 축이며 두 사람의 안색을 살폈다.

“블랑슈 공주, 요리는 입에 맞나요?”

“네, 네! 정말 맛있어요……!”

블랑슈가 해사하게 웃었다. 처음에는 눈에 띄게 긴장해 있던 블랑슈도 이제는 제법 안색이 좋아져 있었다.

나쁘지 않은 식사 자리였으나, 조금 아쉬웠다. 보통은 차를 마시며 담소를 나눠야 하는데, 세이블리안은 차만 마시고 있었다.

이 기세라면 찻잔을 비우고 바로 일어날 듯싶었다. 아비게일은 화제를 고르다 입을 열었다.

“그나저나 블랑슈 공주, 오늘 입은 옷이 무척 아름답네요. 잘 어울려요. 전하도 그렇게 생각하지 않으세요?"

아비게일이 세이블리안을 대화에 끌어들였다. 그 물음에 세이블리안은 조용히 찻잔을 내려놓은 뒤, 관찰하듯 블랑슈를 바라보았다.

아버지의 시선이 닿자, 블랑슈의 어깨에 바짝 힘이 들어갔다. 아비게일은 세이블리안에게 눈빛을 쏘아 보내고 있었다.

"예쁘죠?"

협박에 가까운 눈빛이었다. 세이블리안 역시 그 눈빛의 의도를 이해한 모양이었다.

"예. 예쁘군요."

감정이 실리지 않은 무미건조한 말이었지만, 블랑슈는 부끄러운 듯 고개를 숙였다.

"그렇죠? 평소에도 귀엽지만, 오늘은 더욱 귀엽……."

그렇게 말을 하던 순간, 아비게일은 입을 다물었다. 그녀는 잠시 제 눈을 비볐다.

"아비게일? 왜 그러십니까?"

"아, 아니에요."

방금 전, 블랑슈의 등 뒤로 요정 날개가 보인 것 같았다. 분명 착각이었겠지. 블랑슈가 너무 귀여워서 헛것까지 보이다니. 그녀는 혀를 찼다. 그리곤 차를 한 모금 더 마셨다.

차는 평범한 홍차였으나, 이상하게도 독한 술을 마신 것처럼 머리가 어지러웠다. 몸이 흔들리는 것 같았다. 어지럽고, 더웠다. 속이 좀 메스꺼운 것 같기도 했다. 그리고 동시에 묘하게 기분이 좋아졌다.

그 순간, 블랑슈에게 다시 한번 요정 날개가 생겨났다. 분홍색의 투명한 날개. 아비게일은 훈훈하게 웃었다.

"아, 역시 우리 블랑슈는 요정이었군요."

뜬금없는 말이었다. 세이블리안과 블랑슈가 어리둥절한 눈으로 그녀를 바라보았다.

"블랑슈 공주, 오늘도 무척 귀엽네요. 그렇죠?"

아비게일이 헤실거리며 말했다. 세이블리안은 그녀의 얼굴을 빤히 바라보았다.

그는 그녀의 미소를 보고 늘 악독하다 생각했다. 뒤틀린 입꼬리에는 숨길 수 없는 악의가 엿보였다. 하지만 지금의 아비게일은 무척이나 순박하게 웃고 있었다.

긴장이 풀어진 탓에 그녀의 미소는 그저 아름다웠다. 그는 이런 표정을 본 적이 없었다. 아비게일이 아닌, 다른 사람에게서도.

그에게 다가오는 자들은 모두 미소를 짓고 있었다. 의도나 악의, 계략 등이 숨겨진 미소였다. 그러나 지금의 아비게일에게서는 그 무엇도 느껴지지 않았다.

복숭아색으로 물들인 뺨이 싱그러웠다. 평소에는 겨울 같다고 생각했던 여자였지만, 오늘은 왠지 봄처럼 느껴졌다.

"귀엽죠? 그쵸?"

"……예. 귀엽군요."

"다시 한번 말해 주세요."

"……귀엽다고, 생각합니다."

목적어가 없는 문장이었다. 그 말을 듣고 아비게일은 만족스레 미소 지었다.

"맞아요, 우리 블랑슈 공주는 세상에서 제일 귀여워요! 마음씨는 또 얼마나 고운지 아세요? 힘든 일도 많을 텐데, 저렇게 참느라 얼마나 힘들까…….”

아비게일이 한숨을 푹 내쉬었다.

“전하는 말이지요, 저렇게 예쁜 딸을 왜 사랑해 주지 않으십니까? 저것 보세요, 등 뒤에 날개까지 있는 걸 보면 정말 요정인데!”

아비게일이 술에 취한 사람처럼 말을 웅얼거리기 시작했다. 초점도 흐릿했다.

주사라도 부리는 것인가. 세이블리안의 눈매가 가늘어졌다. 아니, 주사치고는 뭔가 이상했다. 그녀는 술이라곤 한 방울도 입에 대지 않았다. 알코올이 포함된 음식도 없었다.

그렇다면 어째서? 와중에 아비게일의 목소리는 점점 더 커지고 있었다.

“제가 전하라면 매일 블랑슈를 무릎 위에 올려두고 예뻐라 했을 텐데! 블랑슈 공주! 이리 오세요!”

“네, 네!”

블랑슈가 깜짝 놀라 후다닥 다가왔다. 아비게일은 블랑슈를 무릎 위에 앉히고 꼭 껴안았다. 그리고는 블랑슈를 둥개둥개 흔들었다.

“아아, 블랑슈. 어쩜 이리 사랑스러울까…….”

“……아비게일?”

세이블리안이 조심스레 아비게일을 불렀으나, 그녀는 듣지 못하는 것 같았다.

“블랑슈…… 진짜 세상에서 제일 예쁜데……. 블랑슈가 절 좋아해 줬으면 좋겠는데, 어떻게 해야 할지 모르겠어요…….”

아비게일이 잔뜩 주눅이 들어 말했다. 블랑슈는 자기 이름이 나오자 깜짝 놀란 눈치였다.

"블랑슈는 귀여워, 귀여운 건 토끼, 토끼는 귀여워, 귀여운 건 블랑슈……."

"아, 아비게일 님? 괜찮으세요?"

"어머! 내 품에 웬 요정이 있지?"

세이블리안이 벌떡 일어나, 아비게일의 품에서 블랑슈를 떼어냈다. 아비게일의 표정이 서럽게 무너졌다.

"아아, 내 요정!"

"블랑슈를 방으로 데려다주게. 그리고 주치의를 데려오도록."

시종은 블랑슈를 데리고 밖으로 나갔다. 세이블리안은 아비게일을 가만히 살폈다.

"아비게일, 괜찮습니까?"

"당연히 괜찮죠. 괜찮은 건 아비게일, 아비게일은 예뻐, 예쁜 건 블랑슈……."

괜찮지 않아 보였다. 헛소리를 늘어놓던 아비게일이 세이블리안을 빤히 바라보았다. 무척 진지한 눈빛이었다. 자수정처럼 묘한 매력을 가진 보라색 눈동자. 세이블리안은 그녀의 눈동자 속에 비친 자신을 바라보았다. 그 순간.

그녀가 양손으로 세이블리안의 얼굴을 덥석 잡았다. 아비게일의 손이 닿자 세이블리안은 바짝 굳어 버리고 말았다. 그의 얼굴이 순식간에 두려움으로 표백되어 버렸다. 마치 그 손이 사신의 손길이라도 되는 것 같았다.

아비게일은 그런 세이블리안을 향해 입이라도 맞출 듯, 얼굴을 가까이 들이밀었다. 세이블리안은 덜덜 떨며 저도 모르게 눈을 질끈 감아 버렸다. 그리고 잠시 후, 아비게일의 입술이 벌어졌다.

"너 인마……. 그렇게 살면 안 되는 거야!"

갑작스러운 불호령에 세이블리안은 눈을 떴다. 아비게일이 씩씩대며 화를 내고 있었다.

"야, 잘생기면 다냐? 잘생기면 남의 토끼 인형 망가트려도 돼? 그거 만드느라 얼마나 고생했는데. 짜식이 말이야, 왕이면 단 줄 알아?!"

아비게일은 있는 힘껏 양쪽 뺨을 잡아당겼다. 세이블리안은 여전히 뻣뻣하게 굳은 채 아비게일을 보고 있었다.

"아비게일?"

"너 진짜 그러는 거 아냐……. 막 예산 깎겠다고 그러고! 니가 잘못했잖아! 그리고 딸이랑 밥도 안 먹어 주고! 잘못했어, 안 했어?"

아비게일은 빵 반죽 주무르듯 세이블리안의 뺨을 마구 농락했다. 뒤늦게 제정신이 돌아온 세이블리안이 거칠게 그녀를 밀어내는 순간.

"그래도 가족이잖아……. 잘 지내면 좋을 텐데……."

아쉬움과 서러움이 가득한 목소리에 세이블리안의 손이 멈칫했다. 그때, 주치의를 데리고 식당으로 들어온 밀러드가 그 모습을 보고 소리 없는 비명을 질렀다.

"저, 전하! 괜찮으십니까? 안색이 좋지 않으십니다. 주치의, 어서 국왕 전하를……!"

"나는 괜찮다. 우선 아비게일 왕비부터 진찰하도록."

그렇게 말하며 세이블리안은 아비게일을 바라보았다. 어느새 아비게일의 중얼거림은 뚝 끊겨 있었다. 이제 제정신을 차린 건가.

그리 생각했지만 아니었다. 상황은 더 나빠져 있었다. 아비게일은 숨을 헐떡이고 있었다. 고통으로 인해 얼굴이 급격히 일그러진 상태였다.

"왕비님, 괜찮으십니까? 우선 왕비님을 눕히는 게……."

주치의가 진찰을 하려는 순간, 아비게일은 자리에서 벌떡 일어났다. 심각한 현기증과 욕지기가 밀려 들어왔다. 온 세상이 어지럽게 돌아가고 있었다.

"나…… 나 갈래."

침대로 돌아가고 싶다는 마음만이 밀려왔다. 말릴 새도 없이 그녀는 후다닥 식당을 빠져나갔다.

시야가 이상했다. 왕궁의 복도는 붉은색이었고, 불에 녹아내린 인형처럼 모든 것이 일그러져 있었다. 무섭다. 도망가고 싶다.

하지만 그녀는 멀리 도망치지 못했다. 몇 발자국을 뗀 순간, 눈앞이 까매졌다. 그녀는 자신이 바닥에 쓰러져 있는 것조차 눈치채지 못했다. 어지럽고, 아팠으며, 숨쉬기가 버거웠다.

무서워, 무서워. 죽을 것만 같아. 의식이 점점 흐려지기 시작했다. 바닥에 쓰러져 숨만 몰아쉬고 있는데, 누군가의 목소리가 들렸다.

"아비게일!"

이건, 누구의 목소리일까. 누구길래 이렇게 다급하게 아비게일을 부르는 걸까. 눈을 뜨고 확인해 보고 싶었지만 무리였다. 또다시 아비게일을 부르는 목소리가 들려왔다. 그와 동시에 의식이 끊겼다.

"……은 아니란 말이지?"

"예. 왕비님께서는 그…… 뿐. 회복하시게 될 겁니다."

깨질듯한 두통 속에서 누군가의 목소리가 들려왔다.

으, 여기는 어디지. 머리가 쨍하게 울려, 작은 소리조차도 귀를 찌르는 듯 아팠다. 나는 간신히 눈을 떴다. 실눈을 통해 햇빛이 들어왔다. 주위를 둘러보니…… 내 방인 것 같았다.

내가 왜 여기에 있지? 마치 싸구려 술을 왕창 마신 뒤처럼 심한 숙취가 느껴졌다. 내가 술을 마셨던가? 아니, 아니다. 나는 분명히 블랑슈와 세이블리안과 식사를 하고 있었다. 그리고…… 그리고…….

기억이 났다. 그것도 아주 선명하게.

으아악, 으아아악! 나는 나도 모르게 이불을 뻥 차버렸다. 미쳤어, 미쳤어! 대체 무슨 짓을 한 거야, 나새끼야!

"아비게일, 정신이 드십니까?"

세이블리안이 다급히 내 곁으로 다가왔다. 내가 그의 뺨을 빵떡 주무르듯 만져댄 게 생각났다. 피가 식는 기분이었다.

큰일 났다. 국왕 전하의 뺨을 주물럭대다니! 이거 최소 사형감이다. 아니면 쫓겨나는 건가?

"저, 전하. 죄송합니다……!"

"그대로 누워 계십시오."

내가 몸을 일으키려고 하자, 세이블리안이 만류했다. 흑흑, 영원히 눕게 해 주겠다는 말인가.

나는 조심히 세이블리안의 눈치를 봤다. 하지만 화가 난 것 같지는 않았다. 오히려 걱정하는 것 같은데……? 왜 화를 안 내지? 뺨도 엄청 만지고, 헛소리도 엄청 했는데…….

내가 불안한 눈으로 올려다보자, 그가 한숨을 쉬며 말했다.

"제정신으로 한 소리가 아니라는 걸 알고 있으니 걱정하지 마십시오. 아무리 당신이라도 그런 소리를 맨정신에 할 리가 없죠."

달래는 거냐 공격하는 거냐. 둘 중 하나만 해. 그래도 그런 폭언을 듣고도 이 정도 반응이라니, 다행이었다.

"죄송해요, 전하. 제가 왜 그랬는지 저도 잘……."

"음식에 문제가 있었습니다."

문제? 무슨 문제? 내가 멀뚱멀뚱 세이블리안을 바라보고 있자, 옆에 서 있던 주치의가 다가왔다.

"확인해 보니 왕비님께서 드신 요리에 너트맥이 많이 들어가 있더군요."

"……너트맥? 그건 평범한 향신료 아닌가요?"

"예. 보통은 그렇습니다만, 너무 많이 복용하면 부작용이 일어납니다. 어지러움, 흥분, 미약한 행복감, 환각, 헛소리 등의 증상이 일어나죠."

왠지 뜨끔했다. 모두 내가 경험한 증상들이었다. 요정 블랑슈를 본 것도 너트맥 때문이었구나……. 그나마 맨정신에 그런 건 아니라 다행이다 싶었다.

안도하고 있는 나와 달리 세이블리안의 얼굴은 굳어 있었다.

"요리장의 실수였던 것 같더군요. 요리장은 일주일 뒤에 처벌하기로 했습니다."

"……처벌이라면?"

"왕족의 신변에 위해를 가한 자는 일반적으로 사형입니다. 실수나 고의 여하를 막론하고."

세이블리안의 말에서 냉기가 뚝뚝 묻어나 왔다. 그는 아주 당연하다는 듯, 사형이라는 단어를 입에 올리고 있었다. 그가 얼마나 냉혈한 사람인지 새삼 깨달았다. 나는 자리에서 벌떡 일어났다.

"사형은 너무 심해요! 실수를 좀 한 건데……. 다른 처벌을 내려 주시면 안 되나요?"

세이블리안은 나를 가만히 바라보다 신기하다는 듯이 말했다.

"그대에게 해를 끼친 사람인데도 말입니까?"

"그 사람이 일부러 그런 것도 아닐 테고……. 결론적으로는 저도 무사하지 않나요? 마음을 바꿔 주세요, 전하."

사람 목숨이 장난감도 아닌데, 이렇게 죽게 내버려 둘 수는 없었다. 그는 잠시 나를 바라보다 입을 열었다.

"알겠습니다."

와, 정말? 의외로 그가 순순히 수락을 해 줘서 다행이었다. 가여운 요리장의 목을 지켰어…….

"처분은 뒤로 미뤄두죠. 그나저나 블랑슈가 당신을 보고 싶어 하던데, 들일까요."

아, 블랑슈. 그 애도 많이 놀랐겠지. 고개를 끄덕이자, 세이블리안이 시종을 불렀다. 곧 블랑슈가 안으로 들어왔다.

블랑슈의 얼굴에 걱정이 가득했다. 그 아이는 조심스레 침대로 다가왔다. 블랑슈가 내 손을 꼭 잡고 울 것 같은 얼굴로 말했다.

"아비게일 님, 괜찮으세요? 많이 아프세요?"

그런 표정 짓지 말렴, 블랑슈. 그냥 숙취 같은 건데 그렇게까지 슬퍼하다니……. 나는 가볍게 블랑슈의 손등을 도닥였다.

"아프지 않아요. 그나저나 블랑슈 공주 앞에서 못 보일 꼴을 보였군요."

맨정신은 아니었다지만 너무 부끄러웠다. 블랑슈 앞에서 꼬장이나 부리고, 무릎에서 둥기둥기나 하고…….

"미안해요. 많이 놀랐죠?"

"저는 괜찮아요. 정말 괜찮아요."

그 아이는 내 손을 꼭 잡았다. 따뜻하고 말랑말랑한 손이었다. 블랑슈가 나를 바라보더니 고개를 푹 숙였다.

"저, 저기 아비게일 님…… 드릴 말씀이 있는데요……."

"뭐죠?"

"그때 아비게일 님이 절 좋아한다고 하셨잖아요……."

아, 그랬지. 흐흐흑, 이렇게 내가 블랑슈 오타쿠라는 사실이 탄로 날 줄이야. 블랑슈가 머뭇대며 말을 이어 갔다.

"그거…… 진짜예요?"

"……네. 진짜예요."

이렇게 된 이상 어쩔 수 없다. 나의 덕심을 고백하는 수밖에. 으으, 블랑슈가 겁먹었으면 어떡하지?

나는 슬그머니 블랑슈의 얼굴을 살폈다. 그리고 그 아이의 표정을 본 순간, 나는 놀라움을 감출 수 없었다.

블랑슈는 너무도 행복하다는 듯 미소 짓고 있었다. 제비꽃 설탕과자를 먹었을 때나 에클레어를 먹었을 때도 저렇게까지 기뻐 보이지는 않았다. 그 아이는 너무 좋다는 듯 눈꼬리를 흐리며 헤실 웃었다. 그 미소를 보자 오만 병이 낫는 것만 같았다.

"저기, 그……. 아비게일 님께 부탁이 있는데요……."

"무엇인가요?"

너를 위해서라면 뭘 못 해 주겠니? 세이블리안의 뺨이라도 갈길 수 있어! 블랑슈가 수줍은 얼굴로 망설이다 말했다.

"다, 다 나으시면……. 저, 저랑…… 산책, 가실래요?"

블랑슈는 귀까지 빨갛게 물들어 있었다. 이건 부탁이 아닌 포상이었다. 소심한 아이라서 이런 말을 꺼내기 힘들었을 텐데. 왠지 눈물이 날 것 같았다.

나는 블랑슈의 손을 조심히 잡았다. 블랑슈의 크고 맑은 눈망울이 너무도 사랑스러웠다.

“좋아요. 꼭 가요, 산책. 얼른 나을게요.”

내 말에 블랑슈의 얼굴이 환하게 빛났다. 만개한 꽃 같은 미소, 정말이지 세상을 구할 미소였다.

흑흑, 아프길 잘했다. 이래서 아비게일이 자주 꾀병을 부린 걸까. 그렇게 행복을 만끽하던 중, 주치의의 목소리가 들려왔다.

“왕비님께서는 회복한 지 얼마 안 되셨으니, 혼자 쉬시는 편이 좋을 듯싶습니다.”

안 돼, 이보시오 의사 양반. 지금 이렇게 블랑슈가 내 옆에 있는 게 약이란 말이야!

눈치 없는 세이블리안은 주치의의 말에 고개를 끄덕였다. 그가 블랑슈를 향해 말했다.

“이만 가자. 블랑슈.”

“아, 네. 아비게일 님. 펴, 편히 쉬세요……!”

세이블리안은 블랑슈를 데리고 나가 버렸다. 엉엉……. 정말 일생에 도움이 안 돼!

혼자 남게 되자 싸한 정적이 나를 감쌌다. 왠지 묘한 기분이었다. 나는 몸을 뒤척거렸다. 너트맥이란게 꽤 위험한 거였구나. 미처 몰랐다. 그러고 보니 뭔가 걸리는 게 있는데……. 잘 생각이 나지 않았다. 아직 머리가 어지러웠다.

떠올리자, 떠올려라. 힘겹게 기억을 더듬고 있던 중. 어디선가 목소리가 들려왔다.

"……이봐! 괜찮아?"

소리는 서랍 안에서 흘러나오고 있었다. 이 퉁명스럽고 반가운 목소리는 베리테의 것이었다.

나는 힘겹게 서랍을 열었다. 작은 손거울이 반짝거리고 있는 게 보였다.

"아비게일, 몸은 좀 괜찮아?"

"못 버틸 정도는 아닌데……. 그나저나 너 이런 것도 가능했어? 너 진짜 고성능이다."

작은 거울 속에 비친 베리테는 인형만 한 크기로 작아져 있었다. 베리테가 시큰둥하게 말했다.

"그래 봐야 쓸모없어. 네가 이 꼴이 되는 것도 못 막았고……."

베리테는 툴툴대면서도 걱정스러운 눈으로 나를 보고 있었다. 나는 희미하게 웃었다.

"걱정해 줘서 고마워. 난 정말 괜찮으니까."

"죽을 뻔했는데 괜찮긴 뭐가 괜찮아?"

"응? 그건 무슨 소리야?"

"너트맥도 너무 많이 먹으면 죽어. 혼수상태에 빠지거나 실명할 수도 있다고."

나는 순간 입이 떡 벌어졌다. 아, 아니. 너트맥에 그런 부작용이 있었다니……? 요리장을 사형시키겠다는 세이블리안이 조금 이해가 갔다. 실수였지만, 치명적인 결과를 불러올 뻔했으니까.

"네가 어른이라 이 정도였지, 블랑슈가 먹었으면 정말 죽었을지도 몰라."

"……뭐? 그게 대체 무슨 말이야?"

"블랑슈가 너보다 훨씬 작잖아. 같은 독이라도 체구가 작은 쪽에 더 잘 듣는다고."

베리테의 말을 들은 순간, 내가 찾고 있던 기억이 수면 위로 떠올랐다. 아까부터 뭔가 걸리던 게 이거였다. 그 요리가 내 앞이 아닌 블랑슈의 앞에 놓였다는 사실. 내가 먹지 않았다면, 블랑슈가 먹었을 음식이다.

소름이 온몸을 타고 올라갔다. 손이 떨리는 것을 멈출 수가 없었다.

"……요리장은 확실히 해고해야겠네."

"그 사람 해고해 봐야 바뀌는 건 없을걸."

베리테가 담담한 어조로 말을 이어 갔다. 나는 무슨 소리냐는 듯 베리테를 바라보았다.

"요리장은 아무 짓도 안 했어. 너트맥을 뿌린 건 다른 사람의 짓이야."

그 말을 듣자 충격에 머리가 하얘졌다. 블랑슈가 죽을 뻔했다. 그것도 실수가 아닌, 누군가의 악의로 인해.

대체 누가? 누가 그 어린아이를 죽이려고 했단 말인가? 그때, 베리테가 한 말이 떠올랐다. 나는 황급히 거울로 시선을 돌렸다.

"너트맥을 뿌린 건 요리장이 아니라고 했지. 넌 누가 범인인지 알고 있는 거야?"

"응."

"어떻게?"

"말했잖아. 기억 안 나?"

베리테는 자신의 오른쪽 눈을 가리켰다. 그의 은색 눈동자가 예리한 빛으로 반짝였다.

“이 궁에 있는 모든 거울은 내 눈이라고.”

일이 귀찮게 되어 버렸다고 제레미 부인은 속으로 푸념했다. 블랑슈 공주가 먹어야 했던 요리를 아비게일이 먹어 버리다니. 미처 예상하지 못했다.

하녀들의 말을 듣자 하니, 아비게일은 너트맥 때문에 헛소리를 하다가 쓰러졌다고 들었다. 다행히 자신이 의심받는 일은 없었다. 의혹의 시선이 모두 요리장에게 돌아간 덕이었다. 사형 선고를 받았다고도 들었다. 하지만 제레미 부인이 알 바는 아녔다.

‘그걸 블랑슈 공주가 먹어야 했는데.’

제레미 부인은 손톱을 깨물었다. 블랑슈가 너트맥을 먹고 이상증세를 보이면 아비게일의 짓으로 몰아갈 생각이었다. 그런데 하필 아비게일이 그걸 먹어 버리다니. 계획은 한순간에 물거품이 되었다.

작게 한숨을 내쉬는데, 누군가가 노크를 하고 안으로 들어왔다. 제레미 부인의 하녀였다. 제레미 부인은 날카로운 목소리로 물었다.

“무슨 일이지?”

“저어, 그게……. 왕비님께서 제레미 님을 찾고 계십니다.”

아비게일이? 제레미 부인은 순간 흠칫했지만, 곧 마음을 가라앉혔다. 왜 부르는지는 모르겠지만, 너트맥 건은 아니리라. 그 아둔한 여자는 무슨 일이 있었는지 모를 것이다. 필시 요리장을 욕하며 길길이 날뛰고 있겠지.

"그래. 곧 가도록 할게."

제레미 부인은 아비게일의 방으로 향했다. 안으로 들어서자 소파에 앉아 있는 아비게일이 보였다. 한 번 앓다 일어났을 텐데 병약한 기색은 없었다. 평소처럼 화려하고 우아한 왕비의 모습 그대로였다.

그녀는 천천히 고개를 틀어 제레미 부인을 바라보았다. 시선이 마주친 순간, 제레미 부인은 뭔가가 잘못되었음을 깨달았다.

공기가 탁하다. 밝은 낮인데도 어둡다. 숨이 막힌다. 늘 표정이 흉악한 여자였으나, 오늘은 차원이 달랐다. 온몸에서 제레미 부인을 향한 적의가 흘러넘쳤다.

독을 잔뜩 품은 시선에 중독되어 버릴 것 같았다. 제레미 부인은 간신히 평정을 유지하며 물었다.

"찾으셨다고 들었습니다만."

"왜 불렀는지 알고 있나요?"

찌르는 듯한 목소리. 제레미 부인은 아무것도 모르겠다는 듯, 미소 띤 얼굴로 말했다.

"아뇨, 잘 모르겠습니다."

"당신이 블랑슈의 식사에 너트맥을 넣은 걸 알고 있어요."

서늘한 칼날이 심장을 푹 찌르는 것 같았다. 미소 띤 얼굴이 순간 무너졌다. 이 여자가 어떻게 그걸?

아니, 괜히 자신을 떠보고 있는 것뿐이다. 여기서 티를 내면 이 여자의 뜻대로 돌아갈 뿐이다. 그녀는 억울하다는 듯이 말했다.

"그게 무슨 말씀이십니까, 전하. 저를 미워하시는 것은 알고 있습니다. 하지만 모함을 하시는 건 너무하십니다."

제레미 부인은 절절한 목소리로 말했다. 그녀의 연기는 일품이었다. 다른 사람이 본다면 정말로 그녀가 누명을 쓴 거라 생각할 정도로.

하지만 아비게일은 흔들리지 않았다. 오히려 제레미 부인이 애원하면 할수록 얼굴에는 노기가 깃들었다.

"클라라, 그 여자를 데려오도록 해."

클라라가 고개를 끄덕인 뒤, 방 안쪽에서 누군가를 데리고 나왔다. 그 여자를 본 제레미 부인의 눈이 커졌다. 식사를 나르던 주방 하녀였다. 그녀는 안색이 하얗게 질려 바들바들 떨고 있었다.

저년이 배신을 한 것인가. 마음 같아서는 당장 머리채를 잡고 싶었으나 일단은 참았다. 제레미 부인은 목소리를 가다듬었다.

"저 여자는 누구죠?"

"당신이 가장 잘 아는 사람 아닌가요? 당신이 너트맥을 뿌릴 때 옆에 있던 하녀입니다만."

"저는 이 여자를 모릅니다. 저를 유모 자리에서 내쫓으신 것도 모자라서, 이런 누명까지 씌우십니까?"

제레미 부인의 눈에 눈물이 고였다. 가련한 여인은 서글피 울며 어깨를 떨었다.

끝까지 부정하고 발뺌을 해야 했다. 어차피 물질적인 증거는 없다. 세이블리안에게 보고하지 않은 걸 보니, 아비게일 역시 확신이 없는 것일 테지.

제레미 부인은 소리 죽여 울었다. 말없이 그 모습을 지켜보던 아비게일이 클라라와 하녀를 물렸다.

"제레미 부인."

아비게일이 천천히 제레미 부인을 향해 걸어왔다. 그녀가 다가오자, 제레미 부인은 움찔 물러나고 말았다.

사내들이 사냥을 나갈 때 따라 나간 적이 종종 있었다. 사냥개들은 오리나 토끼 따위를 물고 돌아오곤 했다. 왜 하필 그 장면이 생각나는가. 왜 아비게일이 맹수 같다고 느껴지는가. 어째서 피에 젖은 사냥개의 입가가 생각나는가.

"이걸 보고도 거짓말이 나올지 궁금하군요."

아비게일이 무언가를 내밀었다. 그것은 작은 보석함처럼 생긴 물건이었다. 함이 열리자 그 안에는 거울이 들어 있었다.

제레미 부인은 이 여자가 대체 뭘 하려는 건가 의문이 들었다. 그때, 거울 속에서 익숙한 목소리가 들려왔다.

[모든 걸 원래대로 되돌려 놓으려는 것뿐이야.]

그것은 자신의 목소리였다. 그녀가 황급히 거울을 들여다보자, 자신과 하녀가 이야기를 나누는 것이 보였다. 거울에는 응접실이 아닌 다른 장소가 비치고 있었다. 식당과 주방의 연결 통로였다. 제레미 부인이 음식을 살피더니, 품에서 유리병을 꺼내고 있었다.

너트맥을 뿌리고 있는 자신의 얼굴은 미소로 만연했다. 그 장면을 보고 있는 제레미 부인의 얼굴은 익사체처럼 혈색이 사라져 있었지만.

[이쪽에 있는 요리를 공주님께 드려. 고기의 크기가 작으니 구별하기 쉽겠지.]

공주를 노렸다는 것이 명백한 상황이었다. 다시 딸깍 소리와 함께 거울 함이 닫혔다.

"할 말이 있으면 해 봐요, 제레미 부인."

아비게일이 마도구를 수집하는 취미가 있다더니, 이런 물건을 가지고 있을 줄이야. 더 이상 자존심을 내세울 상황이 아니었다.

제레미 부인은 아비게일 앞에 털썩 주저앉았다. 그리곤 애절한 눈빛과 목소리로 매달렸다.

"용서해 주십시오, 전하. 저는 그저…… 유모 자리를 되찾고 싶었을 뿐입니다. 그래서 블랑슈 공주님께 조그만 소동을……."

"조그만 소동?"

아비게일이 한쪽 무릎을 꿇고 앉더니, 제레미 부인과 눈높이를 맞췄다. 그리고는 손을 뻗어 제레미 부인의 하관을 꽉 움켜쥐었다. 턱뼈를 으스러트릴 듯한 기세였다.

"조그만 소동이라고 했나, 지금?"

두 눈에는 증오가, 손에는 분노가 가득했다. 지금 당장에라도 그녀의 목을 부러트려 죽일 것만 같았다. 아비게일이 내뿜는 위압감에 무릎이 떨려 왔다.

"그, 그저 조금 어지럼증만 느끼도록…… 으윽, 왕비님. 아파요……!"

"아파? 고작 이깟 게? 블랑슈는 죽을 뻔했어."

아비게일은 이를 갈았다. 제레미 부인의 눈에 그녀는 그저 악마 같았다. 자신을 갈기갈기 찢어 죽일 악마.

"어른인 내가 먹어도 실신할 정도의 양이었어. 그걸 어린아이인 블랑슈가 먹었다면, 실신에서 끝났을 것 같아?"

그 말을 듣자 제레미 부인은 심장이 덜컥 내려앉는 것 같았다. 너트맥을 구할 때 그녀는 약재상에게 조언을 구했다. 죽지는 않되 실신할 정도의 양을 알려 달라고. 하지만 약재상에게 대상이 누구인지 말하지는 않았다.

약재상은 당연히 성인을 대상으로 쓸 것이라 생각했다. 설마 이런 것을 아이에게 먹이리라고는 그 역시 예상치 못한 것이었다.

"나는 한편으론 당신에게 미안했었어. 블랑슈에 대한 모든 교육을 당신이 맡았는데, 갑자기 나타나 휘저으니 내가 밉겠구나 싶었지."

번뜩이는 자색 눈동자가 짐승의 것 같았다. 깨진 파편 같은 목소리가 계속해서 날아들었다.

"차라리 처음부터 날 노렸다면 용서했을 거야. 하지만 어떻게 블랑슈에게, 당신이 10년 동안 돌봐온 어린아이에게 그런 짓을 할 수가 있지?"

"저, 저는…… 그저 블랑슈 공주님이 배앓이 정도만 할 거라고 생각해서……."

"배앓이 정도만? 블랑슈가 배앓이를 하는 건 괜찮나? 당신이 딸처럼 키워 온 아이라며!"

제레미 부인은 더 이상 반박할 수 없었다. 아비게일의 분노는 활화산 같았다. 그녀를 마주하자 온몸이 타들어 가는 것 같았다. 턱이 부서질 듯한 고통도 공포에 가려진 상태였다. 아비게일은 제레미 부인을 한참 동안 노려보다가 내던지듯 놓아주었다.

"당신에게 세 가지 선택지를 줄게."

세 가지? 제레미 부인이 혼이 빠져나간 얼굴로 아비게일을 올려다보았다. 그녀는 무뚝뚝한 표정으로 검지를 폈다.

"첫 번째. 세이블리안에게 자수하는 것."

제레미 부인은 경악했다. 말도 안 되는 일이다. 세이블리안은 피와 눈물이 흐르지 않는 군주로 유명했다. 자신이 스토크 공작의 조카라 한들, 저 증거가 있는 이상 책임을 피할 수 없었다. 아비게일은 검지에 이어 중지를 폈다.

"두 번째. 내가 직접 전하께 이 사실을 고하는 것."

제레미 부인은 울컥했다. 첫 번째나 두 번째나 그게 그거지 않은

가. 어느 쪽이든 자신이 엄벌을 피할 수는 없다.

그러나 그런 내색을 할 수는 없었다. 제레미 부인은 비굴한 미소를 지은 채 말했다.

"세, 세 번째는……?"

그 질문에 아비게일은 손가락을 접었다. 그리고는 이번에 엄지만 하나 펴서, 제 목을 긋는 시늉을 했다.

"세 번째. 지금 여기서 내 손에 죽는 것."

숨이 막혔다. 사냥개 앞에 놓인 사냥감의 심정을, 제레미 부인은 통감했다. 아비게일은 지옥에서 온 심판자처럼 보였다. 저 여자는 악마다. 악마가 현신한 것이 틀림없다. 그렇지 않다면 어찌 이리 흉악한 기운을 뿜을 수 있단 말인가.

몸이 벌벌 떨려와 아무 말도 나오지 않았다. 아비게일은 그런 제레미 부인을 내려다보며 물었다.

"자, 어떻게 할래?"

이대로 위압감에 압사당해 죽어 버릴 것 같았다. 제레미 부인은 감히 네 번째 선택지를 청할 수 없었다.

"왕비님. 그 소식 들으셨어요? 제레미 부인이 감옥에 갇혔대요."

클라라가 극비 정보라도 전하는 듯, 진중한 얼굴로 말했다. 물론 나는 이미 알고 있는 이야기였지만.

제레미 부인은 내게 제시한 세 가지 방법 중에서 첫 번째 방법을 택했다. 그나마 자수를 하는 쪽이 정상 참작될 테니, 어찌 보면 당연한 일이었다.

자수를 하긴 했지만, 세이블리안은 그녀에게 사형을 언도했다. 목이 매달려 죽을지, 목이 잘려 죽을지 정도는 고르게 해 주겠다고 말했다. 결과만 말하자면 그녀는 죽지 않았다. 감옥에 갔을 뿐. 모두 블랑슈의 덕분이었다.

블랑슈가 충격을 받을까 봐 나는 사실을 감추었다. 하지만 궁에 퍼져 나가는 소문을 모두 막을 수는 없어, 결국 그 아이도 내막을 알게 되어 버렸다.

블랑슈는 제레미 부인이 죽는다는 이야기에 하루종일 울었다. 그리고는 밀러드를 통해 서신을 전달했다고 한다. 제발 제레미 부인을 죽이지 말아 달라고. 아무리 악인이라 한들, 자신을 10년 동안 키워 준 유모를 죽게 내버려 둘 수는 없었던 모양이다.

그 서신을 받은 뒤에야 세이블리안은 징역형으로 형벌을 바꿨다. 다른 사람들이 감형을 요청할 때는 귓등으로도 듣지 않은 양반이었는데. 그래도 딸이라고 마음이 흔들린 모양이었다. 세이블리안도 조금씩은 변해가나 보다. 어찌 됐든 제레미 부인은 감옥에 갔으니까 두 번 다시 블랑슈를 해치지는 못하겠지.

하녀를 시켜 내 방에 너트맥을 숨겨 두던 장면도 베리테가 다 기록해 놨다. 혹여라도 또 블랑슈를 건드리면, 그때는 나도 가만있지는 않을 거다.

"그나저나 요리장은 무탈하게 돌아왔니?"

"네. 요리장도 다시 복귀했어요."

"다행이네."

휴, 누명을 썼던 요리장도 무사히 복귀를 했다. 애꿎은 사람들만 죽을 뻔했네. 베리테가 없었으면 여러모로 큰일 날 뻔했다.

"그나저나 오늘은 블랑슈 공주님과 산책하시는 날이죠?"

헉, 맞아! 클라라의 말에 황급히 정신을 차렸다. 그 중요한 걸 깜빡 잊고 있었네. 나는 허둥지둥 자리에서 일어났다.

"외출 준비를 하자. 블랑슈 공주가 기다리지 않게 서둘러."

나는 황급히 약속 장소로 향했다. 서두른 덕에 약속 시각 30분 전, 정원 어귀에 도착했다. 30분이라는 시간이 남아 있었지만 나는 오히려 행복했다. 네가 4시에 온다면 나는 3시부터 행복해질 거라는 그 말이 이제야 공감이 되었다.

그때, 정원 한쪽에 까만 무언가가 보였다. 가까이 가 보자 작고 까만 뒤통수가 보였다. 블랑슈가 정원 한구석에 쪼그려 앉아 있었다. 내가 근처에 온 것도 모른 채 뭔가에 열중하고 있었다.

"블랑슈 공주?"

조심스레 이름을 부르자, 그 아이는 화들짝 놀라 일어났다. 블랑슈는 다급히 뭔가를 뒤로 숨겼다.

"아, 아, 아비게일 님! 일찍 오셨네요……!"

"네. 어쩌다 보니……. 그나저나 여기서 뭐 하고 있었어요?"

"그, 그게……."

블랑슈는 당황하여 어쩔 줄 몰라 하고 있었다. 내가 가만히 바라보자, 블랑슈가 눈을 질끈 감고 손을 내밀었다.

"저기, 이거……."

그 아이가 내민 것은 작은 꽃다발이었다. 품종은 잘 모르겠지만 흰색과 보라색으로 화려하게 피어난 꽃이었다.

"내게 주는 건가요?"

"네……. 아비게일 님처럼 예쁜 꽃이라, 잘 어울린다고 생각해서……."

블랑슈는 고개를 푹 숙인 채, 눈치를 보고 있었다. 꽃을 들고 있는 손이 꼬물거렸다. 어흐흑, 나 혼자 있었다면 분명 펑펑 울었을 거야! 정말이지 이 세상의 귀여움이 아니다. 게다가 나를 위해 이렇게 꽃을 꺾어다 주다니.

"고마워요, 블랑슈 공주. 정말 예쁘네요."

나는 조심히 꽃다발을 받았다. 그 아이처럼 작고 귀여운 꽃다발이었다. 블랑슈가 기쁜 듯 헤헤 웃었다.

"저어, 아비게일 님. 잠시만……."

그 아이는 고개를 숙이라는 듯 작게 손짓했다. 흠, 뭐지? 나는 허리를 살짝 숙였다. 블랑슈는 중요한 비밀이라도 말하듯, 내 귓가에 대고 속삭였다.

"그때, 아비게일 님이 저를 좋아한다고 해 주셔서……. 정말 정말 기뻤어요."

산들바람이 어루만지는 것처럼 간질간질, 기분 좋은 목소리였다. 블랑슈가 조금 더 목소리를 낮추었다.

"저도 아비게일 님을 좋아해요. 아비게일 님과 친해지고 싶어요. 저랑 산책 와 주셔서 감사합니다."

그 아이는 고맙다는 듯 고개를 꾸벅 숙여 인사했다. 나는 입을 틀어막았다. 세상에, 세상에. 이 정도면 정말 성공한 인생이다. 여기서 죽어도 여한이 없다.

"아, 아비게일 님? 우세요……?"

"크흡. 아, 아니에요……. 눈에 땀이……."

아아, 이것이 행복이구나. 이 달콤하고 반짝거리는, 고운 행복. 울음이 비어져 나오려는 것을 간신히 참았다.

"자, 그럼 산책하러 갈까요? 오후 간식으로는 갈레트를 준비해 놨어요."

"네, 네. 좋아요……!"

나는 햇살처럼 웃고 있는 블랑슈와 함께 발을 내디뎠다. 봄의 끝자락. 산책로에는 흰 꽃이 그득히 피어 있었다.

그렇게 산책로를 거닐던 중, 문득 어디선가 시선이 느껴졌다. 뒤를 돌아보니 건물 창가에 누군가가 서 있었다. 세이블리안이었다. 그는 나와 블랑슈를 물끄러미 바라보고 있었다. 그러다 눈이 마주치자 등을 돌려 버렸다.

"아비게일 님?"

내가 멈춰 서자 블랑슈가 의아하다는 듯 물었다. 나는 정신을 차리고 다시 정면을 보았다.

"아, 미안해요. 가죠."

그는 왜 우리를 보고 있었던 걸까? 힐끗 다시 뒤를 돌아보니, 창가의 커튼만이 조용히 나부끼고 있었다.

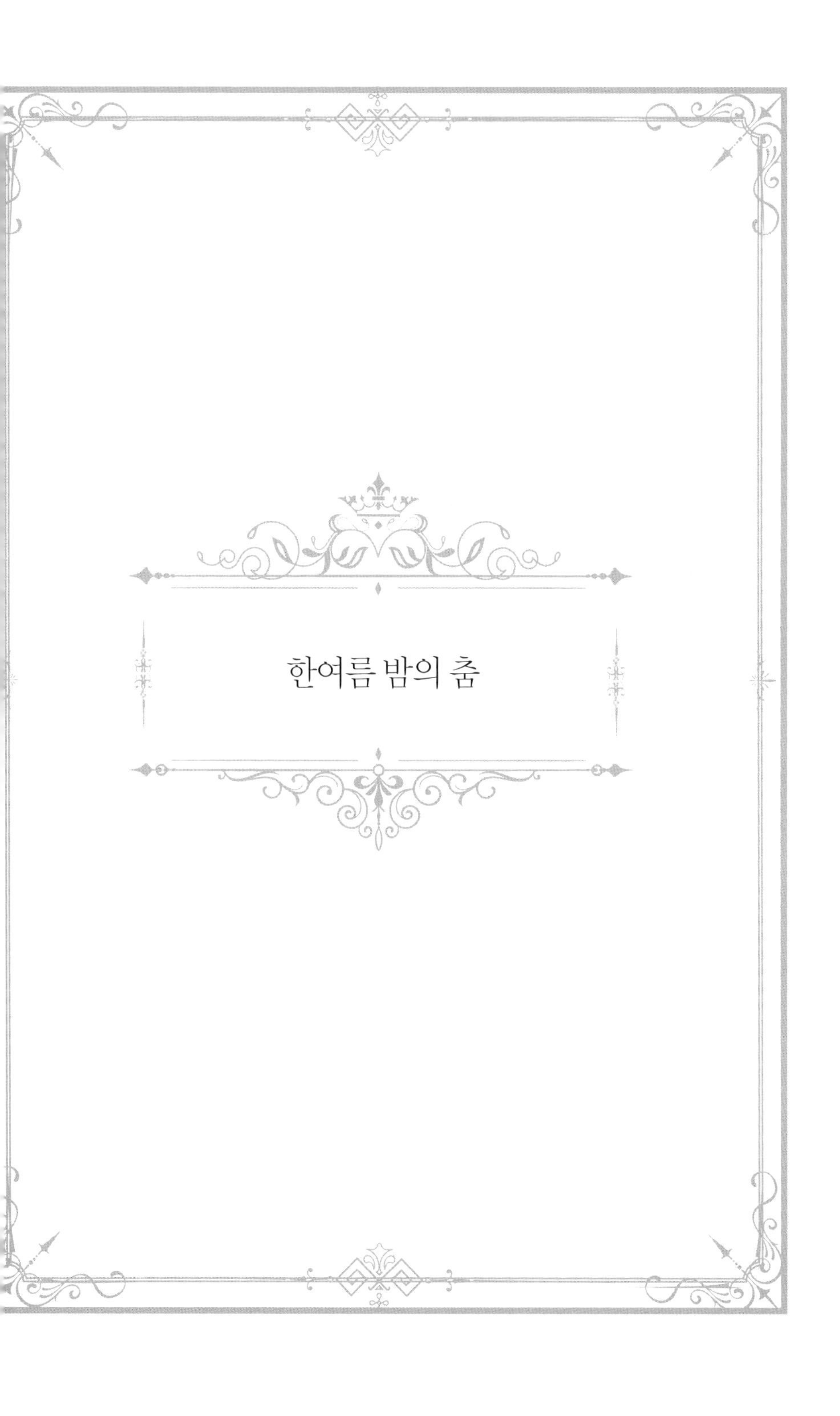

한여름 밤의 춤

3

한여름 밤의 춤

창 너머로 들어오는 바람은 열기를 머금고 있었다. 눈이 부시도록 쨍한 하늘에 흰색 물감이 점점이 튄 듯, 작은 구름만이 떠가고 있었다.

여름으로 접어들자 풍경은 또렷한 색채를 지니게 되었다. 정원의 녹나무 역시 진한 푸르름을 자랑했다.

나는 정원의 녹나무를 스케치했다. 휴, 올해 여름은 유난히 덥네. 옆에서 부채를 부쳐주던 클라라가 말했다.

"왕비님. 요즘은 그림을 많이 그리시네요!"

"응. 요즘 그림 그리는 게 좋아져서."

나는 슥슥 그림을 그리며 답했다. 이제 슬슬 밑밥을 깔아야 하는 시기였다. 그림에 조금씩 관심이 생겼다는 밑밥.

블랑슈와의 관계는 조금씩 좋아지고 있는 것처럼 보였다. 일주일에 두 번 같이 식사를 하고, 가끔은 산책도 다닌다!

"그 목걸이, 참 예뻐요."

"그렇지?"

나는 흐뭇하게 목걸이를 들여다보았다. 로켓 목걸이 겉면이 압화로 장식되어 있었다. 이 꽃이 어떤 꽃이냐! 바로 블랑슈가 준 꽃다발을 말린 것이다. 하아, 이런 선물까지 받게 되다니. 마치 꿈만 같았다. 조만간 내가 만든 옷을 입어 주면 좋겠는데…….

나는 콧노래를 참으며 계속 그림을 그려나갔다. 클라라가 발랄한 목소리로 말을 이어 갔다.

"그나저나 곧 건국제인데, 어떤 드레스를 입으실 거예요?"

날씨가 더워진다는 건, 곧 건국제가 시작된다는 의미였다. 이 나라의 큰 축제 중 하나는 여름에 개최하는 건국제였다. 말 그대로 네르겐의 건국을 기념하는 행사.

아비게일로서는 두 번째로 맞이하는 건국제였다. 첫 번째 건국제 때 아비게일은 무척이나 치장에 공을 들였다. 건국제이니만큼 다른 나라의 사절들을 포함해 많은 유명 인사들이 참여한다. 아비게일은 그들에게 알리고 싶었다. 자신이 얼마나 아름다운지, 그리고 얼마나 행복한지.

그녀는 많은 돈을 들여 건국제 의상을 준비했다. 단언컨대 아비게일은 작년 건국제에서 가장 아름다운 여자였다. 그녀와 눈을 마주친 사람들은 저도 모르게 얼굴을 붉히고 고개를 떨구었다.

하지만 마냥 즐거운 건국제는 아니었다. 마지막 날, 그녀는 치욕에 몸을 떨었으니까.

올해도 같은 일이 벌어지려나. 뭐, 딱히 상관은 없다. 내가 연필을 내려놓고 손을 닦던 중, 노마가 들어왔다.

"왕비님. 크로넨버그에서 사절이 도착했습니다."

"아, 알겠어. 곧 가도록 하지."

나는 접견실로 향했다. 그곳에는 낯이 익은 한 중년 남성이 앉아 있었다. 그가 자리에서 일어나 가볍게 고개를 조아렸다.

"그동안 무탈하셨습니까, 공주님."

"모이즈 경. 오랜만이에요. 어머니와 아버지께서는 잘 지내시죠?"

모이즈 경은 아비게일의 고향, 크로넨버그에서 온 사절이었다. 고향 사람이니 편안한 기분이 들어야 할 테지만…….

"네. 다들 강건하십니다만 아비게일 님을 걱정하느라 밤잠 이루지 못하시더군요."

"저는 무탈하게 지내고 있으니 걱정 마세요."

"아직 후사가 생기지 않으셨죠?"

모이즈 경이 갑자기 훅 찌르고 들어왔다. 윽. 갑자기 속이 안 좋아졌다. 볼 때마다 후사 타령이더니, 올해도 역시다. 마치 설날 친척 집에 끌려간 듯한 기분이 들었다. 그때도 친척들에게 둘러싸여 온갖 잔소리를 들었는데.

살은 안 빼니, 남자친구는 없니, 취직은 안 하니. 내가 그런 질문을 듣는 동안 옆에 앉은 친척 언니도 비슷한 공격을 받고 있었다. 아이 계획은 없냐고 친척 어른이 물어볼 때마다, 언니는 곤란하다는 미소를 짓곤 했지. 나는 언니가 어떤 기분이었을지 알 것 같았다.

"네. 아직 후사 소식은 없어요."

"대비마마께서는 아비게일 님께서 아이를 못 가지시는 건지, 안 가지시는 건지 궁금해하시더군요."

이쯤 되니 모이즈 경이 마치 우리 큰어머니처럼 보이기 시작했다. 큰어머니 잘 지내고 계시죠……?

"대비마마께서 걱정하고 계십니다. 특히 작년 건국제 때 이야기를 듣고 걱정을 많이 하셨죠."

모이즈 경이 주름 잡힌 눈으로 나를 바라보았다.

"그때, 세이블리안 님은 아비게일 님과의 춤을 거부하셨죠."

그랬다. 무도회 마지막 날, 아비게일이 치욕감을 느꼈던 그 일.

일반적으로 무도회에 참석한 부부는 춤을 춘다. 아무리 사이가 나쁘다 할지라도 보통은 첫 춤은 함께 하는 것이 예의이다. 그러나 세이블리안은 보통 사람이 아니었다. 그는 건국제 내내 단 한 곡도 춤을 추지 않았다. 아비게일이 애원해도 그는 마음을 바꾸지 않았다.

뭐…… 결혼식 때조차 손 한 번 안 잡은 사람이니까. 문제는 그 모습을 모두가 봤다는 거지. 특히 크로넨버그 쪽에서는 난리가 났다. 수많은 서신이 날아오고, 모이즈 경도 계속해서 질문을 퍼부었다. 왜 춤을 추지 않은 거냐고.

"전하께서 춤을 싫어하시는 건 잘 알려지지 않았던가요."

불행 중 다행히 세이블리안은 그 누구와도 춤을 추지 않았다. 소문을 듣자 하니, 왕비가 죽은 이후 단 한 번도 춤을 춘 적이 없다고 했다.

"네. 그래서 대비마마께서도 이해하셨지만, 후사가 없는 문제는 심각하다고 여기고 계십니다."

으윽, 이 이상 잔소리할 거면 돈 주고 하세요. 댁들이 그렇게 아비게일한테 잔소리를 해서, 아비게일 성격이 괴팍해진 거 아냐!

"걱정하지 마세요. 전하와는 잘 지내고 있어요."

"……정말입니까?"

"예. 다른 이들에게 물어보면 알 겁니다. 제가 전하와 식사도 자주 하고 시간을 많이 보내고 있다는걸."

이렇게 말하니 좀 웃겼다. 흑흑. 밥 같이 먹는 거로 친하다는 걸 어필하다니. 하지만 이런 우스운 이유에도 모이즈 경은 고개를 끄덕였다. 그가 심각한 어조로 말했다.

"그 세이블리안 전하와 식사를 하시게 되었나니……. 두 분의 관계가 개선된 것 같긴 하군요."

이대로 잔소리 타임은 끝이 나는 건가. 하지만 나는 알고 있다. 잔소리가 일 절에서 끝나는 경우는 거의 없다는 것을.

"하지만 이대로는 곤란합니다. 얼른 후사를 낳지 않으시면 아비게일 님의 입지가 위험하고, 그 위험은 크로넨버그에까지 닿을 것입니다."

크로넨버그는 네르겐에 비하면 한참 약한 약소국이었다. 아비게일의 부모님이나 모이즈 경이 염려하는 것도 어느 정도 이해가 가지만……. 이 양반아. 애는 혼자서 만드나. 하늘을 봐야 별을 따지!

물론 나는 하늘을 볼 생각도, 별을 딸 생각도 없다. 세이블리안은 나를 사랑하지 않고, 나도 세이블리안을 사랑하지 않는다. 아이가 생기지 않아도 불만은 없다. 오히려 환영이지.

내가 잠자코 있자, 모이즈 경이 의심쩍다는 듯이 말했다.

"여전히 세이블리안 전하께 미움받고 계신 것 아닙니까?"

"그럴 리가요. 전하와 제가 얼마나 사이가 좋은데요."

"정말입니까?"

"그럼요."

나는 뻔뻔하게 나갔다. 사이 좋은 척하고 있으면, 더 이상 뭐라고 못하겠지. 일단 중요한 건 허세다. 허세로 넘겨야 한다! 매번 설날 때 그랬듯이!

모이즈 경은 나를 빤히 바라보다가 빙그레 웃었다.

"그러면 올해에는 두 분의 춤을 볼 수 있겠군요."

어? 잠깐만. 내가 바로 대답하지 못하자, 모이즈 경이 눈을 가늘게 뜨고 물었다.

"설마……. 사이가 좋다는 말이 거짓말은 아니시죠?"

"무, 물론이죠. 거짓말이라뇨."

"그렇군요. 그러면 두 분의 춤을 기대하겠습니다."

모이즈 경은 무척이나 흐뭇하게 웃고 있었다. 아, 큰일 났다. 이거 내 무덤을 판 것 같은데.

알 수 없는 한기가 세이블리안의 목덜미를 스치고 지나갔다. 그와 동시에 왠지 귀가 간지러워, 그는 오른쪽 귀를 매만졌다.

"전하, 무슨 일 있으십니까?"

"별거 아닐세. 갑자기 오한이 좀 들어서."

세이블리안은 그렇게 말하며 천천히 정원을 거닐었다. 밀러드가 그 뒤를 따랐다. 조금 덥지만 산책을 하기엔 좋은 날씨였다.

그러고 보니 블랑슈와 아비게일이 산책을 자주 하고 있다고 들었다. 실제로 한 번 보기도 했었고. 반년 전까지만 해도 상상조차 할 수 없는 모습이었다.

"왕비님과 요즘 잘 지내고 계신 것 같더군요."

밀러드가 조금 불퉁한 목소리로 말했다. 세이블리안은 잠시 제자리에 멈춰 섰다.

"그저 식사를 주기적으로 함께 할 뿐이다. 게다가 블랑슈와 함께 식사하는 건 경도 찬성하지 않았나."

"전하와 블랑슈 공주님께서 가까이 지내는 것은 좋은 일입니다만……. 저는 아직 왕비님을 믿기 힘듭니다."

밀러드가 가만히 한숨을 내쉬었다. 그에게 있어서 가장 중요한 것은 세이블리안, 그리고 블랑슈의 안전이었다.

"지난번 너트맥 사건도 저는 여전히 의심스럽습니다. 제레미 부인이 자백을 해서 넘어가긴 했지만……. 갑자기 왕비님이 그 음식을 먹은 게 마음에 걸리는군요."

"아비게일이 그 일에 관여했다고 생각하는 건가?"

"왕비님께서 스스로 독을 드신 적이 있지 않습니까."

밀러드의 마음속에서 아비게일은 악인이었다. 아비게일이 뭘 하든 간에 그녀는 좋게 보이지 않았다. 그 어린 공주님을 질시하고 구박하던 여자 아니던가. 인간이 그리 쉽게 바뀔 리가 없다.

때문에 요즘 세이블리안의 행보가 달갑지 않았다. 그 여자와 친하게 지내다니. 악녀의 술수에 주인이 넘어간 것 같았다.

밀러드의 표정은 여전히 굳어 있었다. 세이블리안은 그를 바라보다 입을 열었다.

"나 역시 아비게일을 무조건 믿는 건 아니다. 그렇다 하더라도 제레미 부인이 자수한 와중, 아비게일을 의심하는 것도 과하다 보는데."

"……예. 전하의 말씀이 맞습니다."

밀러드의 그러한 태도에 세이블리안은 잠시 생각에 잠겼다. 밀러드가 이토록 염려하는 것을 보면, 자신과 아비게일이 꽤나 가까워 보이는 모양이었다.

자신이 아비게일을 친애하는가. 아니었다. 그것은 친애라기보다는 호기심에 가까웠다. 요즘 들어 아비게일의 표정은 여름 날씨처럼 자주 바뀌었다. 그는 그것을 보는 게 흥미로웠다. 애초에 그러한 연유로 시작된 식사였다.

문득 아비게일이 자신의 뺨을 주무르던 일이 생각났다. 그는 제 뺨을 쓸어 보았다. 그렇게 생각에 잠겨 있던 도중, 시종 하나가 다급히 다가왔다. 그가 고개를 꾸벅 숙인 뒤 말했다.

"전하, 왕비님께서 알현을 요청하십니다."

"아비게일이?"

정원 입구 쪽을 보니 아비게일이 서 있는 게 보였다. 세이블리안이 허가의 의미로 고개를 끄덕이자, 곧 아비게일이 다가왔다. 그녀는 예의 바른 무표정으로 인사를 올렸다.

"평안하십니까, 전하. 오늘도 수고가 많습니다, 밀러드 경."

밀러드는 고개를 꾸벅 숙이는 것으로 대답을 대신했다. 평소에도 그는 아비게일과 말을 섞지 않았다.

죽기 전의 아비게일은 그 태도가 무례하다며 분을 표하곤 했다. 세이블리안을 찾아가 밀러드를 해직하라고 요구하기도 했다.

하지만 이제는 밀러드가 대답을 하든 말든, 대수롭지 않아 하는 눈치였다. 아비게일이 세이블리안을 향해 말했다.

"단둘이 하고 싶은 이야기가 있는데, 괜찮으신가요?"

"예. 그러죠. 자리를 비켜 주게, 밀러드."

이 상황이 달갑지 않지만 밀러드는 주인의 명령을 따랐다. 그는 조금 떨어진 장소에서 두 사람을 응시했다.

바람도 불지 않는 낮이었다. 아비게일은 보닛을 쓰고 있어 얼굴 위로 차양이 드리워졌다.

"그래서 하고 싶은 말이 무엇입니까, 아비게일."

"저기, 그게……."

그녀는 잠시 망설이다 입을 열었다.

"가능하시다면 이번 건국제 무도회 때, 저랑 춤을 춰 주셨으면 좋겠습니다."

"춤?"

아비게일은 말없이 고개만 끄덕였다. 그녀는 조금 초조해하는 것처럼 보였다.

"춤을 싫어하시는 걸 알고 있습니다. 다만…… 좀 곤란한 상황이 생겨서 이렇게 말씀드리게 되었어요."

"대체 무슨 일입니까."

"크로넨버그에서 사절이 왔습니다."

크로넨버그라는 말을 듣자 대강 무슨 일인지 알 것 같았다. 아비게일의 친가에서 무슨 압박이라도 준 모양이었다. 아이가 태어나지 않으면 가장 불리한 것은 세이블리안이 아닌 아비게일이었다.

세이블리안에게는 블랑슈가 있다. 왕자가 태어나지 않아도 어떻게든 대는 이을 수 있었다. 하지만 아비게일은 아니다. 아이를 낳지 못하는 왕비는 여러모로 추문에 둘러싸이기 마련이었다. 그녀는 말을 이어 갔다.

"제 친가에서는 저와 전하의 불화로 인해 아이가 생기지 않는 것 같다고 추측하는 모양이더군요."

그늘이 드리워진 탓인지, 아비게일의 얼굴이 조금 어두워 보였다.

"일단 아니라고 부정하긴 했습니다만, 믿는 눈치는 아녔습니다. 그래서 이번 건국제 때……."

"같이 춤을 추지 않으면 불화설이 더욱 커지겠군요."

아비게일은 다시 한번 고개를 끄덕였다. 세이블리안은 잠시 입을 다물었다.

춤을 권유받는 건 처음이 아니었다. 작년 건국제 때도 아비게일이 자신에게 매달려, 딱 한 번만 춤을 춰 달라고 애원하지 않았던가. 그때나 지금이나 같은 부탁을 받고 있다. 하지만 뭔가 느낌이 달랐다.

세이블리안은 아비게일을 바라보았다. 눈빛, 때문인가. 죽기 전, 아비게일의 눈동자 속에는 언제나 탐욕이 흘러넘쳤다. 세이블리안을 손에 넣고 싶어서 어쩔 줄 몰라 하던 그 눈빛. 그는 그 눈빛이 싫었다. 그 여자도 비슷한 눈빛을 하고 있었으니까.

하지만 지금 자신을 바라보는 눈빛은 달랐다. 똑같은 보라색 눈동자이지만 다른 색처럼 보였다. 그 지긋지긋하던 탐욕은 비치지 않았다. 약간의 염려, 답답함 같은 것이 보일 뿐.

지난번과는 달리, 춤을 추자는 요청에도 그는 기분이 상하지 않았다. 하지만…….

"죄송합니다."

세이블리안의 입에서 사과의 말이 떨어졌다. 그는 춤을 추지 못하는 이유를 말할까 잠시 고민했었다. 결국 속으로 삼키고 말았지만.

어차피 진짜 이유를 말해 봐야 그녀는 이해하지 못할 것이다. 때문에 그는 적당히 거짓말을 내뱉었다.

"솜씨가 서툰 탓에 춤추는 것을 좋아하지 않습니다."

"아…… 그러셨군요. 그러면 같이 연습할까요?"

"예?"

아비게일이 순박한 어조로 말했다. 예상외의 말에 세이블리안은 짐짓 당황한 기색이 어렸다.

"춤을 잘 추지 못하셔서 그러신 거라면 같이 연습하죠. 건국제 때까지는 시간이 꽤 남았으니까요."

그녀는 진지해 보였다. 당황하거나 비웃었다면 대처하기 편했으리라.

"……연습, 말입니까."

"네. 저도 춤을 춘 지 오래되어 다시 연습해야 하고요."

그 순진한 반응에 세이블리안은 잠시 망설였다. 어떠한 의도나 계략도 비치지 않는 얼굴.

그렇다 하더라도 춤은 질색이다. 이제껏 그래왔던 것처럼 딱 잘라 거절하면 된다.

"춤은……."

아비게일이 그를 올려다보고 있었다. 그의 말에 집중한 얼굴은 그저 순진무구했다. 햇살 아래서 눈동자는 평소보다 연하고 투명한 색으로 빛나고 있었다.

세이블리안은 저도 모르게 마른 침을 삼켰다. 저 눈을 마주 보고, 거절해야 한다. 그는 고개를 돌린 뒤, 어렵사리 입을 열었다.

"……생각해 보겠습니다."

아비게일이 듣기에는 완곡한 거절 같았다. 짐짓 어색한 침묵이 흘렀다. 그녀는 잠시 분위기를 살피다가 공손한 어조로 말했다.

"네, 알겠습니다. 무리한 부탁을 드려 죄송합니다, 전하. 이만 실례할게요."

아비게일은 가볍게 인사를 올리고는 등을 돌렸다. 떠나가는 그 뒷모습을 세이블리안은 한참이나 바라보았다.

◇

"공주님, 거기서는 왼쪽으로 가신 뒤 바로 오른쪽으로……. 네, 잘 하셨어요!"

경쾌한 음악 소리와 함께 블랑슈가 작은 왼발을 앞으로 내밀었다. 블랑슈는 잔뜩 집중한 채 춤을 추고 있었다.

어린아이도 쉽게 출 수 있는 발랄하고 경쾌한 춤이었다. 원래대로라면 악단을 데려다 놓아야 했지만, 대용품인 오르골에서 흘러나오는 음악도 나쁘지 않았다.

오르골 음악에 맞춰 블랑슈는 사뿐사뿐 뛰어다녔다. 통통 튀는 듯한 발걸음. 마치 그 아이는 작은 인형 같아 보였다.

나는 방 곳곳에 거울을 놓아두었다. 베리테가 이 영상을 기록할 수 있도록. 나중에 삶이 팍팍할 때마다 봐야지.

오르골이 노래를 멈추자 클라라와 블랑슈도 멈춰 섰다. 블랑슈가 클라라의 손을 꼭 잡은 채 인사를 올렸다. 나는 자리에서 벌떡 일어났다. 나도 모르게 기립박수가 절로 터져 나왔다.

"훌륭해요, 블랑슈 공주! 분명히 건국제 무도회 때 가장 빛이 나는 건 블랑슈 공주일 거예요!"

암, 그렇고말고! 우리 블랑슈보다 사랑스러운 사람은 없을 것이다! 블랑슈는 쑥스럽다는 듯 고개를 숙였다. 뺨이 발그레해져 있었다.

"가, 감사합니다. 아비게일 님……. 아직 많이 미숙한데……."

"아니에요, 훌륭해요. 그렇지 않니, 클라라?"

"네! 물론이죠! 블랑슈 공주님이 왕국에서 제일 귀여울 거예요!"

훗, 나의 영업이 빛을 발했나. 이렇게 클라라도 블랑슈의 귀여움을 알게 되다니. 하지만 말이지, 우리 블랑슈는 왕국이 아니라 세상에서 제일 귀엽다고!

그런 말을 속으로 삼킨 채, 나는 두 사람을 바라보았다. 클라라가 노마를 향해 말했다.

"노마 님도 그렇게 생각하시죠? 블랑슈 공주님이 제일 귀엽다고!"

"……주인 되시는 분을 귀엽다고 하는 것은 예의에 어긋나는 일입니다, 클라라."

노마는 냉정한 어조로 말했다. 하긴, 블랑슈가 윗사람이니 함부로 귀엽다고 말하는 것도 좋지는 않겠다.

"앗……! 죄송합니다, 블랑슈 공주님. 저도 모르게 그만……."

"괜찮아요, 클라라. 칭찬해 준 걸요."

블랑슈는 희게 웃었다. 마치 햇살처럼 밝은 미소였다. 아, 어쩜 이렇게 의젓하고 사랑스러울 수 있단 말인가.

"춤…… 좀 더 잘 추고 싶어요. 잘 추면 아바마마께서도 칭찬해 주실까요?"

블랑슈가 수줍게 물었다. 그 모습을 보자 콧잔등이 시큰해졌다. 의젓하고 어른스럽다고는 해도 블랑슈는 11살 어린아이다. 부모에게 관심받고 싶어 하는 건 당연한 일이지.

"물론이죠, 블랑슈 공주. 전하께서도 기뻐하실 거예요."

"그러면 아바마마가 저랑도 춤을 춰 주실까요?"

음, 그 말에는 바로 대답을 할 수 없었다. 이걸 어떻게 설명해야 하나. 너네 아빠가 춤을 못 춰서 춤추기 싫대…… 라고 말할 수도 없고.

세이블리안이 춤을 잘 못 춘다고 했을 때는 좀 놀랐다. 그런 상처가 있었을 줄이야. 뭐든 잘하는 사람이라서 예상치 못했는데, 역시 세상에 완벽한 인간은 없나 보다.

그 말을 듣고 춤추기는 포기했다. 춤추는 게 콤플렉스인 사람에게 강요하고 싶지는 않다. 그냥 내가 모이즈 경한테 잔소리 듣는 편을 택하고 말지.

"블랑슈 공주가 좀 더 나이를 먹으면, 그때는 같이 춤춰 주시지 않을까요?"

"네에……."

나는 은근히 블랑슈를 달래보려 했다. 하지만 블랑슈의 얼굴은 여전히 어두웠다.

무도회를 꽤 많이 기대하고 있나 보다. 나는 잠시 고민에 빠졌다. 우선 블랑슈의 주의를 끌기 위해 슬쩍 말을 던졌다.

"그러면 저랑 출까요, 블랑슈 공주?"

"……네?"

블랑슈가 깜짝 놀라 나를 바라보았다. 토끼처럼 크게 뜬 눈을 깜빡거리다가, 그 아이가 환하게 웃으며 말했다.

"네! 저 아비게일 님과 춤출래요! 꼭 함께 춤추고 싶어요!"

어? 반응이 너무 좋은데? 블랑슈의 얼굴이 너무 환해 깜짝 놀랐다. 그냥 던져본 말인데 이렇게 좋아할 줄이야.

어버버 대며 말을 잇지 못하고 있자, 클라라가 불쑥 껴들었다. 클라라는 신이 나서 말했다.

"정말 좋은 생각이세요! 두 분이 함께 춤추면 정말 아름다울 거예요!"

노마도 동의한다는 듯 고개를 끄덕였다. 아니…… 거절하려고 했는데, 다들 이렇게 멍석을 깔아 주네. 나는 쑥스러워 괜히 헛기침했다.

"크, 크흠. 좋아요. 그럼 같이 연습해 볼까요?"

"네……!"

블랑슈가 헤실 웃자, 토끼 같은 작은 앞니가 도드라졌다. 나는 조심스레 블랑슈의 손을 잡았다.

블랑슈와의 키 차이 때문에 일반적인 사교댄스는 출 수 없었다. 그 대신 파티 때 여럿이서 추는 춤을 둘이서 추기로 했다.

곧 오르골이 돌아가기 시작했다. 음악에 맞춰 블랑슈와 함께 발을 옮겼다.

전생의 나는 춤이라곤 춰 본 적이 없었다. 사교댄스는 물론이고, 그 어떤 춤도. 춤을 추는 건 부끄러운 일이었다. 여러 사람에게 시선을 받는 것도.

잘 추기에 시선을 받는 것이 아니라 더욱 그랬다. 뚱뚱하고 못생긴 여자가 어수룩하게 춤을 추니, 다들 비아냥대기 바빴지. 뭐, 다행히 이제는 다른 사람의 몸으로 살고 있지만.

아비게일은 아름답고, 춤추기를 좋아했으며 능력도 뛰어났다. 몸은 춤과 리듬을 기억하고 있었다. 음악에 맞춰 몸이 자연스럽게 움직였다. 하나, 둘, 셋. 하나, 둘, 셋.

나는 앞으로 간 뒤, 블랑슈를 바라보았다. 눈이 마주치자 블랑슈가 생긋 웃었다. 그래! 세이블리안이랑 춤 못 추면 어때! 블랑슈가 나랑 춤을 춰 준다는데!

지금 이 순간 세상을 다 가진 것만 같았다. 이대로라면 발이 부르틀 때까지 출 수 있을 것만 같았다. 블랑슈도 신이 나 깡총깡총 춤을 추었다. 오르골이 멈춘 뒤에도 그 아이는 잔뜩 들떠 있었다.

그때 클라라가 울먹이는 목소리로 말했다.

"어흑, 두 분…… 너무…… 너무 아름다우세요……! 왕비님은 멋지시고 공주님은 귀여우시고……. 아아, 너무 사랑스러워요!"

이 친구, 정말 제대로 된 친구로구만. 블랑슈 팬클럽의 부회장 자리를 줘도 괜찮겠어.

"고마워, 클라라."

"정말 너무 잘 어울리세요. 분명히 무도회 때 모두가 감탄할 거예요!"

그 정도였단 말인가? 나중에 베리테한테 다시 보여달라고 해야겠다. 클라라가 흥분해서 말했다.

"기왕 이렇게 되신 거, 두 분이 의상을 맞춰 입으시는 건 어떠세요? 무지 잘 어울릴 것 같은데!"

뭐야, 그거. 너무 최고인데? 평소 같으면 한 번 튕기겠지만, 이 기회를 놓칠 수는 없었다. 나는 블랑슈에게 조심스레 말했다.

"의상이라……. 블랑슈 공주는 어떤가요?"

"저는 좋아요! 하지만……."

블랑슈가 말꼬리를 흐렸다. 역시 싫은 걸까? 초조한 마음으로 바라보고 있는데, 블랑슈가 해맑게 웃었다.

"저 어떤 옷이 예쁜지 잘 모르니까. 아비게일 님께서 옷을 골라주셨으면 해요……!"

"옷을요?"

"네!"

그러니까…… 내가 직접 고른 커플 드레스를 블랑슈가 입고, 함께 춤을 춘다는 건가? 내가 직접 디자인해도 되겠네?

내가 전생에 나라를 구했나? 못 구했는데? 이것은 부처님의 자비? 예수님의 선물?

나도 모르게 광대가 올라가고 말았다. 함박웃음을 짓자, 블랑슈가 깜짝 놀라는 것이 보였다.

"시, 싫으셨던 거면…… 죄송해요……."

"아니요! 싫을 리가요!"

나는 황급히 입꼬리를 내렸다. 젠장, 이 살인미소가 발목을 잡는구만.

"반드시 블랑슈 공주에게 어울리는 드레스를 준비해 둘 테니, 어떤 취향인지 말해 줘요."

"네!"

평생치 운이 오늘 다 폭발하는 기분이었다. 더 이상 아무것도 나를 막을 수는 없다.

블랑슈! 나만 믿어! 너를 건국제의 아이돌로 만들어 줄 테니까!

"으음, 블랑슈에게는 어떤 디자인이 좋으려나……. 베리테, 네가 보기엔 뭐가 나아?"

나는 엄선한 디자인화를 몇 개 골라 베리테에게 보여 주었다. 블랑슈와 나를 위해 그린 디자인화였다.

"너한테는 첫 번째 옷이 어울릴 것 같은데."

"나 말고 블랑슈한테 어울릴 거로!"

마더 앤 도터 룩이지만 메인은 블랑슈였다. 나는 덤! 무조건 블랑슈가 주목받는 옷을 골라야 한다. 베리테는 한숨을 푹 쉬며 말했다.

"내가 뭐라고 하든, 전부 블랑슈한테 잘 어울릴 거라고 할 거잖아."

"당연하지!"

베리테는 글렀다는 듯 고개를 절레절레 젓더니 거울 뒤편으로 사라졌다. 으음, 차라리 시녀들에게 물어보는 게 나으려나.

나는 다시 한번 디자인화를 살펴보았다. 우선 블랑슈가 좋아하는 요소는 꽃과 프릴, 리본 계통이었다. 전반적으로 샤랄라한 의상을 좋아하는 듯했다. 선호하는 색깔은 분홍색이나 하늘색, 파스텔 톤에 가까운 색상이었다.

머릿속에 떠오르는 의상은 다양했다. 가장 먼저 떠오른 건 현대풍의 원피스였다. 하지만 현재 유행하는 복식과 크게 차이가 나면 곤란할 터였다.

이 시대의 의상은 전반적으로 로코코 시대의 '로브 아 라 프랑세즈Robe à la francaise'와 유사했다. 코르셋으로 허리를 조여 잘록한 허리와 풍만한 가슴을 강조하고, 파니에를 입어 치마의 볼륨감을 살렸다. 여기에 등 쪽에 긴 옷감을 더해 마치 로브처럼 길게 늘어트리기도 했다.

무난하게 간다면 로브 아 라 프랑세즈겠지만 블랑슈에게 그런 옷을 만들어 주고 싶지는 않았다. 이 시대의 옷들은 아이를 위해 만들어진 옷이 아니다.

18세기 이전까지는 아동복이라는 개념조차 존재하지 않았다. 어른들이 입는 옷을 작은 사이즈로 만들었을 뿐, 아동의 신체적 특성이나 활동성은 전혀 고려하지 않았다. 어른들에게도 괴로운 코르셋과 파니에를 아이에게 입힌다. 그건 분명히 이상한 일이다.

나는 블랑슈를 위한, 아이를 위한 옷을 만들어 주고 싶었다. 그렇다고 너무 현대식으로 만들면 이상하겠지. 너무 튀지 않고, 좀 편한 옷은 없을까.

나는 끙끙거리면서 디자인화를 들여다보았다. 그때, 어느 틈엔가 베리테가 다시 나타나 있었다. 그는 디자인화 중 하나를 가리켰다.

"거기 있는 옷은 뭐야? 독특한 디자인인데."

"이거 말하는 거야?"

나는 디자인화 한 장을 들어 내밀었다. 베리테가 흥미롭다는 듯한 표정을 지었다.

"그래. 그거 드레스 맞는 거지? 특이하네."

베리테의 반응에 조금 조마조마해졌다. 이 시대에 이 드레스는 너무 튀는 걸까?

"이상해 보여?"

"딱히. 그냥 처음 보는 디자인이라서."

나는 속으로 안도의 한숨을 내쉬었다. 거부감이 크거나, 수상한 사람으로 몰릴 만큼 획기적인 형태로 받아들이지는 않는 모양이었다. 다만 지금 입는 옷에 비하면 수수한 감이 있어서 블랑슈가 좋아할지는 의문이었다.

뭐, 이것저것 많이 그려 놨으니까. 이 중에 하나쯤은 블랑슈의 취향이 있겠지. 나는 홀가분해진 마음으로 종이를 정리했다.

"그나저나 지난번에 블랑슈가 춤추는 거 봤어? 어땠어? 귀엽지?"

"그래, 그래. 귀엽더라."

목소리에서는 진정성이 느껴지지 않았다. 이 친구, 오늘 나랑 밤새도록 블랑슈 덕토크를 해야겠구만.

내가 블랑슈의 사랑스러움을 영업하려는 순간, 누군가가 거울 방을 똑똑 두드렸다. 곧 노마의 목소리가 들려왔다.

“왕비님. 춤 연습하러 가실 시각입니다.”

“아, 벌써 그렇게 됐나. 곧 나갈게.”

디자인화를 고르느라 시간 가는 줄도 몰랐다. 베리테가 성의 없이 손을 흔들었다.

“그럼 즐거운 시간 되십시오, 왕비님.”

“그래, 그래. 이번에도 우리 블랑슈 춤추는 거 꼭 봐야 해!”

나는 베리테를 뒤로한 채, 블랑슈가 기다리고 있을 연습실로 향했다. 블랑슈와 춤 연습을 하다니! 나도 모르게 흥겨워서 발걸음이 빨라졌다. 게다가 내가 그린 디자인화도 블랑슈에게 보여 주는 날이다!

한껏 흥분한 상태로 연습실의 문을 열었다. 문이 열리자마자 블랑슈가 쪼르르 달려와 나를 반겨 주었다.

“아, 아비게일 님. 어서 오세요!”

“늦게 와서 미안해요, 블랑슈 공주. 보여 주고 싶은 것이 있어서.”

“보여 주고 싶은 것……?”

나는 디자인화가 그려진 종이 뭉치를 블랑슈에게 건네주었다. 블랑슈가 이게 뭐냐는 듯 나를 올려다보았다.

“건국제 때 입을 드레스의 디자인화예요.”

“우와……! 너, 너무 예뻐요!”

블랑슈가 감탄한 얼굴로 디자인화를 들여다보았다. 흑흑, 좋아해 주니 다행이다. 싫어하면 어쩌나 했어.

“여러 종류가 있으니, 나중에 살펴보고 마음에 드는 걸로 알려 줘요.”

“네, 네! 아비게일 님께 잘 어울릴 옷으로 골라 볼게요……!”

아니, 나 말고 너한테 어울릴 걸 골라야지……! 하지만 블랑슈가 너무 행복해 보여서 뭐라 더 말하지 못했다. 뭐, 블랑슈는 뭘 입어도 이쁠 테니 상관없나.

블랑슈는 시녀를 불렀다. 그리고는 디자인화를 아주 조심히 맡겨 두었다.

"잘 보관해 줘요. 바람에 날아가거나 물에 젖으면 안 돼요……!"

양 주먹을 꼭 쥐어 가슴께에 붙인 뒤, 블랑슈는 아주 진지한 목소리로 말했다.

저렇게 애절한 눈동자로 시녀에게 명령…… 아니, 부탁을 하다니. 나는 올라간 입꼬리를 손으로 가리며 말했다.

"자, 그러면 연습을 시작할까요?"

"앗, 네!"

블랑슈가 후다닥 다시 내 옆으로 왔다. 오늘은 오르골이 아니라 제대로 된 악단과 춤 선생까지 불러온 상태였다. 좋아, 세팅도 딱 좋게 되었군. 자세를 잡고, 악단의 연주를 기다렸다. 블랑슈가 잔뜩 기합이 들어간 얼굴로 나를 바라보고 있었다.

그렇게 춤 연습이 시작되려는 찰나. 자리에 앉아 있던 시녀들이 벌떡 일어났다. 다들 얼굴이 하얗게 질려 있었다. 대체 무슨 일이지? 시녀들이 내 뒤편을 향해 고개를 숙이고 있었다. 나도 뒤를 돌아보았다.

"안녕하십니까, 아비게일."

"……세이블리안 전하?"

아니, 왜 네가 거기서 나와?

연습실 안으로 들어온 사람은 세이블리안이었다. 그의 표정은 변함없이 무뚝뚝했다. 나는 어리둥절해져서 물었다.

"평안하셨나요, 전하. 그나저나 여기엔 무슨 일로……?"

"그대가 불러서 왔습니다만."

"제가요?"

아니, 내가 널 언제 불렀다고 그래? 당황해서 아무 말도 못 하고 있자 세이블리안이 작게 한숨을 내쉬었다.

"춤 연습. 같이 하자고 하지 않으셨습니까. 벌써 잊으신 겁니까?"

나는 잠시 넋이 나가 버렸다. 그때 거절한 거 아니었어?

"춤추는 거 싫어하지 않으셨나요?"

"싫어합니다. 그래도 한 번 연습 정도는 해 볼까 싶어서."

이게 웬일이야. 그가 이렇게 직접 행차를 하다니. 사실 세이블리안이 아니라 다른 사람 아닐까?

"뭘 그렇게 보십니까? 갈까요?"

아니. 저 싸가지를 보아하니 세이블리안이 맞다. 힐끗 보니 뒤에는 밀러드가 있었다. 밀러드까지 대동한 걸 보니, 그제야 세이블리안의 의도를 짐작할 수 있었다. 춤 연습을 하러 온 게 아니라, 나를 감시하러 온 모양이었다. 산책 때도 지켜보고 있었고…….

으음, 조금 찜찜하긴 했지만 좋게 생각하기로 했다. 어찌 됐든 이렇게 블랑슈랑 세이블리안이 마주하는 건 좋은 일이니 말이다.

"아닙니다, 전하. 시간 내주셔서 감사합니다. 블랑슈 공주도 전하를 보고 싶어 했는데."

나는 슬쩍 블랑슈를 바라보았다. 그 아이가 잔뜩 긴장하여 인사를 올렸다.

"어, 어서 오세요. 아바마마……."

달달 떠는 제 딸을 보고도 세이블리안의 얼굴은 건조했다. 사실 저놈은 기계가 아닐까.

그 사이 밀러드는 블랑슈에게 다가갔다. 그는 블랑슈의 앞에 한쪽 무릎을 꿇었다. 그리고는 싱긋 웃으며 살갑게 말을 붙였다.

"블랑슈 공주님, 잘 지내셨습니까? 건강해 보이셔서 다행입니다."

"아, 안녕하세요. 밀러드 경."

블랑슈가 배시시 웃었다. 그러자 밀러드는 답지 않게 히죽 웃었다. 와, 진짜 안 어울린다. 나랑 이야기할 때는 사람 죽일 듯이 인상 찌푸리고 다니더니만. 지금은 완전 얼굴이 헤벌레하게 풀어져 있었다.

블랑슈 역시 밀러드는 그렇게 무서워하지 않는 것 같았다. 흐음. 혹시 밀러드 이 녀석……? 나는 슬쩍 입을 열었다.

"오늘 블랑슈 공주가 입은 옷, 무척 예쁘지 않나요? 밀러드 경."

"예. 드레스의 푸른 원단이 공주님의 눈동자와 아주 잘 어울리고, 과하지 않은 리본 장식이 공주님의 사랑스러움을 한층 더 부각시키고 있군요. 물론 공주님은 그런 것이 아니더라도 아름다우시긴 하지만요."

밀러드가 뿌듯한 어조로 말했다. 이 녀석. 너도 우리 블랑슈에게 흠뻑 빠진 팬 중 하나로구나……!

왠지 밀러드에게 내적 친밀감이 쌓였다. 그는 서글서글하게 웃으며 블랑슈에게 말했다.

"오늘은 국왕 전하께서 왕비님과 춤 연습을 하러 오셨습니다. 두 분이 연습하시는 동안 제가 블랑슈 님의 파트너가 돼도 될까요?"

"저, 그게……."

블랑슈가 어쩔 줄 몰라 하더니 나를 바라보았다. 그리고는 내 옷자락을 꼭 잡고 뒤로 쏙 숨어버렸다.

"와, 왕비님이랑 춤추고 싶어서……."

아, 잠깐 천사가 보였다. 드디어 나를 하늘나라로 데려가려고 오신 건가. 어흐흑, 내 뒤로 숨은 블랑슈가 너무 귀여워서 심장이 아팠다. 예수님 감사합니다. 부처님 감사합니다. 앞으로 공덕을 많이 쌓고 살겠습니다.

"그렇군요. 왕비님과 춤을……."

밀러드는 웃고 있었지만, 아까와는 분위기가 달라졌다. 나를 바라보는 눈빛이 살벌했다. 와, 눈으로 욕하는 것도 재주다. '네가 감히 블랑슈 님과 춤을 춘다고?'라고 말하는 것 같았다.

하지만 나는 물러서지 않고 그를 노려보았다. 흥, 질투하냐? 부럽지? 계 못 타서 서럽냐? 파트너 없으면 세이블리안이랑 춰라!

"두 사람 지금 뭐 하는 거지?"

세이블리안이 짐짓 짜증 어린 목소리로 말했다. 무언의 눈싸움을 하던 우리는 퍼뜩 정신을 차렸다.

블랑슈는 조금 겁을 먹은 눈치였다. 이런, 이래서는 안 되지. 모처럼 찾아온 기회인데.

그러고 보니 아까 블랑슈가 했던 말이 떠올랐다. 세이블리안과 춤을 추고 싶다던 그 말.

블랑슈랑 이대로 춤을 추고 싶었지만……. 나는 내 욕망을 꾹 억누른 채 피를 토하는 심정으로 물었다.

"블랑슈 공주. 오늘은 저 말고 세이블리안 전하와 춤 연습을 하는 건 어떤가요?"

"네?"

블랑슈가 놀라 되물었다. 세이블리안은 가만히 이쪽을 응시했다.

"건국제 때 전하와 공주가 춤을 춘다면, 모든 백성들이 기뻐하지 않을까 싶습니다만. 그렇지 않나요, 밀러드 경?"

밀러드가 잠시 움찔하더니 블랑슈를 바라보았다. 그가 머뭇거리다 말했다.

"……그렇군요. 저도 좋은 생각이라 생각합니다, 전하."

세이블리안은 잠시 말이 없었다. 블랑슈는 초조한 얼굴이 되어 있었다. 나도 가슴이 쿵쿵 뛰는 중이었다.

만약 거절하면 블랑슈는 또 상처를 입겠지. 나는 강렬한 눈빛을 세이블리안에게 쏘아 보냈다.

"연습만이라면 괜찮지 않나요?"

제발 그러겠다고 해 줘. 제발! 손만 잡고 강강수월래만 해도 블랑슈는 만족할 거야!

세이블리안은 내 시선을 피하지 않았다. 그는 왜 춤을 춰야 하는지 모르겠다는 듯, 나와 밀러드를 바라보았다.

하지만 밀러드는 우리 편이었다. 그도 나와 같이 강렬한 눈빛을 보내고 있었다. 우리가 애절하고도 날카로운 시선을 보내자, 그가 한숨을 푹 쉬며 말했다.

"알겠습니다."

나는 환호성을 지르고 싶은 걸 간신히 참았다. 밀러드 역시 감개무량한 얼굴이었다.

세이블리안이 말없이 블랑슈를 향해 손을 내밀었다. 그러고 보니 날이 더울 텐데도 흰 장갑을 끼고 있었다.

블랑슈는 머뭇거리다가 나를 슬그머니 올려다보았다. 그리고는 조금 시무룩한 목소리로 말했다.

"아비게일 님이랑도 추고 싶은데……."

으흑, 그런 눈으로 바라보면 내 마음이 약해지잖니. 세이블리안을 내쫓아버리고 싶어지는 눈망울이었다. 나는 블랑슈의 머리를 쓰다듬었다.

"이따가 많이 많이 같이 춰요. 내일도 같이 추면 되니까요. 어때요?"

그렇게 달랜 뒤에야 블랑슈가 고개를 끄덕였다. 그리곤 조심스레 내 옷자락을 놓곤 세이블리안에게 다가갔다.

세이블리안의 큼지막한 손에 블랑슈의 작은 손이 폭 담겼다. 두 사람은 부녀임에도 불구하고 매우 어색해 보였다. 블랑슈는 바닥만 내려다보며 땀을 삐질 흘리고 있었다. 세이블리안은 동상처럼 가만히 서 있을 뿐.

어색한 분위기 속에서 연주가 시작됐다. 강아지들이 뛰노는 것처럼 발랄하고 경쾌한 음악이었다. 연습실 가득 유쾌한 분위기가 퍼져나갔다. 그럼에도 두 사람은 가만히 서 있기만 할 뿐이었다.

아차, 세이블리안이 춤추는 법을 모르는 모양이었다.

"우선 제가 시범을 보여드릴게요. 클라라, 이리 와서 내 파트너를 해 줘."

"네, 왕비님!"

나는 클라라의 손을 잡은 뒤, 음악에 맞춰 천천히 스텝을 밟기 시작했다.

방금 전, 내가 블랑슈와 추었던 춤은 전반적으로 동작이 단순했다. 그리고 같은 동작이 계속 반복되어 외우기도 쉬운 편이었다.

세이블리안도 이 정도면 할 수 있겠지? 그리고 딸이랑 추는 거니까 실수를 해도 사람들이 유하게 넘어가 주지 않을까?

그는 진중한 얼굴로 나를 관찰했다. 짧은 시범이 끝난 뒤, 나는 자리에 멈춰 섰다.

"전하, 이제 블랑슈 공주와 한 번 춰 보세요. 한 번 더 시범을 보여 드릴까요?"

"충분합니다."

그는 담담한 목소리로 말했다. 이런 것쯤은 쉽다는 듯이. 분명 춤추는 게 서툴다고 하지 않았던가……?

그사이 춤은 시작됐다. 하나, 둘, 셋. 하나, 둘, 셋. 춤 선생의 손뼉에 맞춰 세이블리안이 먼저 움직이고, 블랑슈가 그 옆을 따라왔다.

나는 물가에 애를 내보낸 엄마의 심정으로 세이블리안과 블랑슈를 바라보았다.

세이블리안이 실수를 하면 실드를 쳐 주자! 그리고 블랑슈한테 뭐라고 하면 혼내 주자! 그렇게 다짐하며 두 사람을 지켜보는데…….

오? 다행히 세이블리안은 실수하지 않았다. 아니, 오히려 잘 추고 있었다. 처음이라곤 믿기 힘들 정도로.

단순한 춤인데도 불구하고 왠지 모를 깊이와 아름다움이 있었다. 두 부녀가 춤을 추는 모습은 장관이 따로 없었다.

이 궁에서 가장 잘생긴 남자와 세상에서 가장 귀여운 여자아이가 함께 춤을 추고 있다. '잘생긴 거+귀여운 거=아주 좋은 거'라는 공식이 성사되는 순간이었다.

거기다가 훈훈함은 덤이었다. 키가 180cm를 훌쩍 넘는 세이블리안이 자그마한 딸과 춤을 추는 모습은 무척이나 사랑스러웠다. 나뿐만 아니라 연습실 내의 모든 이가 엄마, 아빠 미소를 지은 채 그 광경을 보고 있었다. 무뚝뚝한 노마의 입가에도 엷은 미소가 떠오르고, 밀러드는 체통을 지키지 못하고 함박웃음을 지은 채였다.

하지만 그 와중에 블랑슈의 얼굴은 딱딱하게 굳어 있었다. 평소에는 실수를 잘 하지 않는데, 지금은 몇 번인가 박자를 놓쳤다.

왠지 모르게 마음이 불안했다. 음악은 거의 끝을 향해 가고 있었다. 그 순간, 블랑슈가 한 박자 빠르게 스텝을 먼저 밟았다.

세이블리안의 발에 블랑슈의 발이 걸렸다. 블랑슈의 작은 몸이 휘청이며, 세이블리안의 손을 놓치고 말았다.

블랑슈가 바닥으로 넘어졌다. 심하게 넘어진 것은 아니지만 블랑슈의 얼굴이 하얗게 질렸다. 순간 다실에서 있었던 일이 떠올랐다.

"아, 아바마마. 죄, 죄송합니다. 제가…… 실수를……."

그 아이는 덜덜 떨며 세이블리안을 올려다보았다. 세이블리안은 그때처럼 서늘한 눈으로 제 딸을 내려다보고 있었다.

블랑슈도, 세이블리안도 같은 색깔의 눈동자를 갖고 있지만 서로 다른 것을 품고 있었다.

세이블리안의 눈동자에 담긴 것은 겨울 바다였다. 북풍이 몰아치기 직전의 하늘이었다.

어느새 악단도 손을 멈춰 정적이 고여 있었다. 다들 눈치를 보고 있었다. 또 저놈이 블랑슈에게 뭐라 하기 전에 내가 챙겨야겠다. 황급히 블랑슈에게 다가가려는 순간. 세이블리안이 가만히 허리를 숙였다.

푸른 눈동자 두 쌍이 서로를 응시했다. 세이블리안의 서늘한 목소리가 흘러나왔다.

"괜찮느냐, 블랑슈."

목소리에 애정은 없었다. 기계가 입력된 음성을 그대로 내보내는 듯한 무기질적인 목소리. 하지만 나는 놀랄 수밖에 없었다. 아니, 그 세이블리안이? 블랑슈를 챙겨? 블랑슈도 꽤나 당황한 눈치였다.

"어디 다친 건가?"

"아, 아니에요! 괜찮아요……."

"그렇군."

세이블리안은 천천히 블랑슈를 일으켜 세웠다. 그는 블랑슈가 다친 지 살펴보고는 악단을 향해 말했다.

"그럼 계속하지. 음악 부탁하네."

악단은 연주를 재개하기 시작했다. 세이블리안은 아무런 일도 없었던 것처럼 춤을 추었다. 아무런 훈계도, 질타도 없었다. 블랑슈는 어안이 벙벙해져서 세이블리안의 리드를 따라갔다.

얼떨떨하게 그 장면을 보던 중, 곡이 끝났다. 블랑슈가 퍼뜩 고개를 조아렸다.

"아, 아바마마. 실력이 미숙하여 죄송합니다……."

"많이 미숙하긴 하더군. 이 정도 곡인데도 실수를 하다니……. 더 연습하거라."

"네, 네……!"

어휴, 어휴. 저 파멸의 주둥아리. 거기서는 잘 췄다고 해 주면 뭐가 덧나나? 자기도 춤이 서툴다고 그랬으면서.

그래도 지난번보다는 많이 나아졌다. 최소한 괜찮냐고 물어보긴 했으니까. 한 곡을 추고 난 블랑슈는 완전히 녹초가 되어 있었다.

저놈이랑 추느라 긴장을 많이 한 모양이다. 나는 블랑슈에게 조심스럽게 물었다.

"블랑슈 공주, 좀 쉬는 게 어떻겠어요? 전하랑 저도 춤 연습을 해야 하니까요."

"네, 네에……."

블랑슈는 고개를 끄덕끄덕한 뒤 한쪽에 마련해 둔 의자에 앉았다. 그 옆에 밀러드가 찰떡같이 붙었다.

자, 그럼 이제 남은 문제는 내 남편 쪽인데…….

그는 팔짱을 낀 채 서 있었다. 손은 그 안에 꼭꼭 숨겨 둔 상태였다. 춤출 마음이 없는 사람처럼 보였다.

"피곤하시면 다음에 연습할까요?"

"아뇨. 괜찮습니다."

말은 그렇게 했지만 내키지 않아 하는 것 같았다. 안색도 나쁘고. 나랑 춤을 추는 게 싫은 걸까, 아니면 춤추는 것 자체가 거북한 걸까. 그래도 이렇게 직접 찾아온 걸 보니, 내가 아예 싫은 건 아니겠지. 역시 사람들 앞에서 추는 게 부담스러운 모양이다.

세이블리안이 몸치인 게 소문이 나기라도 해 봐. 그의 성격상 얼마나 수치스러울까. 나는 다른 이들이 듣지 못하도록 목소리를 낮추었다.

"보는 눈이 많아 불편하신 거라면, 사람을 물리겠습니다."

"괜찮습니다. 이대로 하죠. 문제없을 겁니다."

그는 그렇게 중얼거렸다. 이상하게도 내게 하는 말이 아니라 세이블리안 자신에게 하는 말처럼 들렸다.

본인이 괜찮다고 하니까 괜찮은 거겠지. 나는 고개를 끄덕인 뒤 그와 약간 거리를 벌리고 섰다.

"〈로테의 연회〉로 부탁해요."

방금 전에 흘러나왔던 것과는 달리 조금 느릿하고 나른한 곡이 흐르기 시작했다.

춤 선생에게 시범을 부탁할까 고민하던 중. 세이블리안이 고개를 숙여 내게 인사를 올렸다.

춤을 잘 못 추는 거지, 방법을 아예 모르는 건 아닌가 보다. 그는 가만히 눈을 내리깔고 있었는데, 긴 속눈썹이 도드라져 보였다.

나도 살짝 무릎을 접어 인사했다. 왠지 이렇게 그와 마주 보고 있는 것이 낯설었다.

음악이 느린 유속으로 흘러갔다. 어느새 부드러워진 공기. 나는 그에게 손을 내밀었다. 세이블리안도 오른손을 들었다. 흰색 연회용 장갑을 낀 채였다.

나는 조심스레 그의 손을 잡았다. 그 순간, 세이블리안은 가시에 찔린 사람처럼 얼굴을 찌푸렸다.

"……역시 그만두겠습니다."

그가 손을 다시 거둬가더니 입가를 가렸다. 물에 빠졌다가 구조된 사람처럼 안색이 파리했다. 안색뿐 아니라 걸음걸이도 뭔가 이상했다. 내게서 몸을 틀던 순간, 그가 중심을 잃고 비틀거렸다. 나는 황급히 그의 팔을 붙잡았다.

"괜찮으신가요, 전……."

"내게 손대지 마!"

내가 그를 잡은 순간, 세이블리안이 거칠게 내 손을 쳐냈다. 딱히 아프진 않았다. 하지만 나는 그대로 굳어 있었다.

세이블리안의 표정 때문이었다. 영하의 색깔을 지닌 눈동자. 설국의 냉기를 머금은 입매. 그리고 거기에 서리처럼 맺혀 있는 거부감. 그의 표정은 너무도 차가웠다. 그 표정에 내 마음이 동상을 입은 것만 같았다.

세이블리안은 이를 악문 채 바닥만 내려다보고 있었다. 그는 떨고 있었다.

"……먼저 실례하겠습니다."

짧은 인사만 남긴 채, 그는 연습실을 나섰다. 밀러드가 곤란한 얼굴이 되어 그 뒤를 따랐다.

"그럼 다음에 뵙겠습니다, 왕비님. 블랑슈 공주님."

두 사람은 그렇게 사라졌다. 방금 전까지 주위를 떠다니던 온화한 공기는 순식간에 사라져 버렸다. 여름에서 갑자기 겨울이 되어 버린 듯한, 이상한 기류였다.

아무도 말을 꺼내지 못했다. 발랄한 클라라조차도 사색이 되어 눈치를 살필 뿐. 아아, 또 뒷수습은 내 몫인가. 나는 최대한 태연하려 애쓰며 말했다.

"파트너가 사라졌네. 노마, 춤 연습을 부탁해도 되겠니?"

"네. 알겠습니다."

1년 동안 같이 지낸 노마는 그나마 이런 일에 익숙한 눈치였다. 노마가 중앙으로 나오자, 나는 악단에게 신호를 주었다. 악단은 아까보다 좀 더 유쾌한 곡을 연주하기 시작했다. 이 얼어붙은 분위기를 녹이려는 듯.

노마가 내 허리에 손을 올리고 나는 그녀의 어깨를 잡았다. 나는 아무렇지 않은 척 표정을 굳혔다.

그래, 그는 나를 싫어한다. 경멸한다. 왜 그 사실을 잊고 있었을까. 바보같이.

불행인지 다행인지 태연한 척하는 건 내가 가장 잘하는 일이었다. 블랑슈가 걱정 어린 눈으로 나를 바라보고 있었기에 절대 티를 낼 수는 없었다. 발랄한 음악에 맞춰 나는 춤을 추었다. 조금도 상처받지 않은 사람처럼.

◇

오전에 시작한 국정 회의는 해가 중천에 걸릴 무렵 끝이 났다. 회의실을 나서는 세이블리안의 얼굴은 피로해 보였다. 회의에서 길거나 복잡한 안건을 다룬 것은 아니다. 이종족에 대한 이야기를 잠깐 나누었고, 곧 시작될 건국제에 대한 내용이 주된 골자였다.

큰 문제 없이 끝난 회의였으나 세이블리안의 안색이 좋지 않았다. 불쾌해 보이기도 했다. 스토크 공작의 얼굴 때문이었는지도 모른다.

세이블리안이 아비게일을 내쳤다는 소문을 듣고 스토크 공작은 회의 내내 웃는 낯이었다. 평소 같으면 그냥 무시했을 것이다. 하지만 오늘은 그 얼굴이 세이블리안의 신경을 긁었다.

밀러드는 주군의 심기를 살피고 있었다. 어제 춤 연습에서 돌아온 뒤부터 고뇌에 빠져 있던 세이블리안이었다. 밀러드가 눈치를 살피다 넌지시 말을 걸었다.

“전하, 슬슬 식당으로 가셔야 할 듯합니다. 블랑슈 공주님과 왕비님께서 기다리고 계실 겁니다.”

그 이야기에 세이블리안은 우뚝 멈춰 섰다. 하필이면 오늘이 오찬날이란 말인가. 그는 곤란하다는 듯한 표정을 지었다. 어차피 먹어야 할 식사. 그냥 그 자리에 가서 식사만 끝내고 나오면 그만이다.

하지만 세이블리안은 망설이고 있었다. 그녀의 손을 뿌리치고 돌아오는 길, 가슴이 아플 정도로 지끈거렸다. 지금도 아비게일을 떠올리니 또다시 흉통이 도졌다. 아비게일의 얼굴을 볼 자신이 없었다.

"……오늘은 일이 바빠, 참석이 어렵다고 시종을 보내게."

"예, 전하."

세이블리안은 그대로 집무실로 향했다. 자리에 앉자마자 일을 시작했다. 점심도 거른 채 일에 몰두했다. 어느새 그에게 올라온 안건을 모두 끝내 버렸다. 그는 비서관을 불러 처리할 서류를 모두 가져오라 일렀다. 시급한 일이든 아니든, 뭐든 상관없다며.

일 외에 다른 생각을 하고 싶지 않았다. 조금만 방심하면 아비게일이 떠올랐다. 세이블리안은 지금의 자신이 싫었다. 자신을 초조하게 만드는 이 감정이 싫었다.

그는 밤새도록, 자신의 행동을 후회했다. 회의를 할 때도, 상처받은 아비게일의 얼굴이 자꾸만 떠올라 집중이 되지 않았다. 그는 주먹을 꽉 그러쥐었다. 할 수만 있다면 이 감정을 칼로 도려내고 싶었다. 왕에게 필요한 것은 감성이 아닌 이성이다.

감정에 휩쓸려 파멸하고, 나라를 멸망케 한 지도자들의 이야기는 수없이 들어왔다. 마음을 죽이고, 왕으로서 생각하고, 왕으로서 행동하라. 그것이 그의 일평생 동안 받아 온 교육이었다. 그런데 지금은 무결한 왕으로서의 자신이 흔들리는 기분이었다.

그는 깊게 한숨을 내쉬었다. 그때, 노크 소리가 들렸다. 비서관이었다. 그는 서류를 든 채, 조심스레 물었다.

"전하, 서류를 가져왔습니다. 그런데 알현을 요청하러 오셨는데……."

"왕비인가?"

"아닙니다."

아비게일이 아니란 말에 그는 절반쯤은 안도하고, 절반쯤은 아쉬워했다. 이상한 일이다. 마주치면 껄끄러울 사람이니 안도하는 것은 어느 정도 이해가 된다. 하지만 어째서 아쉬워하는가.

그가 자신에게 묻는 사이, 비서관의 목소리가 들려왔다.

"블랑슈 공주님께서 뵙기를 청하십니다."

"……블랑슈가?"

예상외의 이름에 감정은 수그러들었다. 그는 들이라는 의미로 고개를 끄덕였다.

잠시 후, 자그마한 실루엣이 보였다. 블랑슈였다. 블랑슈가 쭈뼛쭈뼛 들어와 인사를 올렸다.

"아, 아바마마. 펴…… 평안하셨나요."

"어서 오거라."

딸은 긴장한 기색이 역력했고, 아버지는 무뚝뚝한 얼굴이었다. 세이블리안은 물끄러미 블랑슈를 바라보았다.

블랑슈가 세이블리안을 찾아온 것은 처음 있는 일이었다. 그에게 말을 거는 것도, 시선을 맞추는 것도 어려워하는 아이였다. 그런 아이가 직접 집무실을 찾아오다니. 세이블리안은 의문을 느끼며 입을 열었다.

"무슨 일로 왔느냐, 블랑슈."

"저, 저기……. 바빠서 오찬에 못 오셨다고 들어서요……."

블랑슈는 작은 바구니를 들고 있었다. 딸은 맹견에게 접근하는 아이처럼 조심조심 아버지에게 다가왔다. 그리고는 슬그머니 바구니를 내밀었다.

문득 달콤한 냄새가 풍기는 걸 깨달았다. 바구니를 덮고 있는 천을 거두어보니, 그 안에는 마들렌이 들어 있었다.

"식사, 못 드셨을까 봐……."

세이블리안은 낯선 것을 보듯 바구니 안을 들여다보고 있었다. 블랑슈가 왜 이런 걸 가져다주는지 이해가 가지 않았다.

식사를 걸렀다 한들, 배가 고프면 시종을 부르면 될 일이다. 굳이 먹을 것을 들고 방문한 딸이 이해가 가지 않았다. 그리고…….

"단 것은 좋아하지 않는다."

마들렌이라니. 어린 시절에도 먹어 본 적이 없었다. 그 반응에 블랑슈는 눈에 띄게 풀이 죽었다.

"아, 죄, 죄송합니다……."

기가 죽은 모습을 보자, 문득 아비게일이 생각났다. 딸아이에게 다정하게 대해 주라고 그를 꾸짖던 목소리가 들리는 듯했다.

아비게일이 여기 있었더라면 분명 화를 냈을 터였다. 세이블리안은 잠시 망설이다 마들렌을 집어 한 입 베어 물었다.

솜씨 좋은 요리사가 만든 것이기에 완성도는 훌륭했지만 세이블리안은 달갑지 않았다.

혀가 아릿한 단맛, 비강을 통해 빠져나가는 달콤한 냄새. 그 모든 것이 취향이 아니었다.

그는 대충 씹어 삼킨 뒤 목 뒤로 넘겨 보냈다. 그리고 두 번째 마들렌을 입으로 가져갔다.

두 개, 세 개, 네 개……. 어느새 바구니는 텅 비어 버렸다. 블랑슈는 놀란 눈이 되어 그 모습을 보고 있었다. 억지로 마들렌을 모두 먹은 세이블리안이 입을 열었다.

"……갖다 줘서 고맙구나."

아직도 입안이 들척지근해 기분이 나빴다. 하지만 티는 내지 않고 있었다. 어리둥절한 얼굴이 되어 있던 블랑슈가 희미하게 웃었다.

"다, 다음에는 다른 걸 가져올게요……!"

굳이 그럴 필요 없다고 말하려다 입을 다물었다. 블랑슈는 잠시 세이블리안을 바라보며 손을 만지작거렸다.

"저어, 아바마마. 드릴 말씀이 있는데……."

"말해 보거라."

허락이 떨어졌지만 블랑슈는 아무 말이 없었다. 긴장한 탓에 얼굴이 희게 질려 있었다.

블랑슈는 깊게 심호흡을 했다. 지금 당장 나가고 싶을 정도로 세이블리안이 무서웠지만, 용기를 내어 입을 열었다.

"어, 어제 춤 연습하실 때 있잖아요……. 아바마마가 가신 뒤에 아비게일 님이 무척 슬퍼 보이셨어요……."

아비게일의 이름이 거론되자, 세이블리안의 입술이 달싹였다. 가라앉았던 흉통이 다시 올라오는 듯했다.

"……그래서 무슨 이야기를 하고 싶은 거지?"

의도한 것이 아니건만 서늘한 목소리가 흘러나왔다. 그 목소리에 블랑슈는 흠칫 몸을 떨었다.

고개는 숙인 채, 어깨를 떨고 있다. 누가 봐도 겁먹은 모양새였다. 하지만 뒷걸음질을 치지는 않았다.

블랑슈는 작은 주먹을 꼭 쥐었다. 그리고는 힘겹게 고개를 든 뒤, 자신의 아버지를 바라보았다. 겁을 먹은 탓에 눈에 눈물이 맺혀 있었다.

"아, 아비게일 님한테 사과해 주시면 아, 안 되나요……?"

세이블리안은 잔뜩 겁에 질린 제 딸을 바라보았다. 블랑슈는 곧 주저앉을 사람처럼 덜덜 떨고 있었다.

제 딸이 겁이 많고 유약하다는 것은 잘 알고 있었다. 그는 그런 블랑슈가 늘 신경 쓰였다. 왕에게 필요한 것은 이성과 결단력이다. 그런 것이 블랑슈에게는 부족하다.

언젠가는 이 나라의 왕이 될 아이. 사소한 잔정에 휩쓸려 봐야 언젠가 병이 들고 말 것이다. 때문에 그는 블랑슈를 엄하게 키우고자 했다. 자신이 그렇게 자라난 것처럼.

그럼에도 블랑슈는 변함없이 상냥하고 소심했다. 그것이 그에게는 큰 고민이었다. 저리도 쉽게 울고, 제 뜻을 제대로 말하지도 못하는 아이에게 어찌 왕위를 물려준단 말인가.

그랬던 블랑슈였건만. 딸은 도망치지도 않고, 고개를 돌리지도 않은 채 자신에게 말을 걸고 있었다. 비록 울먹거리며 몸을 떨고는 있지만.

"아, 아비게일 님이 뭔가를 잘못해서 그러셨던 거예요?"

"아니. 그런 것은 아니다."

"그러면 왜 그러셨어요……?"

눈물이 그렁그렁해진 상태로 블랑슈는 물었다. 세이블리안은 입이 떨어지지 않았다.

"아비게일 님이 가여워요. 잘못한 것도 없는데……. 오늘도 아무렇지 않은 척하고 계셨지만 분명 슬프셨을 거예요……."

세이블리안은 제 딸이 이해가 가지 않았다. 자신을 그토록 괴롭히던 여자다. 죽었다 살아난 뒤에는 딴사람이 된 것처럼 바뀌었지만, 그래도 납득하기 어려웠다.

"왜 그렇게 아비게일을 위하지?"

무엇 때문에 그 겁 많은 아이가 자신을 직접 찾아와, 사과를 하라고 청하게 된 것일까.

세이블리안의 질문에 블랑슈는 머뭇거렸다. 아이는 우물쭈물하다가 힘겹게 입을 열었다.

"아비게일 님은…… 제 어마마마니까……."

어느새 눈물은 그쳐 있었다. 아직 물기가 남아 있는 눈으로 블랑슈는 희게 웃었다.

"그러니까…… 아바마마랑 어마마마가 사이좋게 지냈으면 좋겠어요……."

어마마마. 그 단어를 듣고 세이블리안의 입이 벌어졌다. 고요 속에서 블랑슈가 훌쩍이는 소리만이 들려왔다. 간신히 냉정을 되찾은 세이블리안이 말했다.

"알겠다. 아비게일에게 사과하마. 그러니 울지 말거라."

"저, 정말이시죠?"

"그래."

"다음 오찬 때도 와 주실 거예요……?"

"알겠다. 약속하마."

약조를 받은 뒤에야 블랑슈는 울음을 그치고 배시시 웃었다. 뭐가 그리 좋다고, 저리 환히 웃는지.

"용건이 끝났으면 이만 물러가거라."

한결 누그러진 목소리였다. 블랑슈는 고개를 깊게 숙여 인사한 뒤, 집무실을 떠났다.

문 닫히는 소리가 들리자, 세이블리안은 깊게 한숨을 내쉬며 한 손으로 얼굴을 감쌌다.

아비게일에게 찾아가 뭐라고 사과를 하면 좋을까. 그녀의 얼굴을 떠올리자, 또다시 가슴이 욱신거렸다.

◇

하늘에는 초승달이 떠 있었다. 구름이 많이 껴, 만월이 떴어도 어둑했을 터였다. 나는 잠시 창가에 앉아 달을 올려다보고 있었다. 어제에 이어 오늘도 기분이 착잡했다.

세이블리안은 오늘 오찬 자리에 오지 않았다. 일이 바빠서 불참한다고 했는데……. 솔직히 안 와서 다행이었다.

나는 왼손을 들어 올려 보았다. 약지에 끼고 있는 결혼반지가 초라해 보였다. 문득, 어제 베리테가 한 말이 떠올랐다.

[야, 이혼해!]

춤 연습을 끝내고 돌아오니, 베리테는 인사를 하는 대신 버럭 화부터 냈다. 그가 길길이 날뛰며 말했다.

[자기가 춤 연습하자고 찾아와 놓고서, 왜 갑자기 성질을 부려? 사람은 왜 때리는데?]

그 말을 듣자 피식 웃음이 나오고 말았다. 베리테가 짜증이 가득한 얼굴로 물었다.

[왜 웃어?]

[네가 화내 주는 게 좋아서.]

이렇게 나를 위해 마음 써 주는 존재가 있다니, 새삼 고마웠다. 베리테는 고개를 튼 채 투덜거렸다.

[억울한 일을 당했는데, 당연히 화를 내야지. 안 그래?]

그 말을 듣자 갑자기 가슴이 뻥 뚫리는 기분이었다. 나도 그 기세를 받아 목소리를 키웠다.

[그치! 정말 웃기지도 않아. 너무 열 받아서 욕이라도 해 줄 걸 그랬다니까!]

[진짜 나쁜 놈이야, 그 자식. 이혼하라는 말 진심이야. 진지하게 한 번 생각해 봐, 비비.]

[하지만 이혼이 그렇게 쉽겠어? 국가 간의 결혼이잖아.]

[네가 원하면 내가 방법을 강구해 볼게.]

베리테 목소리는 단호했다. 그가 허공에 손을 뻗자, 거울 속에 두꺼운 책들이 나타났다. 그가 책 한 권을 집어 펼쳤다.

[인간사를 살펴봤는데, 왕과 비의 혼인 무효나 이혼이 없었던 건 아니야. 아이를 낳지 못하거나, 상대에게 부적절한 과거가 있거나, 결혼 이후 동침을 하지 않은 경우에는 이혼할 수 있어.]

베리테는 자신만 믿으라는 듯 가슴께를 쳤다.

[그러니까 이혼하고 싶은 거면 말해. 내가 꼭 이혼시켜 줄게!]

그 단호한 눈빛이 떠올라, 나는 또 웃고 말았다. 오늘도 계속 이혼 생각이 없느냐고 물었던 베리테다.

이혼, 이혼이라. 할 수만 있다면 그쪽이 최선일지도 모른다. 아직 아비게일을 죽인 범인은 잡히지 않았고, 동화의 결말도 신경 쓰이니까. 차라리 베리테의 말대로 이혼을 할까.

하지만 블랑슈가 마음에 걸렸다. 처음에는 단순히 좋은 모델, 귀여운 아이라 생각했다. 하지만 이제는 그 아이가 내 가족처럼 느껴졌다. 내가 여길 떠나면 세이블리안과 단둘이 잘 지내려나. 내가 떠나면 그 아이는 또다시 외로워지는 게 아닐까. 기왕 이렇게 된 거 확 블랑슈를 데리고 튀어?!

에휴, 현실성 없는 생각에 힘이 빠졌다. 그냥 세이블리안을 없는 사람인 셈 치고 살까. 예전 같으면 아예 마주치지 않고 살 수 있겠지만……. 함께 식사를 해야 하는 게 문제다.

머리가 복잡해 한숨만 나왔다. 일단 잠이나 자고, 내일 생각하자. 기지개를 피며 침대 쪽으로 향하던 중, 나는 제자리에 멈춰 섰다.

……무슨 소리가 들렸는데?

나뭇잎 떨어지는 소리마저 들릴 정도로 고요한 밤이었다. 처음에는 바람 소리인 줄 알았는데, 발소리에 가까웠다. 그 소리는 입구 쪽에서 들렸었다. 착각인가? 아니면 시녀? 아니면……. 아비게일을 죽인 사람이 아직 이 궁에 있을지도 모르잖아.

뒤늦게 소름이 올라왔다. 그 발소리는 나의 착각이었을까, 아니면 실재였을까. 귀를 기울이고 있던 그때, 누군가의 목소리가 들려왔다.

"……아비게일. 자고 있습니까?"

세이블리안의 목소리였다. 순식간에 긴장이 확 풀렸다. 긴장이 사라지자 허탈함과 동시에 당혹스러움이 찾아왔다.

저 자식이 웬일로 내 침소에 다 오지? 그리고 구남친 같은 저 대사는 뭔데? 또 와서 무슨 시비를 걸려는 거지. 잠든 척할까?

……아니, 차라리 지금 결단을 내자. 밥 같이 먹지 말고, 그냥 남남으로 살자고 말해야지.

"아직 깨어 있어요."

"이야기를 나누고 싶습니다만."

그의 목소리는 평소와 달리 젖은 낙엽처럼 처져 있었다. 나는 방문을 열었다. 그 앞에는 정말로 세이블리안이 서 있었다.

세이블리안의 눈동자는 평소처럼 또렷했으나 희미하게 술 냄새가 났다. 그래도 취한 기색은 느껴지지 않았다. 냄새가 아니었다면 술을 마신 줄도 몰랐을 것이다.

어쩐지 내가 그의 침소에 찾아갔던 날이 생각났다. 그때의 세이블리안은 경악한 표정이었는데 오늘은 왠지 지쳐 보였다.

"무슨 일로 오셨나요, 전하."

나도 모르게 딱딱한 목소리가 흘러나왔다. 세이블리안이 방 안쪽으로 눈길을 주었다.

"들어가도 되겠습니까?"

"……."

나는 잠시 뜸을 들였다. 방에 들이고 싶은 기분은 아니었다. 그래도 이렇게 문가에 서서 이야기를 할 수는 없기에, 고개를 끄덕였다.

우리는 거리를 둔 채 의자에 앉았다. 야밤, 침실, 그리고 잠옷 차림의 남녀. 하지만 애틋한 분위기는 없었다.

방 안은 여전히 어두웠다. 불을 더 켤까 고민이 되었지만 그만두었다. 보고 싶은 얼굴도 아니었고.

굳게 다문 입매만이 희미하게 보였다. 곧 그의 입술이 벌어지며 목소리가 흘러나왔다.

"어제는……."

잠시 주저하는 듯, 그는 입술을 한 차례 깨물었다.

"정말 미안했습니다."

그리고 작은 한숨. 그가 마른세수를 하는 것이 보였다.

"그대에게 미안하다는 말을 자주 하는 것 같군요."

그는 침묵했다. 나의 용서를 기다리는 듯.

나는 대답하지 않았다. 그의 말대로 그는 자주 사과했고, 나는…… 이제 잘 모르겠다. 또 용서해야 하는지.

"전하. 사과하실 필요 없습니다. 춤을 추고 싶지 않으시면, 추지 않으셔도 됩니다."

내 목소리는 딱딱했다. 마치 세이블리안의 것처럼.

"저를 경멸하시는 것은 잘 알게 되었으니, 더 이상 귀찮게 굴지 않겠습니다. 원하시는 대로 전하의 눈에 띄지 않고 살겠습니다. 그러니 이만 돌아가서 쉬시지요."

구름이 조금씩 이동하고 있는 모양인지, 방 안이 밝아지기 시작했다. 그렇다 하더라도 여전히 어두웠다.

달빛이 내 발끝에 닿고, 그다음에는 세이블리안에게 닿았다. 나는 그제야 세이블리안의 표정을 볼 수 있었다.

"경멸이요?"

세이블리안의 얼굴에 옅은 동요가 스며 있었다.

"전 당신을 경멸하지 않습니다."

"제 손이 닿는 것조차 버티지 못하시는 분께서요?"

"그건……."

그는 어딘가 모르게 곤란해 보였다. 세이블리안이 입술을 꾹 깨문 채 침묵을 고수했다.

밤바람이 조용히 방 안으로 들어왔다. 세이블리안이 창가 쪽에 앉아 있던 터라, 그의 향기가 내 쪽으로 풍겨왔다. 향유와 와인의 냄새. 낮에 들었던 무도곡의 선율 마냥 세이블리안의 향기가 내 근처를 맴돌았다.

"제가 당신의 손을 쳐낸 건……."

그는 보기 드물게 망설이고, 혼란스러워하고 있었다. 다시 구름이 달을 가리고, 우리는 어둠 속에 가려졌다. 서로의 얼굴이 가려진 뒤에야 그는 입을 열었다.

"그대가 싫은 게 아니라, 그저…… 여자와 접촉하는 것이 생리적으로 무리일 뿐입니다."

그가 자포자기하는 듯이 말했다. 갑옷을 벗고 제 급소를 드러내는 사람처럼 보이기도 했다.

"그리고 그 외로도 제게 오해하고 계신 게 많은 듯합니다."

"그 외라면, 또 무엇이지요."

"제가 전 왕비, 미리엄을 사랑했다든지."

그는 미리엄이라는 이름이 심한 욕이라도 되는 것처럼 말했다.

"만약 그 여자가 아니었다면, 오늘 당신과 춤을 출 수 있었을 텐데."

후회와 원망이 느껴지는 목소리였다. 전처 때문에 여성 공포증이 생긴 걸까. 나는 그제야 조금 측은한 마음이 들었다.

"……혹시 소문이 사실인가요? 블랑슈 공주가 전하의 아이가 아니라는……."

조심스러운 질문에 그는 대답하지 않았다. 그러다 곧 입술을 이죽거리며 웃는 것이 보였다. 그 비웃음은 누구를 향한 것이었을까.

"아뇨. 블랑슈는 제 자식이 맞습니다. 그 여자 성격상 다른 남자와 자지는 않았을 테니까."

"그러면 왜 전 왕비님을 그리 꺼리시는 거죠?"

갑자기 대화가 뚝 끊겼다. 약간의 시간이 흐른 뒤에, 세이블리안이 입을 열었다.

"제가 몇 살인지 기억하십니까?"

"그건……."

입궁할 때 듣긴 했었는데. 아비게일보다 세 살 많았지. 그러면…….

26살. 26살이다. 그리고 블랑슈는 11살. 순간 말을 잊고 말았다. 기분 나쁜 무언가가 목구멍을 타고 올라오는 것 같았다. 그때, 세이블리안의 목소리가 들려왔다.

"15살 때, 산파는 제 품에 블랑슈를 안겨 주었습니다. 그리고 제 자식이라 했죠."

이 나라에서는 16살에 성인이 된다. 그 전에 결혼을 하는 경우도 종종 있긴 하지만, 그렇다 하더라도 15살에 아이를 갖는 것은 이른 편이다.

나는 15살의 세이블리안을 상상했다. 어린 소년이 갓난아기를 안고 있는 모습. 아버지와 딸이라기보다는 오빠와 늦둥이 여동생에 가까운 모습일 터였다.

"선대께서 돌아가셨을 때, 저는 14살이었습니다. 왕위 계승권은 가장 높았지만 너무 어렸죠. 게다가 지금은 괜찮지만 어렸을 때는 병약하여 몇 번인가 죽을 뻔했습니다."

나는 14살의 세이블리안을 떠올렸다. 아이가 쓰기에 왕관은 너무 크고 무거워 보였다.

"어머니께서는 제가 죽는 걸 두려워하셨습니다. 정확히 말하면 적자의 혈통이 끊기는 걸 두려워하셨죠."

그는 그저 덤덤했다. 자신과 무관한 이야기를 하는 사람처럼.

"어머니는 제게 말씀하셨습니다. 반드시 아이를 만들라고. 그것이 왕의 의무라고."

불쾌한 감정은 점점 더 커지기 시작했다. 세이블리안은 이야기를 멈추지 않았다.

“그 여자, 미리엄도 같은 생각이었습니다. 왕자를 낳아야 자신의 입지가 굳어질 테니. 제가 고열에 앓아누웠을 때도, 아이 만드는 걸 더 중요하게 여겼습니다.”

그의 목소리는 탈색이 된 것처럼 그 어떤 감정도 느껴지지 않았다. 세이블리안은 타고 남은 잿더미 같았다.

“……여자가 꺼려진 것은 그때부터입니다. 그러니까, 제가 그대와 춤을 못 추는 이유는 오로지 제 탓입니다.”

그는 내게 머리를 조아렸다. 그의 목소리는 조심스러웠고, 나에 대한 미안함이 배어 있었다.

“미리 말하지 못해 정말 미안합니다, 아비게일.”

나는 차마 대답하지 못했다. 내 대답을 기다리던 세이블리안이 작은 목소리로 말했다.

“제게 실망하셨어도 이해합니다. 제가 우습다는 것을 잘 압니다. 왕으로서 당연히 해야 할 일인데, 그런 것을 두려워하다니.”

그는 자신을 비웃는 것처럼 보였다. 나는 억지로 입을 벌렸다.

“……아닙니다.”

“예?”

“그건 절대로, 우스운 일이 아닙니다.”

왠지 모르게 숨이 막혔다. 눈시울이 뜨거워지고, 목 아래에서 무언가가 울컥울컥 올라왔다.

“우스운 일이 아닐뿐더러, 그렇게 된 것은 전하 탓이 아닙니다.”

그것은 당신의 탓이 아니다. 죽어가는 소년에게 후계를 강요한 자들의 잘못일 뿐이다. 자신의 아이를 종마처럼 신방에 들이밀고, 그것을 말리지 않은 모든 자들의 죄다.

모든 것에 화가 났다. 그의 마음을 망가트려 버린 사람들, 그가 제 잘못이라 자책하게 만든 사람들. 그리고 나에게 화가 났다.

속에서 끓어오르던 감정이 결국 밖으로 흘러나왔다. 그가 의아하다는 듯이 물었다.

"……우십니까?"

나는 고개를 숙였다. 눈물이 뺨을 타고 턱에 맺혀 흘러내렸다.

"왜 우십니까, 아비게일."

세이블리안이 자리에서 일어나 내게 다가왔다. 나는 울음을 참으려 애썼다. 그가 중얼거렸다.

"모르겠습니다. 어째서 당신도, 블랑슈도 별것 아닌 일에 이리 쉽게 눈물을 보이는지."

그저 무덤덤한 목소리였다. 그가 울지 않아 나는 울음을 멈출 수 없었다. 아무런 말도 나오지 않았다. 그는 잠시 후, 답지 않게 나를 달래려는 듯 말했다.

"울지 마십시오, 아비게일. 그대를 울리기 위해 꺼낸 이야기가 아닙니다."

힘겹게 울음을 참고 있던 그때, 차가운 무언가가 뺨에 닿았다. 세이블리안의 손이었다.

그의 손은 설산에서 막 구조된 조난자의 것처럼 차가웠다. 내 뺨에 손이 닿자, 그가 심하게 떠는 것을 느낄 수 있었다. 그럼에도 그는 내 눈물을 닦아 주었다.

그는 어느새 내 앞에 한쪽 무릎을 꿇은 채, 나를 올려다보고 있었다. 나는 황급히 고개를 틀며 말했다.

"……죄송합니다, 전하."

"무엇이 말입니까."

"제가 괜히 춤을 권해서…… 더 이상은 전하께 강요하지 않겠습니다. 두 번 다시 그런 식으로 침소에 들지도 않겠습니다."

내가 그의 침소를 기습했을 때, 그가 크게 동요했던 것이 기억났다. 그때는 그 모습을 보고 고소하다고 생각했는데 지금은 과거로 돌아가 내 멱살을 잡고 싶었다.

얼마나 시간이 흘렀을까. 다시 구름이 껴서 방 안이 어두워졌다. 어두워도 세이블리안의 존재는 또렷하게 느껴졌다. 또한, 그의 목소리도.

"제가 진작 제 사정을 이야기했다면 없었을 일입니다. 부인이 남편에게 춤을 요청하는 것 역시 사과할 일이 아니고요. 그리고 침소는……."

세이블리안이 잠시 망설이다 말을 이어 갔다.

"후사를 만드는 것은 어렵지만 춤을 추는 건…… 연습을 하면 손잡는 것 정도는 가능할 것도 같습니다."

세이블리안은 그렇게 말하고는 조심스레 내게 손을 내밀었다. 나를 올려다보는 그 눈동자가, 블랑슈와 퍽 닮아 있었다.

"손을 잡아 주시겠습니까?"

그가 내민 손은 크고 곧았다. 하지만 왠지 모르게 소년인 세이블리안이 손을 내민 것만 같았다.

어린 세이블리안의 손을 잡아 주었던 사람은 누구였을까.

나는 조심스레 그의 손을 잡았다. 아주 가볍게. 그가 충분히 내칠 수 있을 정도로.

손을 잡자 세이블리안이 흠칫 떠는 게 느껴졌다. 그렇게 수십 초가 흘렀다. 그는 불에 달구어진 쇠 문고리를 잡은 사람처럼 괴로워 보였다. 떨림과 식은땀이 전해져 왔다. 그가 눈을 질끈 감은 채 고통을 버티는 것이 느껴졌다. 그럼에도 그는 손을 놓지 않았다.

"전하, 무리하지 마세요."

나는 천천히 그의 손을 놓았다. 그 짧은 시간 동안 세이블리안은 사색이 되어 있었다. 앞머리가 땀에 들러붙어 있는 것이 보였다.

그것을 쓸어넘겨 주고 싶었지만 그럴 수는 없었다. 내 손이 그의 얼굴에 닿을 테니까. 그가 고개를 떨군 채 중얼거렸다.

"……저희는 남들이 말하는 부부처럼은 살 수 없을 것입니다."

"그런가요."

"저를 원망하지 않으십니까?"

나는 고개를 저었다. 그를 안아 줄 수 있다면 좋겠지만 그럴 수 없어 서글펐다.

"그렇다면 우리는 남들과 다르게 살면 될 뿐이에요. 부부는 되지 못하더라도 가족은 될 수 있겠죠."

"……."

그는 반박하지도, 긍정하지도 않았다. 세이블리안은 한참이나 내 앞에 앉아 있다가 고개를 들었다.

"……내일도, 손을 잡으러 와도 괜찮겠습니까?"

나는 그의 눈동자 속에서 떨림을 보았다. 두려움과 불안함을 보았다. 나는 입을 열었다.

"네. 괜찮아요."

"모레에도 올 것을 허락해 주시겠습니까?"

"네. 허락할게요."

"매일 밤, 당신의 손을 잡으러 와도 괜찮겠습니까?"

나는 오른손을 안으로 말아 쥐었다. 내 손 안에 그의 떨림이 아직 남아 있었다.

"네. 매일 밤 오셔도 괜찮아요."

창 너머로 찌르르, 찌르르하고 풀벌레 우는 소리가 들려왔다. 한참 동안 침묵하던 세이블리안이 입을 열었다.

"늦은 밤 실례 많았습니다. 푹 쉬십시오."

그는 그렇게 말하고 자리에서 일어났다. 나는 부러 배웅하지 않았다. 그가 방을 나서기 전, 속삭이듯 작게 중얼거렸다.

"……고맙습니다, 아비게일."

세이블리안은 침소를 떠나갔다. 풀벌레 소리가 이것이 꿈이 아니라는 걸 증명하듯 선명하게 들려왔다. 내 손에는 누구 것인지 알 수 없는 떨림이 남아 있었다.

"왕비님, 왕비님! 이거 어떤가요? 수도의 유명한 의상실의 신작이에요!"

"그러니까, 란제리는 필요 없대도!"

"히잉……."

클라라가 란제리를 꼭 쥔 채, 비 맞은 강아지 같은 표정을 지었다. 오늘 가져온 란제리는…… 빨간색인가.

세이블리안이 내 방을 들린 후, 약 일주일이 흘렀다. 그는 약속대로 매일 밤 내 방을 찾아왔다. 뭐, 밤에 온다고 해도 클라라가 생각하는 것 같은 야시시한 일은 없었지만.

그는 그저 내 방에 들러서 손을 잡고 돌아갈 뿐이었다. 춤을 추게 되면 내 허리에 손을 올리는 것도 문제이긴 했는데, 내 옷 아래에 단단한 보호대를 입기로 합의했다. 그가 내 옆구리를 만질 일은 없을 것이다.

그리고 그 뒤로는 손잡기 연습을 했다. 그것이 전부. 고작 손을 잡는 것뿐인데 이상하게 긴장이 되었다. 세이블리안의 긴장이 내게 옮기라도 한 것일까.

그는 매일 고통스러운 신음을 흘리며 내 손을 잡았다. 그래도 일주일이 지나니 조금씩 효과가 보이기 시작했다. 처음에는 1분 동안 잡는 것도 힘들어했는데 이제는 5분 넘게 잡을 수 있게 되었다!

우리는 건전하게 시간을 보냈지만, 시녀들이 그런 사정을 알 리가 없었다. 남편이 밤마다 아내의 방에 들린다면……. 다들 똑같은 생각을 하겠지.

“하지만 전하께서 아침까지 머무르시는 일은 없잖아요. 분명 란제리가 마음에 들지 않으시는 거예요!”

이 친구, 사실 어느 란제리 상점의 영업 사원은 아닐까? 나는 작게 한숨을 내쉬었다.

“전하께서는 외견보다는 내면을 중요하게 여기셔. 란제리 같은 것에 현혹되지 않아.”

“핫, 그렇군요. 역시 국왕 전하……!”

다행히 클라라는 그 말을 믿어 주는 것 같았다. 뭐, 세이블리안과 사이가 좋다고 오해받으면……. 그건 그것 나름대로 이득이겠지.

실제로 우리의 사이는 조금씩 나아지는 것처럼 보였다. 그는 식사 때마다 꼬박꼬박 참여했고, 말수도 조금씩 늘기 시작했다.

나는 창밖을 바라보았다. 여름 소나기가 부스러지듯 내리고 있었다. 날은 점점 더워지고 있었다. 건국제도 이제 3주 정도 남은 건가. 이렇게 손잡는 연습을 계속하면, 정말로 그와 춤출 수 있을지도 모르겠다.

잠시 창밖의 풍경을 즐기던 중 노마가 안으로 들어왔다.

"블랑슈 공주님께서 오셨습니다, 왕비님."

문가를 바라보자 블랑슈가 빼꼼 고개를 내밀고 있었다. 눈이 마주치자 그 아이는 수줍게 웃었다.

"평안하셨나요. 아비게일 님."

예전에는 나를 보면 울 것 같았던 아이인데 이제는 거리낌 없이 웃고 있었다. 약속이 있는 날도 아닌데 나를 만나러 와줬고.

나는 흐뭇한 마음으로 자리에서 일어났다. 들어오라는 의미로 고개를 끄덕이자, 블랑슈가 내게 다가왔다.

"덕분에 무탈했어요. 와 줘서 고마워요, 블랑슈 공주. 오늘은 무슨 일로 왔나요?"

"저, 저어…… 지난번에 그려주신 드레스 그림을 보고 골라 왔어요."

블랑슈는 조심스레 종이를 내밀었다.

앗, 시안을 골랐구나. 과연 우리 블랑슈가 고른 드레스는 어떤 것일까? 나는 종이를 받아 펼쳐보았다.

……어? 정말로 이거?

"블랑슈 공주, 이 옷으로 괜찮겠어요?"

지난번, 베리테가 보고 특이하다고 말한 그 드레스였다. 무난한 디자인을 고를 줄 알았는데……. 조금 의외였다.

"처음 보는 드레스인데도 무척 예쁘고 귀여워서 꼭 입어보고 싶어요."

블랑슈는 순박하게 웃으며 말했다. 크윽, 내 창작물을 인정받는 건 늘 기분 좋은 일이지만 오늘은 유독 짜릿했다.

"알겠어요, 블랑슈 공주. 그러면 최대한 빨리 완성 시키도록 할게요."

"가, 감사합니다. 저는 곧 수업이라……. 이만 가 볼게요. 다음에 또 뵈러 올게요!"

블랑슈는 고개를 꾸벅 숙이고는 퇴장했다. 나는 살래살래 손을 흔들어 그 아이를 배웅했다. 나도 모르게 웃음이 흘러나왔다.

"후, 후후후……. 후후후……."

마음이 한껏 들뜨기 시작했다. 이제 조금만 있으면 내가 만든 옷을 블랑슈가 입을 것이다! 블랑슈의 귀여움이라면 이 왕국에 새로운 유행을 만들어내는 것도 식은 죽 먹기지!

"노마, 클라라."

"네, 왕비님."

두 사람이 한목소리로 대답했다. 나는 군대를 지휘하는 사령관처럼 한쪽 팔을 앞으로 뻗었다.

"이 왕국에서 가장 솜씨 좋은 재단사와 양장사를 불러오도록! 최대한 빨리!"

여름 하늘은 눈을 찌를 듯한 셀레스트 블루의 빛을 띠고 있었다.

여름과 함께 건국제가 시작되었다.

건국제를 맞이하여 궁궐은 새 단장을 했다. 궁 곳곳에는 푸른 밀이삭으로 만들어진 리스가 걸렸다. 여름을 맞아 드문드문 내리던 소나기도 건국제의 시작과 함께 자취를 감추었다.

맑은 날씨에 축제의 분위기는 점점 고조되어 가는 중이었다. 정원은 잘 꾸며져 있었으나, 사람들은 모두 볕을 피해 실내에 들어와 있었다.

홀을 가득 채운 귀족들이 담소를 나누고 있었다. 다들 드레스와 연회복을 입고 잔뜩 치장한 채였다.

"올해는 좀 덥네요."

"그러게 말이에요. 아버님 말씀에 따르면 요 몇십 년 중, 가장 더운 여름인 것 같다고 하더군요."

영애들은 느릿하게 부채질을 하며 말했다. 얼음이 들어간 레몬수를 마시고 있어도 목덜미에 땀방울이 점점이 맺혀 있었다.

그렇게 도란도란 이야기를 나누던 와중. 금발을 높게 틀어 올린 귀족 영애가 홀로 들어섰다. 영애들이 너나 할 것 없이 그녀에게 다가갔다.

"카린 님, 오늘도 정말 아름다우시네요."

"카린 님! 어서 오세요. 카나페 좀 드시겠어요? 아니면 타르트?"

영애는 핑거 푸드가 담긴 작은 접시를 건넸다. 그녀 역시 귀족이건만, 영애는 카린의 시녀 같았다.

"좋아요. 잘 먹을게요."

그녀는 자비라도 베풀 듯, 영애가 내민 카나페를 입으로 옮겼다. 다른 영애가 눈을 빛내며 말했다.

“그나저나 카린 님. 멋진 드레스를 입고 오셨네요. 무척 아름다운 드레스에요. 잘 어울리세요.”

“고마워요, 영애.”

자신이 아름다운 게 당연하다는 듯, 다소 뻔뻔한 어투였다. 하지만 아무도 개의치 않았다. 겸손을 떨지 않아도 될 만큼 그녀는 아름다웠다. 10대 특유의 생기가 여름에 피어난 꽃 무리 같았다.

이곳에서 가장 가는 허리를 가진 여인이 있다면 분명 카린일 터였다. 풍만한 가슴은 그녀를 더욱 뇌쇄적으로 보이게 만들었다.

게다가 오늘 입고 온 의상도 사람들의 감탄을 자아냈다. 한눈에 봐도 호화롭고 고급스러운 드레스였다.

큰돈을 들여 왕국에서 가장 유명하다는 디자이너를 찾아 만든 옷이었다. 옷은 충분히 그 값어치를 하고 있었다.

이 홀에서 가장 아름다운 여인은 분명 자신일 터였다. 그 자부심 때문에 그녀는 더욱 빛이 났다.

카린이 영애들과 담소를 나누던 중, 맞은편에서 스토크 공작이 다가왔다. 그녀는 영애들을 향해 미소 지었다.

“아, 잠시 실례할게요. 좋은 시간 보내세요.”

그녀는 짧게 인사를 남긴 뒤, 제 아버지에게 다가갔다. 스토크 공작이 너털웃음을 지었다.

“내 사랑스러운 딸, 카린! 즐거운 시간 보내고 있느냐?”

“네, 아버지. 물론이죠.”

스토크 공작은 흐뭇한 얼굴로 그녀를 바라보았다. 그러다 한순간, 그의 눈빛이 날카롭게 빛났다.

“즐거워 보이니 좋구나. 하지만 머리가 빈 여자들과 떠드느라, 네 역할을 잊은 건 아니겠지?"

"그럴 리가요, 아버지."

날카로운 말에도 카린은 생글생글 웃는 낯이었다. 스토크 공작이 카린의 턱 끝을 손가락으로 들어 올리며 말했다.

"그래. 오늘도 아름답구나. 이 정도라면 국왕 전하도 너를 맘에 들어 하시겠지."

스토크 공작은 울화가 치민다는 듯 말을 이어 갔다.

"아비게일, 그 여자가 죽었어야 했는데. 아쉽게 되었어."

스토크 공작은 아비게일이 죽었다는 소식에 그날 저녁 연회를 열었다. 그리곤 며칠 뒤 아비게일이 살아나자, 그는 고함을 지르며 하녀들을 매질했다.

"이번에는 반드시 전하와 결혼을 성사시켜야 하는데……."

스토크 공작은 입술을 짓씹었다. 스토크 가문의 장녀, 미리엄이 시집을 간 것이 어언 12년 전이었다.

선왕이 병사한 뒤, 궁은 혼란에 빠져 있었다. 왕권이 바뀌며 어느 쪽에 붙어야 할지 다들 눈치를 보는 중이었다. 스토크 공작 역시 누구를 따라야 할지 고뇌에 빠져 있었다.

그때, 맏딸인 미리엄이 그를 찾아와 말했다. 세이블리안과 자신이 결혼할 수 있도록 손을 써 달라고. 딸은 아비보다도 더욱 권력욕과 야심을 가진 여자였다. 그녀는 이것이 기회라 여겼다.

스토크 공작은 대비에게 딸을 소개시켰다. 대비는 그녀를 마음에 들어 했고, 결혼까지는 오래 걸리지 않았다.

미리엄이 아이를 낳자 스토크 가문의 위세는 한층 더 커져 있었다. 딸이 가져다준 명예에 공작은 한껏 취해 있었다. 그러나 그것도 오래 가지 않았다. 미리엄이 딸만 낳고 사망하자, 사람들은 후처가 낳을 왕자를 기대하기 시작했다.

그렇게 된다면 블랑슈도, 덩달아 스토크 가문도 뒷전으로 밀릴 것이 틀림없었다. 때문에 그는 세이블리안에게 재혼을 강권했다. 상대는 물론 그의 딸들이었다.

하지만 세이블리안은 그 청을 모두 거절했다. 예전에는 유약하고 다른 사람에게 잘 휘둘리던 성격이었으나 미리엄이 죽은 뒤 그는 냉혈한이 되어 있었다.

세이블리안을 설득하는 사이 딸들은 나이가 차 버렸다. 그는 재고를 파는 심정으로 딸들을 다른 가문에 시집 보냈다. 이제 그에게 남은 것은 카린뿐이었다. 가장 어리고, 가장 어여쁜 딸. 이 아이가 더 나이를 먹기 전 세이블리안에게 시집을 보내야만 한다.

카린은 가만히 스토크 공작의 눈치를 보았다. 표정이 심상치 않자 그녀는 조심히 말을 걸었다.

"괜찮아요, 아버지. 잘 될 거예요."

카린은 아버지가 화를 낼까 봐 어쩔 줄 모르고 있었다. 제 눈치를 보는 딸을 본 뒤에야 스토크 공작은 얼굴을 풀었다.

"그래. 잘 될 거다. 그런 마녀 같은 여자를 누가 사랑하겠느냐. 누가 봐도 네가 낫지."

스토크 공작이 웃자 벌건 잇몸이 드러났다. 짐승이 이를 드러내는 것처럼 포악하고 욕망으로 가득 찬 미소였다.

"그러면 나는 다른 가주들과 인사 좀 나누겠다. 명심하거라, 네 역할을."

"네, 아버지."

카린은 공손하게 아버지를 배웅했다. 스토크 공작은 다른 귀족들 사이로 끼어들었다. 곧 유쾌하게 웃는 소리가 들려왔다.

스토크 공작이 떠나가자, 카린도 홀로 돌아왔다. 방금 이야기를 나누던 영애들이 카린의 곁으로 다가왔다.

"맞아, 카린 님. 첫 춤은 추셨나요? 제 오라버니가 카린 님과 춤을 추고 싶어 하셔서……."

"죄송하지만, 좀 어려울 것 같네요."

자신과 춤을 출 사람은 오직 세이블리안 뿐이다. 작년에는 그의 관심을 끌지 못했지만, 올해는 다를 것이다.

카린은 거절의 말을 전하며 환하게 웃었다. 그녀의 미소를 본 영애들이 흠칫 놀라는 게 보였다.

그리고는 영애들끼리 시선을 교환했다. 한 영애가 슬그머니 말을 붙였다.

"아 참, 저희 잠시 드레스룸에 가려는데 같이 가실래요? 화장을 좀 고쳐야 할 것 같아서요."

"저는 조금 있다가 따라갈게요. 먼저 다녀오세요."

카린의 미소에는 거절의 뜻이 담겨 있었다. 머뭇대던 영애들은 결국 먼저 자리를 떴다. 영애들이 사라지자, 카린의 얼굴이 차갑게 굳었다.

저 영애들은 기껏해야 백작 가의 영애. 어울려 봐야 실속이 없다. 아버지의 말대로 자신은 왕가의 일원이 될 여자다. 영향력 없는 사람들에게 시간 낭비를 할 수는 없다.

하지만 그녀도 드레스룸에 가고 싶긴 했다. 땀에 화장이 조금씩 무너지는 것이 느껴졌다.

'올해는 유난히 덥네.'

겹겹이 껴입은 옷은 열기를 머금고 있었다. 하이힐 때문에 발과 다리가 욱신거렸다. 날이 더워 숨이 차는데, 코르셋 때문에 호흡하기가 더욱 어려웠다.

쉬고 싶었다. 하지만 자리를 비운 사이, 세이블리안이 나올지 모른다. 그때까지는 버텨야만 했다.

그는 대체 언제 나올까. 자신을 보면 분명히 아름답다고 해 줄 텐데. 그녀가 주위를 기웃거리던 중, 악단의 연주가 멈췄다.

"왕국의 달, 아비게일 프리드킨 왕비 전하. 왕국의 별, 블랑슈 프리드킨 공주님께서 입장하십니다."

트럼펫 소리와 함께 아비게일과 블랑슈가 홀로 들어섰다. 두 사람이 나타난 순간, 좌중이 술렁이기 시작했다.

"어머, 저 의상은 대체……?"

사람들이 나를 바라보는 것이 느껴졌다. 작게 소곤대는 목소리들도 확실하게 들려왔다. 나는 사람들의 의상을 살펴보았다.

으으, 역시. 나랑 블랑슈가 입은 드레스와 비슷한 디자인은 없었다. 내가 입은 드레스에는 코르셋Corset도, 파니에Panier도 없었다.

흰 옷감이 자연스럽게 아래로 떨어져 부드럽고 편안한 분위기를 연출했다. 이 드레스의 이름은 슈미즈 드레스Chemise a la reine.

마리 앙투아네트 왕비가 고안하고 유행시킨 드레스이기도 했다. 코르셋이나 파니에를 입지 않기에 몸에 부담을 주지 않고, 그럼에도 우아한 멋이 있는 드레스였다.

또 다른 특징 중 하나는 얇다는 것이었다. 실크나 얇은 모슬린으로 만들어져 여름에 입어도 큰 부담이 없었다.

아름답긴 하지만 공식적인 자리에서 입기에는 조금 수수한 것 같았다. 프릴과 장식을 많이 잡아 화사하게 연출했다.

블랑슈도 아이의 체형을 고려하여 슈미즈 드레스를 만들어 주었다. 아름다움보다 편안함에 중점을 두었으나 그래도 사랑스러웠다.

넥 부분에 여러 층의 러플 칼라를 달았다. 마치 얇은 꽃잎을 가진 흰 꽃송이 같았다. 분홍색 리본으로 포인트를 줘서 더욱 앙증맞았다.

클라라와 노마는 아름답고 참신한 옷이라 칭찬했었다. 하지만 이렇게 많은 사람들의 시선을 받으니, 갑자기 불안감이 엄습하기 시작했다.

사실 시녀 애들이 좋은 말만 해 준 건 아닐까? 괜한 짓을 한 건 아닐까? 그냥 얌전히 평범한 드레스를 입을 걸 그랬나? 생각해 보면 이 드레스가 유행한 건 마리 앙투아네트가 입어서잖아! 과연 내가 입는다고 사람들이 받아들여 줄까…….

지금이라도 돌아가 다른 옷으로 갈아입을까 고민하던 중, 무언가가 내 팔에 닿았다. 아래를 내려다보니 블랑슈가 내 팔을 잡고 있었다. 그 아이가 작게 소곤거렸다.

“아비게일 님, 이 드레스 너무 좋아요. 예쁜 드레스 선물해 주셔서 감사합니다.”

블랑슈가 볼을 발그레 물들이고 있었다. 살랑거리는 흰색 드레스를 입은 블랑슈는 정말로 천사 그 자체였다.

그래! 내가 입은 건 별로여도 블랑슈가 입은 건 귀여워! 남들이 나는 욕하더라도 블랑슈는 욕할 수 없을 것이다!

블랑슈만 믿고 간다. 나는 허리를 곧게 펴고 사람들을 바라보았다. 그리고 태연한 어조로 말했다.

"이렇게 건국제에 참석해 주신 여러분께 대단히 감사드립니다. 태양이 왕국의 앞날을 밝히는 것처럼, 모두에게 축복이 내리기를 기원합니다."

나는 샴페인 잔을 받아 가볍게 들어 올렸다.

"네르겐의 번영을 위해 건배."

"거, 건배!"

"아비게일 왕비님과 블랑슈 공주님의 영화를 위해!"

뒤늦게 정신을 차린 사람들이 잔을 들어 올렸다. 건배사를 끝내니 한숨 돌릴 수 있었다. 휴, 이제 내 할 일은 다 끝났군.

나는 주위를 둘러보았다. 이대로 내 자리에 가도 상관없지만……. 여자 귀족들과 이야기를 좀 나누고 싶었다.

아직도 귀족들 사이에서 아비게일의 평판은 나쁜 것 같았다. 지금 나를 바라보는 시선만 봐도 알 수 있었다.

으음, 귀족 영애들이랑도 사이좋게 지내고 싶은데. 일단 아무한테나 말을 걸어 볼까. 나는 주위를 둘러보다가 한 영애에게 다가갔다. 그러니까 분명 이름이…….

"웨이틀리 백작 영애. 이렇게 와 줘서 고마워요."

"네, 네? 왕비님 어떻게 제 이름을……?"

웨이틀리 백작 영애가 화들짝 놀라 되물었다. 오들오들 떨고 있는 영애를 보고 있자니, 마치 삥을 뜯으러 온 양아치가 된 기분이었다.

오랜만에 느껴보는 이 억울함. 나는 무표정을 유지한 채 최대한 나긋나긋하게 말했다.

"작년에도 와 주었으니, 기억하고 있어요."

"아, 그, 그러셨군요. 가, 감사합니다……."

그녀는 여전히 긴장한 채였다. 주위를 힐끗 둘러보니, 다른 영애들은 우리 쪽에 접근할 엄두도 내지 못하고 있었다.

웨이틀리 영애는 웃고 있었지만 누가 봐도 목숨만은 살려 달라는 표정이었다. 으윽, 역시 화기애애한 대화는 무리인가.

이대로라면 애꿎은 영애만 울리게 생겼다. 결국 나는 물러서기로 결심했다.

"잘 지내는 것 같아 다행이군요. 건국제에서 즐거운 시간 보내길 바라요. 그럼 이만."

나는 최대한 쿨한 척 발을 옮겼다. 하지만 마음 같아서는 질척하게 매달리고 싶었다. 어흐흑, 나도 사람들이랑 이야기하고 싶었는데! 요즘 유행하는 옷이나 화장법 공유하고 싶었는데! 서럽다, 서러워. 언제쯤이면 나도 친구가 생길까?

자리로 느릿느릿 돌아가던 중, 멀리 떨어진 곳에 영애들이 여럿 모여 있는 게 보였다. 10대 중반으로 보이는 어린 영애들이었다. 영애들이 까르륵 웃는 소리가 들려왔다.

"블랑슈 공주님! 평안하셨나요."

"공주님은 오늘도 아름다우시네요."

"가, 감사합니다……."

블랑슈는 영애들에게 둘러싸여 있었다. 수줍어하는 그 모습에 영애들의 입꼬리가 광대까지 올라가 있었다.

후, 역시 우리 블랑슈의 귀여움은 세계 제일이다. 나도 저기에 끼고 싶건만……. 먼발치에서 기웃기웃하는 게 고작이었다.

즐거워 보이는 영애들의 목소리를 들으며, 나는 눈물을 삼켰다. 베리테랑 놀까……. 그때, 한 영애의 목소리가 들려왔다.

"그나저나, 블랑슈 공주님. 여쭤보고 싶은 게 있는데요……."

"아, 네. 말씀하세요."

한 영애가 수줍은 얼굴로 머뭇거리다 입을 열었다.

"그 드레스 처음 보는 디자인인데, 어느 디자이너가 만든 것인가요? 너무 참신하고 아름다워요!"

영애의 눈이 반짝 빛났다. 흠? 뭐지? 아부하는 건가? 그때, 다른 영애들도 똑같이 눈을 빛내며 입을 열었다.

"맞아요. 대체 어떤 디자이너가 만든 것인가요? 분명 뛰어난 장인이겠죠?"

"이런 디자이너를 고른 공주님의 안목이 정말 훌륭하세요!"

흠, 크흐흠. 그 디자이너가 난데. 칭찬을 들으니 민망한 동시에 기뻤다. 나는 입꼬리가 씰룩거리는 것을 간신히 억눌렀다. 블랑슈도 나만큼이나 기뻐 보였다. 그 아이는 뿌듯한 목소리로 말했다.

"그쵸? 예쁘죠? 아비게일 님께서 디자인해 주신 거예요!"

그 말에 영애들의 눈이 휘둥그레졌다. 마치 믿을 수 없는 이야기를 들은 사람처럼.

"왕비님께서 드레스를요?"

"네! 아, 아비게일 님!"

그때, 블랑슈가 나를 발견하고는 내 쪽으로 쪼르르 달려왔다. 그 아이가 순박한 미소를 지은 채 내 치마폭에 폭 안겼다.

"아비게일 님. 다들 아비게일 님이 디자인해 주신 드레스를 칭찬해 줬어요!"

"그, 그래요?"

사실 아까 다 들었지만, 못 들은 체 시치미를 뗐다. 영애들이 놀란 눈으로 나를 바라보았다. 그 사이에는 웨이틀리 영애도 끼어 있었다.

"와, 왕비님. 굉장하세요! 공주님을 위해 손수 옷을 디자인하시다니……."

"정말 아름다운 옷이에요. 두 분이 맞춰 입으신 것도 너무 잘 어울려요."

블랑슈를 대할 때보다는 조금 경직된 얼굴이었다. 하지만 영애들의 표정에는 경계심 외에도 호기심이 어려 있었다. 블랑슈가 헤실거리며 웃었다.

"게다가 이 드레스는 코르셋이나 파니에를 입지 않아서 무척 시원하고 가벼워요."

"코르셋도 파니에도 입지 않는다고요?"

영애들이 놀라 되물었다. 황급히 블랑슈의 옷을 살피는 시선에 왠지 모를 간절함이 느껴졌다.

어떤 심정인지 알 것 같았다. 다들 코르셋을 얼마나 조였는지, 허리가 한 손으로 잡힐 것 같았다.

"부러워요. 얼마나 시원하고 편할까……."

목소리에서 부러움이 뚝뚝 묻어나고 있었다. 한여름에 브래지어 차고 다니는 것만 해도 힘든데. 속옷에 코르셋과 파니에, 거기다 드레스까지.

나는 잠시 영애들을 살폈다. 지금 모인 영애들은 다섯 명 정도인가. 이 정도라면……. 나는 망설이다 입을 열었다.

"영애들에게도 슈미즈 드레스를 선물하도록 하죠."

어차피 도안은 있고, 재봉은 양장사들에게 맡기면 되니까. 다섯 벌 정도야 크게 무리 없을 터였다.

"네? 왕비님께서요?"

영애들은 짐짓 당황해하는 것 같았다. 마치 내가 시녀들에게 마음대로 입어도 된다고 했을 때가 생각났다. 내 말을 믿어야 할지 말아야 할지, 혼란스러워하는 기색이었다. 그러다 한 영애가 조심스레 입을 열었다.

"……정말로 그런 은혜를 받아도 되나요?"

영애의 목에 땀이 송골송골 맺혀 있는 게 보였다. 마치 사막에서 물을 구하는 사람이 떠올랐다.

나에 대한 무서움보다도 더위가 더 강한 모양이었다. 나는 고개를 끄덕였다.

"네. 물론이죠."

"감사합니다. 왕비님 정말 다정하시네요……."

"왕비님, 저도 선물을 받을 수 있을까요?"

"저도요……!"

한 영애가 물꼬를 트니, 다른 영애들도 하나둘씩 내게 부탁을 하기 시작했다. 아직 어린 영애들이라 그런지 경계심이 덜한 모양이었다.

블랑슈는 흡족한 얼굴로 우리를 바라보고 있었다. 내가 자랑스러워 어쩔 줄 몰라 하는 표정이었다. 어쩌면 이렇게 마음이 깊은 아이일까.

그때, 홀에 흐르던 음악이 바뀌기 시작했다. 단체곡이었다. 블랑슈의 눈이 반짝 빛났다.

"아비게일 님! 단체곡이에요……!"

영애들과 친해지는 것도 좋지만, 블랑슈랑 춤추는 것도 중요하다! 나는 영애들에게 눈인사를 했다.

"그러면 선물은 저택으로 보낼게요. 이만 실례하죠. 블랑슈 공주, 춤추러 가요."

"네!"

나는 블랑슈의 손을 꼭 잡은 채 홀로 향했다. 홀에는 사람이 꽤 모여 있었지만, 나와 블랑슈가 오자 자리를 비워 주었다.

잠시 음악이 멈춘 사이 우리는 자리를 잡았다. 블랑슈가 드레스를 살짝 잡고 양쪽으로 넓게 펼쳤다.

"아비게일 님, 잘 부탁드립니다."

넓게 펼친 흰 드레스가 꼭 천사의 날개처럼 보였다. 신발도 내가 지난번에 선물해 준 흰 구두를 신고 있었다.

흐흑, 밤새도록 디자인하고 옷감을 고른 보람이 있다! 다들 내 새끼를 봐 줘! 내 새끼가 이렇게 귀엽다!

나도 블랑슈를 따라 가볍게 인사를 했다. 곧 곡이 시작되었다. 우리는 손을 마주 잡고 연습한 대로 스텝을 밟기 시작했다.

가벼운 진동이 기분 좋게 울려 퍼졌다. 블랑슈는 오목눈이가 뛰듯 가볍게 춤을 추었다. 동작도 사랑스러웠지만, 행복하게 웃는 그 얼굴이 너무도 아름다웠다. 블랑슈가 핑그르르 돌 때마다 흰 드레스 자락이 넓게 펴졌다. 한 송이의 꽃이 바람에 날아가는 듯한 모양새였다.

사람들의 얼굴을 살피니 모두 넋을 놓고 블랑슈를 바라보고 있었다. 미리 몇 번 봐둬서 망정이지, 오늘 처음 봤으면 나는 소리를 지르며 뛰쳐나갔을 터였다.

내 주위를 한 바퀴 돈 블랑슈가 다시 내 손을 잡았다. 우리는 서로의 얼굴을 보며 사이좋게 마무리 동작을 했다.

"굉장하십니다!"

"두 분 정말 아름다우세요!"

춤이 끝나자마자 사람들 사이에서 박수 소리가 터져 나왔다. 훗, 다들 귀여워 죽겠다는 표정을 짓고 있군. 오늘도 이렇게 블랑슈의 귀여움을 만천하에 알렸다!

이어지는 곡은 남녀를 위한 사교 댄스곡이었기에, 나는 블랑슈와 함께 벽 쪽으로 자리를 이동했다. 사람들이 이야기하는 소리가 들려왔다.

"너무 사랑스러운 춤이었어요! 어쩌면 이렇게 아름다우실 수가……."

"두 분이 맞춰 입은 옷도 너무 예뻐요!"

다행히 내가 무섭다는 이야기는 없었다. 블랑슈가 워낙 귀엽고 순둥순둥해 보여서 나도 묻혀 가는 느낌이었다. 블랑슈 덕을 톡톡히 보는 중이었다.

흐뭇하다, 흐뭇해. 그렇게 사람들의 이야기에 귀를 기울이고 있던 중, 한 영애가 다가왔다.

"평안하신가요, 왕비님."

금발이 사랑스러운 영애가 내게 인사를 올렸다. 블랑슈가 강아지나 토끼 같은 느낌이라면, 이 친구는 고양이상이라고 해야 할까.

어디서 본 얼굴인데. 그러니까 분명 이 사람은……. 아, 맞다. 스토크 가문의 카린 영애잖아?!

◇

“가린 영애. 파티는 즐기고 있나요.”

아비게일은 왕비다운 고고한 태도로 말을 붙였다. 정적을 앞에 두고도 그녀는 냉정했다.

“네. 덕분에요. 두 분의 춤이 정말 인상 깊었답니다.”

카린은 환하게 웃으며 말했다. 그녀는 나이답지 않게 감정을 잘 숨기고 있었으나 속에서는 불이 끓어 오르는 중이었다.

아비게일 모녀가 오기 전, 카린은 홀에서 시선을 독차지하고 있었다. 모든 사내들이 황홀한 표정으로 자신을 바라보고, 말 한 번 붙여 보려 애를 썼다.

하지만 아비게일과 블랑슈가 등장하자 사람들은 넋을 놓고 그들의 춤을 감상하고 있었다. 드레스 또한 마찬가지였다. 오늘을 위해 열심히 준비한 드레스건만, 아비게일이 난생처음 보는 옷을 입고 오는 바람에 자신은 묻혀 버리고 말았다.

방금 전까지 제 곁에 달라붙어 아양을 떨던 영애들이 왕비를 둘러싸고 있었다. 꼴 보기 싫었다. 분명 아비게일을 함께 욕하던 사이였건만. 옷 한 벌 준다고 저렇게 태도를 바꾸다니.

여러모로 화가 치밀었지만, 그럼에도 카린은 웃었다. 그녀는 순진무구한 얼굴로 말했다.

“그나저나 국왕 전하께서는 어디 계신가요? 같이 오지 않으셨나 봐요.”

고작 귀족 가문의 여식이 왕비에게 뻔뻔하게 질문을 던지고, 그 내용조차 좋게 봐주기 어려웠다.

여러모로 무례한 질문에 영애들은 경악하는 눈치였다. 카린은 여전히 생글생글 웃는 낯이었다.

아비게일이 개과천선을 하였다는 이야기는 들었다. 그리고 그 변화에 블랑슈와 세이블리안도 마음을 열기 시작했다고.

그 여자가 선하게 변했다니, 그럴 리가 없다. 연기일 것이 분명했다. 세이블리안은 이 악녀에게 속고 있을 뿐이다.

여기서 이 여자가 본성을 드러내게 만든다면 세이블리안도 제정신을 차릴 것이다. 그리고 자신에게 눈길을 보내겠지.

"전하께서도 방금 전 그 춤을 보셔야 했는데, 아쉽네요."

목소리는 순박했으나 그것은 조롱이었다. 왜 세이블리안 없이 너 혼자 이곳에 있느냐는 뜻.

아비게일의 불같은 성격이라면 쉬이 넘기지 못할 말이었다. 하지만 카린의 예상과 달리, 그녀는 신경도 쓰지 않는다는 듯 태연한 어조로 말했다.

"그런가요? 아마 사절들을 상대하느라 늦으시는 모양이네요."

옛날 같았으면 쇳소리를 내질렀을 텐데, 역시 쉽게 뱃속을 내보이지는 않는 모양이었다. 카린은 조금 더 그녀의 속을 긁었다.

"그렇군요. 방금 전 보여 주셨던 것처럼, 국왕 전하와도 멋진 춤을 추시겠지요?"

말에는 날카로운 가시가 박혀 있었다. 카린은 도발적으로 미소 지었다. 자, 화를 내. 아비게일.

뺨이라도 한 대 갈긴다면 자신의 승리일 터였다. 하지만 아비게일은 손을 올리지 않았다. 그저 의아하다는 눈빛을 보낼 뿐.

"글쎄요. 잘 모르겠군요. 전하께서 원하신다면 추겠죠."

"어머, 그렇군요. 두 분께서 꼭 추셨으면 좋겠어요. 작년에는 보지 못해 아쉬웠답니다."

그 말에 아비게일은 대답하지 않았다. 그저 조용히 미간을 일그러트린 채, 뚫어져라 카린을 바라보았다.

그녀의 분노를 기다리고 있었으나, 소름이 돋는 것은 어쩔 수 없었다. 그 날카로운 시선에 카린은 마른침을 삼켰다. 그때, 아비게일이 카린의 곁으로 다가왔다.

"카린 영애."

"네, 네?"

"잠시 할 이야기가 있습니다만. 자리를 옮기면 좋겠군요."

뱃속이 얼어붙을 듯한 목소리였다. 카린의 등허리에 식은땀이 흘러내렸다.

"여, 여기서 하시죠?"

"여기서 말하면 영애가 곤란해질 텐데요?"

그 차가운 협박은 카린의 귀에만 와닿았다. 맹수를 깨웠다는 사실에 그녀는 기뻐해야 할지, 절망해야 할지 알 수 없었다.

"아, 알겠어요."

사람이 없는 곳에서 자신을 타박하려는 것인가. 영애들은 불안한 시선을 말없이 교환할 뿐이었다.

그런 영애들을 뒤로한 채, 아비게일은 카린을 데리고 홀을 빠져나왔다. 홀 뒤쪽으로 이어지는 복도는 한산했다. 뜨거운 여름 태양만이 창을 통해 들어올 뿐.

대체 자신에게 무슨 짓을 하려는 걸까. 카린은 그제야 겁이 났다. 너무 멀리 가면 위험하다. 그녀는 우뚝 멈춰선 뒤, 아비게일의 등을 향해 말했다.

"왕비님. 하실 말씀이라는 게……?"

카린은 평정을 유지하려 했지만, 어딘가 모르게 어색한 미소였다. 아비게일이 뒤를 돌아보자 카린은 숨을 멈췄다.

아비게일의 얼굴은 평소보다 사납게 굳어 있었다. 역시 아까 말 때문에 화가 많이 난 모양이었다.

"영애. 이 말을 할까 말까 고민했는데……."

사신에게 사망 선고를 듣는다면, 이런 기분일까. 카린은 덜덜 떨며 아비게일의 말을 기다렸다.

아비게일은 주위를 둘러본 뒤, 카린에게 가까이 다가왔다. 서늘한 목소리가 카린의 귓가에 다가왔다.

"오해하지 말고 잘 들어요. 영애의……."

카린은 덜덜 떨며 그녀의 말을 기다렸다.

"앞니에……."

앞니를 뽑겠다는 말인가?

"캐비어가 끼어 있어요."

"……네?"

캐비어? 카린은 자신이 뭔가를 잘못 들은 것이라 생각했다. 하지만 아비게일은 단호한 어조로 말했다.

"캐비어가 끼어 있다구요. 잔뜩."

분명 아까 캐비어를 올린 카나페를 먹긴 했다. 하지만 고작 그런 걸 말하려 자신을 불러낸 것인가?

"민망해할까 봐 말을 안 하려 했는데, 그대로 놔두는 게 더 곤란할 것 같아서요."

아비게일은 로켓 목걸이를 끌렀다. 찰칵, 하고 목걸이가 열리자 그 안에는 거울이 있었다.

"확인해 봐요."

그녀는 카린에게 거울 목걸이를 건네주었다. 카린이 몸을 틀어 거울을 확인했다.

"……."

"……."

잠시 어색한 침묵이 흘렀다. 카린은 거울을 돌려준 뒤, 부채로 입가를 가렸다. 부채 너머의 얼굴이 새빨갛게 달아올라 있었다.

"……머, 먼저 실례하도록 하겠습니다!"

카린은 거의 뛰는 듯한 속도로 복도를 떠나갔다. 구두 소리가 위태롭게 들려왔다. 아비게일은 심각한 얼굴로 그 모습을 지켜보았다.

"역시 말하지 말 걸 그랬나."

나는 황급히 뛰어가는 카린을 바라보았다. 하이힐을 신었음에도 그녀는 번개 같은 속도로 사라져 갔다. 나는 한숨을 푹 내쉬었다.

"물이나 한잔 마시라고 할걸."

"물로 해결하기엔 좀 많이 껴 있었어."

"그건 그래."

목걸이에서 베리테의 목소리가 작게 들려왔다. 카린의 얼굴을 떠올리니 또다시 심란해졌다. 많이 민망했던 모양인지, 귓불까지 빨개져 있던데.

"그나저나 왜 알려 줬어?"

"뭘?"

"캐비어 낀 거 말이야. 스토크 공작 딸이잖아. 그냥 망신당하게 내버려 두지."

베리테가 시큰둥하게 물었다. 그의 질문이 너무 합당하여, 나는 쉽게 대답하지 못했다.

스토크 가문은 나와 적대 관계이다. 카린 역시 노골적으로 나를 견제하고 있었고. 내가 그녀를 도와줄 이유는 없다. 베리테의 말대로 망신당하게 내버려 두거나, 아니면 모두가 보는 앞에서 그 사실을 말할 수도 있었을 것이다. 하지만…….

"아직 어리잖아."

16살이라고 그랬던가? 성년이 되었다지만, 내 눈에는 카린도 어려 보였다. 그래서 그런지 모질게 대하기가 어려웠다.

"참나, 그렇게 마음이 말랑말랑해서 이 험난한 세상 어떻게 살아가려고?"

"휴. 그러게 말이야. 유능한 거울이 알아서 해 주겠지."

"나한테 대체 어디까지 맡길 생……. 잠깐."

갑자기 베리테가 말을 끊었다. 잠시 후, 은밀하고 조심스러운 속삭임이 들려왔다.

"……저기 누가 숨어 있어. 기둥 뒤에."

기둥 뒤? 나는 그 말을 듣고 주위를 둘러보았다. 그러자 베리테의 말대로 기둥 너머로 누군가의 그림자가 보였다.

대체 누구지? 언뜻 보이는 머리카락은 검은색이었다. 나는 기둥 쪽을 향해 말을 걸었다.

"거기, 누가 있는 거죠? 앞으로 나오세요."

침묵이 흘렀다. 잠깐의 정적 후, 기둥 너머의 그림자가 조금씩 움직이기 시작했다. 검은 머리의 사내가 기둥 밖으로 나왔다.

"……안녕하십니까, 비전하. 여기서 뵙게 될 줄은 몰랐습니다."

순간 세이블리안이라고 착각할 뻔했다. 그 정도로 퍽 닮은 얼굴이었다. 그러나 그의 흑발은 허리까지 내려올 정도로 길었고, 눈동자는 따뜻한 금색으로 빛나고 있었다.

"죄송합니다, 몰래 들으려던 생각은 아니었는데."

"……오랜만에 뵙습니다, 레이븐 경."

레이븐 프레드킨. 선대의 사생아이자, 세이블리안의 배다른 형인 레이븐이었다.

그는 멋쩍다는 듯 서글서글한 미소를 띠고 있었다. 와, 세이블리안이랑 닮은 얼굴로 저러니 적응이 안 되네.

"여기에 사람이 있을 줄은 몰랐네요."

방금 전, 나와 카린이 나눈 대화를 들었을까? 아니, 그것보다……. 나와 베리테가 대화한 걸 들었을까? 그의 얼굴을 살폈으나, 그는 그저 웃는 낯이었다. 레이븐이 사근사근한 어조로 말했다.

"저도 누가 올 줄 몰랐습니다. 더군다나 왕비님께서……."

레이븐은 말끝을 흘리며 나를 바라보았다. 그의 눈꼬리가 다정하게 휘었다.

"멋진 드레스를 입고 계시는군요. 잘 어울리십니다."

담백하고 솔직한 어조였다. 다른 배에서 태어나, 쌍둥이처럼 닮은 외모를 가졌음에도 성격은 타인처럼 달랐다.

세이블리안도 저렇게 웃을 수 있으려나? 그가 웃는 모습을 상상했다가 왠지 기분이 이상해져서 그만두었다.

"고마워요, 레이븐 경. 그나저나 여기엔 왜 계셨던 거죠?"

"사람들을 피해서 잠시 숨어 있었습니다. 눈에 띄는 걸 그다지 좋아하진 않아서요."

그는 민망하다는 듯이 말했다. 그러고 보니 레이븐은 공식적인 자리에 잘 나타나지 않았다. 사생아라는 위치 때문인 것 같았다. 왕위 계승권은 낮지만, 그래도 세이블리안이나 블랑슈에게 문제가 생긴다면 그가 다음 왕이 될 터였다.

때문에 세이블리안과는 사이가 좋을 수 없는 관계였다. 아직까지는 레이븐이 눈에 띄는 행동을 하지 않았기에 잠잠했지만.

"그나저나 올해도 춤 파트너가 필요하신가요? 왕비님."

"올해도……?"

아, 그러고 보니 작년 건국제 때 아비게일이 레이븐과 함께 춤을 췄었지.

이 나라에서는 춤을 출 때 몇 가지 규칙이 있다. 첫 번째 춤은 같은 가문의 일원, 혹은 연인. 그도 아니라면 마음에 품은 사람과 춤을 춰야 한다.

아비게일은 당연히 세이블리안과 첫 춤을 춰야 했다. 하지만 세이블리안은 그녀의 청을 거절했다. 때문에 아비게일은 첫 춤 상대로 레이븐을 택했다. 무도회 내내 사람 구경만 하고 있을 성격은 아니었으니까.

그때도 레이븐은 구석에 얌전히 앉아 있었다. 홀에는 시선도 주지 않고 샴페인을 마시고 있던 레이븐을 아비게일이 반강제로 끌고 나왔다. 어찌 보면 무례한 요청이었음에도 그는 순순히 아비게일과 춤을 쥐 주었다. 꽤 민망해하기는 했지만.

"괜찮아요, 레이븐 경. 올해는 딱히 춤추고 싶은 생각이 없어서."

"아, 그런가요."

그는 반쯤은 다행이라는 듯이, 그리고 반쯤은 쓸쓸하다는 듯이 웃었다. 아래로 내리깐 시선이 왠지 처연해 보였다.

"조금은 아쉽네요. 올해도 왕비님과 춤을 출 수 있을까 기대하고 있었기에……."

엥? 이건 또 무슨 소리야?

"사람과 어울리는 거 싫어하지 않으셨어요?"

"네. 하지만 왕비님께서 춤 파트너를 필요로 하실 것 같아서요. 그리고……."

그가 고개를 들어 나를 바라보았다. 세이블리안의 푸른 눈동자와는 달리 따뜻한 금색의 눈동자였다.

"왕비님과 춤추는 건 즐거웠으니까요."

그는 조금 수줍은 듯이 말했다. 그러고 보니, 이 사람 웃는 표정이 블랑슈랑 꽤 닮았다. 블랑슈의 친부가 레이븐이라는 소문이 괜히 난 게 아니구나. 외모도, 성격도 닮았으니.

블랑슈 생각이 나서 그런지 조금 양심이 찔리기 시작했다. 레이븐을 내버려 두면 계속 혼자 복도에 있으려나.

그와 춤을 출지 말지, 나는 잠시 고민에 빠졌다. 작년에도 췄으니 올해 춰도 괜찮으려나. 세이블리안도 그다지 신경 쓰지 않을…….

"레이븐 경."

뒤에서 귀에 익은 목소리가 들려왔다. 익숙한 냉기를 머금은 그 목소리. 나는 뒤를 돌아보았다. 거기에는 세이블리안이 서 있었다.

왠지 모르게 흉흉한 분위기가 감돌았다.

"지금 왕비에게 무슨 말을 하고 있는 거지?"

뾰족한 얼음 파편이 사방을 가득 채운 것만 같았다. 세이블리안은 명백한 적의를 드러내고 있었다. 그 대상은 내가 아닌, 자신의 형제였다.

레이븐은 그 시선을 피하지 않았다. 두 사람의 시선이 허공에서 얽혔다. 한여름임에도 공기가 순식간에 싸늘해지는 것이 느껴졌다.

아니, 이 분위기는 대체 뭐지? 둘이 사이가 안 좋은 건 알고 있었는데……. 이러다가 무슨 일이라도 날 것 같았다.

눈치를 보고 있는 와중. 레이븐이 입을 열었다. 나를 대할 때처럼 정중하고도 부드러운 어조였다.

"평안하셨습니까, 국왕 전하. 왕비님께서 춤 상대가 없으신 듯하여 파트너를 자청했을 뿐입니다."

그는 사람 좋은 미소를 띠고 있었다. 하지만 세이블리안은 웃지 않았다. 이러다 진짜 싸움 나겠다. 나는 슬쩍 입을 열었다.

"네. 맞아요. 레이븐 경께서 춤을 권해 주셨어요."

"……그랬군요."

세이블리안은 그제야 깊게 숨을 뱉었다. 표정이 조금 누그러진 것처럼 보이기도 했다. 그는 레이븐과 내 사이로 끼어들었다. 마치 나를 보호하려는 듯이.

"고맙네, 레이븐 경. 하지만 괜찮네. 올해는 나와 추기로 했으니."

딱 자른 듯한 말투였다. 작년에 두 사람이 춤을 췄다고 했을 때는 개의치 않아 했을 텐데, 올해는 왜 이러는 걸까?

레이븐의 시선이 잠시 나를 향했다. 그는 선량하게 미소 지은 뒤,

고개를 조아렸다.

"그렇군요. 다행입니다. 그럼 전 이만 물러가도록 하죠. 즐거운 시간 되시길 바랍니다."

그는 미련 없이 복도를 떠나갔다. 나는 여전히 어리둥절한 상황이었다. 세이블리안이 작게 한숨을 내쉰 뒤 말했다.

"별일 없으셨습니까?"

"아, 네. 그냥 이야기만 나눴어요. 그나저나 여긴 어떻게 알고 오셨나요?"

"그대가 보이지 않길래 사용인들에게 물어봤습니다."

날 일부러 찾아온 거야? 왜? 내가 의아한 얼굴로 그를 올려다보자, 그가 시선을 피했다.

"건국제인데 왕비가 자리를 오래 비우면 곤란합니다. 이만 돌아갑시다."

하긴, 자리를 좀 오래 비우긴 했지. 그래도 사용인을 보내지 않고 직접 찾아온 건 의외였다.

나는 말 없이 세이블리안의 뒤를 따라갔다. 그의 등을 보자, 방금 전 순순히 떠나가던 레이븐이 떠올랐다.

세이블리안이 그토록 누군가를 경계하는 것을 나는 보지 못했다. 물론 나도 멀리하긴 하지만……. 좀 종류가 다르달까.

아비게일을 향한 시선에는 경계와 두려움이 묻어 있다면, 레이븐에게는 오로지 불쾌함 뿐이었다.

왜 저렇게 싫어하는 걸까. 사이가 나쁠 이유가 많긴 하다. 왕위 문제도 있고, 블랑슈의 생부라는 소문도 있으니까.

그렇게 생각에 잠겨 있던 중, 어느새 홀의 입구가 보이기 시작했다. 안으로 들어서기 직전, 그가 툭 내뱉듯이 말했다.

"레이븐 공작은 그다지 가까이하지 않는 게 좋을 겁니다."

레이븐 공작을 멀리하라고? 어째서? 나는 이유를 물으려 했지만, 어느새 홀에 도착한 터라 더 이야기를 나눌 수 없었다.

우리가 들어서자 사람들이 허리 숙여 인사를 했다. 양옆으로 갈라선 인파를 지나쳐갔다. 홀 맨 앞쪽에는 근엄한 형태의 왕좌가, 그 양쪽으로는 호화로운 의자가 있었다. 블랑슈 것과 내 것이었다. 블랑슈는 이미 자리에 앉아 있었다.

"아비게일 님! 늦게 오셔서 걱정했어요."

"블랑슈 공주, 즐거운 시간 보내고 있나요? 힘들지는 않아요?"

"네, 네! 이 옷이 무척 가벼워서 덥지도 않고 편안해요."

블랑슈가 옷자락을 잡고 팔랑팔랑 흔들었다. 세이블리안은 의상을 가만 바라보다 입을 열었다.

"처음 보는 복식이군요. 어떤 디자이너가 고안한 겁니까?"

음, 이거 솔직하게 말해도 별 상관없겠지? 나는 잠시 망설이다가 말했다.

"제가 고안한 옷이에요."

"아비게일, 당신이요?"

그는 조금 놀란듯한 기색이었다. 그가 나와 블랑슈의 옷을 좀 더 신중하게 바라보는 게 느껴졌다.

"당신에게 이런 재주가 있는 줄은 미처 몰랐군요."

"……비꼬시는 건가요?"

"그럴 리가요."

왠지 비꼬는 것 같은데……. 나는 그를 노려보다가 홀 쪽으로 시선을 돌렸다.

홀에는 가벼운 곡이 흐르고 있었다. 10대 중반쯤 되는 어린 영애들이 까르르 웃으며 춤을 추고 있는 게 보였다.

세이블리안은 와인을 마시며 정면을 바라보고 있었다. 그때, 뒤에서 있던 밀러드가 그의 귓가에 가만히 뭔가를 속삭였다. 무슨 이야기를 하는 건지는 알 수 없지만, 세이블리안의 표정이 심각하게 굳어졌다.

그는 시선을 틀어 나를 바라보았다. 왜 보는 거지? 그러다 이내 고개를 틀어 블랑슈 쪽을 향해 말했다.

"블랑슈."

"네, 네?"

"따라오거라."

갑작스러운 호출이었다. 블랑슈가 당황하여 대답을 잊고 있는 사이, 세이블리안은 성큼성큼 홀로 내려갔다.

사람들이 맹수라도 피하듯, 양 갈래로 쭉 흩어졌다. 블랑슈가 여전히 어리둥절한 눈으로 바라보고 있자, 세이블리안이 무뚝뚝한 어조로 말했다.

"춤추기로 하지 않았느냐."

순간 정적이 흘렀다. 와중에 세이블리안은 태연한 얼굴로 블랑슈를 기다리고 있었다.

"춤추기 싫은 거라면 됐다."

"아, 아니에요!"

블랑슈는 그제야 허둥지둥 홀로 내려갔다. 두 사람은 말없이 서로를 마주 보았다. 세이블리안이 손을 내밀었다.

아버지가 딸에게 손을 내민다. 평범하고 당연한 행동이지만, 나는 왠지 가슴이 울컥거렸다. 머뭇거리던 블랑슈가 조심히 손을 잡았다.

곧 연주가 재개되었다. 흥겨운 음악 소리와 함께 부녀는 춤을 추었다. 블랑슈는 목각인형처럼 빳빳하게 힘이 들어가 있었으나 그마저도 사랑스러웠다.

블랑슈가 세이블리안과 춤을 추고 싶어 했는데 정말 잘됐다. 흐뭇한 마음으로 두 사람을 바라보던 중, 옆으로 누군가가 다가왔다.

"고맙게 생각하고 있습니다."

두서없이 말을 툭 뱉은 사람은 밀러드였다. 힐끗 보자, 그는 뒷짐을 진 채 홀을 바라보고 있었다.

"뭐가 말이죠? 밀러드 경."

"왕비님 덕분에 전하와 블랑슈 공주님의 사이가 가까워졌잖습니까."

나는 가만히 밀러드를 바라보았다. 내가 아는 그 밀러드 맞지? 밀러드가 내게 고맙다는 말을 하다니, 오래 살고 볼 일이다.

"의외로군요. 밀러드 경은 저를 좋아하지 않는다고 생각했는데 말이죠."

"……."

그는 부정하지 않았다. 나는 피식 웃었다. 차라리 이렇게 속내가 들여다보이는 쪽이 훨씬 대하기 편했다.

"뭐, 전 딱히 밀러드 경을 싫어하는 건 아니지만요."

이번에도 그는 대답하지 않았다. 표정을 살필까 하다가 그만두었다. 분명 떨떠름한 표정이나 짓고 있겠지.

그 사이 곡이 끝났다. 그리고 곧 박수 소리가 홀을 채웠다. 블랑슈의 얼굴이 기쁨과 희열로 가득 차 있었다. 그 아이는 세이블리안에게 꾸벅 인사를 한 뒤, 후다닥 내게 뛰어왔다.

"아비게일 님, 아비게일 님! 보셨어요? 저, 저 실수하지 않고 끝까지 다 췄어요!"

잘했다, 잘했어 내 새끼! 잔뜩 들뜬 그 얼굴을 보고 있자니 볼을 깨물어 주고 싶었다.

"정말 잘했어요, 블랑슈 공주. 전하께서도 기뻐하실 겁니다."

사람만 없었으면 더 깨방정을 떨었을 텐데. 흐뭇한 얼굴로 블랑슈를 도닥여 주는데, 어느새 세이블리안도 다가와 있었다.

"전하, 정말 멋진 춤이셨어요."

"별것 아닙니다."

칭찬을 받았음에도 그의 표정은 무뚝뚝했다. 그는 잠시 내 앞에 동상처럼 서 있었다.

왜 말도 안 하고 이러고 있지? 왜 이러냐고 물어보려는 순간, 세이블리안이 천천히 손을 내밀었다. 장갑을 끼지 않은 맨손이었다.

"이번에는 당신과 춤을 추고 싶습니다만."

"예? 왕비님과요?"

밀러드의 뜨악한 목소리가 들려왔다. 그는 이 상황이 이해가 안 가는 눈치였다. 하긴, 이 양반은 나와 세이블리안의 특훈을 모르고 있겠지.

세이블리안은 밀러드를 잠시 노려볼 뿐, 굳이 대답하지 않았다. 그는 여전히 내게 손을 내밀고 있었다. 단단하고 곧은 손이었다. 맵시 좋게 쭉 뻗은 아름다운 손가락. 매일 밤 간절하게 나를 붙잡고 있던 손가락.

그 손가락이 긴장으로 인해 떨리는 것을, 나는 볼 수 있었다.

“무리하지 않으셔도 됩니다, 전하.”

“무리가 아닙니다.”

진지하고 결의에 가득 찬 눈이었다. 세이블리안이 살짝 허리를 숙여 내 귀에 속삭였다.

“그대와 꼭 춤을 추고 싶습니다.”

그는 각오를 굳힌 상태였다. 그렇다면 나도 거기에 응해 줄 수밖에 없다. 나는 그의 손을 잡았다. 세이블리안의 손이 차갑게 식어 있는 것을 느낄 수 있었다. 그는 떨고 있었지만, 내 손을 내치지는 않았다.

우리는 말 없이 홀로 내려왔다. 밀러드는 여전히 멍한 얼굴로 우리를 보고 있었다. 다른 사람들도 마찬가지였다. 어느샌가 사람들이 당황한 얼굴로 우리를 바라보고 있었다.

“전하께서 춤을……? 그것도 왕비님과?”

“단 한 번도 춤을 추지 않으신 분인데……!”

저런 말을 들으니 더욱 긴장이 됐다. 심호흡을 고르던 중, 어디선가 뜨거운 시선이 느껴졌다.

시선의 주인을 찾아 주위를 돌아보았다. 나를 꿰뚫을 듯이 바라보고 있는 것은 세 사람이었다.

한 사람은 모이즈 경이었다. 그는 꽤나 놀란 눈치였다. 휴, 저 표정을 보아하니 당분간은 잔소리가 줄어들겠군.

그리고 또 다른 시선의 주인공은 스토크 공작과 카린이었다.

음, 다행히 캐비어는 뺀 것 같군. 나름대로 도와주려고 한 건데, 카린은 기분이 좋아 보이지 않았다. 카린은 질투로 눈이 불타오르고 있었다. 내가 저런 시선을 받아 볼 줄이야. 전생의 나와는 딱히 관련이 없는 눈빛이었다.

질투의 시선을 받으면 내심 뿌듯하지 않을까 싶었는데, 생각보다 유쾌한 일은 아니었다. 피부로 와닿는 누군가의 악의는 무척이나 살벌하고 아팠다. 그 시선이 마치 석화의 저주라도 되는 듯, 몸이 굳는 것 같았다.

문득 정신을 차려 보니 어느새 홀에는 나와 세이블리안 뿐이었다. 모두가 나를 바라보고 있다. 의아하다는 눈빛, 다소 경악스러운 눈빛, 눈빛, 눈빛들…….

그러고 보니 이렇게 사람 많은 곳에서 춰 보는 건 처음인데……. 나, 잘할 수 있을까? 망설이던 와중, 누군가가 내 손을 강하게 감싸 쥐었다.

"아비게일."

세이블리안이 내 손을 잡고 있었다. 단단하면서도 강인한 손이었다. 어쩐지 방금 전 레이븐 앞을 막아서던 그가 떠올랐다. 그때도 지금도, 왠지 모르게 보호받는 기분이 들었다. 세이블리안의 나지막한 목소리가 들려왔다.

"괜찮습니다. 긴장하지 마십시오."

그의 목소리를 들은 뒤에야 제정신을 차릴 수 있었다. 그러다 나는 문득 웃고 말았다. 그의 손이 여전히 떨리고 있었기 때문이었다.

그는 긴장하고 있었다. 그러면서도 내게 괜찮다고, 긴장하지 말라고 달래 주었다.

그 사실이 왠지 고마우면서도 귀엽게 느껴졌다. 긴장하고 있는 사람은 정작 본인이면서 남 생각을 하다니.

"고마워요. 이제 괜찮아요."

카린 부녀의 시선은 여전히 아팠지만 무시할 수 있었다. 세이블리안은 고개를 끄덕인 뒤, 악단을 향해 시선을 주었다.

곧 음악이 흘러나오기 시작했다. 나른하고 부드러운 선율. 속으로 박자를 세다가 리듬에 맞춰 발을 옮…… 어라?

나는 발을 옮기다 말고 자리에 멈춰 섰다. 세이블리안이 움직이지 않고 있었다.

음악은 시간과 함께 멈추지 않고 흘러갔다. 그리고 그 사이에 세이블리안과 나만이 정지해 있었다.

사람들이 의아한 눈으로 보는 게 느껴졌다. 세이블리안이 아랫입술을 꾹 물고 있는 게 보였다. 그의 어깨가 희미하게 떨려 왔다.

"미안합니다, 아비게일. 잠시, 잠시만……."

이런, 역시 무리였던 걸까. 그러나 그 와중에도 내 손은 잡고 있었다. 나는 잠시 눈치를 보다가 연주를 중지하라고 손짓을 보냈다.

"박자를 놓쳤어요. 다시 부탁하죠."

나는 그렇게 말한 뒤, 사람들을 돌아보았다.

"다 같이 춤추지 않겠어요? 저희만 있기엔 홀이 너무 넓군요."

모두가 우리를 주시하고 있어서 세이블리안이 더 긴장한 것 같았다. 옆에 다른 사람들도 있으면 좀 나아지겠지.

사람들은 저들끼리 시선을 교환했다. 하지만 그 누구도 쉽게 나서지 않았다. 그때, 사람들 사이에서 익숙한 목소리가 들려왔다.

"아버지, 저랑 춤춰요!"

"클, 클라라?"

클라라의 목소리였다. 클라라의 부친은 짐짓 당황하면서도 딸에게 끌려 나왔다.

“노마 님도 같이 춤춰요! 얼른 나가죠!”

“……그래.”

노마도 클라라의 뒤를 따라 홀로 나왔다. 춤 파트너는 아마도 그녀의 형제 같았다.

노마, 클라라……. 나서기 민망했을 텐데……. 마음이 찌잉, 하고 울리는 것 같았다. 두 사람이 나오자, 굳어 있던 분위기가 조금씩 풀어지는 게 느껴졌다.

다른 사람들도 하나둘씩 홀로 나오기 시작했다. 나는 그사이 세이블리안에게 가만히 속삭였다.

“어떻게 하시겠어요? 그만두셔도 괜찮습니다. 사람이 몰렸으니 슬슬 빠져도 괜찮을 거예요.”

“……아뇨. 춰 보고 싶습니다. 여기서 추지 않으면 당신도 곤란해질 테고.”

여전히 모이즈 경과 카린 부녀가 우리를 응시하고 있었다. 나는 고개를 끄덕인 뒤, 그를 내 쪽으로 부드럽게 당겼다.

“알겠습니다. 그럼 저만 믿으세요, 전하. 제가 다 알아서 하겠습니다.”

“예?”

“춤을 춘다는 생각 마시고, 그냥 제 리드에만 따라오세요. 실수하셔도 괜찮습니다. 그러니 마음 편히 즐기기만 하세요.”

아비게일의 춤 실력은 자랑할 만한 것이었다. 한쪽이 베테랑이라면, 나머지 한쪽이 초보여도 어느 정도는 커버할 수 있다.

내가 잘 리드하면 어떻게든 되겠지. 누나만 믿어, 세이블리안. 누나가 다 알아서 해 줄게.

다시 연주가 재개되자, 사람들이 동시에 움직이기 시작했다. 나는 온 신경을 집중해, 다소 강하게 세이블리안의 손을 끌었다.

그가 천천히 내 리드에 따라오기 시작했다. 음악에 맞춰 한쪽으로 발을 옮겼다. 처음에는 왼쪽으로, 스텝을 두 번 옮기고……!

세이블리안은 진중한 얼굴로 내 스텝을 따라왔다. 조금 멈칫거릴 때도 있었지만 서서히 진정하는 것처럼 보였다. 그래, 그래. 잘하고 있어.

나는 가만히 세이블리안을 보았다. 한껏 집중한 그의 얼굴. 그리고 손을 통해 전해져 오는 떨림에 괜히 내 가슴이 두근거렸다.

이렇게 세이블리안과 춤을 추는 날도 오는구나. 잠시 감상에 젖어 있던 그때.

나도 모르게 몸이 휘청이며 꺾였다. 드레스 자락이 무언가에 밟힌 것 같았다. 황급히 뒤를 돌아보자, 웃고 있는 카린 영애의 얼굴이 눈에 들어왔다.

언제 홀로 나온 거지? 일부러 밟은 건가? 아니, 일단 그게 중요한 게 아니야. 이대로라면 넘어져……!

에라, 모르겠다. 넘어져 봐야 나만 망신이지! 나는 눈을 질끈 감았다. 그 순간, 누군가가 내 허리를 바짝 끌어당겼다. 나는 바닥에 곤두박질치는 대신 단단한 품에 덥석 안겼다. 세이블리안의 품이었다.

세이블리안의 품은 예상외로 안정감이 있었다. 하지만 안정감을 느끼는 것도 잠시. 곧 당혹감이 찾아왔다. 손만 잡아도 벌벌 떠는 사람인데, 포옹이라니! 졸도라도 하는 것은 아닐까?

"미, 미안해요. 실수했어요."

쿵쿵거리며 심장이 빠듯하게 뛰었다. 나는 뒤늦게 그를 밀어냈다. 그는 내 예상대로 얼굴이 파리하게 질려 있었다.

이쯤에서 그만둘까? 어떡하지? 내가 그의 안색을 살피던 중, 세이블리안이 말했다.

"다 알아서 하겠다고 말한 것 치고는 솜씨가 별로군요."

뭐, 인마? 카린이 밟아서 그런 거라고! 나는 억울한 마음에 그를 노려보았다. 그러자 그가 피식 웃었다.

"아까보다 표정이 나아졌군요."

그가 일부러 나에게 시비를 걸었다는 걸 뒤늦게 깨달았다. 그 얄미운 모습을 보니, 아이러니하게도 긴장이 풀렸다.

세이블리안 역시 마찬가지인 것 같았다. 안색은 좋지 않지만, 조금 편안해진 얼굴. 그저 내 손을 힘주어 그러잡았다.

"춤, 그만 추실 겁니까?"

"……그럴 리가요."

도발적인 질문에 나는 미소로 응수했다. 세이블리안도 버티고 있는데, 내가 그만둘 수는 없는 노릇이다. 나는 다시 그와 호흡을 맞추기 시작했다.

음악의 템포가 점점 빨라지기 시작했다. 사람들이 어지러이 홀을 누비는 와중, 세이블리안의 춤 실력은 점점 나아지고 있었다. 아니, 나은 게 아니라 훌륭한 수준이었다. 방금 전 쭈뼛대던 사람이라고는 믿을 수 없을 정도였다.

연주가 격정으로 치달아 갈수록 세이블리안은 더욱 능숙하고 우아하게 발을 옮겼다.

같이 춤을 추던 사람들이 어느새 자리에 멈춰 서서 우리를 보고 있었다.

나는 알 수 있었다. 세이블리안과 내가 얼마나 아름다운 춤을 추고 있을지.

아비게일은 십수 년 동안 춤을 연습해 온 여자다. 내가 그 몸에 깃들었다 하더라도, 몸의 기억이 사라지는 일은 없었다.

그가 춤에 집중을 하자, 내 발에도 날개가 달린 듯 움직이기 시작했다. 몸이 조금씩 달아오르는 게 느껴졌다.

아비게일은 여러 사람과 춤을 춰 봤다. 하지만 이렇게 호흡이 잘 맞는 파트너는 없었다. 이 세계에 나와 음악, 그리고 세이블리안만이 남아 있는 것 같았다.

즐거워! 춤추는 게 이렇게 즐거운 일이었나? 블랑슈와 출 때도 즐거웠지만, 이것은 종류가 다른 즐거움이었다.

그가 나를 리드하고, 내가 그를 리드하고 있었다. 내 실력에 딱 맞는 파트너와 함께, 같은 방향으로 나아간다는 것. 그 일체감이 주는 기쁨.

세이블리안이 내 손을 가볍게 밀며, 나를 멀리 보냈다. 나는 흐름을 따라 가볍게 한 바퀴 돌았다. 머리 위에서 샹들리에의 빛도 화려하게 반짝였다. 나는 다시 돌아와 그의 손을 잡았다. 그리고 세이블리안의 얼굴을 마주한 순간.

왠지 모르게 그가 웃고 있는 것처럼 보였다. 분명 무표정이지만 즐거워 보였다. 그런 표정을 보는 것은 처음이었다. 내가 잠시 넋이 나가 있던 그때. 우레와 같은 박수 소리가 쏟아져 내렸다.

"멋진 춤이셨어요!"

"아름다우십니다, 전하!"

그 소리에 퍼뜩 정신을 차렸다. 사람들이 감탄한 얼굴로 박수를 치고 있었다. 그중에서 가장 열렬히 박수를 보내는 것은 블랑슈였다.

아까 전까지는 보이지 않았던 풍경이 눈에 들어왔다. 가슴의 두근거림이 멈추지 않았다. 나는 세이블리안을 바라보았다. 그도 나와 같은 마음일까? 세이블리안 역시 얼떨떨해 보이지만 나쁜 표정은 아니었다.

기분이 묘했다. 그와 내가 이렇게 즐겁게 춤을 출 수 있을 줄이야.

그러다 문득, 나는 아직도 우리가 손을 잡고 있다는 걸 깨달았다.

"전하, 손이……."

"아."

그 역시 뒤늦게 그 사실을 깨달은 듯, 천천히 손을 놓았다. 세이블리안은 꿈에서 깬 사람처럼 보였다.

세이블리안도, 나도 잠시 말없이 서로를 바라보았다. 뭔가를 말하고 싶었지만, 무슨 말을 해야 할지 알 수 없었다.

멍하게 그를 바라보고 있던 그때. 작고 가벼운 무언가가 나를 뒤에서 폭 끌어안았다.

"아비게일 님, 정말…… 정말 아름다운 춤이었어요!"

뒤를 돌아보니 블랑슈가 한껏 상기된 얼굴로 나를 바라보고 있었다. 그 아이는 요정이라도 본 것처럼 흥분해서 말했다.

"진짜, 진짜 멋있었어요. 아바마마랑 아비게일 님이 이렇게 춤을 잘 추시다니……."

블랑슈는 짐짓 감동한 눈치였다. 그 얼굴을 보자 그제야 현실로 돌아온 듯한 기분이 들었다.

"고마워요, 블랑슈 공주. 실력이 녹슬지 않아 다행이네요."

세이블리안도 어느새 평소의 얼굴로 돌아와 있었다. 그가 나와 살짝 거리를 둔 채 말했다.

“춤을 잘 추시는군요, 아비게일.”

“네. 이 정도야 기본이죠.”

나는 조금 잘난 척을 해 보았다. 그는 가만히 입꼬리 한쪽만 올려 웃었다.

이렇게 농담을 던져도, 어색한 느낌이 없었다. 우리 관계가 춤추기 전보다 한결 편안해진 것 같았다.

“저어, 저도 아비게일 님이랑 한 번 더 추고 싶어요…….”

블랑슈가 내 옷자락을 꼬옥 잡은 채 말했다. 나는 고개를 끄덕였다. 그래, 당연히 우리 블랑슈랑도 춰야지!

“전 잠시 사절들과 이야기를 나누고 오겠습니다. 그럼 먼저 실례하도록 하죠.”

세이블리안은 가볍게 묵례를 하고는 자리를 떴다. 그가 발을 옮기자, 사람들의 시선이 그의 뒤를 따라갔다.

몇 영애들이 자신과도 춤을 춰 달라는 듯, 간절한 눈으로 세이블리안을 바라보았다. 그러나 세이블리안은 그쪽을 향해 시선 한 번 주지 않고 자리를 떴다.

그나저나 카린과 스토크 공작은 보이지 않네. 한 짓이 있으니 도망간 모양이다. 뭐, 카린이 훼방을 놓긴 했지만 잘 마무리됐으니까. 일단은 이 기분을 즐기고 싶었다.

아직 내 들뜬 가슴은 가라앉지 않았다. 나는 블랑슈의 손을 잡고 홀로 나왔다. 토끼가 뛰놀 듯 발랄한 곡에 맞춰, 우리는 춤을 추었다. 해맑게 웃는 블랑슈를 보며 나도 작게 웃어 보였다. 가슴이 이상할 정도로 벅차고 따뜻했다.

방금 전, 세이블리안과 춤을 췄을 때의 격정이 내 심장을 데우고 있었다. 언젠가 그와 다시 한번 춤을 춰 볼 수 있을까? 조금은 헛된 기대를 품은 채, 나는 춤을 췄다. 샹들리에의 빛이 별처럼 반짝였다.

"하아……. 피곤하다. 오늘은 완전히 지쳤어."

"너 엄청 신났더라? 춤추는 거에 관심 없다며."

"취소할게. 엄청 관심 있어."

나는 침대에 벌러덩 드러누운 채 베리테와 수다를 떨었다. 탁상 위에 올려 둔 거울에 베리테가 비쳐 있었다.

하녀들이 마사지를 해 줬는데도 발이 좀 아팠다. 그나마 하이힐 대신 플랫 슈즈를 신어서 이 정도인가.

늦게 배운 춤바람이 무섭다더니, 진짜 무서웠다. 춤을 추는 게 이렇게 재밌을 줄이야. 아비게일이 춤을 잘 춰서 그런 건가? 전생에는 춤이라곤 중학생 때 춰 본 게 전부였는데.

블랑슈랑도 추고, 클라라랑 노마랑도 추고, 모이즈 경이랑도 췄다. 아, 그러고 보니 레이븐이랑 춤을 못 췄네. 조금 미안해졌다. 나 때문에 일부러 준비까지 해 왔다는데…….

하지만 그 뒤로 홀에 보이지 않았기에 춤을 추고 싶어도 출 수가 없었다. 그쪽도 사람이랑 어울리는 거 싫다고 했으니까. 안 추는 쪽이 나았겠지.

"그나저나 오늘 춤추는 건 기록해 뒀지? 블랑슈랑 춤추는 거 볼래!"

"자는 게 낫지 않아?"

"보고 자면 더 잘 잘 것 같아!"

“어휴. 못 말린다니까. 잠깐 기다려.”

베리테에게 자동 녹화 기능도 있어서 정말 다행이야. 잠시 후 베리테가 사라진 뒤, 거울의 표면이 일렁이기 시작했다. 그리고 곧 익숙한 음악이 흘러나오기 시작했다. 거울에 홀의 정경이 비쳤다.

반짝이는 샹들리에 불빛 아래 성장을 차려입은 선남선녀들. 지금 이렇게 거울을 통해 보고 있자니 한층 더 현실감이 없었다. 마치 영화 속의 한 장면 같다. 그리고 그 사이로 나와 블랑슈가 보였다. 그 아이는 작은 다람쥐처럼 깡총거리며 춤을 추고 있었다.

크으윽, 귀여워! 이렇게 녹화본으로 보는 것도 특별한 맛이 있다. 슈미즈 드레스가 블랑슈와 참 잘 어울려서 행복해졌다. 게다가 여기서는 맘껏 웃어도 눈치 볼 필요도 없지!

나는 침대에 엎드려 누워 꽃받침을 한 채, 실실 웃으며 블랑슈를 바라보았다. 하아, 이 귀여움을 나만 독점하고 있다니. 죄책감이 들면서도 한편으로는 뿌듯했다.

다음에는 어떤 옷을 만들어 줄까? 조금 더 현대적인 옷을 만들어 줘도 괜찮을 것 같……. 어라?

“베리테. 잠깐 좀 멈춰봐.”

“예, 예. 주인마님.”

시간이 멈춘 듯, 거울 속의 인물들이 우뚝 멈춰 섰다. 웃고 있는 블랑슈도, 춤을 추고 있는 나도 박제처럼 굳어졌다. 그리고 멈춘 사람들 사이로 한 사내가 눈에 들어왔다.

연한 갈색 머리를 한 귀족 영식이었다. 나이로는 20대 중반 정도 되었을까. 그는 블랑슈를 바라보고 있었다. 사실 그 자체만으로 이상한 것은 아니다. 블랑슈를 바라보고 있는 사람들은 수두룩했으니까. 하지만 블랑슈를 바라보는 시선에서 왠지 모를 위화감이 느껴졌다. 그리고 아까도 본 것 같은데……?

"다른 장면도 보여줘. 블랑슈랑 춤추는 장면이 아니어도 괜찮으니까."

"그래, 알았어."

곧 거울은 블랑슈가 영애들과 이야기를 나누는 모습을 비추었다. 그 갈색 머리 사내도 화면에 잡히고 있다.

"다른 장면도 보여 줘."

눈을 깜빡이자, 블랑슈가 의자에 앉아 있는 장면이 나왔다. 그곳에도 갈색 머리 사내가 있었다.

블랑슈가 세이블리안과 춤을 추는 장면. 블랑슈가 과자를 먹는 장면. 블랑슈가 클라라와 이야기를 나누는 장면. 몇 차례 장면을 바꿔도 사내는 계속 거울 속에 있었다.

직접 블랑슈에게 말을 걸거나 접촉해 온 적은 없다. 약간 거리를 둔 채, 그 아이의 주위를 맴돌 뿐.

"이 사람……. 뭔가 이상해."

게다가 그뿐만이 아니었다. 내가 그 사내를 처음 봤을 때 느낀 위화감. 시선 때문이었다.

블랑슈를 바라보는 그의 시선은 확실히 이질적이었다. 귀여운 어린아이를 보는 것과는 사뭇 다른 시선.

마치 블랑슈를 관찰하는 것처럼 보였다. 어째서? 그리고 이 사람은 대체 누구지?

"저기 벽 쪽에 서 있는 갈색 머리 영식이 누군지 혹시 알아?"

"잘 모르겠어. 그건 나보다 시녀들에게 묻는 게 더 나을 거야. 내가 아는 건 주로 책 속의 지식이니까."

베리테는 살짝 주눅이 들었다. 아무래도 자기가 도와주지 못하는 것이 속상한 모양이었다.

"한번 알아보기는 할게."

"응. 부탁해."

대체 이 사람은 누굴까? 딱히 아비게일의 기억 속에 없는 걸 보아하니, 높은 계급인 것 같지는 않았다.

오늘 하루를 잘 마무리하고 왔는데, 갑자기 기분이 찜찜해졌다. 복잡한 심경이 되어 거울을 들여다보던 중.

똑똑, 하고 짧은 노크 소리가 들려왔다. 이 시간에 대체 누구지?

"누구죠?"

"접니다, 세이블리안. 들어가도 되겠습니까?"

이 양반이 왜 왔지? 나는 빠르게 베리테와 시선을 교환했다. 베리테는 알겠다는 듯 고개를 끄덕이곤 사라졌다.

"네. 들어오세요."

허락이 떨어지자 문은 소리를 숨긴 채 조용히 열렸다. 세이블리안이 방 안으로 들어왔다.

무도회 때 하고 있었던 성장은 모두 벗은 참이었다. 그가 내게 가까이 다가오자, 씻고 온 모양인지 향유 냄새가 희미하게 풍겨왔다.

순간 이상하게 가슴이 두근거렸다. 왜 이러지? 낯익은 남자에게서 낯익은 향기가 날 뿐인데……. 나는 괜히 헛기침을 하며 말했다.

"오늘은 수고많으셨어요. 그나저나 이 늦은 밤에 웬일로 오셨나요? 전하."

내가 그렇게 묻자, 세이블리안은 살짝 고개를 갸웃거렸다. 그리고는 무뚝뚝하게 답했다.

"매일 밤 와도 괜찮다고 하셨기에 왔습니다만."

내가? 아, 그렇게 말하긴 했지. 하지만 그건 무도회 때까지만 해당되는 말인 줄 알았는데…….

"돌아갈까요?"

"아, 아니에요. 앉으세요."

뭔가 할 말이 있는 거겠지. 그는 늘 앉던 자리에 앉았다. 세이블리안을 마주 보자, 늘 보던 얼굴이 오늘따라 낯설었다.

홀의 음악 소리가 귓가에 울려 퍼지는 것 같았다. 박자에 맞춰 빠르게 뛰던 내 심장 소리도.

"생각보다도 더 마무리가 잘 된 것 같아 다행이네요."

나는 괜히 목소리를 높여 말했다. 몇 시간 전의 일이 오래전의 추억처럼 느껴졌다.

우리를 보고 놀라움을 금치 못하는 사람들의 얼굴도 재밌었다. 스토크 공작은 충격받아 쓰러지기 일보 직전이었고.

"즐거운 건국제이기도 했고요."

"즐거운……?"

그는 가만히 그 단어를 중얼거렸다. 아, 혹시 그는 즐겁지 않았던 걸까? 아까는 세이블리안도 즐거워하는 것 같았는데……. 하긴, 세이블리안이 그런 걸 좋아할 리가 없지.

"음, 저기…… 죄송해요. 저는 전하랑 춤추는 게 즐거웠거든요……."

그는 여전히 의아하다는 듯이 나를 바라보고 있었다.

"왜 사과를 하십니까?"

"전하는 즐겁지 않으셨을 텐데, 제가 눈치 없이 즐거웠다고 했으니 말이에요."

그 대답에 세이블리안은 당황한 것 같았다. 그의 입술이 잠시 달싹거렸으나, 손으로 입가를 가려 더 이상 볼 수 없었다.

그는 시선을 피한 채 한참을 침묵했다. 그러다 들릴 듯 말 듯 작은 목소리로 말했다.

"즐거웠습니다."

"네?"

"저도, 당신과 춤추는 것이 즐거웠습니다."

그의 솔직한 대답에 나는 조금 어안이 벙벙했다. 즐거웠다고? 정말?

즐거웠다는 그 말을 듣자, 따뜻한 홍차를 한 모금 마신 것처럼 가슴이 따뜻해졌다. 다행이다. 나만 즐거웠던 게 아니었구나. 왠지 모르게 입꼬리가 올라갈 것 같았다.

"불쾌하셨던 건 아닌가 걱정이었는데, 즐거우셨다니 다행이네요."

다행이다 못해 장족의 발전이었다. 매일 덜덜 떨며 내 손을 잡던 세이블리안을 보며 걱정이 태산 같았는데. 크윽. 다 컸네, 다 컸어. 남모를 감동을 속으로 삭였다.

세이블리안은 그런 나를 바라보다가 입을 열었다.

"다음에도 또 춤을 출 기회가 있으면 좋겠군요."

무뚝뚝하지만 왠지 모르게 자상한 어조였다. 그렇게 말한 뒤, 세이블리안은 내게 손을 내밀었다. 음? 손은 왜 주지? 혹시 지금 추자는 건가?

"전하, 혹시 지금 춤을 청하시는 건가요?"

"그것도 괜찮겠지만……. 지금은 일단 손을 잡고 싶습니다."

그가 고개를 들어 나를 바라보았다. 달빛을 받은 그의 얼굴이 묘한 빛을 발하고 있었다.

"연습 때문에 그러세요? 무도회는 끝났으니, 연습할 필요는 없지 않나요?"

"연습을 할 필요는 없지만……."

그는 가만히 목소리를 낮추었다. 어둠조차 귀를 기울여야 할 정도로, 은밀하며 고요한 목소리였다.

"그때 당신께서 말하지 않으셨습니까. 매일 손을 잡으러 와도 된다고."

귓가를 간질이는 목소리. 그리고 그 목소리가 전하는 메시지에 나는 화들짝 놀랐다.

연습할 필요는 없지만, 내 손은 잡고 싶다고? 순간 머리가 돌아가지 않았다. 분명히 내 손 잡는 걸 싫어할 텐데…….

내가 망설이는 동안에도 그는 여전히 손을 내민 채였다. 세이블리안이 실망한 듯한 어조로 말했다.

"약속을 지키시지 않을 겁니까? 그대를 믿었는데, 역시 이번에도……."

"아니, 아니! 잡을게요! 잡으면 되잖아요!"

참나. 기껏 생각해서 거절한 거구만. 나는 투덜거리면서 그의 손을 잡았다.

어젯밤에도, 오늘 낮에도 잡은 손이었다. 하지만 뭔가가 다르게 느껴졌다.

온기. 그래, 온기가 다르다.

낮과는 달리 그의 손에는 온기가 돌고 있었다. 긴장으로 차갑게 굳어 있던 손이 이제야 사람의 것처럼 부드러운 온기를 띄고 있다.

매끄러우면서도 단단한 손이다. 우리는 그렇게 손을 잡고 있었다. 5분이 흘렀을까, 10분이 흘렀을까. 그보다 더 많은 시간이 흐른 것도 같았다.

이거 신기록 갱신 아냐? 그런데 언제쯤 놓으려나. 아무 말 없이 손만 잡고 있자니 슬슬 졸음이 오기 시작했다. 오늘 피곤해서 일찍 자려고 했는데…….

의식이 몽롱해지는 가운데, 손의 감각만은 여전히 또렷했다. 그가 평소와는 다르게 내 손을 깍지 껴서 잡는 게 느껴졌다. 그의 심장박동도 희미하게 전해졌다. 살짝 빠른 박동. 그 박동이 자장가처럼 느껴졌다.

점점 눈이 감기기 시작했다. 뜨려고 해도 자꾸만 감겼다. 흐아암, 오늘 좀 무리하기는 했지.

늘 생각했던 거지만, 세이블리안은 손이 참 크구나. 으음, 따뜻하네……. 심장 뛰는 소리가 기분 좋다. 이거, 세이블리안의 소리인 걸까. 그게 아니면, 세이블리안의 것이 아니라면…….

“아비게일.”

세이블리안이 가만히 아비게일을 불러보았다. 그녀는 대답하지 않았다.

“아비게일.”

다시 한번 이름을 불러도 그녀는 반응하지 않았다. 어둠 속의 얼굴을 자세히 보니, 그녀는 자고 있었다.

손을 잡은 채로 잠들어버리다니. 조금 황당하기도 했으나, 왠지 모르게 피식 웃음이 나왔다.

오늘 그녀도 무리했을 것이다. 세이블리안이 무리했던 것처럼.

아니, 무리는 아닌가. 춤을 추기 시작했을 때는 등에 식은땀이 잔뜩 고였으나, 마지막에는 그도 즐기고 있었다.

그는 자신의 손을 내려다보고 있었다. 여전히 아비게일의 손을 잡고 있는 채였다.

아비게일의 말대로 더 이상 연습은 필요하지 않았다. 그럼에도 그녀의 손을 잡은 것은 확인을 위해서였다.

오늘 낮. 춤이 끝난 뒤에도 그는 아비게일의 손을 잡고 있었다. 그 사실을 자각하지도 못한 채.

왜 그랬을까? 그 당시, 춤에 몰입하느라 두려움이 잠시 사그라든 것이었을까. 아니면 우연이었을까.

그래서 다시 한번 확인해 보고 싶었다. 그래서 아비게일의 손을 잡았다. 그리고 여전히 손을 잡고 있다. 아무렇지도 않다. 이상한 일이다. 1년 전, 아비게일이 그의 팔을 붙들었을 때. 그녀의 손이 닿은 곳에 독이라도 오른 것만 같았는데.

아직 약간의 떨림은 있는 걸 보면, 완전히 나은 건 아닌 모양이다. 그래도 예전과는 비교할 수 없을 정도로 마음은 평온했다. 이상하군, 정말 이상해. 그는 그렇게 속으로 중얼거렸다. 아비게일의 손은 부드러웠다. 마치 미리엄의 손처럼.

그는 그 손이 싫었다. 미리엄과는 일 년 남짓한 시간을 보냈지만, 그녀에 대한 기억은 손 정도뿐이었다. 자신의 몸을 더듬던 손의 감각. 부드러운 벌레가 기어 다니는 것 같던 감촉.

미리엄과 시간을 나누는 것은 오로지 침대 위에서였다. 아이 만들기 외에 미리엄은 큰 관심이 없었다. 부부간의 깊은 대화를 나누어본 적은 없다. 26살의 여인에게 14살의 소년은 딱히 즐거운 대화 상대가 아니었으니까. 게다가 곧 죽을 사람이라면 더더욱.

미리엄은 말했다. 아이를 만드는 데에 마음 같은 건 필요 없다고. 그녀의 말이 맞았다. 사랑이 없어도 블랑슈는 태어났으니까.

사랑이 없는 결혼은 흔한 일이다. 분명히 흔한 일임을 자각하고 있으나, 그는 고통스러웠다.

어머니에게 도움을 요청해본 적도 있지만 사내답지 못하다는 질책만이 돌아왔다. 그 누구도 그에게 괜찮다고 해 주지 않았다.

아비게일을 제외하고는.

어느 순간부터 그녀는 자신을 남자가 아닌 인간으로 봐 주었다. 아비게일은 우스운 일이 아니라 말해 주었고, 자신을 위해 울어주었고, 화를 내주었다.

그녀는 그에게 말했다. 부부가 되지는 못하더라도, 가족이 될 수는 있다고. 그는 다시 한번 아비게일의 손을 힘주어 잡아보았다. 그래, 우리는 가족이 될 수 있을지 모른다.

세이블리안에게 있어 가족이란 그저 혈연일 뿐. 그 이상의 가치는 없다. 하지만 아비게일이 말하는 가족은 사뭇 다른 관계일 것 같았다. 그는 그 관계가 무엇인지 궁금했다.

또한 아비게일을 바라볼 때마다 가슴 한쪽이 간지러운 이유도 알고 싶었다. 이 감정을 뭐라 불러야 할지, 손을 놓고 싶지 않은 이 마음이 어디서 나오는 것인지도 몰랐다.

여전히 손을 놓고 싶지 않았지만 그래도 놓아야 했다. 그녀를 의자에 앉은 채 자도록 할 수는 없는 노릇이니까.

그는 조심히 손깍지를 풀었다. 깨워서 침대로 보내야 했다. 다시 한번 크게 아비게일의 이름을 부르려다가 입을 다물었다.

아비게일은 곤히 잠들어 있었다. 잠든 얼굴이 그저 평화로워, 괜히 깨우고 싶지는 않았다.

그는 망설이다가 조심스레 아비게일을 안아 들었다. 체중이 쏠리며 아비게일이 자신에게 폭 안겼다. 그는 열이 오르는 것을 느꼈다.

심장이 두근거리고 숨이 밭아졌다. 거부반응이 심한 걸 보니, 역시 아직은 나아지지 않은 모양이다.

그는 조심스레 아비게일을 침대에 뉘었다. 여전히 가슴이 쿵쿵 뛰고 있었다.

이제 태연히 손을 잡을 수 있게 된 것처럼, 당신을 끌어안는 것도 연습을 하면 나아질까. 그리고 어쩌면…….

세이블리안은 그런 생각을 하며 조심스레 아비게일의 손을 잡았다. 그리고 망설이다 그녀의 손을 제 입가로 가져갔다.

쪽. 손등에 가볍게 입 맞추는 소리가 났다. 아비게일은 미동도 하지 않았다. 깃털이 닿았다 떨어지는 것 같은 입맞춤이었다.

그러나 세이블리안의 얼굴은 새빨갛게 달아올라 있었다.

역시 무리다. 아직 이 병은 낫지 않았다. 그렇지 않으면 이렇게 심장이 터져 버릴 것처럼 거세게 뛸 이유가 없다.

그는 아비게일의 손을 놓았다. 그녀는 그저 아이처럼 곤히 잠들어 있었다. 이불을 아비게일의 목까지 끌어올려 덮어주었다. 세이블리안은 그녀의 잠든 얼굴을 물끄러미 바라보다 조용히 속삭였다.

"안녕히 주무십시오, 나의 왕비."

그녀에게 들리지 않을 밤 인사를 낮게 속삭인 뒤, 세이블리안은 방을 빠져나왔다. 귀까지 붉어진 것을, 당사자는 차마 알지 못했다.

Iam Stepmother, But My Daughter Is So Cute

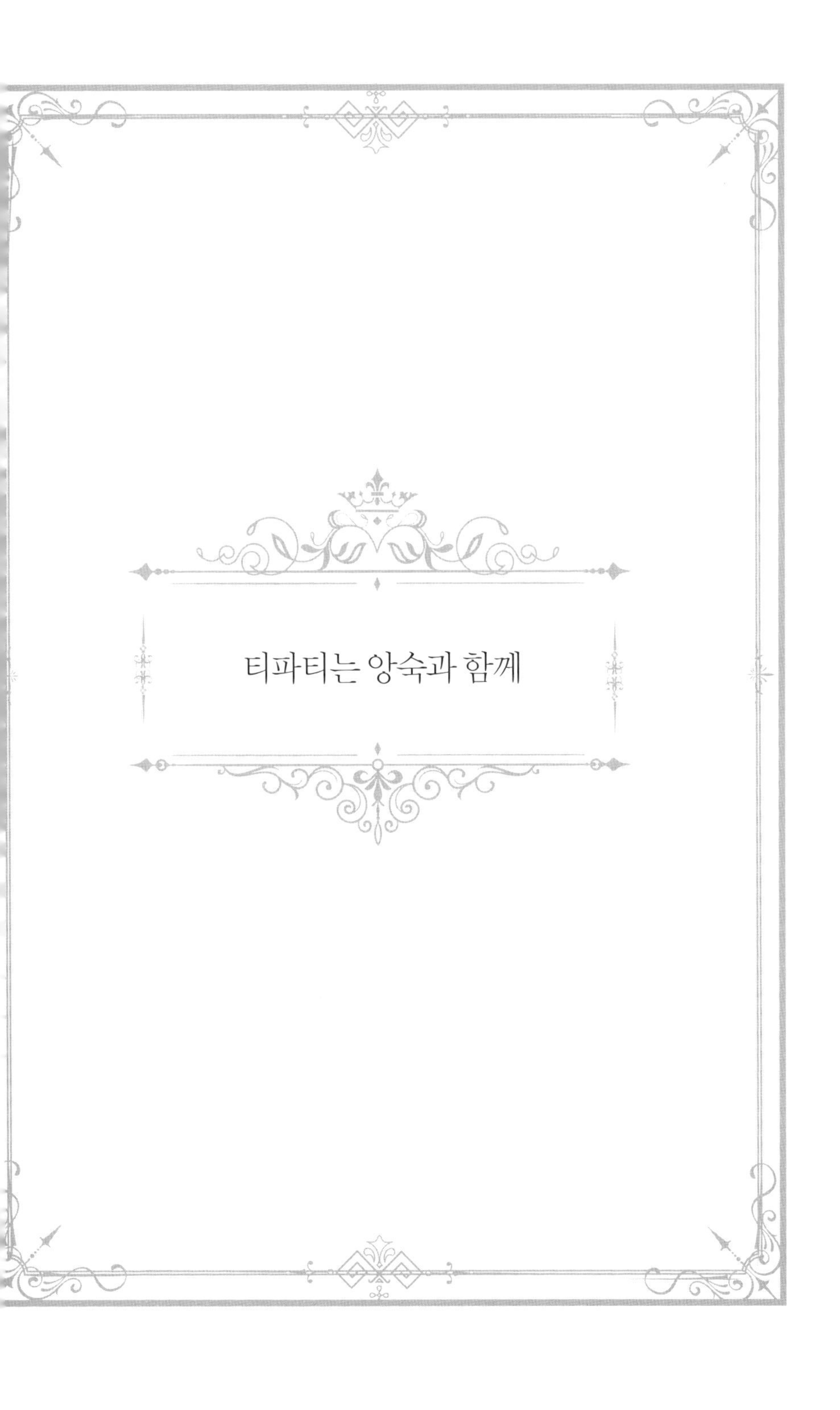

티파티는 앙숙과 함께

4

티파티는 앙숙과 함께

햇빛이 영애들의 머리 위에서 반짝이고 있었다. 드레스의 프릴마냥 풍성한 나뭇잎들이 햇빛을 받아 반투명하게 빛났다. 영애들은 나무 그늘 아래에 돗자리를 깔고 앉아 있었다. 유례없는 더위라 하였으나 영애들의 표정은 그저 밝았다.

바람이 불어오자 영애들이 입은 슈미즈 드레스 자락이 가볍게 나부꼈다. 싱그러운 웃음소리가 퍼져나갔다.

"영애, 새 슈미즈 드레스를 사셨군요!"

"네. 이번에 세 벌째 구매했는데, 이제 다른 옷은 못 입겠더라구요."

그 말에 다른 영애들도 이해한다는 듯 고개를 끄덕였다. 나무 아래 앉아 있는 전원이 슈미즈 드레스를 입고 있었다.

건국제 무도회 이후, 사교계에는 새로운 유행이 불어닥쳤다. 바로 슈미즈 드레스였다.

아비게일은 약속대로 영애들에게 슈미즈 드레스를 선물했다. 영애들은 처음 입어 본 슈미즈 드레스에 홀딱 빠져 버리고 말았다. 블랑슈의 설명대로 옷은 가볍고 편했으며, 또한 시원했다. 청순한 디자인 역시 영애들의 마음을 자극했다.

슈미즈 드레스에 대한 호평이 알음알음 퍼져 나가자 다른 영애들도 양장사를 찾아가 옷을 맞추기 시작했다. 아름다움, 편리함, 게다가 왕비가 직접 고안한 드레스이기까지 했다. 슈미즈 드레스는 '퀸즈 가운'이라는 별명과 함께 사교계를 휩쓸었다.

"그래도 역시 왕비님께서 디자인하신 슈미즈 드레스가 제일 아름다운 것 같아요. 부러워요, 웨이틀리 영애."

영애들이 웨이틀리 영애를 바라보았다. 그녀는 왕비가 선물한 슈미즈 드레스를 입고 있었다. 웨이틀리 영애는 우쭐한 미소를 지어 보였다.

"저도 그렇게 생각해요. 다른 양장사를 찾아가 의뢰를 했는데, 역시 왕비님의 드레스가 제일이더군요. 뭔가…… 세련됐다고 해야 할까요."

정확히 말하긴 어렵지만, 소소한 장식이나 디테일이 여느 옷과는 사뭇 달랐다. 한 영애가 눈을 반짝 빛냈다.

"여러모로 놀랐어요. 왕비님께서 선물을 해 주실 줄이야. 소문과는 달리 정말 상냥한 분이신 것 같더라구요."

웨이틀리 영애가 재게 고개를 끄덕였다. 그리고는 조금 흥분한 어조로 말했다.

"맞아요. 솔직히 처음에는 많이 무서웠는데, 정말 다정하시더라구요. 블랑슈 공주님이랑도 사이가 좋아 보이셨어요."

"두 분이 드레스를 맞춰 입으셨다면서요? 춤도 같이 추시고……."

"네. 정말 사랑스러운 춤이었어요. 게다가 국왕 전하와도 춤을 추셨다니까요.”

“불화설이 돌던데……. 거짓말이었을까요? 그렇게 되면 카린 님은……”

그녀는 말을 끝맺지 못했다. 옆에 있던 영애가 옆구리를 팔꿈치로 쿡 찔렀기 때문이었다.

영애들이 모두 한 방향을 응시했다. 저 멀리 누군가가 다가오고 있었다. 치렁치렁한 로브 아 라 프랑세즈를 입은 영애들이었다. 그 중 가장 앞에 선 것은 카린이었다. 그녀는 고고한 표정을 짓고 있었다. 영애들이 자리에서 일어났다.

“어서 오세요, 카린 님. 평안하셨나요?”

“네. 잘 지냈어요.”

카린은 부채로 입가를 가린 채 천을 깔아둔 자리에 조심히 앉았다. 드레스의 품이 넓다 보니, 그녀가 앉는 것만으로도 자리가 꽉 차 버렸다. 뒤를 따르던 영애들도 간신히 자리에 앉았다.

먼저 도착한 영애들이 슬그머니 눈치를 보고 있었다.

“카린 님. 뭣 좀 드시겠어요? 간식으로 캐비어가 올라……”

“저, 저는 캐비어를 세상에서 제일 싫어해요!”

카린이 소스라치게 놀라며 소리를 질렀다.

“캐비어만 보면 두드러기가 날 것 같으니 치우세요. 당장!”

카린이 저렇게까지 캐비어를 싫어했던가? 영애는 더 묻지 않고 조용히 피크닉 바구니를 닫았다.

날씨 때문인지 카린의 얼굴이 붉었다. 그녀가 작게 헛기침을 하더니 영애들을 매섭게 바라보았다.

“이 더운 날씨에 피크닉이라니. 안으로 들어가는 게 낫지 않겠어요?”

“아, 좀 덥긴 하죠. 카린 님은 더 더우시겠어요. 슈미즈 드레스를 입으시면 시원하실 텐데."

가장 어린 영애가 큰 뜻 없이 말했다. 순간 카린의 눈매가 날카로워졌다. 이죽대는 입꼬리는 부채에 가려져 보이지 않았다.

"아무리 덥다 한들 알몸으로 다닐 수 없는 것처럼, 그런 잠옷 같은 드레스를 입고 다니는 건……."

카린은 싱긋 웃었다.

"좀 천박해 보여서요."

슈미즈 드레스를 입은 영애들은 모두 입을 다물었다. 개중에는 발끈한 기색인 영애도 있었다. 하지만 아무도 쉬이 발언을 하지는 못했다. 카린은 공작 가문의 영애. 함부로 발설을 했다간 해코지를 당할 것이 틀림없었다.

영애들이 침묵한 와중, 카린은 말을 이어 갔다.

"귀족은 품위를 갖춰야 할 의무가 있어요. 품위 대신 편한 것만 찾는다면 서민이랑 다를 게 뭐가 있겠나요? 그렇지 않나요?"

"네, 맞아요. 카린 님이야말로 레이디의 귀감이시네요."

그녀와 함께 온 영애가 기다렸다는 듯이 말을 받았다. 하지만 그 와중에도 영애는 더위를 이기지 못하고 부채질을 하는 참이었다.

카린 역시 더워서 숨이 막혔지만 내색하지 않으려 애썼다. 그녀는 기고만장해져서 말했다.

"영애들도 편한 것만 쫓지 말고 품위를 지키세요. 그런 단정치 못한 태도는 제대로 교육을 못 받은……."

"늦어서 죄송해요!"

저 멀리서 해맑은 목소리가 들려왔다. 카린이 뒤를 돌아보곤 얼굴을 찌푸렸다. 클라라였다. 그녀 역시 슈미즈 드레스를 입고 있었다.

클라라는 종종걸음으로 뛰어와 넉살 좋게 자리에 앉았다.

“다들 무슨 이야기 하고 계셨어요? 아, 카린 님도 안녕하신가요!”

“……안녕하세요.”

다른 영애들은 자신의 눈치를 보고 있건만, 클라라는 거리낌이 없었다. 왕비의 시녀라는 직책을 믿고 까부는 모양이었다.

“그나저나 여긴 웬일이세요, 클라라 영애? 분명 궁에 계실 줄 알았는데.”

“왕비님께서 휴가를 주셔서요! 맞아, 여러분. 이것 좀 보세요!”

클라라는 씩 웃으며 들고 있던 무언가를 불쑥 내밀었다. 작은 주머니처럼 생겼으나 원단이 고급스럽고 앙증맞은 자수가 놓여 있었다. 또한 긴 끈이 달려 있어 들고 다니기 편해 보였다. 영애들이 호기심 어린 눈빛으로 말했다.

“이게 뭔가요?”

“아비게일 님께서 만들어 주신 손가방이에요. 레티큘이라고 해요!”

슈미즈 드레스에 단점이 있다면, 바로 주머니가 없다는 것이었다. 짐이야 사용인들에게 들게 하면 된다지만 그래도 종종 불편함을 느끼곤 했다.

그런데 이런 손가방이 있다니. 섬세한 자수 장식에 천으로 만든 꽃까지 붙어 있어, 그것만으로도 하나의 액세서리가 되는 것 같았다.

“너무 귀여워요! 왕비님께서 시녀인 클라라 님에게 이런 걸 만들어 주시다니…….”

“왕비님은 정말 상냥하신 것 같아요.”

“그쵸? 그쵸? 게다가 제가 영애들을 만나러 간다니까 궁정 요리사에게 부탁해서 디저트까지 준비해 주셨어요!”

클라라가 뒤를 돌아보자, 그녀를 따라온 시종이 작은 바구니를 건넸다. 그 안에는 먹음직스러운 타르트가 담겨 있었다. 타르트 위로 여름 복숭아가 담뿍 담겨 있었는데, 그 위로 뿌린 설탕 때문에 마치 보석 같아 보였다.

그것을 본 영애들이 작게 탄성을 내질렀다. 분홍빛 복숭아에서는 달콤한 향기가 물씬 풍겨왔다.

"세상에, 궁정 요리사가 만든 타르트라니!"

"너무 맛있어 보여요!"

영애들이 꺅꺅거리며 즐거운 탄성을 지르는 와중. 표정을 굳힌 한 사람이 있었다. 카린은 표정 관리를 할 생각도 못 하고 있었다. 게다가 자신이 데려온 영애들마저 탐이 난다는 듯 레티큘과 복숭아 타르트를 보고 있다.

영애들은 다시 아비게일을 칭찬하며 떠들어대기 시작했다. 아무도 카린을 신경 쓰지 않았다. 카린으로서는 낯설고 불쾌한 상황이었다. 언제나 항상 주목을 받는 것은 자신이어야 하거늘.

소리라도 빽 질러 시선을 끌고 싶은 것을 꾹 참았다. 그래 봐야 오히려 제 꼴만 우스워짐을 안다. 그렇다 해서 멀뚱멀뚱 앉아 있고 싶은 마음도 없었다. 카린은 자리에서 벌떡 일어났다.

그제야 영애들이 황급히 정신을 차리고 카린을 바라보았다. 카린은 제 편인 영애들을 바라보며 말했다.

"이만 실례하도록 하죠. 뭐해요? 다들 안 일어나고."

"네, 네!"

카린의 일행은 허둥지둥 자리에서 일어났다. 카린은 클라라를 노려본 뒤, 성큼성큼 걸어가기 시작했다. 클라라는 영문을 모르겠다는 눈치였다.

빌어먹을 아비게일. 카린은 속으로 욕을 지껄였다. 더위와 갑갑함 때문에 짜증이 더욱 치밀었다.

그 여자가 쓴 가면은 생각보다 견고했다. 위선자의 가면을 벗겨내면 그 아래는 얼마나 추할까. 반드시 그 여자의 가면을 벗겨내고 말 것이다. 그리하면 그녀가 가진 모든 것이 자신의 손에 들어오겠지.

카린은 그렇게 생각하면서 뒤를 힐끗 돌아보았다. 영애들이 해맑은 얼굴로 복숭아 타르트를 먹고 있었다.

바람이 불었다. 흰 슈미즈 드레스가 서풍을 타고 흩날리는 모양새가 무척이나 자유로워 보였다. 땀으로 카린의 목덜미가 흥건했다. 그녀는 시선을 거두었다. 어느 때라도 체통을 잃어서는 안 된다. 그것이 아버지의 가르침이었다.

나는 레몬 소르베를 한 스푼 떴다. 입안에 스푼을 넣자, 새콤하고 차가운 감각만을 남긴 채 디저트는 조용히 녹아 사라졌다. 더운 날 먹어서 그런지 더욱 맛이 좋았다.

"블랑슈 공주, 소르베는 입에 맞나요?"

"네! 아주 맛있어요."

블랑슈는 해맑게 웃으며 말했다. 휴, 우리 블랑슈의 미소가 레몬보다 더욱 상큼하구나. 비타민을 온몸으로 받는 듯한 기분이 들었다.

그러나 잠시 후. 블랑슈는 조금 울적한 얼굴이 되었다.

"아바마마도 같이 드셨으면 좋았을 텐데……."

그리고는 옆자리를 힐끗 바라보았다. 블랑슈가 바라본 자리는 비어 있었다.

건국제가 끝난 뒤, 세이블리안은 빠지는 일 없이 식사에 참여했다. 또한 매일 밤마다 내 방에 들렀고.

딱히 하는 건 없었다. 반 시간 정도 손을 잡고 돌아간다. 고작 그것뿐인 일과였으나 어제는 오지 않았다.

"요새도 국정이 많이 바쁘신가 봐요."

바쁘면 하루쯤은 건너뛸 수 있겠지만……. 아니, 안 보면 좋지! 나도 내 시간 가질 수 있고.

나는 소르베를 먹었다. 달콤했지만 레몬필이 섞여 있는 탓인지 조금은 씁쓸하기도 했다.

"다음 식사 때는 오실 테니까요. 그나저나 요즘 별일 없죠? 블랑슈 공주."

"네? 네. 별일 없어요."

"그러면 다행이네요."

건국제가 끝난 이후 계속 마음에 걸리는 것이 있었다. 바로 건국제 때 블랑슈를 관찰하던, 그 갈색 머리의 남자.

그 남자가 누구인지는 알아내지 못했다. 시녀들에게 인상착의를 알려 준 뒤, 수소문을 해 봤으나 수확은 없었다. 하급 귀족이나 형제 많은 집안의 사내라면 자신들도 모른다고 했다. 건국제에까지 온 걸 보면 꽤 고위 귀족일 텐데.

좀 더 손을 쓰면 알아낼 수도 있을 것이다. 하지만 그저 블랑슈를 바라보는 눈빛이 기분 나빴다는 이유로 큰 소동을 피우고 싶지는 않았다. 그냥 내 기우겠지?

잠시 생각에 잠겨 있는데 블랑슈의 목소리가 들려왔다.

"아비게일 님? 혹시 소르베가 입에 안 맞으세요? 다른 걸 부탁할까요?"

아차. 나도 모르게 울적한 티를 내고 만 모양이다. 블랑슈가 시무룩해진 강아지 같은 표정이 되어 있었다.

"아니에요. 소르베는 입에 잘 맞아요."

"그러면 혹시 아바마마가 안 오셔서 그러신 건가요? 좀 슬퍼 보이셔서……."

내가 그렇게 울적한 표정을 짓고 있었던 걸까? 블랑슈에게 걱정 끼치지 않으려 했는데……. 다른 사람도 아니고 블랑슈에게 위로를 받다니. 정신 바짝 차리자!

나는 아무렇지 않은 척 말했다.

"고마워요, 블랑슈 공주. 전하께서 바쁘시다니 조금 걱정을 했을 뿐이에요."

블랑슈는 다행이라는 듯, 작게 안도의 한숨을 내쉬었다. 맛있는 것도 먹고 좋은 사람도 함께인데 분위기를 망칠 수는 없지.

내가 소르베를 다 먹자 마무리로 홍차가 나왔다. 블랑슈랑 산책이나 하러 가 볼까! 슬슬 자리에서 일어나려는데 밖이 소란스러웠다. 무슨 일인지 확인할 틈도 없이 문이 벌컥 열렸다. 초조한 발걸음으로 안에 들어온 사람은 세이블리안이었다.

"전하?"

"늦어서 미안합니다, 아비게일. 회의가 늦게 끝나는 바람에."

그는 꽤나 급하게 뛰어온 모양새였다. 얼굴에는 다급함이, 이마에는 땀방울이 맺혀 있었다.

세이블리안은 제 자리를 찾아 앉았다. 그는 나와 블랑슈의 접시를 힐끗 보고 말했다.

"너무 늦게 왔나 보군요."

"많이 바쁘시다 들었어요. 무리해서 오지 않으셔도 됐는데……."

그가 저렇게 다급해 보이는 것은 오랜만이었다. 한여름 무더위에도 땀 한 방울 흘리지 않는 남자였는데.

세이블리안은 차가운 얼음물로 목을 축인 뒤, 나를 바라보며 말했다.

"식사에 참석하기로 그대와 약속했지 않습니까."

그의 어투는 건조했다. 마치 당연한 것을 말하는 사람처럼. 실제로도 큰 뜻 없이 한 대답일 터였다.

하지만 그 무채색의 대답이 내게는 무척이나 따뜻하게 느껴졌다. 바쁜 와중에 힘들게 찾아왔다고 생색을 낼 법도 한데, 그는 그런 기색이 조금도 없었다.

시간이 늦었다는 핑계로 불참했더라도 뭐라 할 사람은 없었을 것이다. 그런데도 그는 일이 바쁜 와중에 나와의 약속을 지키기 위해 다급히 뛰어왔다.

그 사실이 무척이나 기뻤다. 냉혈한이라고 불리는 그에게도 따뜻한 피가 흐르기 시작한 걸까? 내 시선을 느꼈는지 세이블리안이 나를 바라보았다.

"왜 그렇게 보십니까?"

"좀 의외라서……. 전에는 함께 식사할 필요성을 못 느낀다고 하셨잖아요."

"여전히 그 필요성은 못 느끼고 있습니다만."

칼바람이 부는 대답이었다. 나는 잠시 감동에서 깨어났다. 음, 그래. 이 사람은 원래 이런 사람이었지.

그사이 시종이 다가와 스푼과 포크를 다시 세팅하려 했다. 세이블리안이 그만두라는 듯 한쪽 손을 까딱였다.

"됐네. 식사는 나중에 따로 하면 되니까."

"그러면 디저트라도……."

"단 것은 좋아하지 않으니 필요 없네."

시종은 고개를 조아린 채 물러났다. 식사를 하러 온 것도 아니고, 그냥 진짜 약속 때문에 와 준 거구나. 그래, 와 준 것만으로도 어디야! 나는 서운한 것보다 고마운 부분을 먼저 생각하기로 했다.

그 사이 세이블리안이 입을 열었다.

"그리고 약속을 지키지 못해 미안합니다. 다음에는 시종이라도 보내 연락을 취하겠습니다."

"괜찮아요. 오늘 늦게라도 와 주셨고, 그리고 바쁘셨으니 어쩔 수 없죠."

"그것 말고."

그거 말고? 우리가 또 무슨 약속을 했더라. 나는 홍차로 목을 축이며 기억을 떠올렸다. 세이블리안의 진지한 목소리가 들려왔다.

"매일 밤마다 그대에게 가겠다는 약속 말입니다."

쿨럭. 입에 든 홍차를 반쯤 뱉을 뻔했다. 황급히 냅킨으로 입가를 닦았다. 아, 아니. 잠깐만. 그런 이야기를 이렇게 대놓고 하다니? 물론 우리가 밤마다 건전한 시간을 보내고 있지만……!

주위를 둘러보니 사용인들 모두 놀란 눈치였다. 심각한 오해가 발생하고 있다. 심지어 블랑슈마저도!

방금 전까지만 해도 긴장해 있던 블랑슈가 호기심 가득한 눈으로 우리를 보고 있었다. 아냐, 그런 거…… 어린애는 몰라도 되는 그런 거 아니라고.

"그, 그 이야기는 나중에 하도록 하죠. 그리고 굳이 매일 밤 오실 필요 없습니다."

그 대답에 세이블리안의 표정이 조금 굳었다. 그가 쓸쓸한 목소리로 물었다.

"제가 가는 게…… 싫으십니까?"

그의 눈빛이 조금 처연해졌다. 아니, 정말 미치고 팔짝 뛰겠네. 누가 부녀 아니랄까 봐 상심한 얼굴이 꽤나 닮았다.

"아니, 싫은 건 아니지만……. 아무튼! 매일 오실 필요는 없으니까요!"

"매일 가겠습니다. 약속했으니까."

그는 단호하게 말했다. 아니, 왜 이렇게 고집이 세지? 점점 얼굴과 목덜미가 뜨거워지는 게 느껴졌다.

그 와중, 나는 맞은편에 서 있던 클라라와 눈이 마주쳤다. 그녀는 엄마 미소를 지은 채 나를 보고 있었다. 그녀가 무슨 생각을 하고 있는지, 표정만으로도 알 수 있었다.

했네, 했어.

……그렇게 말하는 것처럼 보였다.

안 했어, 안 했다고! 아이고, 속 터진다. 내가 세이블리안이랑 사이좋다는 오해가 퍼지면 나쁠 게 없지만! 창피하다고!

"오늘은 좀 힘들 것 같고, 내일은 그대의 침소로 가겠……."

나는 그만 닥치라는 의미로 그의 발을 세게 짓밟았다. 그제야 세이블리안이 입을 다물었다. 그는 왜 그러냐는 듯이 바라보았다.

이 양반은 애 앞에서 못하는 말이 없어! 다행히 블랑슈는 무슨 말인지 이해하지 못한 것 같았다.

"그나저나, 저랑 하셨던 다른 약속도 지키셔야죠. 기억 안 나시나요?"

나는 협박의 의미로 생긋 웃었다. 그는 잠시 생각하다 고개를 끄덕였다.

"그 약속. 물론 기억하고 있습니다."

세이블리안은 그제야 내게서 시선을 틀어, 블랑슈를 바라보았다. 여전히 무감한 시선이었다.

"블랑슈. 오늘 일정은 무엇이었지?"

매번 나만 떠들고, 정작 그는 말이 없길래 조항을 하나 더 추가했다. 바로 식사 때마다 블랑슈와 5분 이상 대화하기.

이런 당연한 것조차 협상 항목에 넣어야 한다니, 눈물이 난다. 그래도 조금씩 나아지겠지? 연습하니까 이제 손도 잘 잡잖아.

블랑슈는 갑작스러운 질문에 잠시 당황한 것처럼 보였다. 더듬더듬 작게 떨리는 목소리가 들렸다.

"아, 네! 그게…… 오전에는 예절 수업을 들었어요."

"내일 일정은?"

"내일은 카린 영애가 오는 날이에요."

"……그렇군."

1분 만에 대화가 종료되었다. 갈 길이 멀다. 와중에 세이블리안은 짐짓 뿌듯한 표정으로 나를 바라보았다. 칭찬이라도 해 달라는 건가? 이 뻔뻔한 자식. 고작 1분 대화해 놓고!

나는 뭐라 말도 못하고 속으로 한숨을 내쉬었다. 그때 블랑슈가 조심스레 입을 열었다.

"저어…… 아바마마."

"왜 그러느냐."

애비라는 작자가 제대로 된 대화를 못하니, 딸이 나서는구나. 흑흑, 장하다 블랑슈.

"이제 아비게일 님이랑 각방…… 안 쓰시는 건가요?"

아니, 잠깐만. 간신히 화제를 돌렸는데 어째서?! 와중에 블랑슈의 표정이 기대감으로 반짝이고 있었다.

"아니. 아직 방은 따로 쓰고 있다."

"그, 그래도 사이가 안 좋으신 건 아니죠?"

기대감이 어렸던 눈동자에 불안의 기색이 비쳤다. 내가 세이블리안과 각방 쓰는 걸 신경 쓰고 있던 모양이었다.

사이가 안 좋으냐, 라는 질문에 세이블리안은 쉽게 대답하지 못했다. 대신 나를 힐끗 보며 말했다.

"그건 아비게일에게 물어보거라."

야, 인마! 왜 네가 받은 질문을 나한테 떠넘기냐?

"아비게일 님, 아바마마랑 사이, 좋으신가요?"

블랑슈는 기대 반, 걱정 반인 눈으로 나를 바라보았다. 크으윽, 저 눈빛을 받고도 아니라고 어떻게 말하겠어……!

"물론이죠. 전하랑 저는 사이가 좋답니다."

"그랬습니까?"

"저희 아주 아주 사이가 좋잖아요. 안 그래요?"

"……네, 맞습니다."

그의 입에서는 미적지근한 대답이 흘러나왔다. 아니, 협조를 해주는 거야 마는 거야?

이 와중에 세이블리안의 입꼬리가 슬쩍 올라간 것처럼 보였다. 뭔가 안도한 사람처럼.

불만 있으면 말로 하라고 딴지를 걸고 싶었다. 하지만 블랑슈가 너무 기뻐 보여서 어찌할 도리가 없었다. 만면에 미소가 가득한 채 무척이나 행복해하는 블랑슈. 그리고 우리를 따스한 눈길로 바라보는 사용인들. 크윽, 이 훈훈한 분위기. 버틸 수가 없다.

나는 다시 한번 화제를 돌렸다.

"그나저나 전하. 오늘은 무슨 일로 바쁘셨습니까?"

"그대가 관심 가질 만한 일은……."

그는 그렇게 운을 띄웠다가 말을 삼켰다. 그리고 아까와는 조금 다른 서두가 시작되었다.

"아닙니다. 당신도 알면 좋겠지요. 이종족과의 문제로 조금 골치 아픈 일이 생겨서 말입니다."

그러고 보니, 예전에는 아비게일에게 국정 문제를 이야기하지 않았지. 애초에 아비게일이 듣기 싫어하기도 했지만.

뭔가 왕비로 인정받은 듯한 기분이 조금 들어, 괜히 뿌듯했다. 나는 그의 말에 귀를 기울였다.

"이종족과의 문제라면 정확히 어떤 일인가요?"

"요정들과의 문제입니다. 그쪽에서 마도구 가격을 대폭 인상 시켰다고 하더군요."

가격을 인상했다고? 마도구는 원래도 가격이 꽤 비싼 편인데. 베리테도 상당한 가격을 지불했었고. 그 와중에 가격을 더욱 인상 시키겠다니. 대체 얼마나?

그 사이 세이블리안은 말을 이어 갔다.

"왕실에서 필요로 하는 마도구들도 있기에 조금 곤란한 상황입니다. 요정들에게 의지하는 대신, 이 기회에 자급자족을 하자는 의견도 나왔지만…….”

거기까지 말한 뒤, 세이블리안은 블랑슈를 향해 물었다.

“블랑슈, 네 생각은 어떠냐?”

“네? 아, 그게…….”

블랑슈는 입을 다물었다. 갑작스러운 질문에 당황한 기색이었다. 블랑슈는 잠시 눈치를 보다 어물어물 입을 열었다.

“마도구를 전부 만드는 건 어렵지 않을까요……? 마도구를 만들 수 있는 사람이 적을 텐데…….”

“그래. 네 말이 맞다.”

블랑슈의 말대로 인간 중에서 마도구를 만들 수 있는 이는 극소수였다. 대부분의 이종족은 태어날 때부터 마력을 갖고 있다. 반면, 인간에게는 마력의 축복이 허락되지 않았다. 간혹 마력을 가진 사람이 태어나긴 하지만 그 수는 현저히 적었다.

게다가 마력을 갖고 있다 하더라도 그 양이 너무 적어 무용지물인 경우가 대다수. 소수의 인간 마법사는 궁정 마법사로 고용되어 왕가를 위해 헌신할 뿐이다.

“그 대신은 왕족과 고위 귀족만이 마도구를 사용할 수 있도록 제한하자 하더군. 그러면 지금껏 사들인 마도구와 인간 마법사들이 만드는 것으로도 감당할 수 있을 테니.”

“그러면…… 요정과의 거래를 끊게 되는 건가요?”

블랑슈의 질문에 세이블리안은 고개를 저었다.

“당장 관계를 끊는 건 무리다. 인간들에게 그나마 우호적인 종족이 요정뿐이니, 괜히 척을 질 필요는 없지. 하지만 마냥 휘둘릴 수도 없다.”

그는 그렇게 말한 뒤, 문가로 시선을 돌렸다. 어느샌가 비서관이 들어와 있었다. 비서관의 표정이 조금 다급해 보였다.

“5분은 채운 것 같군요.”

그는 그렇게 말한 뒤, 자리에서 일어났다. 이 와중에 5분 룰을 지키고 가다니. 참 세이블리안답다.

“그러면 먼저 실례하겠습니다. 아직 일이 끝나지 않아서.”

“……네, 와 주셔서 감사했어요.”

결국 아무것도 먹지 않았는데, 또다시 일을 하러 가는구나.

건조한 발걸음을 옮기던 그가 뒤를 힐끗 보곤 말했다.

“오늘은 아마 무리일 것 같습니다. 내일, 그대의 침소로 찾아가도록 하죠.”

클라라가 얼굴로 환호성을 지르는 것이 보였다. 세이블리안은 유유히 식당을 빠져나갔다.

아, 아악! 이 비겁한 자식! 분위기를 이따위로 만들어 놓고 자기 혼자 빠져나가?

사람들의 눈빛이 너무 반짝거려, 지금이 한밤중이어도 조명이 필요 없을 정도였다. 블랑슈가 행복한 얼굴로 헤실 웃었다. 나는 눈물을 삼켰다. 오늘따라 소르베가 짜구나…….

“차가 참 좋네요, 블랑슈 공주님, 찻잎을 바꿨나 보군요.”

“아, 네. 그런가 봐요……!”

카린이 우아하게 찻잔을 든 채 미소 지었다. 푸른빛을 띤 찻잔 안에 오렌지색 홍차가 가득 담겨 있었다.

블랑슈의 맞은편에는 카린이 앉아 있었다. 널따란 왕궁의 다실에는 오로지 두 소녀뿐이었다.

오늘은 종종 있는 카린의 방문일이었다. 정확히 말하자면 스토크 공작과 카린의 방문일이었다. 오늘은 일이 바빠 불참했지만, 스토크 공작은 손녀를 본다는 핑계로 티타임을 갖곤 했다.

어른 없이 또래 아이들만 남았으니 편하게 이야기를 해도 좋으련만. 어린 이모와 그보다 더 어린 조카딸은 그저 조용했다.

블랑슈는 긴장한 기색으로 차를 홀짝이고 있었다. 카린은 그런 블랑슈를 힐끗 보다 말했다.

"블랑슈 공주님은 볼 때마다 그 옷을 입고 계시네요?"

카린의 목소리가 제법 새침했다. 블랑슈는 오늘도 슈미즈 드레스를 입고 있었다. 지난번, 건국제 때 입었던 것과는 또 다른 의상이었다.

카린이 슈미즈 드레스를 거론하자, 블랑슈는 그제야 환하게 미소 지었다.

"네, 네! 아비게일 님께서 만들어 주셨어요. 무척 예쁘지요?"

그렇게 들뜬 얼굴로 자랑을 하다가, 문득 카린이 입은 옷에 시선이 닿았다. 그녀는 여전히 로브 아 라 프랑세즈를 입고 있었다. 블랑슈가 말을 덧붙였다.

"혹시 카린 님도 갖고 싶으신 건가요? 그러면……. 아비게일 님께 부탁해 볼게요!"

"……왕비님께요?"

카린의 목소리에는 의심의 기색과 약간의 동경이 담겨 있었다. 미처 숨기지 못한 마음이 저도 모르게 스며 나오고 말았다.

슈미즈 드레스를 입은 영애들을 마주할 때마다 귀족으로서의 자존심은 잊은 거냐고 타박했으나, 내심 부러웠다. 자신만이 옛 시절의 유행에 멈춰 있는 것 같았다.

또한 더위가 한풀 꺾였다고는 하지만 여전히 여름이었다. 더운 숨을 쉴 때마다 코르셋이 폐부를 눌러왔다. 옷을 입은 채 물에 빠진 것처럼, 옷감은 무겁게 자신을 끌어당겼다.

게다가 하필이면 슈미즈 드레스는 카린의 취향이었다. 귀엽고 청순하며 사랑스러운 디자인. 외면하려고 해도 마음이 끌렸다.

하지만…….

"……됐어요. 그런 옷을 입으면 아버님께 혼날 거예요."

슈미즈 드레스가 유행한다는 소식을 듣고, 스토크 공작이 얼마나 한심하게 여겼던가. 여자들이 부끄러운지도 모르고 잠옷 차림으로 돌아다닌다고 목소리를 키워 비난했다.

이런 와중에 슈미즈 드레스를 입는다면? 꾸지람으로 끝날 리가 없었다. 지금 카린이 할 수 있는 건 한껏 자신의 마음을 부정하는 것뿐이었다.

"어차피 그런 옷에 관심도 없고요."

"그런가요……. 카린 님도 입으시면 잘 어울리실 텐데."

"블랑슈 공주님도 그런 옷만 입으시면 큰일 날걸요?"

"네? 큰일이요?"

블랑슈가 고개를 갸웃했다. 카린은 새쭉한 표정으로 말을 이어 갔다.

"그런 편한 옷만 입다 보면 허리 사이즈가 점점 늘어나지 않겠어요? 코르셋이 안 맞으면 어쩌시려고요."

"아……."

작은 탄식이 새어 나왔다. 그저 훼방을 놓으려고 한 말인데, 뜻밖에도 블랑슈가 의기소침해졌다.

그 반응에 카린은 저도 모르게 신이 났다. 그녀는 더욱 기세등등하게 말했다.

"게다가 요즘은 식단관리도 안 하신다면서요? 그러다 뚱보가 되어 버리면 어떡하나요? 저는 너무 걱정돼요."

간드러지는 목소리에는 가식과 거짓이 담뿍 배어 있었다. 블랑슈의 표정이 더욱 어두워졌다. 그 표정을 보자, 카린은 좋은 방법이 떠올랐다.

그녀는 세이블리안과 아비게일의 사이를 갈라놓으려고 했다. 하지만 왕비는 예상대로 호락호락하지 않은 여자였다. 아비게일을 어떻게 상대해야 하나 고민했는데 답은 가까운 곳에 있었다.

아비게일이 아닌 블랑슈를 공략하면 된다. 만약 블랑슈가 아비게일을 미워하게 된다면? 그리고 블랑슈가 나를 좋아하게 된다면?

계획은 세워졌으니 이제 실행에 옮기기만 하면 됐다. 카린은 조심히 블랑슈의 손을 잡았다. 그리고 걱정되어 어쩔 줄 모르겠다는 듯, 울상이 되어 말했다.

"왕비님이 과연 변하셨을까요? 예전부터 블랑슈 공주님이 예뻐서 질투했잖아요."

연기는 제 특기였다. 이간질을 하는 목소리는 그저 상냥했고, 거짓처럼 느껴지지도 않았다.

"일부러 편한 옷을 만들어 주는 건 아닐까요? 마음껏 먹게 해 주는 것도 분명히 블랑슈 님을 돼지로 만들려는 계략이 틀림없어요."

블랑슈는 아무런 말이 없었다. 고개를 숙이고 있어 표정은 보이지 않았다. 카린이 살살 달래듯 말을 이어 갔다.

"왕비님을 너무 믿지 마세요. 분명히 무슨 의도가 있을 거예……."

"아니에요."

블랑슈가 드물게 말허리를 잘랐다. 그리고는 떨구었던 고개를 들어 카린을 보았다.

"아비게일 님은 그런 분이 아니에요."

시선이 마주쳤다. 순간, 카린은 무언가가 자신의 어깨를 꽉 짓누르는 듯한 느낌을 받았다. 어린 공주의 눈동자가 답지 않게 또렷했다. 겁먹은 기색도, 울음도 없었다.

분노조차 없다. 그저 칼 같은 공정함이 느껴질 뿐. 찰나였지만 그 눈빛이 세이블리안과 닮아 있었다. 먼발치에서만 보던 그 단호한 시선을 코앞에서 마주하니, 그녀는 당혹스러웠다.

곧 블랑슈는 시무룩한 표정으로 돌아왔다.

"아비게일 님은 분명…… 예전에는 많이 엄한 분이셨어요. 그러니 카린 님이 오해하시는 것도 어쩔 수 없다고 생각해요."

그리 말한 뒤, 블랑슈는 배시시 웃었다. 방금 전 그 엄한 눈빛은 온데간데없이 그저 다정한 미소였다.

"하지만 이제는 제게도, 다른 사람에게도 다정하게 대해 주려 노력하고 계세요. 그건 분명 거짓이 아니에요."

따뜻한 목소리와 눈빛이었다. 물속에서 숨을 참다가 들이마시는 공기가 달콤한 것처럼, 그 목소리는 무척이나 가슴에 스며들었다.

"그러니까 아비게일 님을 좀 더 믿어 주셨으면 좋겠어요. 분명 카린 님도 아비게일 님을 좋아하게 될 거예요."

내가 아비게일을 좋아하게 될 거라고?

그 말을 듣자 카린은 문득 건국제 때를 떠올렸다. 자신을 따로 불러내어, 이에 캐비어가 끼어 있다고 알려 주었을 때. 그때 수치스럽고 창피했지만 한편으로는 의아했다.

왜 굳이 사람들이 없는 곳에서 그 이야기를 했을까?

그건 아비게일의 선의였을까? 아니, 그럴 리가 없다. 분명히 자신을 비웃고 있었을 것이다. 그 사람은 마녀고, 악녀다. 자신의 적이다. 아버지가 분명히 그렇게 말했다. 아버지가 틀릴 리 없다.

카린은 한참이나 말이 없었다. 그 반응에 블랑슈는 난처한 기색이 되었다.

“저, 저어……. 카린 님? 혹시 기분 상하셨나요……?”

“아니에요. 그럴 리가요.”

카린이 서서히 고개를 들었다. 뜻밖에도 그녀의 표정은 한결 부드러워져 있었다. 반성의 기색도 희미하게 어린 채였다.

“공주님께서 그렇게까지 말씀하신다면……. 제가 왕비님에 대해 오해를 한 것 같아요.”

“카린 님……!”

블랑슈는 짐짓 감격한 기색이었다. 어린 공녀의 나긋한 목소리가 들려왔다.

“저도 왕비님과 이야기를 나눠 보고 싶어요. 괜찮으시다면 왕비님과 티타임을 갖고 싶은데, 가능할까요?”

“네, 네! 제가 한번 아비게일 님께 여쭤볼게요!”

바보 같은 블랑슈. 순진하게 웃는 블랑슈를 보고 카린은 속으로 비웃음을 삼켰다. 왕비에 대한 적대감이 말 한두 마디에 사라질 리 없지 않은가. 티파티를 요청한 건, 그저 그녀를 무너트리기 위해서였다.

사교계에서 다들 아비게일을 칭송하는 것이 꼴 보기 싫었다. 그녀는 아비게일의 명성을 짓누르기 위해, 새로운 드레스를 준비하고 있는 중이었다. 그녀가 만든 것보다 훨씬 우아하고 아름다운 드레스를 계획하고 있었다.

자신의 새로운 드레스를 선보이는 자리에 아비게일을 초대한다면. 그녀의 얼굴이 일그러지는 것을 목전에서 볼 수 있다면.

왕비가 질투와 시기심에 어쩔 줄 몰라 하는 장면을 상상하니 절로 미소가 지어졌다.

"다과회가 무척 기대되네요."

카린은 그렇게 말하며 웃었다. 붉은 입꼬리가 뱀처럼 올라갔다.

"베리테, 베리테! 빅뉴스야, 빅뉴스!"

나는 거울방의 문을 벌컥 열며 들어섰다. 베리테가 의자에 앉아 책을 읽고 있는 모습이 비쳤다.

"맞춰 봐, 맞춰 봐. 무슨 일이게?"

"블랑슈가 영애들을 불러서 다과회 하자고 한 거?"

베리테는 대수롭지 않다는 듯이 말했다. 시선은 책에, 다리는 고고하게 꼰 채였다.

"뭐야……. 알고 있었어?"

"어. 너랑 블랑슈랑 응접실에서 차 마시고 있을 때 들었어."

탁 소리를 내며 책이 덮였다. 베리테는 그제야 내 쪽을 바라보았지만 여전히 심드렁한 눈치였다.

으, 이 녀석이 정보통이라는 걸 깜빡 잊고 있었다. 잔뜩 자랑하려고 했는데, 단번에 답을 맞혀버리다니…….

나는 의자에 털썩 주저앉았다. 좀 아쉽기는 하지만 그래도 자랑을 빼먹을 수는 없지!

"맞아. 이번에 영애들이랑 다과회하기로 했어. 이게 다 우리 블랑슈가 힘써준 덕분이지!"

블랑슈와 카린이 만난 다음 날. 블랑슈가 나를 찾아와 다과회를 열어도 괜찮겠냐고 물었다. 다른 귀족 영애들도 잔뜩 불러서 말이다. 나야말로 대환영이었다. 지난 건국제 때, 영애들과 이야기를 제대로 나누지 못한 게 퍽 아쉬웠는데. 조금 걸리는 게 있다면…….

"카린도 다과회에 초대했다며?"

"응. 나랑 차 마시고 싶다고 블랑슈한테 말했대."

바로 카린이었다. 분명 날 좋아하지 않을 텐데, 다과회를 열고 싶다고 하다니.

"수상하다, 수상해. 수상한 냄새가 풀풀 풍겨."

베리테가 실제로 악취라도 맡은 듯 얼굴을 찌푸렸다. 나 역시 카린이 꿍꿍이를 품고 있는 것 같았다. 그렇지만 거절을 하기도 애매했다. 다과회 자체가 무산될 가능성이 있고, 블랑슈도 서운해할 테니까.

"카린이 뭔가를 또 할까? 옷자락을 밟는 정도면 괜찮은데……."

"뭔가 하겠지. 그래도 불러."

"왜?"

"어차피 걔 무슨 짓을 저지를 텐데, 그럴 거면 내 눈 닿는 곳에서 하는 게 나을 테니까."

베리테는 그렇게 말하면서 씨익 웃었다. 미, 믿음직스러워……! 베리테의 말대로 무슨 짓을 꾸민다면 차라리 궁 내에서 하는 게 낫다. 바깥까지는 베리테가 못 보니까.

"좋아. 그러면 난 마음 놓고 다과회 준비해야지. 하아, 드디어 나한테도 친구가 생기는구나."

친구라. 친구가 이렇게 달콤한 말이었던가.

다른 영애들 보면 다 같이 피크닉도 가고, 쇼핑도 함께 가고, 뱃놀이도 가던데. 친해지면 나도 그렇게 함께 어울릴 수 있겠지? 왕비니까 좀 힘들려나? 그래도 기대된다.

마음이 들떠 나도 모르게 자꾸 입꼬리가 움찔움찔 올라가려 했다. 그러다 문득 베리테와 눈이 마주쳤다. 베리테는 뚱한 표정으로 나를 바라보고 있었다. 왜 저러지? 내 웃는 표정이 또 살벌했던 건가.

"부족해?"

"응? 뭐가?"

뜬금없이 뭐가 부족하다는 거지? 베리테는 여전히 부루퉁한 어조로 말했다.

"친구. 나로는 부족하냐고."

베리테가 입술을 삐죽 내밀었다. 그의 미간이 퉁명스럽게 구겨져 있었다. 이건, 설마…… 삐진 건가?

확실하다. 삐졌어! 입술이 댓 발 나온 거 보니 확실하게, 그것도 아주 심각하게 삐졌어.

갑작스러운 삐짐에 나는 당황했다. 물론 이 거울이 잘 삐진다는 건 알고 있었지만……. 이런 일로 삐지다니?

"언제는 내가 제일이고 제일 의지하는 친구라고 해 놓고서는……."

베리테의 목소리에는 서운함과 슬픔이 묻어나 있었다. 화를 내거나 토라지는 건 종종 봐도 이렇게 낙심하는 것은 처음이었다.

"아, 물론 제일 친한 건 너지! 그래도 다른 영애들이랑 교류하는 것도 중요하잖아. 안 그래?"

나는 허둥지둥 베리테를 달랬다. 그러나 베리테의 어깨는 더욱 처량하게 처질 뿐이었다.

"내 친구는 너밖에 없는데……."

그 말을 듣자, 누군가가 망치로 머리를 때린 것 같은 충격이 느껴졌다. 죄책감과 함께.

베리테는 나의 마도구, 나만의 마도구다. 가끔 이 방에 청소를 하는 하녀가 들어올 뿐, 나 외의 사람은 들어오지 않는다. 대화를 나누는 사람은 오로지 나뿐이다. 거의 매일 같이 대화를 하지만, 길어 봐야 몇 시간이 채 되지 않는다.

나머지 시간 동안 베리테는 거울 속에서 혼자 지내고 있다. 궁에 있는 거울들이 그의 눈이 되어 준다 하여도 고독할 것이다.

나는 그제야 미안한 마음이 들었다. 영애들이랑 친구가 될 기회가 생겼다는 사실에 그저 기뻐하기만 바빴지…….

시무룩해진 베리테의 어깨를 토닥여주고 싶었지만, 내 손은 거울 속까지 닿지 않았다. 나는 거울 유리 위에 손을 올렸다. 투명한 벽이 우리 사이를 막고 있는 것 같았다.

"베리테."

"……."

"베리테, 미안해. 나보다 네가 더 외로웠을 텐데."

베리테는 시선을 사선으로 내리깔고 있었다. 나는 전전긍긍하며 그를 달랬다.

"다과회 가지 말까?"

"아냐. 다과회 가야지. 사교계에서 도태되면 여러모로 손해니까."

목소리가 비 맞은 것처럼 축 처져 있었다. 빈말 같지가 않아서 더 울적하게 느껴졌다.

"베리테. 난 그런 것보다 친구인 네가 더 소중해."

새 친구 사귀겠다고 옛 친구를 버릴 수는 없는 노릇이다. 베리테는 슬그머니 고개를 들었다.

"……진짜 내가 더 소중해?"

"응. 물론이지."

그제야 베리테가 배시시 웃었다. 어휴, 어휴. 이럴 때 보면 영락없는 애라니까.

"여자 사람 친구들이 생겨도 나 잊으면 안 된다?"

"응. 약속할게!"

손가락을 걸고 싶었지만, 그는 몸뚱이가 없었다. 다행히 베리테는 기운을 차린 것 같았다. 그가 팔짱을 낀 채 턱을 꼿꼿이 세웠다.

"뭐, 다른 친구가 생겨도 나만큼 유능한 친구는 없겠지."

"맞아, 맞아. 베리테가 최고지!"

나는 온 힘을 다해 아양을 떨었다. 이쯤 되니 누가 주인인지 구분이 안 되네.

그나저나, 친구라……. 베리테의 고독을 한 번 자각하니, 이제 모른 척할 수가 없었다. 하루 종일 거울 속에서 심심할 텐데. 다른 말

상대라도 있으면 좀 낫지 않으려나.

나는 넌지시 베리테에게 물어봤다.

"그나저나 혼자서 많이 심심하지? 시녀들한테 널 소개해 줄까? 클라라나 노마라든지. 아니면 문관들과 이야기를 나누는 건 어때?"

"지난번에도 말했지만, 나에 대해서는 가급적 숨기는 편이 좋아. 여러모로 위험해질 수도 있으니까."

이건 예전부터 베리테와 나 사이에 합의된 일이었다. 베리테가 가진 능력에 대해 주위에 알리지 말 것.

베리테의 능력은 유용하고, 강력하다. 내 적들이 안다면 가장 먼저 제거하고 싶을 것이 바로 베리테겠지. 보통 다른 거울 마도구들은 대화를 하는 기능밖에 없다고 한다. 때문에 주위 사람들은 베리테가 단순한 말 상대인 걸로 알고 있었다.

믿을 만한 사람에게는 알려도 괜찮지 않을까 싶기도 하지만……. 믿을 만한 사람으로 누가 있을까. 막 떠오르는 사람은 블랑슈 정도였다. 세이블리안은 아직 잘 모르겠고.

실리주의자인 세이블리안이라면 내 베리테를 탐내서 가져갈지도 모른다. 흥, 그건 어림도 없지.

"나중에 블랑슈한테 네 이야기 해도 돼?"

"블랑슈……?"

그는 고개를 갸웃했다. 그리고 잠시 고민하더니 도리질을 했다.

"아니. 괜찮아. 네가 너무 많이 보여 줘서 딱히 더 보고 싶지는 않다."

아니, 이 자식이 배부른 소리를 하고 있어? 실물로 영접할 기회를 준대도 싫다고 그러네. 나중에 후회하게 될 거다.

거울을 이글이글한 눈으로 노려보고 있는데, 베리테가 무슨 소리라도 들은 듯 문 쪽을 바라보았다.

“그나저나 누구 온 것 같은데? 세이블리안 같다.”

아니, 이 야밤에? 오늘 온다는 말이 정녕 사실이었단 말인가…….
돌려보내고 싶지만 내게 선택지는 없었다.

“세이블리안이랑 친한 아비게일, 파이팅!”

베리테가 놀리듯이 나를 응원했다.

아! 저걸 진짜 어떻게 할 수도 없고! 나는 이를 갈며 침실로 돌아왔다. 어느새 세이블리안이 안으로 들어와 있었다. 그가 문가에 서서 나를 응시했다.

“제가 휴식을 방해한 건 아닌지 모르겠군요.”

“……아뇨. 괜찮습니다. 앉으세요, 전하.”

나는 그렇게 말하며 평소에 앉던 소파로 다가갔다. 세이블리안도 제자리인 듯, 내 옆에 자연스럽게 앉았다.

자, 얼른 손잡고 30분 뒤에 자러 가라. 나는 그가 손을 내밀길 기다렸다. 하지만 평소와 달리, 그는 손을 내밀지 않았다. 뭐지? 이제 손잡기는 졸업하려고 그러나?

세이블리안은 나를 빤히 바라보기만 할 뿐, 미동도 하지 않았다. 곧 그의 입술이 느릿하게 벌어졌다.

“지금 입고 있는 옷도 당신께서 디자인하신 것입니까?”

그는 자신과 어울리지 않는 질문을 불쑥 꺼냈다. 세이블리안은 원래 옷에 관심이 없지 않았나?

“네. 제가 고안했어요.”

“요즘 블랑슈가 입고 다니는 의상도 그대가 디자인했다고 들었습니다. 슈미즈 드레스라던가.”

오오, 블랑슈에게 슬슬 관심이 생기는 모양이었다. 조금 기분이 좋아져, 나도 모르게 목소리가 높아졌다.

"네. 그것도 제가 디자인한 거예요. 블랑슈 공주가 입으니 참 예쁘죠?"

"예. 예쁩니다."

후후, 이 녀석. 이제 블랑슈가 예쁜 걸 인정하는구만. 뿌듯함에 어깨가 으쓱해졌다.

"블랑슈도, 당신도 참 신기하군요. 피 한 방울 섞이지 않았는데, 혈연보다 애틋하니."

그는 자못 신기하다는 듯이 나를 바라보았다. 그의 입에서 흘러나온 '혈연'이라는 단어가 왠지 조금 슬프게 들렸다.

"이번에는 다과회도 함께 한다고 들었습니다만."

"네. 블랑슈 공주가 권유해 줘서 이번에 다과회를 열게 됐어요."

"괜찮겠습니까? 이곳에서 다과회를 열어 본 적이 없으실 텐데……."

세심한 배려에 나도 모르게 눈이 커졌다. 어떻게 알았지? 아비게일에게는 전혀 관심이 없는 줄 알았는데?

"어떻게 아셨어요?"

"어쩐지 그럴 것 같았습니다. 그대에게는 친우가 없잖습니까."

날카로운 팩트 폭력이 명치를 찔렀다. 이, 이 비겁한 자식! 너도 친구 없잖아. 친구 없는 사람끼리 이러기야?

"저도 친우 있습니다."

나는 발끈해서 말했다. 세이블리안이 호기심 어린 눈으로 나를 응시했다.

"정말입니까? 들은 적이 없는데……. 누구입니까?"

"비밀이에요. 아무튼 저도 있으니까요, 친우! 엄청 친한 친우!"

흥, 넌 절친 없지? 난 있다! 거울이지만. 내가 절친이 있다는 소리에 그는 입술을 꾹 깨물었다.

자존심이 상한 모양이로군. 나는 조금 뿌듯해졌다. 세이블리안이 말없이 제 손만 만지작거렸다.

“나중에 누구인지, 꼭 소개받고 싶군요.”

“네, 뭐. 기회가 되면요.”

“어쨌든, 파티 준비에 어려움이 있으시다면 말씀하십시오. 그리고 별일은 없겠지만…….”

그는 살짝 눈썹을 찌푸렸다.

“카린 영애도 온다고 하니 조금 걱정이군요. 스토크 가문에서 무슨 짓을 할지.”

차분한 목소리 너머로 모멸과 경계심, 그리고 우려가 느껴졌다. 그는 건조하게 말을 이어 갔다.

“다과회 동안 경비를 늘려 두겠습니다. 그 외로 더 필요하신 게 있으십니까?”

“아직은 없어요.”

“생각나면 말씀해 주십시오. 그럼 이만 실례하겠습니다.”

그는 그렇게 말하곤 자리에서 일어났다. 어? 어? 그냥 그렇게 가게?

“저, 전하. 잠깐만요!”

나는 다급히 그를 불러세웠다. 내 목소리가 들리자, 그는 가만히 나를 돌아보았다.

“왜 그러십니까?”

“그, 그게…….”

그가 평소보다 짧게 머물러, 나는 당황하고 있었다. 손도 잡지 않았고…….

왜 오늘은 손을 안 잡고 그냥 가지? 무슨 일이지? 아니, 졸업할 때도 되긴 했지만…….

막상 안 잡고 그냥 보내려니 섭섭하고 공허했다. 이렇게 그를 멈춰 세운 것이 좀 쑥스러웠다. 내가 너무 구질구질한가?

괜찮아! 난 원래 구질구질한 사람이야!

"오늘은 손 안 잡으세요?"

나는 직설적으로 물어보았다. 이렇게 보내면 괜히 밤새도록 궁금할 거야.

그 질문에 세이블리안은 자리에 우뚝 멈춰 섰다. 그리고는 가만히 내 얼굴을 살피는데, 그 모습이 왠지 소년 같았다.

"……잡아도 됩니까?"

혹여라도 제 목소리에 무언가가 깨지기라도 할 것처럼 조심스러운 물음이었다. 그가 음성을 더욱 낮췄다.

"식당에서 발을 밟으시기에, 제가 손을 잡는 게 싫으신 건가 했습니다."

아, 여태 그걸 신경 쓰고 있었던 거야? 당시에는 태연해 보였는데. 참 알다가도 모를 사람이다.

그리고 나도 나 자신을 모르겠다. 그 대답에, 왜 이렇게 안도하고 있는 건지.

"손을 잡는 게 싫은 게 아니라……."

나는 쑥스러움에 괜히 머리를 매만졌다.

"다른 사람들이 다 있는 앞에서 밤에 오겠다고 말하는 게 싫었을 뿐이에요."

"……그랬군요."

그의 뻣뻣했던 목소리가 이완되었다. 세이블리안은 슬그머니 자리에 앉았다.

"일부러 말한 거였습니다만, 싫으시다면 앞으로는 안 하겠습니다."

"……저를 놀리신 건가요?"

"친밀한 시늉을 하는 게 저희의 불화설을 잠재우기에 좋다고 생각해서 말한 거였습니다."

아, 그런 거였어? 난 또 약 올리는 줄 알았지. 납득하고 있던 중, 세이블리안이 나를 물끄러미 바라보다 입을 열었다.

"당신의 표정을 보는 것도 재밌었고요."

놀리든지 달래든지 하나만 하라고! 세이블리안을 매섭게 노려보았지만, 그는 오히려 능청스럽게 내게 손을 내밀었다.

"손을 잡아 주시겠습니까?"

"……네."

나는 무심하게 그의 손을 잡았다. 세이블리안은 왠지 모르게 만족한 얼굴이었다. 그 모습을 보니 감개무량한 한편, 의문이 들기도 했다. 내 손을 잡고 벌벌 떨던 그가 이제는 아무렇지도 않게 손을 내민다. 그것은 충분히 고무적이며 축하할 만한 일이지만…….

"전하. 여쭤볼 것이 있어요."

"말씀하십시오."

"굳이 매일 연습을 하셔야 할까요? 이제 여성과 손잡는 건 괜찮아지신 거잖아요."

그 질문에 세이블리안은 천천히 고개를 들었다. 그의 눈동자는 낮보다 밤에 볼 때 더욱 선명하고 아름다운 것 같았다.

"괜찮지 않습니다."

"네?"

"당신과 손을 잡는 게 괜찮아진 거지, 다른 여성과는 여전히 무리입니다. 상상만으로도 거부감이 듭니다."

그는 그렇게 말하고는 내 손을 강하게 쥐었다.

"당신이 특별한 겁니다."

특별, 특별하다니. 왠지 모르게 가슴이 뛰는 말이었다. 특별하다는 게, 이렇게 훈장처럼 느껴지는 말이었던가.

그는 나한테만 익숙해진 거였구나. 이걸 좋다고 해야 할지 말아야 할지…….

그래도 가급적이면 일상생활에는 지장이 없는 편이 좋겠지. 나는 잠시 고민하다 입을 열었다.

"그러면 저 말고 다른 여성과도 손잡는 연습을 하는 건 어떨까요?"

"제가 다른 여성과 손잡길 바라십니까?"

그는 내 눈을 들여다보며 말했다. 아, 왠지 고개를 돌릴 수가 없었다. 어둠 속에서 오로지 그의 얼굴만이 보였다.

"아니, 딱히 그렇다기보다는……."

나는 당황해서 말을 더듬었다. 그는 이 세상에 나만 있는 것처럼, 내게서 시선을 떼지 않은 채 말을 이어 갔다.

"어차피 다른 여자랑 손잡을 일 없으니, 다른 여자와 연습할 필요를 못 느끼겠습니다만."

"아니, 그래도 다른 여자랑 춤출 일도 있을 거고……."

"없습니다. 그런 일."

오늘 저녁 메뉴가 단호박이었나. 왜 이렇게 단호해? 이렇게까지 말하니 뭐라 할 말이 없다.

"아니, 그래도…… 국정도 바쁘신데 매일 밤 찾아오실 필요가 있을까요……."

그 말을 꺼낸 순간, 세이블리안의 표정이 변했다. 그 놀란 듯한 표정에 나도 마법에서 깨어났다.

세이블리안의 눈동자에는 마력이 담긴 게 아닐까? 하지만 지금 그 눈동자에는 마력이 아닌 놀람이 비치고 있을 뿐이었다.

내가 못할 말을 했나? 왜 저렇게 놀란 거지? 그는 잠시 주저하다가 입을 열었다.

"그 말씀은……."

응. 내 말은?

"합방을 하자는 말씀이십니까?"

아니, 이건 또 무슨 창의적인 해석이야!

나는 의자에서 펄쩍 뛰어오를 뻔했다. 아니 매일 밤에 찾아오지 말라는 걸, 어떻게 합방하자고 해석하냐!

그 와중에 세이블리안의 표정이 너무도 심각해서 덜컥 겁이 났다. 혹시 내가 음란마귀처럼 그를 노리고 있다고 받아들인 건 아닐까?

"저어어얼대 아니에요!"

나는 그의 오해를 막기 위해 황급히 말을 덧붙였다. 이대로 가다간 세이블리안과의 사이가 또 틀어질 것 같다.

"예전에도 말씀드렸지만, 저는 전하에게 연애 감정이나 음흉한 마음은 조금도! 손톱만큼도! 설탕 알갱이만큼도 없어요. 그러니 걱정하지 마세요!"

나는 손짓 발짓을 해가며 나의 무해함을 어필했다. 하지만 어필을 하면 할수록 세이블리안의 표정은 어두워져 갔다.

제기랄. 안 먹히나? 나 음란마귀처럼 보여? 나는 온 마음을 담아 진심 어린 목소리로 말했다.

"예전에 전하께서 그러셨잖아요. 가까이 오지 말고, 죽은 듯이 지내라고. 합방할 생각은 조금도 없어요. 저도 혼자 자는 게 좋아요. 안심하세요!"

나는 엄지를 척 치켜들었다.

"저만 믿으세요! 저 전하 안 좋아하니까요!"

나 믿지? 믿어 주라, 세이블리안. 너한테 손가락 하나도 안 댈게. 그러니까 나 무서워하지 마라, 응? 나는 그런 간절한 기원을 담아 그를 바라보았다.

세이블리안은 그저 멍한 얼굴이 되어 있었다. 아까와는 좀 다른 종류의 충격을 받은 것 같았다. 어째서인지 좀…… 얻어맞아 넝마가 된 사람처럼 보인다.

"저에게 마음이 설탕 알갱이만큼도……."

"네! 없어요!"

세이블리안은 고개를 툭 떨구었다. 이제야 내 진심을 이해해 준 모양이다. 휴, 다행이야. 큰일 날 뻔했어.

그는 자신이 착각을 한 게 부끄러운 모양인지, 고개를 들지 못하고 있었다.

짜식, 괜찮아! 그럴 수 있어. 누나는 다 이해한다. 마음 같아서는 등이라도 두드려주고 싶은 걸 간신히 참았다. 그러다 문득 벽에 건 시계가 눈에 들어왔다.

"이제 곧 자정이네요."

곧 날짜가 바뀌기 직전이었다. 그 말을 들은 뒤에야, 세이블리안이 자리에서 일어났다.

"……그럼 실례하겠습니다. 푹 쉬십시오."

그는 비틀거리며 방을 떠나갔다. 사람이 꽤나 초췌해 보였다. 음. 많이 창피했나 보다…….

그래도 다행히 오해는 막았다. 큰일 날 뻔했네. 나는 안도의 한숨을 내쉬며 침대에 벌러덩 누웠다.

그나저나 다과회가 걱정이다. 준비야 시녀 애들이 도와줄 테니 잘 끝나겠지만……. 그래도 가급적이면 사람들과 친해지고 싶다. 어떻게 하면 좋으려나.

나는 잠시 고민하다가 벌떡 몸을 일으켰다. 내 작업실로 사용하는 작은 방으로 들어갔다. 랜턴을 켜자 디자인화 몇 장과 종이들이 보였다. 좋아. 이렇게 된 거, 내가 제일 잘하는 분야로 승부를 보자. 블랑슈의 새 옷을 만들어 주고, 그리고…….

나는 연필을 집어 들었다. 사각사각, 흑연이 닳는 소리가 울려 퍼졌다.

여름의 끝을 알리는 듯, 매미 소리가 드문드문 들려오고 있었다. 세이블리안은 창 너머를 바라보고 있었다. 아비게일이 거처하는 서관이었다.

평소에도 근위병들이 궁을 지키고 있었으나, 오늘은 입구가 아닌 외진 곳에도 병사들이 세워져 있었다. 경비병을 바라보고 있던 세이블리안의 시선이 옆으로 돌아갔다. 어린 영애 둘이 궁궐로 들어가는 것이 보였다.

“아직까지 아비게일 쪽에서 별문제는 없는가?”

“예. 아무 소식도 없습니다.”

밀러드의 대답에도 세이블리안의 표정은 그저 적막했다. 그는 평소처럼 무감해 보였으나 밀러드는 그가 초조해한다는 것을 눈치챘다.

카린 영애가 다과회를 요청했다고 했을 때, 세이블리안은 골치 아프다는 생각을 먼저 했다. 그 공녀가 순진한 마음으로 다과회를 참석하지는 않았을 것이다. 어리다 할지라도 스토크의 피가 흐르니까.

“경비를 더 늘려야 했나.”

그는 그렇게 중얼거렸다. 고작 다과회일 뿐인데, 마치 종전 협상을 하는 자리처럼 경비가 삼엄했음에도 불구하고 그는 만족하지 못했다.

밀러드는 가만히 세이블리안의 안색을 살폈다. 그리고는 슬그머니 말을 붙였다.

“전하께서 매일 왕비님의 침소에 들리신다 하더군요.”

그 말에 세이블리안은 그제야 고개를 틀었다. 밀러드가 담담히 말을 이어 나갔다.

“이제 후사를 만들 마음이 드신 겁니까?”

또 후사 타령인가. 세이블리안은 불쾌한 감정이 들었으나 내색하지는 않았다. 그는 태연한 어조로 말했다.

“그렇다.”

굳이 아비게일과 자신 사이의 이야기를 구구절절 늘어놓을 필요는 없다. 오해를 한다면 그것 나름대로 이득이 있으니까.

후사를 만들어라, 후비를 들이라며 들들 볶아대던 대신들도 요즘은 다소 조용해졌다. 이대로 아비게일과 친밀한 척을 하는 것도 나쁘지 않을 듯했다.

"그러면 왕비님과 합방을 하시는 쪽이 낫지 않겠습니까?"

합방. 그 단어를 듣자, 세이블리안은 가슴에 쇠뇌라도 맞은 사람처럼 굳어 버렸다.

지난번, 합방이라는 말을 꺼냈을 때. 모함이라도 받은 사람처럼 아비게일은 당혹스러워했다. 그녀는 온 힘을 다해 부정하고, 거부했다. 아비게일의 한마디 한마디가 뜨겁게 달구어진 불화살 같았다.

그 화살은 세이블리안의 심장에 푹푹 박혔다. 피할 틈도 없이 연사가 날아왔다. 결국 표적은 잿더미가 되어 너덜너덜해졌다. 그녀가 그렇게까지…… 자신을 싫어할 줄은 몰랐다. 아니, 자신이 했던 말을 떠올리면 당연한 것이었다.

그녀에게 사랑을 줄 수 없다고, 내 몸에 손도 대지 말라고, 죽은 듯이 지내라고 말한 것은 다름 아닌 자신이지 않았던가. 지금 생각해 보면 그저 회한뿐이었다. 왜 그리 모난 말을 했을까. 조금 더 유하게 말했다면, 지금쯤 합방을…….

쾅!

"저, 전하?"

세이블리안은 저도 모르게 벽에 머리를 박았다. 아니, 대체 무슨 헛생각을 하고 있는 건가. 이러면 마치 자신이 합방을 원하는 것 같지 않은가. 말도 안 되는 일이다.

"괜찮으십니까, 전하?"

"괜찮다. 잠시 머리를 식히고 싶었을 뿐이야."

세이블리안은 짐짓 침착한 척했다. 하지만 얼굴은 핏기가 가라앉아 희끗했다.

밀러드는 뭐라 더 말도 하지 못하고 잠시 눈치를 살폈다. 약간의 침묵이 흐른 뒤에야 그는 입을 열었다.

"좀…… 놀랐습니다."

"무엇이?"

"전하께서 조금씩 변해 가는 것이 말입니다."

그 말에 세이블리안은 미간을 찌푸렸다. 마치 이해가 안 된다는 듯.

"내가 변했다고?"

"예. 느끼지 못하고 계십니까?"

밀러드가 가장 큰 변화를 느낀 것은 그들이 식사를 함께할 때였다. 아비게일이 제안한 식사 자리에 처음 참여했을 때, 세이블리안의 표정은 마치 국정 회의에 참석하는 사람 같았다. 시선은 정면을 향한 채 질문에만 답을 할 뿐 먼저 말을 거는 일은 없었다.

그러던 그가 어느 순간부터 아비게일을, 그리고 블랑슈를 바라보기 시작했다. 오늘 다과회만 하더라도 그렇다. 평소 같으면 아비게일의 일이니 그녀가 알아서 할 것이라며 관심을 끊을 사람이건만.

아비게일을 향한 눈빛에 애욕이나 연정은 없었으나, 예전과는 다르게 훈기가 도는 것을. 정작 당사자인 세이블리안은 모르고 있었다. 지금만 해도 그러지 않는가. 저토록 초조해져서, 합방 소리를 듣고 머리를 박는다. 일평생 본 적이 없는 모습이다.

그러나 세이블리안의 표정이 험악했기에 그는 말을 삼켰다. 아무리 증거를 들이밀어도 그는 부정할 것이 뻔했다.

"전하, 들어가도 괜찮겠습니까?"

그 사이 문밖에서 시종의 목소리가 들렸다. 그 목소리에 세이블리안의 표정이 가까스로 누그러졌다.

"들어오게."

허락이 떨어지자 시종이 방 안으로 들어왔다. 그는 세로로 길쭉한 상자를 들고 있었다.

"그게 대체 뭐지?"

"왕비님께서 보내신 물건입니다."

아비게일의 이름이 거론되자, 그의 얼굴이 확 밝아졌다. 마치 죽어 가던 사람의 입에 생명수라도 흘려 넣은 것 같았다.

"이리 주게."

세이블리안은 자리에서 일어나 직접 상자를 받았다. 보통이라면 놓고 나가라고 했을 터였다. 그는 주저하지 않고 상자를 풀어보았다. 그리고 이내 그의 얼굴에 놀란 빛이 스쳐 지나갔다.

응접실 테이블 위에서 달콤한 향기가 물씬 흘러넘치고 있었다. 정원에 가득 핀 꽃처럼 알록달록한 마카롱, 버터를 듬뿍 넣은 휘낭시에, 눈처럼 흰 설탕 가루를 뿌린 슈크림…….

시녀들이 정성껏 타준 홍차에서도 감미로운 향이 감돌고 있었다. 심혈을 기울여 준비한 만큼 테이블은 완벽했다.

"어머, 오늘 블랑슈 공주님이 입으신 옷 정말 예뻐요!"

"가, 감사합니다……!"

영애들에게 둘러싸인 블랑슈는 하늘색 모슬린Muslin(가볍고 얇은 무명)

드레스를 입고 있었다. 슈미즈 드레스를 기본으로 하여, 소매를 늘리고 프릴 레이스를 단 상태였다.

"이렇게 바꾸신 것도 너무 귀엽네요. 저도 다음에는 이런 옷을 입어보고 싶어요."

"역시 왕비님의 안목은 출중하시다니까요."

영애들은 모두 슈미즈 드레스를 입은 채였다. 칭찬을 들었으니 아비게일로서는 뿌듯할 법도 한데, 그녀는 그저 어색해 보였다.

"칭찬 고맙군요. 그나저나 영애, 귀걸이가 참 잘 어울리네요. 요즘 사교계에는 뭐가 유행하고 있나요?"

"그야 물론 왕비님께서 고안하신 슈미즈 드레스죠!"

"맞아요. 정말 천재적이신 것 같아요. 어쩜 그렇게 아름다운 옷을 만드실 수 있나요?"

영애들은 기다렸다는 듯이 아부를 쏟아냈다. 아비게일은 격한 반응에 속으로 한숨을 내쉬었다.

방금 전부터 아비게일이 말을 꺼내기만 하면 영애들은 노골적으로 그녀의 비위를 맞추기 바빴다. 그런 모습을 보니 아비게일은 영애들이 안쓰럽고 불편했다. 아부를 듣고 싶은 게 아니라, 편하게 수다를 떨고 싶었을 뿐인데.

어색한 분위기가 감돌던 중. 누군가가 방 안으로 들어왔다. 금발이 사랑스러운 소녀, 카린이었다. 그녀는 방긋 미소 지었다.

"제가 좀 늦었죠?"

아비게일을 포함한 영애들의 눈이 휘둥그레졌다. 카린의 복장 때문이었다. 카린은 영애들이 전에 본 적 없는 의상을 입고 있었다.

"어머 카린 님……. 그 옷은 처음 보는 옷이네요."

모두의 얼굴에 놀라움이 스쳐 지나갔다. 카린은 승리감을 느끼며 만족스럽게 미소 지었다.

"네. 이 옷도 파니에나 코르셋을 쓰지 않은 드레스예요. 하지만 잠옷 같지도 않고, 품격 있고 우아하죠."

카린이 입은 것은 발목까지 내려오는 긴 드레스였다. 그 드레스는 세로로 이등분이 되어 있었는데 양쪽이 서로 다른 원단이었다.

왼쪽은 흰색, 오른쪽은 초록색이었다. 그 드레스에는 프릴이나 리본 등의 장식이 없었으나 팔꿈치 부분에 긴 티핏Tippet(가늘고 길게 늘어트린 천)을 달아 놓았다.

그리고 그 무엇보다 가장 눈에 띄는 것은 원단에 크게 새겨진 문양이었다. 검을 둘러싸고 있는 뱀의 문양. 그것은 분명 스토크 가문의 문양이었다. 일견 수수한 옷임에도 불구하고 위압감이 느껴지는 건 스토크 가문의 위세 때문이었다.

이 옷은 과거에 유행한 디자인이라 들었다. 디자이너들이 완전히 새로운 드레스를 고안해내지 못한 건 아쉬웠지만, 다른 영애들이 동요하는 것을 보고 카린은 만족스러워했다. 아비게일 역시 놀라고 자존심이 상했으리라.

지금 어떤 표정을 짓고 있을까? 놀라워할까? 아니면 자존심을 상해할까? 어느 쪽이든 잔뜩 일그러져 있겠지.

카린은 아비게일의 표정을 즐겁게 상상하며 시선을 틀었다. 그러나 카린의 미소는 곧 사라져 버렸다.

아비게일에게서 그 어떤 부정적인 감정도 느껴지지 않았다. 마치 새로운 보석을 발견한 사람처럼 눈을 반짝이고 있을 뿐.

"이거 미 파르티Mi-parti로군요!"

아비게일의 목소리에 생기가 흘러넘치고 있었다. 예상치 못한 반응, 그리고 아비게일이 이 드레스를 알고 있다는 사실에 카린은 크게 동요했다.

"……이 드레스를 알고 계세요?"

"알고는 있지만 직접 보는 건 처음이에요! 이런 느낌의 옷이로군요. 아주 잘 어울려요!"

그녀의 칭찬에는 비아냥의 기색이 없었다. 일부러 태연한 척하는 것 같지도 않았다.

"좀 더 가까이서 봐도 될까요?"

"그, 그러시죠."

아비게일은 허락이 떨어지자마자 냉큼 카린에게 다가왔다. 왕비가 갑자기 제 영역 안으로 들어서자 카린은 흠칫 놀랐다.

그런 카린과 달리, 아비게일은 그저 흥미롭다는 표정이었다. 그녀는 드레스 이곳저곳을 살피며 흥미롭다는 듯 감탄사를 흘렸다.

"호오, 아일릿은 이렇게 처리를 했구나. 여기에는 이런 장식을 더 하면……."

아비게일의 시선이 너무 올곧고 때 묻지 않아, 카린은 어안이 벙벙했다. 민망하기까지 했다. 아비게일에게 구석구석 관찰당하고 있자니 무장해제 당하는 기분이 들었다.

"잠깐 팔 좀 들어봐 줄래요? 한 바퀴만 돌아봐 줄 수 있어요? 어머, 너무 예쁘네. 저기, 여기 밑단 처리를 좀 보고 싶……."

"그, 그만 보세욧!"

카린은 파르르 떨며 뒷걸음질을 쳤다. 불에라도 덴 듯 얼굴이 붉었다. 아비게일은 아쉬운 표정이 되었다가, 이내 미안하다는 듯이 말했다.

"아, 미안해요. 영애. 내가 너무 들떴나 봐요."

민망하고 부끄러워 카린은 어쩔 줄 몰라 했다. 왜, 왜 이런 기분이 드는 거지? 분명 아비게일의 코를 납작하게 해 주려고 했는데 아비게일이 이리도 기뻐할 줄은 몰랐다. 왠지 모르게 진 기분이 들었다.

카린이 파르르 떨던 중, 한 영애가 입을 열었다.

"왕비님, 이 드레스는 대체 어떤 드레스인가요?"

그 질문에 아비게일이 퍼뜩 고개를 들었다. 그녀의 보라색 눈동자가 막 피어난 꽃 무리마냥 싱그러웠다.

"네. 이건 미 파르티라고, 몇백 년 전쯤 유행한 드레스에요. 우아하고 고풍스러운 멋이 있죠?"

그녀는 잔뜩 흥분해서 말했다. 아이도 아닌 어른이 이토록 순수하게 기쁨을 표출하다니. 그 모습을 본 영애 중 하나가 풋, 하고 웃어 버렸다.

그 웃음소리가 신호라도 된 듯, 순간 싸한 정적이 흘렀다. 영애는 곧 자신의 실수를 깨달았다.

"죄, 죄송합니다. 왕비님. 드레스를 보고 좋아하시는 모습이 너무 귀여우셔서…… 아, 아니 그게 아니라……!"

제 죄를 깨달은 영애의 얼굴이 희게 질렸다. 왕비를 보고 웃은 데다가, 감히 귀엽다는 표현을 쓰다니. 이대로 끌려가 매질을 당해도 할 말이 없었다.

그러나 왕비는 노여워하지 않았다. 오히려 부끄럽다는 듯 볼을 붉히고 있을 뿐.

"흠, 흠. 제가 침착하지 못했네요. 드레스를 보니 저도 모르게 흥에 겨워서…….”

그 모습이 짐짓 사랑스러워, 영애들은 모두 입을 벌렸다. 방금 전까지는 그저 두렵고 어려워만 보이던 왕비였건만. 이토록 왕비가 순박하고, 명랑하며, 자비로운 사람일 줄이야. 클라라의 말을 듣기는 했지만 차마 믿지는 못하고 있었다.

영애들의 표정이 조금씩 풀리기 시작했다. 한 영애가 쭈뼛거리며 입을 열었다.

“왕비님은 드레스에 대해 잘 아시는 것 같아요. 혹시 또 다른 드레스에 대해서 알려 주실 수 있나요?”

“영애도 드레스에 관심이 있나 보군요! 좋아요. 미 파르티가 유행했던 시기에 코트아르디Cotehardie라는 옷도 있었는데요……!”

아비게일이 물 만난 고기처럼 신나서 떠들기 시작했다. 영애들은 방금 전과는 사뭇 다른 태도로 그녀의 말을 경청했다. 아부도, 아양도 아니다. 정말로 아비게일의 이야기를 듣는 것이 즐거웠다.

어느새 다실은 마치 교실 같은 분위기가 되었다. 카린은 뒤늦게 정신을 차렸다. 어느새 또다시 아비게일이 주목을 받고 있었다.

허망하고, 원통했다. 이번에는 정말 자신 있었다. 이번에야말로 사람들의 시선을 가져올 수 있으리라 믿었다. 파니에도, 코르셋도 쓰지 않는 드레스를 가져오라고 디자이너들을 달달 볶아 겨우 완성한 드레스인데……. 이리도 허망하게…….

고양되었던 기분은 어느새 사라지고 없었다. 남은 것이라고는 지독한 패배감뿐.

“……저는 용건이 생겨 이만 물러나 보겠습니다.”

카린이 속으로 분을 삼키며 자리에서 벌떡 일어났다. 무례임을 알아도 어쩔 수 없었다. 더 이상 이 자리에 있고 싶지 않았다.

당황한 영애들을 뒤로한 채, 카린은 다실을 떠났다. 눈물이 날 것 같았다. 오늘을 얼마나 기대했는데. 오늘에야말로 이길 수 있을 거라 생각했는데.

그렇게 이를 악물고 걸어가던 중, 그녀는 묘한 시선을 느꼈다. 뒤를 돌아보니 경비병들이 그녀를 보고 있었다. 시선이 마주치자 그들은 황급히 고개를 틀었다. ……뭔가 이상했다.

자신이 아름다워서 바라본 것 치고는 기묘한 시선이었다. 일종의 경악이 어려 있는 표정. 왜 자신을 저런 눈으로 보는 것인지 이해가 가지 않았다. 자신이 빨리 귀가를 해서 그런 것일까.

그들을 스쳐 지나 계단으로 발을 내디뎠다. 정면에는 커다란 전신 거울이 있었다. 거기에는 자신의 모습이 오롯이 비치고 있었다. 아침까지만 해도 예뻐 보였던 드레스가 거적때기처럼 초라해 보였다. 얼른 돌아가 옷을 갈아입고 싶었다.

발걸음을 서두르려는 순간. 카린이 잠시 멈칫 멈춰 섰다. 무언가가 눈에 걸렸다. 붉은색. 선명한 핏빛.

카린은 경악하여 제 뒤를 돌아보았다. 엉덩이 부근에 붉은 피가 묻어나 있었다. 달거리였다. 흰 원단인지라 붉은색은 유독 또렷하게 보였다. 마치 눈 위에 떨어진 핏자국처럼.

그제야 경비병들이 보내던 시선이 이해가 갔다. 카린은 그것을 가려 보려 했지만, 역부족이었다. 몸을 가릴 만한 것이 없었다.

혼란스러웠다. 어째서 갑자기 달거리가 시작된 거지? 코르셋을 찬 뒤부터 불규칙적이던 월경이었다.

이유가 무엇이든 간에 그녀는 당혹스러웠다. 참았던 눈물이 비죽 새어 나오려 했다. 망신을 당하고, 옷에 월경혈마저 묻어나니 비참함을 이루 말할 수 없었다.

이 사실이 아버지 귀에 들어가면, 대체 어떤 꾸지람을 들을까. 상상하고 싶지 않았다. 카린은 복도 한구석에 쪼그려 훌쩍였다. 이 꼴로 마차가 있는 곳까지 갈 수는 없었다. 하지만 언제까지 여기 앉아 있을 수도 없는 노릇이다.

막막함에 눈물만 흘리고 있던 그때. 카린은 누군가의 발소리를 들었다. 그 발소리는 자신을 향해 뛰어오고 있었다.

"카린 영애!"

세상에서 가장 듣기 싫은 사람의 목소리, 하지만 이상하게도 그 목소리가 구원처럼 들려왔다.

아비게일이 달려오고 있었다. 무척이나 다급한 얼굴로.

바보 같게도 그 얼굴을 보자 카린은 덜컥 안심하고 말았다. 저토록 애절한 표정으로 자신을 찾아오는 이를 본 적이 없다.

하지만 그녀는 이내 자신을 책망했다. 다른 사람도 아닌 아비게일을 보고 반가워하다니.

약한 모습을 보이고 싶지는 않았다. 카린은 손등으로 눈가를 거칠게 문질렀다. 그래도 여전히 눈물범벅이었다. 카린은 얼룩덜룩한 얼굴로 앙칼지게 말했다.

"왜 그러시죠? 왕비님."

"저기 그게……. 아까 나가는 걸 봤는데, 피가 비쳐서요."

"그래서요? 저를 모욕하러 온 건가요?"

카린은 수치스러워서 죽고 싶었다. 분명 자신을 보고 손가락질하고 업신여기겠지.

하지만 아비게일은 비웃지 않았다. 그저 커다란 숄을 카린에게 둘러줄 뿐이었다.

"우선 이걸로 가리고, 내 방으로 가요. 갈아입을 옷을 줄게요."

아비게일은 그저 걱정이 가득한 표정이었다. 자신을 비웃는 낌새는 조금도 없었다.

……이대로 그녀를 따라가도 괜찮지 않을까. 그런 생각이 들었다. 이대로 주저앉아 있어도 딱히 방도는 없었다. 카린은 짧은 망설임 끝에 고개를 끄덕였다.

아비게일은 카린을 데리고 제 방으로 왔다. 그리고는 부산하게 하녀들에게 지시를 내렸다.

"욕실에 갈아입을 옷을 준비해 놨어요. 사이즈가 조금 다를지도 모르지만, 잠깐 입기에는 괜찮을 거예요. 더 필요한 게 있으면 말하고요."

"……."

카린은 아무런 말도 하지 않았다. 감사의 말이 차마 목구멍 밖으로 나오지 않았다.

아비게일은 그 말만 남긴 채 방을 떠났다. 혼자 남게 되자 카린은 긴장이 후드득 떨어져 나가는 것을 느꼈다.

카린은 욕실로 들어섰다. 욕실 탁상 위에 잘 개어 둔 슈미즈 드레스와 속옷, 월경대가 보였다.

조심히 슈미즈 드레스를 들어보았다. 하늘하늘하고 새의 깃털 같은 드레스. 그녀는 저도 모르게 피식 웃었다. 아무리 더워도 입지 않았던 슈미즈 드레스를 이렇게 입게 되다니.

따뜻한 물로 몸을 닦아 낸 뒤 옷을 갈아입었다. 기분이 한결 나아졌지만 그래도 울적했다.

밖으로 나와 보니, 아비게일이 조금 떨어진 곳에 앉아 있었다. 카린이 쭈뼛대며 다가갔다.

"다 갈아입었는데……."

그 목소리에 아비게일이 고개를 틀었다. 그녀가 카린에게 다가왔다.

"사이즈가 맞는 것 같아 다행이네요. 오늘 입고 온 옷은 세탁해서 보내려 하는데, 괜찮겠어요?"

카린은 고개를 끄덕였다. 아비게일은 짐짓 안도한 기색이었다. 그 모습을 보며 카린은 혼란스러웠다.

아비게일은 악녀로 정평이 나 있는 여자였다. 사치를 일삼고, 아랫사람을 괴롭히며, 의붓딸인 블랑슈마저도 핍박한다는 잔인한 마녀. 나의 정적, 나의 연적, 나의 앙숙.

"……왜."

카린이 옷자락을 꾹 쥔 채 말했다.

"왜 저를 도와주세요?"

만약 월경혈을 흘린 아비게일을 봤다면, 자신은 비웃었을 것이다. 그녀에게 도움의 손길을 내밀지도 않았을 것이다. 왜냐면 아비게일은 자신의 적이었으니까. 자신의 가문이 그녀를 증오하니까.

그리고 그것은 아비게일 역시 마찬가지일 터였다. 질문을 받은 뒤에도 아비게일의 표정은 고요했다. 아비게일은 대답하는 대신, 들고 있던 숄을 둘러 주었다. 여전히 포근하고 따뜻한 숄이었다.

"당신의 고통이 무엇인지 이해할 수 있으니까요."

그 말을 듣자, 심장이 덜컥 내려앉는 기분이었다. 아비게일은 담담한 어조로 말을 이어 나갔다.

"같은 여자로서 영애가 얼마나 곤란하고 부끄러웠을지 아니까. 그래서 도왔어요."

"저는 스토크 공작의 딸이에요. 그런데도요?"

"당신이 누구의 딸이든 상관없이, 난 당신을 도왔을 거예요."

내가 누구의 딸이어도, 나를 도왔을 거라니. 이상한 말이고, 위안이 되는 말이었다. 그토록 조건 없는 호의라니. 웃기지도 않는다.

그럼에도 그 말을 믿게 된다. 아비게일의 시선을 보면 누구라도 그럴 터였다. 아비게일의 시선에는 흔들림이 없다. 망설임도 없다.

인간은 흔들리지 않는 것을 보면 경외감을 느끼기 마련이다. 수백 년의 시간과 바람에도 스러지지 않는 거목을 보면 어떤 압도감을 느끼는 것처럼.

카린은 고개를 떨구었다. 그녀가 할 수 있는 것은 오로지 그것뿐이었다.

아비게일은 책망하지 않았다. 뭔가를 더 묻지도 않았다. 그저 조용히 카린의 어깨를 도닥일 뿐.

"아까 급한 일이 있다고 했죠? 괜찮겠어요?"

"……이만 돌아가 볼게요."

아비게일이 하녀를 붙여 주겠다고 했지만 카린은 거절했다. 그녀는 홀로 마차가 있는 곳으로 향했다.

바람이 불어오는 것 같다. 그럴 리 없다. 이곳은 궁 안이다. 그럼에도 미풍이 마음을 쓸어내리고 가는 것 같다.

하늘하늘한 슈미즈 드레스의 감각은 상상했던 것보다도 훨씬 편했고, 아비게일이 둘러 준 숄은 그녀의 손길처럼 따스했다.

문득, 지난번 블랑슈가 했던 말이 떠올랐다. 아비게일처럼 흔들림이 없는 목소리로 했던 그 말.

[분명, 카린 님도 아비게일 님을 좋아하게 될 거예요.]

"왕비님은 괜찮으신 걸까요?"

한 영애가 걱정스러운 목소리로 말했다. 카린이 갑자기 자리를 박차고 나간 뒤, 얼마 지나지 않아 아비게일도 자리를 떴다. 주객이 사라지자 어색한 분위기가 감돌았다. 카린이 분노한 기색으로 자리를 떠서 더욱 그랬다.

"왕비님도 화가 나서 따라 나가신 거겠죠?"

"그 상황에서 어떻게 화가 안 나셨겠어요."

다실을 떠나는 아비게일의 표정이 무척이나 흉흉했기에, 영애들은 안심할 수 없었다.

"다들 너무 걱정하지 마세요."

그 사이로 발랄하고 산뜻한 목소리가 들려왔다. 블랑슈였다.

"아비게일 님께서는 화가 나지 않으셨으니, 괜찮을 거예요!"

공주의 표정에서 걱정은 느껴지지 않았다. 영애들은 이상한 일이라고 생각했다. 어떻게 이리도 태연할 수 있을까?

"화가 나지 않으셨다고요? 아까 보니 왕비님 얼굴에 화가 많으시던데……."

"아비게일 님은 진지해지면 표정이 조금 무서워지세요! 하지만 정말……."

그렇게 말하고 블랑슈는 작게 웃었다.

"상냥하고 다정하신 분이니까요."

어린 공주의 미소는 다정했으며, 왠지 모르게 믿음이 갔다. 그 미소를 보고 한 영애는 생각했다.

참 이상도 하지. 아비게일이나 블랑슈나 피는 조금도 이어지지 않았는데, 왜 이리 닮았을까. 정말 친딸 같다.

그런 생각을 하니 조금 웃음이 비어져 나왔다. 다른 영애들도 비슷한 생각을 하는 것 같았다.

"그러고 보니 카린 영애께서 새 드레스를 입고 왔을 때도, 불쾌한 기색이 아니셨죠."

"맞아요. 저 같으면 조금 기분이 상했을 텐데……. 오히려 기뻐 보이셨어요."

"저였다면 자존심이 상해서 카린 영애의 옷을 칭찬하지는 않았을 것 같아요."

영애들의 반응에 블랑슈의 보조개가 폭 패였다. 어린 공주가 자랑스레 말했다.

"그쵸? 아비게일 님이 저의 새어머니로 와 주셔서, 저는 정말 기뻐요."

"어머……!"

영애들은 짐짓 감격한 눈치였다. 다들 눈꼬리가 사르르 녹아내린 참이었다. 그때, 아비게일이 허둥지둥 응접실로 돌아왔다.

"제가 자리를 너무 오래 비웠군요. 카린 영애를 잠시 배웅하고 왔어요."

아비게일은 영애들의 얼굴을 살피며 자리에 앉았다. 영애들이 왠지 모르게 흐뭇한 표정을 짓고 있었으나, 그 이유를 알 길이 없었다.

무슨 상황인지는 모르겠지만 분위기가 나쁘지는 않아 아비게일은 안심했다.

“그러고 보니 준비한 선물이 있는데, 카린 영애에게는 미처 전달하지 못했군요.”

“선물이요?”

“네, 선물. 여기에 좀 가져다줄래?”

아비게일이 하녀들을 향해 말했다. 곧 영애들의 앞에 상자가 하나씩 놓였다.

“열어 봐요. 마음에 들면 좋겠군요.”

영애들의 얼굴에 기대감이 가득했다. 각자 앞에 놓인 상자를 조심스레 연 뒤, 내용물을 확인했다.

“어머 이건, 겉옷…… 어?”

한 영애가 재킷을 집어 들었다. 방금 전까지만 해도 기뻐 보였던 영애였건만, 표정이 조금 묘해졌다.

“이건 남성용 승마복인 르댕고트 아닌가요?”

“네. 맞아요. 그걸 좀 개량해서 만들어봤어요.”

남성용과는 달리, 이 재킷은 길이가 허리 정도로 짧았다. 카라를 넓게 파서 뒤로 넘긴 뒤, 자수와 큰 단추로 장식을 하여 다소 화려한 느낌이 넘쳐흘렀다.

마리 앙투아네트가 슈미즈 드레스를 유행시킨 뒤, 그 위에 걸치는 여러 종류의 재킷들이 나왔다. 그중 하나가 남성용 승마복인 르댕고트였다.

슈미즈 드레스가 얇다는 것은 장점인 동시에 단점이기도 했다. 추운 겨울, 무리해서 슈미즈 드레스를 입고 다니다 폐렴에 걸리거나 사망하는 경우도 왕왕 있었다. 때문에 아비게일은 날이 더 추워지기 전, 빠르게 겉옷을 만들어 왔다. 하지만…….

"와, 정말 기발하시네요."

영애들은 기쁜 듯 웃었지만 한편으로는 곤란해 보였다. 여성복이 아닌 남성복을 선물로 주다니?

아비게일의 호의가 싫은 건 아니다. 오히려 기쁘다. 왕비에게 선물을 받을 기회가 어디 있겠는가.

그렇다 할지라도 남자에게는 남자의 규칙이, 여자에게는 여자의 규칙이 있다. 남자가 치마를 입으면 우스꽝스러운 것처럼, 여자가 남자의 옷을 입을 수는 없는 것이다.

영애들의 얼굴에 일순 곤란한 기색이 비쳤다. 아비게일 역시 그것을 느낄 수 있었다.

처음에 클라라와 노마도 남성복이라는 이야기에 거부감을 표했기에 영애들의 이런 반응이 딱히 놀랄 만한 것도 아니었다.

"내 재킷 좀 가져다주렴."

그녀의 목소리는 담담했다. 곧 하녀가 아비게일에게 르댕고트를 가져다주었다. 아비게일은 가볍게 재킷을 걸쳤다. 그리고는 영애들 쪽으로 몸을 틀었다.

"어떤가요? 많이 이상한가요?"

영애들은 말이 없었다. 그저 놀란 눈으로 아비게일을 바라보고 있을 뿐이었다. 남성복이라 우스꽝스러울 줄 알았는데 그런 것도 아니었다. 생각 외로 슈미즈 드레스와 르댕고트의 조화가 훌륭했다.

슈미즈 드레스는 청순하고 가녀린 느낌이 있었다. 거기에 르댕고트를 매치하니, 좀 더 성숙하고 절제된 듯한 매력이 느껴졌다. 남색 원단에 덩굴무늬를 넣고, 세공을 넣은 은 단추로 장식된 외투가 무척이나 아름답게 느껴졌다.

“무척 예쁘죠! 저도 조금 더 크면 만들어 주신댔어요!”

블랑슈가 신이 난 목소리로 끼어들었다. 그 목소리에 영애들은 퍼뜩 정신을 차렸다.

“영애들도 입어보세요. 잘 어울릴 거예요!”

그 부추김에 영애들은 하나둘 자리에서 일어났다. 새 옷을 입은 영애들이 거울 앞에 제 모습을 비춰보았다.

옹기종기 모인 그 모습이 퍽 귀여웠다. 영애들은 호숫가에 처음으로 얼굴을 비춰본 새끼 오리 마냥 계속해서 거울을 들여다보았다.

“실제로 입어보니 정말 잘 어울려요! 따뜻하기도 하고요.”

“맞아요! 어? 그러고 보니 조금씩 디자인이 다르네요?”

비슷한 형태의 코트였지만 원단이라든지 단추의 모양, 자수 무늬 등이 각각 다 달랐다. 아비게일이 어흠, 기침 소리를 내고 말했다.

“영애들에게 어울릴 것 같은 색깔과 디자인으로 골라봤어요. 마음에 드나요?”

“네? 저희들에게 맞는 디자인으로요……?”

영애들의 얼굴에 뭐라 말할 수 없는 감격이 스쳐 지나갔다. 일국의 왕비에게 선물을 받은 것만으로도 큰 영광인데, 자신들에게 맞춰 옷을 준비해 주었다니.

아비게일로서는 여러 종류의 옷을 디자인할 수 있어 즐거웠을 뿐이지만. 그 사실을 알 리 없는 영애들은 그저 고마울 뿐이었다.

“정말 감사합니다, 왕비님……. 아까워서 어떻게 입죠?”

“다른 영애들에게 자랑해야겠어요! 이런 옷을 입고 다니는 사람은 우리밖에 없겠죠?"

영애들의 들뜬 목소리에 아비게일은 흐뭇하게 미소 지었다. 그러던 중, 노마가 안으로 들어섰다.

"여흥을 즐기시는 와중 죄송합니다. 슬슬 돌아가실 시각이 되신 듯하여……."

시계를 돌아보니, 예정보다 시각이 훌쩍 지나 있었다. 영애들은 하나같이 아쉬워하는 기색이 되었다.

"시간이 정말 빠르네요……. 즐거워서 시간 가는 줄도 몰랐어요."

"정말이에요. 왕비님, 오늘 멋진 다과회 감사드립니다. 선물해 주신 옷도 감사해요."

처음의 어색하고 경직됐던 분위기는 이제 사라지고 없었다. 아비게일은 마음 한구석이 후련해지는 걸 느낄 수 있었다.

"저야말로 와 주어서 고마워요. 다음에 또 와 주면 좋겠군요. 그때는 요즘 유행하는 화장법에 대해 이야기 나누고 싶네요."

"그럼요, 물론이죠!"

영애들이 꺅꺅대며 즐거워하자, 블랑슈도 같이 해맑게 웃었다. 블랑슈가 눈을 반짝이며 말했다.

"아비게일 님, 영애들을 배웅해 드려도 괜찮을까요?"

"그래요. 같이 가죠."

아비게일은 영애들과 함께 궁 입구로 향했다. 분위기가 사뭇 다정하였다.

"그럼 조심히 들어가세요. 다음에 또 다과회를……."

영애들에게 즐거운 목소리로 배웅을 하던 중, 아비게일이 중간에 말을 끊었다. 입구에 누군가가 서 있는 게 보였다.

스토크 공작이었다. 그는 제 시종과 이야기를 나누고 있었다. 스토크 공작은 아비게일 일행을 보고 고개를 틀었다.

"아, 평안하셨습니까. 아비게일 님. 이제야 다과회가 끝난 모양이군요."

"안녕하세요, 스토크 공작."

말새를 보아하니 다과회가 끝나길 기다렸던 모양이다. 어째서? 어쩐지 기분이 찝찝했다. 스토크 공작이 껄껄 웃으며 말했다.

"오늘 제 딸아이가 다과회에 갔다고 들어서. 함께 귀가를 하려 하는데……. 음?"

공작이 의아한 눈으로 주위를 둘러보았다. 아마 카린을 찾는 모양이었으나, 있을 리가 만무했다. 스토크 공작이 물었다.

"실례지만 오늘 카린이 불참을 했습니까?"

"아. 조금 몸이 안 좋아서 먼저 귀가했어요."

"흐음. 그렇군요."

딱히 크게 걱정하는 기색은 아니었다. 스토크 공작이 넌지시 고개를 틀어 블랑슈 공주를 보았다.

"카린이 많이 아프던가요? 블랑슈 공주님."

"아, 그게……. 조금 안 좋아 보이긴 하셨어요, 할아버님."

블랑슈는 공작의 눈치를 보고 있었다. 세이블리안을 대할 때만큼은 아니어도, 스토크 공작 역시 어려운 상대인 모양이었다.

"크게 아픈 것은 아니니 걱정 마세요, 스토크 공작. 쉬면 곧 나을 겁니다."

차마 달거리 이야기를 꺼낼 수는 없어 말을 돌렸다. 공작은 그제야 고개를 들었다. 그는 수염을 매만졌다.

"그렇군요. 아침에 봤을 때만 해도 무탈했던 아이였던 터라."

또 뭔가를 실수를 해서 홧김에 나온 모양이로군. 스토크 공작은 속으로 혀를 끌끌 찼다.

애초에 카린이 새로운 옷으로 이목을 끌겠다고 했을 때부터 탐탁지 않았다. 고작 그런 것으로 뭘 할 수 있겠는가. 하도 호언장담을 하길래 어찌 되려나 두고 봤건만. 아비게일은 영애들과 좋은 시간을 보낸 것 같았다.

그는 영애들을 힐끗거렸다. 그러고 보니 다들 같은 옷을 입고 있었다. 생김새가 독특한 걸 보면 아마도 아비게일의 작품인 듯했다.

"그나저나 여러분, 이상한 옷을 입고 계시는군요. 얼핏 보니 남성복 같습니다만……."

"아, 그게……."

공작의 지적에 영애들이 당황하는 게 보였다. 그는 호인마냥 말을 이어 갔다.

"요새 젊은 영애들 사이에서 이상한 유행이 도는 것 같군요. 잠옷을 입고 다니질 않나. 이제는 남자 옷까지 입다니."

"그게 뭐가 문제죠?"

아비게일의 물음은 찌르듯이 날카로웠다. 그 예민한 반응에 스토크 공작은 너털웃음을 지었다.

"걱정되어서 하는 말이었습니다. 저런 꼴로 다니면 다른 이들이 어떻게 볼까 싶어서요. 이러다 여자들이 콧수염도 기르는 게 아닐까 싶군요."

그 농담이 퍽 맘에 들었는지, 그는 만족스레 웃었다. 그 외에는 아무도 웃지 않았다.

"영애들께서도 그리 생각하지 않으십니까? 여자에겐 여자의 옷이 있는 법인데. 안 그렇습니까?"

"그, 그게……."

영애들은 쉬이 답하지 못했다. 둘 중 누구의 말을 부정해야 할지, 가늠이 되지 않았다.

양쪽의 눈치만 보며 어물거리던 그때. 한 영애가 입을 열었다.

"어, 어머! 국왕 전하?"

그 말에 모두의 시선이 한곳으로 쏠렸다. 스토크 공작의 뒤편이었다.

"강녕하셨습니까, 전하."

"뵙게 되어 영광입니다, 전하."

영애들이 허둥지둥 허리를 숙여 인사를 올렸다. 스토크 공작도 황급히 고개를 숙였다. 이 와중 태연한 사람은 아비게일 정도였다. 사실 태연하기보다는 당황한 눈치였다.

"아비게일. 다과회는 잘 끝내셨습니까."

조용조용하면서도 짐짓 다정한 목소리였다. 아비게일은 여전히 넋이 나가 있었다.

"네. 덕분에요. 그나저나 그 옷은……."

시선은 세이블리안의 얼굴이 아닌 몸에 닿아 있었다. 그는 제 이름을 답하듯 담담하게 말했다.

"당신께서 선물해 주신 옷입니다만."

그는 아비게일과 꼭 맞춘 듯한 르댕고트를 입고 있었다. 남색 원단도, 거기에 새겨진 자수도 모두 똑같았다. 아비게일이 보낸 옷이 맞았다. 하지만 이렇게 그 옷을 챙겨 입고, 다과회가 끝나고 올 줄은 미처 몰랐다.

당황한 아비게일을 응시하고 있는 영애들도 놀란 기색이었으나, 조금 다른 종류의 것이었다. 똑같은 옷을 입고 마주 선 부부는 참으로 애틋해 보였다. 마치 처음부터 서로를 위해 만들어진 것처럼 잘 맞는 짝 같았다. 영애들은 짐짓 감탄하는 기색으로, 아주 약간은 부러워하는 눈치였다.

그리고 스토크 공작의 얼굴에 덧씌워진 감정은 그보다 더 격하고 어두운 것이었다. 그의 얼굴이 검게 굳어 있었다. 세이블리안이 무심하게 공작을 바라보았다. 공작은 더듬거리며 다시 한번 인사를 올렸다.

"가, 강녕하셨습니까. 전하."

"덕분에. 그나저나 옷이 뭐가 어쨌다는 거지? 스토크 공작."

세이블리안의 목소리가 살얼음이 낀 호수처럼 느껴졌다. 방금 전 아비게일과 대화할 때와는 전혀 다른 목소리였다.

"아, 그게……. 다들 남자 옷을 입은 것이 의아해서 여쭤보고 있던 참입니다."

스토크 공작은 비굴한 미소를 지었다. 세이블리안은 표정을 풀지 않았다.

"그게 문제가 되는가? 나 역시 같은 옷을 입고 있네만."

"문제라기보다는……."

스토크 공작의 목소리가 점점 줄었다. 자신을 눈엣가시로 여기는 세이블리안이다. 무슨 말을 하든 간에 반박할 것이 틀림없다. 게다가 이렇게 옷까지 맞춰 입을 정도면, 분명히 아비게일의 편을 들 터였다. 여기서 남자 여자 운운해 봐야 자신에게 손해일 게 틀림없었다.

"아닙니다. 참신한 디자인이라 저도 모르게 그만……."

여기서는 한발 물러서야 한다. 궁에서 오래 살아남으려면 발 뺄 때를 알아야 한다. 스토크 공작은 아비게일을 향해 깊이 허리를 숙였다.

"죄송합니다, 왕비 전하. 제가 무례를 범했군요."

어느새 아비게일은 당혹감을 지우고 있었다. 그렇다 할지라도 분함이 없는 것은 아니다. 그녀는 냉정하게 굳은 얼굴로 말했다.

"사과를 받아들이죠. 얼른 들어가 보세요. 따님이 기다리고 있을 테니."

"예. 걱정해 주셔서 감사합니다. ……그러면 다음에 뵙도록 하죠. 국왕 전하, 공주님도 다음에 뵙겠습니다."

공작은 그리 말하고는 덫에서 풀려난 뱀처럼 조용히 사라져 갔다. 아비게일은 그 모습을 조용히 바라보다 다시 세이블리안에게 시선을 주었다.

다시 봐도 제가 만든 옷이다. 분명 세이블리안에게도 옷 선물을 보내긴 했다. 영애들의 옷을 만들고 있자, 세이블리안의 것은 없냐던 블랑슈의 물음 때문이었다.

우습게도 그런 생각은 조금도 하지 못하고 있었다. 왜 그랬을까. 아마도 세이블리안이라면 자신이 만든 옷에 관심이 없으리라 생각했기 때문이지 않을까.

그렇다 할지라도 블랑슈에게 그런 질문을 받은 이상 옷을 만들지 않을 수는 없었다. 때문에 급히 옷을 만들었다. 제 옷과 같은 형태가 된 것도 큰 뜻이 없었다. 별생각 없이 자신의 취향대로 만든 것뿐이다.

그렇게 만들어진, 그저 형식적인 선물이었는데. 정말 입을 줄은 몰랐다. 게다가 그 옷을 입은 채 여기까지 올 줄이야.

“혹시 공작과 무슨 일 있었습니까?”

저와 똑같은 옷을 입은 세이블리안이 낯설어 보였다. 이럴 줄 알았다면 좀 더 신경 써서 만들 걸 그랬다.

“별일 없었어요. 그나저나 전하께서는 무슨 일로 오셨나요?”

“다과회가 잘 마무리되었는지 궁금했습니다. 별일 없었다면 다행입니다. 그럼, 이만 실례하도록 하죠.”

세이블리안은 짧은 인사를 남기고 가 버렸다. 돌풍이 지나간 들판처럼 고요하고 부산했다. 어쨌거나, 이제 맘 놓고 영애들을 돌려보낼 수 있었다.

“오늘은 와 줘서 정말 고마워요. 다음에 또…….”

아비게일이 영애들 쪽으로 몸을 틀다가 잠시 멈칫했다. 영애들은 모두 황홀경에 빠진 듯한 얼굴이 되어 있었다. 한 영애가 양손으로 제 뺨을 감싼 채 말했다.

“두 분…… 너무 로맨틱하세요!”

로맨틱? 아비게일은 자신과 전혀 상관없는 단어를 듣고 당황했다. 다른 영애가 말을 받았다.

“두 분께서 이렇게 옷을 맞춰 입을 정도라니. 너무 잘 어울리셨어요!”

“게다가 다과회가 끝날 시간에 맞춰 와 주시다니. 전하께서 왕비님을 무척 사랑하시나 봐요!”

“네? 사랑이요?”

사랑? 저도 모르게 웃어 버릴 뻔했다. 사랑이라니, 여기에 세이블리안이 없어 다행일 망정이다. 그 말을 들으면 그가 얼마나 우스워했을까. 아니, 의외로 좋아했을지도 모른다.

식당에서도 일부러 애정을 과시하지 않았던가. 연극일 뿐이었다.

아비게일은 기왕 연기를 할 거면 제대로 하자고 생각했다.

제멋대로 상상의 나래를 펼치는 영애들을 바라보던 아비게일이 목소리를 높였다.

"전하도 참 팔불출이시라니까요. 어휴, 오지 말랬는데 이렇게 꼭 찾아오시고 말이죠."

"어머, 어머."

영애들의 선망 어린 눈빛을 받으며 아비게일은 짐짓 허세를 부렸다. 블랑슈가 배시시 웃으며 그 모습을 지켜보고 있었다.

그리고 또 한 명. 그런 아비게일을 보고 있는 이가 있었다.

세이블리안은 복도 끝에 서서 그녀를 바라보고 있었다. 거리가 멀었지만, 아비게일의 얼굴은 또렷하게 보였다. 자신과 같은 옷을 입고 있는 아비게일.

그는 괜히 소매 장식을 매만져 보았다. 아비게일과 같은 옷을 입고 있는 것이 좋았다. 그리고 그것을 아비게일이 주었다는 것도.

옷 하나에 마음이 이리 들뜬 적이 없다. 그렇게까지 나를 싫어하는 건 아니라는 사실에 그는 크게 안도했다.

세이블리안은 한참이나 아비게일을 바라보다 발길을 옮겼다. 그의 입꼬리가 희미하게 올라가 있었다.

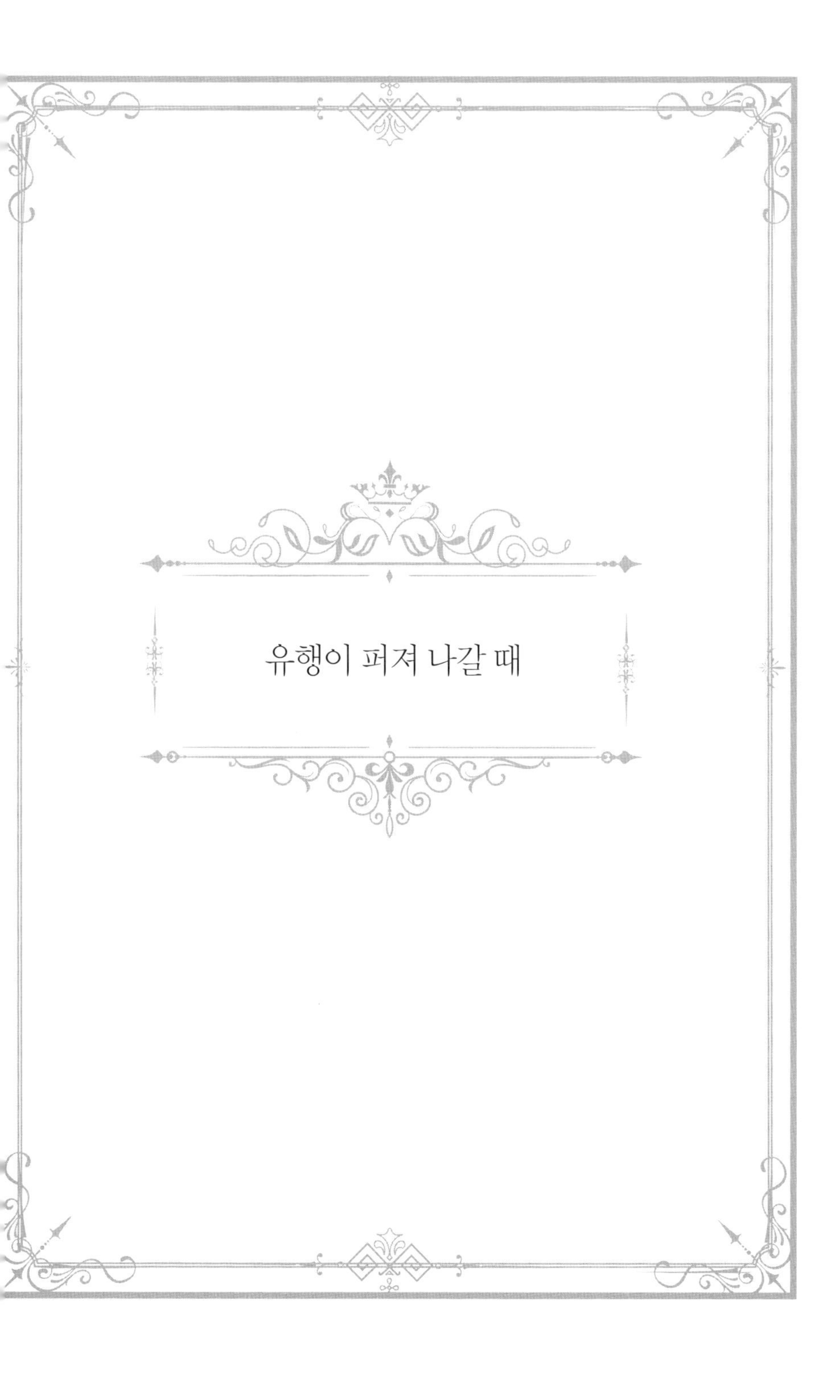

유행이 퍼져 나갈 때

5

유행이 퍼져 나갈 때

아침에 눈을 뜨니 코끝이 선뜻했다. 얼마 전까지만 해도 조금 거추장스럽던 이불이 무척이나 안락하게 느껴지는 계절이 찾아왔다.

가을이었다. 내가 가장 좋아하는 계절. 밤 산책을 하는 시간이 사랑스럽고, 낙엽이 찬란한 온색으로 물들며, 긴 옷을 준비하기 시작하는 계절.

"요즘 여자들이 다 너랑 비슷한 옷을 입고 다니더라."

베리테가 말했다. 나는 베리테 쪽을 돌아보며 씨익 웃었다.

지금 왕국에서는 내가 디자인한 옷들이 크게 유행이었다. 날씨가 쌀쌀해지자 겉옷이 특히 인기였다. 르댕고트를 비롯해 짧은 재킷인 스펜서나 프렌치 재킷 등 역시 불티나게 팔려 나가는 중이었다.

베리테가 한쪽 입꼬리를 올리며 말했다.

"그리고 옷뿐만 아니라 너희 부부도 요즘 엄청 인기 있던데."

반쯤은 놀리는 듯한 그 말투에 왠지 속이 쓰렸다. 부정하고 싶지만 차마 부정할 수 없었다.

내가 예상치 못한 유행이 하나 있었다. 나랑 세이블리안이 유행이라고 해야 할지, 커플 룩이 유행이라고 해야 할지. 나와 세이블리안이 같은 디자인의 르댕고트를 입은 것이 문제의 시작이었다.

옷까지 맞춰 입을 정도로 애틋한 부부, 라는 말도 안 되는 소문이 퍼지기 시작하자 우리를 따라 하는 사람들이 생겨났다. 애인과 똑같은 르댕고트를 맞춰 입는 유행.

그 유행이 커질수록 세이블리안이 팔불출이라는 소문도 부풀어 올랐다. 세이블리안이 나를 위해 영지를 하나 줬다거나. 이번에 새로 별궁을 하나 짓는다거나. 내 전용 란제리 샵을 하나 샀다거나. 아무튼 정말 말도 안 되는 소문이었다. 특히 란제리 샵!

나는 숄을 끌어 올리며 투덜댔다.

"뭐 어쨌든, 이걸로 모이즈 경도 잠잠해지겠지."

"그러면 다행이긴 하네. 카린이 입었던 옷이 유행하지 않은 것도 어찌 보면 다행이고."

베리테가 담담하게 말했다. 카린이 입었던 미 파르티는 생각만큼 유행하지 않았다. 정확한 이유는 알 수 없었다. 지금 사람들의 눈에 너무 올드해 보였을 수도 있고. 아니면 문장 때문일지도 모른다.

미 파르티에는 문장을 넣어 포인트를 준다. 미 파르티를 입은 몇 영애들을 보면 공작 가문, 혹은 후작 가문으로 상당한 영향력을 발휘하는 집안들이었다.

상위 계급의 귀족들이야 가문의 문장을 새겨도 상관없지만, 그보다 아래 계급은……. 가문 문장을 넣어 봐야 오히려 자신의 위치를 재확인할 뿐, 큰 메리트가 없었다.

새로운 드레스가 각광받지 못해 좀 아쉬웠다.

"으음. 나는 그래도 미 파르티 유행했으면 좋겠는데. 다양한 옷이 나오는 건 좋은 일이니까."

게다가 로브 아 라 프랑세즈에 비하면 몸에도 부담이 덜하고. 하지만 베리테는 어깨를 한번 으쓱하고 말 뿐이었다.

"다양한 옷이라. 너 신기한 거 많이 만들더라. 세이블리안한테 만들어 준 재킷……. 멋지던데?"

"고마워! 내 취향대로 만들었어."

"세이블리안은 좋겠네. 새 옷도 입고……."

베리테가 의자에 털썩 주저앉았다. 그리고는 한쪽 턱을 괸 뒤 쓸쓸하게 어딘가를 바라보았다.

"가을이라 그런지 다들 새로 옷을 맞추던데……."

그의 등 뒤로 나뭇잎이 우수수 떨어지는 것 같았다. 베리테의 은색 눈동자에 왠지 모를 아쉬움과 부러움이 스며 있었다.

푸, 푸훗. 은근슬쩍 눈치를 주는 베리테의 모습에 웃음이 새어 나왔다. 베리테가 당황해서 나를 보았다.

"뭐야, 왜 웃어?"

으, 웃겨서 안 되겠다. 좀 더 숨겨 두려고 했는데. 이러다 베리테 울겠다, 울겠어.

"잠깐만 기다려 봐."

나는 방에서 상자 하나를 가져왔다. 베리테는 의아한 눈이 되어 요리조리 상자를 살펴보았다.

"그 상자는 뭐야?"

"보여 줄게."

나는 베리테를 대신해 상자를 열어 주었다. 그 안에는 남성용 코트인 쥐스토코르Justaucorps가 들어 있었다.

허벅지까지 내려오는 긴 코트였다. 푸른색 실크에 은사로 장식한 뒤, 커프스에도 자수를 박아 전반적으로 화려하면서 우아한 분위기가 흘러넘쳤다.

"그거 남성용 코트 아냐? 입으려고?"

"아냐, 이건 네 선물이야."

선물이라는 말에 베리테의 눈이 휘둥그레졌다. 커다란 은색 눈동자가 거울처럼 나를 반사할 것만 같았다.

"직접 줄 수는 없지만……. 네가 모습을 구현하는 걸 보니, 그 안에서 이 옷을 재현하는 것도 가능할 것 같아서. 할 수 있어?"

"어, 어……."

베리테는 멍한 얼굴로 말했다. 나는 베리테가 잘 볼 수 있도록 옷을 펼쳐 들었다.

"좀 더 빨리 주고 싶었는데, 이리저리 손보다 보니 좀 걸렸어. 늘 네 도움만 받아서 선물을 주고 싶었거든."

나는 장난스럽게 웃어 보였다.

"세이블리안 것보다 이게 더 오래 걸렸어."

"……."

베리테는 말이 없었다. 표정이 묘하게 굳어 있었다. 마음에 들지 않는 건가? 으음. 역시 옷 보다는 거울 친구를 만들어 주는 쪽이 나았을지도 모른다.

그래도 베리테에게 첫 선물로는 옷을 주고 싶었다. 그게 내가 제일 잘 만들 수 있는 것이니까.

코트를 든 채 베리테의 안색을 살피던 중. 거울이 순간 하얗게 물들었다. 잠시 후, 베리테가 다시 모습을 드러냈다. 푸른 쥐스토코르를 걸친 채였다.

맞춤옷처럼 품이 딱 맞았다. 와, 베리테한테 맞춰 디자인하긴 했는데 진짜 잘 어울린다!

"어때? 괜찮아. 마음에 들어?"

"……응. 무척 마음에 들어."

베리테의 목소리가 호수처럼 먹먹했다. 그는 믿기지 않는다는 듯이 제 옷을 들여다보고 있었다. 이렇게 좋아하는 걸 보니 고생한 보람이 있다.

내가 씩 웃자, 베리테가 헛기침을 했다.

"옷 멋지네. 고맙다."

"마음에 든다니 다행이네."

나는 뿌듯한 마음으로 다시 상자를 닫았다. 베리테의 놀란 목소리가 들려왔다.

"어, 어. 왜 다시 집어넣어? 그거 내 거 맞지? 남 주면 안 된다? 여기다가 걸어 놓으면 안 돼?"

와, 진짜 마음에 들었나 보다. 거의 거울 속에서 뛰쳐나올 기세. 나는 좋아서 괜히 웃었다.

"알았어, 알았어. 이따가 보디라도 가져다 둘게."

베리테가 입술을 굳게 다문 채, 고개를 끄덕였다. 이거 진짜 남 줬다가는 큰일 날 눈빛이었다.

"그럼 나 식사하러 다녀올게."

"아. 오늘이 세이블리안이랑 약속 있는 날이었지. 잘 다녀와."

나는 방을 나섰다. 나가기 전 뒤를 힐끗 보니 베리테가 신기한 듯

제 옷을 이리저리 보고 있었다.

헤벌쭉 웃고 있는 게 꼭 어린 애 같네. 그러다 눈이 마주쳤다. 베리테의 얼굴이 빨갛게 달아올랐다.

"빠, 빨리 가!"

"다음에 또 만들어 줄게."

"……응."

킥킥 웃으며 나는 발을 옮겼다. 역시 내가 만든 옷을 입고 기뻐해 주면 무척 행복하다.

오늘따라 식당으로 향하는 발걸음이 가벼웠다. 콧노래를 흥얼거리며 식당으로 들어서자, 반가운 목소리가 들려왔다.

"어서 오세요, 아비게일 님!"

블랑슈도 내가 만든 드레스를 입고 있었다. 오늘은 긴 소매에 연노란색 원단을 사용한 모슬린 드레스였다.

흐흑, 뿌듯하다. 이제 가을이니 가을 시즌의 옷을 잔뜩 만들어 줘야지. 계절이 바뀌는 게 이렇게 즐거운 일이었다니.

"어서 오십시오, 아비게일."

그리고 오늘은 세이블리안도 먼저 도착해 있었다. 그 역시 내가 만든 르댕고트를 입고 있었다.

어라? 사흘 전 식사 자리에도 그는 같은 옷을 입지 않았던가? 블랑슈야 여러 벌 만들어 줬으니 상관없다지만, 그는 저거 한 벌만 만들어 줬는데?

옷이 없을 리는 없고……. 매번 저렇게 같은 옷만 입고 다니는 걸 보면 옷이 적잖이 마음에 든 눈치였다.

팀장님에게 올린 시안이 한 번에 통과됐을 때와 비슷한 기분이 들었다. 좀 많이 뿌듯하다.

"제가 좀 늦었네요. 둘이서 이야기 나누고 있었어요?"

"네! 아바마마가 재미있는 이야기를 많이 들려주셨어요."

"요즘 국제 정세와 혹한 대책에 대해 이야기를 나누고 있었습니다."

그는 그렇게 말한 뒤, 못을 박듯 한마디를 더 붙였다.

"5분 동안요."

뭔가 대화 주제가 삭막한 것 같지만 그래도 이야기를 나눴다니 장한 일이다. 블랑슈 역시 기분이 좋아 보였다.

"다행이네요. 앞으로도 많은 이야기를 나누었으면 좋겠군요."

근래 들어 가장 훈훈한 분위기에서 식사가 시작되었다. 가을이라 그런지 밤으로 만든 수프가 나왔다. 고소하고 부드러운 맛.

블랑슈가 조심조심 수프를 떠먹다가, 문득 생각난 듯이 말했다.

"맞아. 그러고 보니……."

음? 무슨 이야기를 하려고 하는 걸까. 블랑슈를 바라보자 그 아이는 크리스마스를 코앞에 둔 사람처럼 웃고 있었다. 기대감으로 가득 찬 눈빛. 블랑슈가 눈을 반짝이며 말했다.

"곧 아비게일 님의 생일이네요! 무척 기대가 돼요."

엥? 내 생일이었어?! 내 생일 여름인데? ……아. 그건 백합의 생일이고, 아비게일의 생일은 가을이었지.

묘한 기분이 되었다. 이제는 여름이 아닌, 가을이 내 생일이구나.

"아비게일 님, 왜 그러세요?"

"아, 아니에요. 잠깐 잊고 있었어요."

그러고 보니 같은 생일이어도 백합의 생일과 아비게일의 생일은 대우가 달랐다.

회사 생활 때문에 바쁘다 보니 생일을 제대로 챙긴 적이 드물었다. 나조차도 깜빡 잊을 때도 있었고.

반면 아비게일의 생일은 호화롭기 그지없었다. 고향에 있었을 때는 무척 큰 파티를 열었다. 그것도 일주일 내내. 뭐, 공주니까. 어찌 보면 당연한 거겠지.

네르겐에 시집온 뒤에도 크게 변하는 건 없었다. 네르겐에서 처음으로 연 생일파티는 규모가 무척이나 컸다. 수많은 사람들이 축하를 해 주고, 선물을 보냈으나 즐거운 시간은 아니었다. 우선 세이블리안이 생일파티에 참석하지 않았으니까.

화려한 보석 목걸이를 선물로 보내 준 것이 그나마 위안이라면 위안이었다. 올해도 선물을 주려나? 나는 세이블리안을 물끄러미 바라보았다. 눈이 마주치자 그가 입을 열었다.

"올해 생일 연회는 며칠 동안 할 계획입니까?"

작년에는 사흘 동안 했는데, 너무 길겠지. 그때 예산 낭비도 많이 했었고.

"하루면 되지 않을까요? 올해는 소박하게 할까 싶은데요. 블랑슈 공주랑 몇 시녀들과 보낼까 하는데……."

생일파티 크게 해서 뭐하나. 그게 다 돈인데. 그걸로 우리 블랑슈 드레스나 사 줘야지. 예산 아낀다고 하면 세이블리안도 좋아할 거고.

하지만 예상과는 달리, 세이블리안의 입매는 조용하게 굳어 있었다. 블랑슈가 힐끗 세이블리안을 보고는 입을 열었다.

"아, 아바마마도 같이 파티하면 좋을 것 같은데……."

아, 혹시 시녀랑 블랑슈랑만 생일 파티한다고 해서 저러는 건가? 에이, 설마.

"오실래요?"

"예. 참석하죠."

그는 기다렸다는 듯 덥석 제안을 받았다. 그리고는 냅킨으로 입을 닦으며 말을 이어 갔다.

"그리고 연회를 하루만 하는 건 너무 짧은 것 같군요. 역시 작년처럼 사흘 동안 하는 것이 어떻겠습니까?"

"……네?"

아니, 이 양반이 뭘 잘못 먹었나. 또 무슨 바람이 불어서 이러지? 내가 의심의 눈초리를 보내자 그가 딱 잘라 말했다.

"만약 왕비가 소박하게 파티를 열면, 제가 일부러 예산을 삭감했다든지 그런 소문이 돌 겁니다."

"그럴 리가요."

"기껏 잠재운 불화설이 다시 살아나는 건 그대에게도 곤란하지 않겠습니까?"

음, 그럴 수도 있겠다. 궁 밖에서는 나와 세이블리안이 잉꼬부부라는 소문이 돌았지만, 궁 내에서는 조금 다른 이야기가 퍼지기 시작했다.

세이블리안은 매일 내 방에 들리긴 하지만 고작해야 1시간이다. 사이가 좋으면 아침까지 머무르지 않을 이유가 없다. 그러다 보니 또다시 우리 관계를 의심하는 사람이 생기기 시작했다.

그냥 차라리 합방하자고 그럴 걸 그랬나. 어쩔 수 없다. 연회에서 애정이라도 과시해야지. 나는 세이블리안의 제안을 받아들이기로 했다.

"알겠어요. 그래도 연회는 하루 동안만 진행하는 걸로 할게요. 대신 초대객을…….”

“사흘로 하시죠.”

“그러면 이틀로.”

“사흘.”

“이…….”

“사흘.”

그는 양보할 수 없다는 듯, 입을 굳게 다문 채 나를 바라보고 있었다. 왠지 모를 데자뷰가 느껴졌다. 맞아. 예전에 블랑슈랑 식사하는 거로 다퉜었지.

나도 모르게 피식 웃음이 나왔다. 세이블리안과 이런 대화를 하는 것이 좀 신기하기도 하고, 웃기기도 했다.

원래대로라면 내가 파티를 열게 해 달라고 간청하고 그가 수락하는 입장이었을 텐데. 이제는 그가 사흘 동안 연회를 열라고 제안하고 있다니. 감개가 무량하다.

“알겠어요. 사흘 동안 할게요.”

그제야 세이블리안은 고개를 끄덕였다. 우리를 지켜보던 블랑슈가 헤실 웃었다.

“아비게일 님의 생일 파티가 무척 기대되네요. 얼른 그날이 왔으면 좋겠어요!”

“전하, 남부에서 온 서신입니다.”

비서관은 그리 말하며 서신 하나를 건네었다. 세이블리안은 두고 가라는 양 눈짓을 보냈다.

그리 급한 것은 아니었던 듯, 비서관은 말을 더 붙이지 않았다. 그가 조용히 서신을 내려놓고 떠나려는데 밀러드가 말했다.

"장고가 될 것 같습니다."

밀러드는 세이블리안의 맞은편에 앉아 있었다. 두 사람 사이에는 체스판이 놓인 채였다. 밀러드의 흑색 말들은 수세에 몰려 있었다.

장고가 될 터이니, 시간을 좀 달라. 그 사이에 서신이라도 읽고 있지 않겠느냐, 그런 뜻을 담은 말이었다.

"포기하는 게 나을 텐데."

"장고를 좀 하겠습니다."

밀러드가 꿋꿋하게 말했다. 제 충신의 석을 굳이 죽이고 싶지 않아, 세이블리안은 서신을 집어 들었다.

서신은 붉은 인장으로 봉해져 있었다. 남부에서 온 것이었다. 세이블리안이 서신을 뜯어 무심하게 훑었다.

"또 이종족 놈들입니까?"

"아니."

그는 밀러드에게 서신을 넘기며 말했다.

"남부에서 유행병이 도는 중인 것 같군."

체스판을 뚫어져라 내려다보고 있던 밀러드가 고개를 들었다.

병? 유행병이라면 꽤 골치 아픈 일이건만, 세이블리안은 그저 담담해 보였다. 하긴, 제 주군이 언제는 담담하지 않았던가. 요즘 들어 좀 이상해지셨을 뿐이지.

세이블리안이 서신을 건네자, 밀러드는 그것을 받아 주의 깊게 살펴보았다.

"다행히…… 심각한 병은 아닌 것 같군요."

아직 죽은 이가 없는 병이었다. 그럼에도 굳이 보고가 들어온 것은 해당 영지의 영주가 워낙 철두철미한 사람이기 때문이었다.

원인 불명의 병이 돌아 수십 명이 같은 증상을 앓고 있다 하였다. 구토, 구역질, 설사 등의 증상이었다.

"식중독일까요?"

"글쎄."

서신에는 그 유행병이 두 달이 넘도록 떨어지지 않는다고 적혀 있었다. 그것은 확실히 이상한 일이기는 했다.

"날이 추워져서 병이 도는 것인지도 모릅니다."

겨울이 오기 전, 감기를 포함해 크고 작은 유행병이 도는 것은 흔한 일이었다. 세이블리안은 대답하지 않았다.

밀러드의 말대로 식중독이나 흔한 감기 같은 병일 수도 있다. 그리고 그 흔한 감기에 걸려 죽는 자가 수두룩하기도 하였다.

문득 블랑슈가, 그리고 아비게일이 생각났다. 혹 두 사람이 그 병에 걸린다면……. 중병이 아니라 해서 쉬이 넘길 수는 없는 노릇이다.

"비서관. 수도에서도 이와 같은 병이 돌고 있나?"

세이블리안이 서신 읽기를 기다리며 장식처럼 서 있던 비서관이었다. 그는 묵묵히 답했다.

"아직 확인된 바가 없습니다."

"남부와 수도로 사람을 보내, 병에 대해 알아보게. 구호원 쪽으로도 예산을 더 보내라 이르고. 아, 잠깐."

세이블리안은 책상 위에 펼쳐져 있던 서류 중 하나에 서명을 했다.

"이것도 재무부에 전달하게."

아직 잉크가 채 마르지 않은 서류였다. 숨을 몇 번 불어넣어 물기를 말린 뒤 비서관에게 넘겼다.

비서관은 그것을 받아 떠나갔다. 밀러드가 그 모습을 지켜보다 입을 열었다.

"방금 보낸 서류는 무엇입니까?"

"아비게일 앞으로 특별 예산을 더하라 했네. 곧 연회를 열 테니 예산이 부족할 테지."

밀러드가 묘한 표정을 짓자, 세이블리안이 말을 더했다.

"또다시 괜한 불화설이 퍼져서 닦달받는 건 사양이니까."

밀러드의 귀에는 그것이 마치 변명처럼 들렸다. 그는 문득 제 어린 조카를 떠올렸다.

이제 막 14살이 된 어린아이다. 조카는 자기보다 한 살 어린 여자아이에게 꽃이나 과자 따위를 툭툭 던져 주곤 하였다. 그리고는 꼭 한마디를 덧붙였다. 그냥 주는 거라고, 꽃이 발아래 밟혀 있었다고, 자기는 과자를 싫어한다고. 그러면서도 제 앞에 앉은 여자아이와 눈을 맞추지 못하고 있었다.

왜 조카 생각이 났을까. 철혈왕을 보고 어린 소년을 떠올리다니. 불경하고 우스운 일이다.

세이블리안이 이미 체스에는 흥미를 잃은 듯하여, 밀러드도 자리에서 일어났다.

"지금이야 대신들이 조용할 테지만 결국 똑같아질 겁니다. 아이가 태어나지 않는다면요."

"상관없다. 다음 왕은 블랑슈가 될 테니까. 또한 레이븐 공작도 아직까지는 결혼 생각이 없는 듯하니."

그리 말하다 세이블리안은 문득 가시라도 밟은 듯 살짝 미간을 찌푸렸다.

레이븐. 큰 뜻 없이 말한 이름이 혀뿌리에 쓰게 들러붙었다. 그 이름을 입에 담자 지난번 레이븐이 아비게일과 있던 장면이 떠올랐다.

아비게일을 향해 그는 다정하게 미소 짓고 있었다. 딱히 특별할 일은 아니다. 레이븐은 거의 늘 누구나에게 미소를 지어 주었으니까.

아직까지 레이븐과 세이블리안이 정치적으로 대립한 일은 없었다. 이제껏 쥐죽은 듯이 살아오던 레이븐이다. 결혼을 하거나 애를 낳아 사태를 번거롭게 만들지도 않았다. 나는 권력에 관심이 없으니, 없는 사람 취급하라는 듯이.

하지만 그를 볼 때마다 알 수 없는 찝찝함이 느껴졌다. 그런 와중, 그가 아비게일에게 접근하고 있다. 작년에 아비게일과 레이븐이 춤을 춘 것이 생각났다.

두려움이 불쑥 머리를 들어 올렸다. 레이븐은 다정한 성정이다. 아비게일도 딱히 레이븐을 싫어하는 것처럼 보이지는 않았다. 혹 그 다정한 모습에 아비게일이 반하기라도 한다면.

이제껏 세이블리안이 저질러 온 죄가 있어 더욱 초조해졌다. 마치 수세에 몰린 체스를 두는 사람처럼.

어떻게 해야 그녀의 마음을 잡을 수 있을까. 그는 입을 다문 채 고민하다 무언가를 떠올렸다. 그래, 곧 그녀의 생일이다.

한참 생각에 잠겨 있던 세이블리안이 시종을 불렀다. 그가 굳은 얼굴로 명을 내렸다.

"아비게일이 자주 부른다던 상인들을 궁으로 부르게. 하나도 빼놓지 말고 전부."

◇

손가락 사이를 간질이는 검은 머리카락이 매끄러웠다. 나는 블랑슈의 머리를 가닥가닥 땋아 내려갔다.

블랑슈는 기분이 좋은지 작게 콧노래를 흥얼거리고 있었다. 내 품 안에 안긴 아이는 작은 동물처럼 부드럽고 따뜻했다.

"자, 다 됐어요. 블랑슈 공주."

나는 테이블 위에 올려두었던 손거울을 집어 들었다. 거울 속의 자신을 본 블랑슈가 깜짝 놀라 말했다.

"우, 우와! 무척 예뻐요! 어떻게 꽃을 만드신 거예요?"

좋아, 만족! 블랑슈의 머리 양쪽에 만든 장미가 피어 있었다. 머리카락을 땋아 틀어 올려, 살짝 만두 머리 같기도 했다.

"아비게일 님은 마법사 같아요!"

"어떻게 알았어요?"

나는 장난스레 말하며 블랑슈의 뺨을 콕 찔렀다. 꽤나 신기한 모양인지, 블랑슈는 거울에서 눈을 떼지 않았다.

"아비게일 님은 정말 굉장하신 것 같아요. 예쁜 옷도 만들 줄 아시고, 예쁜 머리도 할 줄 아시고……!"

"마음에 든다니 다행이에요."

블랑슈가 재잘재잘 떠드는 모습을 보고 있자니, 마음이 뿌듯해졌다. 혹시 몰라 배워 둔 것이 헛되지 않았구나!

내일은 벼 머리를 땋아줘야지. 모레는 어떤 머리를 해 줄까? 심플하게 양 갈래로 땋아도 귀엽겠지!

"저기, 아비게일 님."

블랑슈는 어느새 거울이 아닌 나를 바라보고 있었다. 커다랗고 푸른 눈망울에 내가 비쳤다.

"네. 블랑슈 공주."

"아비게일 님은 머리 안 땋으세요?"

어? 나? 블랑슈가 순진무구한 얼굴로 올려다보고 있어서, 나는 잠시 당황했다.

"괜찮아요. 전 다른 사람 꾸며 주는 게 더 좋아서."

"아비게일 님도 장미꽃 머리하면 예쁠 텐데. 아비게일 님은 액세서리도 잘 안 하시고……."

블랑슈가 기대 반, 아쉬움 반인 목소리로 말했다.

음. 이걸 뭐라고 설명을 해야 하나. 나는 패션 분야에 전반적으로 관심은 있지만 나 스스로를 꾸민 적은 거의 없었다. 지금이야 아름다운 아비게일의 모습을 하고 있지만 전생에는 못생기고 뚱뚱한 편이었으니까. 장미꽃으로 땋은 머리도 블랑슈가 하면 모두의 사랑을 받지만, 내가 하면 분명 비웃음을 받을 게 뻔했다.

아동복 디자이너가 된 것도 그런 이유에서였다. 대학교를 다닐 때, 보통은 자기가 디자인한 옷을 직접 시착하곤 했다. 하지만 난 내가 만든 옷을 입을 수 없었다. 내가 만든 여성복은 모두 모델 체형에 맞춰 만든 것들.

키가 작고 뚱뚱한 나에게는 허락되지 않는 옷들이었다. 내가 만든 것이 아니어도 그랬다. 길에서 파는 프리사이즈의 옷은 프리이지만 내게 맞지는 않았다. 자유라는 말은 55사이즈 이하의 사람들에게만 허용되는 것 같았다.

꾸미는 것도 마찬가지였다. 아름답지 않은 여자는 꾸미는 것조차 조롱의 대상이 되었다. 때문에 나는 패션이나 치장에 관심이 있어도, 그것을 내색하지 않았다.

나는 경멸 받는 것이 두렵다. 꾸며도 조롱받고 꾸미지 않아도 조롱받는다면 후자가 나았다. 이제는 아름다운 여자가 되었으니 굳이 무서워할 필요는 없는데도.

문득 거울에 내 얼굴을 비춰보면 아비게일이 아닌 내 진짜 모습이 비칠 것 같아서 두려웠다. 언젠가는 아비게일의 얼굴을 내 것으로 받아들일 날이 올까?

하지만 그런 이야기를 블랑슈 앞에서 할 수는 없었다. 나는 블랑슈의 머리를 쓰다듬으며 말했다.

"전 블랑슈에게 예쁜 옷을 만들어 주는 것으로 만족해요."

"혹시……."

블랑슈는 여전히 걱정 어린 눈초리였다. 그 아이가 나를 물끄러미 바라보다 입을 열었다.

"예산이 부족하셔서 안 사시는 거예요?"

엥? 이건 또 무슨 소리지.

"저 봄옷도 사 주시고, 맨날 제 옷이랑 신발 사 주시고……. 제, 제 돈 드릴게요! 다 사세요!"

블랑슈가 두 주먹을 꼭 쥔 채 말했다. 진짜 이러다가 자기 예산 다 줄 기세다.

"아, 아뇨! 그런 건 아니에요. 예산은 많아요. 진짜로! 전하께서 연회용 예산도 더 주셨고요!"

빈말이 아니라 정말로 예산은 넉넉했다. 오히려 예산이 너무 많아서 문제였다.

요즘 내가 돈 쓰는 일은 의상 재룟값과 양장사들에게 주는 인건비가 전부. 이번에 연회를 치르고도 예산이 많이 남을 터였다. 그나저나 이렇게 많이 받아도 괜찮은 건가? 우리나라 국고 괜찮아?

으, 전생에는 돈이 없어서 걱정이었는데 이번 생에는 돈이 많아서 걱정이라니. 아비게일이었다면 쿨하게 다 써 버렸을 텐데. 나는 왕비의 모습을 하고 있지만 여전히 소시민이었다.

"딱히 액세서리에 관심이 없어서 안 사는 것뿐이니, 걱정하지 말아요."

"액세서리…… 안 좋아하세요?"

블랑슈가 깜짝 놀란 얼굴이 되었다. 그 아이는 어쩔 줄 몰라 하며 중얼거렸다.

"어, 어떡하지……. 그러면 아비게일 님 선물을……."

"네? 선물이요?"

"앗! 그, 그게……!"

뒤늦게 제 중얼거림을 깨달았는지, 블랑슈가 작은 손으로 제 입을 틀어막았다. 하지만 새어 나온 말이 도로 들어갈 리 없었다.

"으으…… 비밀로 하려고 했는데."

블랑슈의 어깨가 추욱 처졌다. 그리고는 내 눈치를 힐끗힐끗 보았다.

"아비게일 님 생일 선물이요……."

아, 내 선물로 액세서리를 주려고 했구나. 그 아이는 제 치맛자락을 쪼물쪼물 만졌다.

"아비게일 님 생일 선물로 뭘 해야 할지 고민이에요……. 매번 멋진 선물을 주셔서, 저도 좋은 걸 드리고 싶은데……."

잔뜩 시무룩해진 블랑슈를 보고 있자니 자꾸 입꼬리가 씰룩거렸다. 웃으면 안 되는데 귀여워서 자꾸 웃음이 나왔다. 내 생일 선물 때문에 이렇게 마음을 쓰고 있다니.

나는 블랑슈를 쓰다듬었다. 이 작고 상냥한 천사 같으니! 분명 천국에서 난리가 났을 거야. 제일 사랑스러운 천사가 탈주를 해서.

“고마워요, 블랑슈 공주. 하지만 선물은 괜찮아요. 마음만으로도 기뻐요.”

“그래도…….”

블랑슈가 주저주저하고 있던 그때, 노마가 안으로 들어왔다. 그녀는 허리를 깊이 숙이며 말했다.

“왕비님. 국왕 전하께서 오셨습니다.”

“전하께서?”

식사는 어제였는데? 밤에도 잠깐 만났고. 왜 굳이 낮에 찾아온 건가 싶었다.

“모셔 오세요.”

잠시 후, 세이블리안이 안으로 들어왔다. 블랑슈가 자리에서 벌떡 일어나 인사를 올렸다.

“평안하셨나요, 아바마마.”

“그래. 아비게일과 있었군.”

블랑슈가 있을 줄 몰랐던 눈치였다. 그의 시선이 블랑슈의 머리에 잠깐 와닿았다. 내가 땋아 준 머리 예쁘지? 얼른 칭찬해 줘!

하지만 그는 칭찬 대신 무뚝뚝한 목소리로 질문을 던질 뿐이었다.

“그 머리 모양은 뭐지? 위엄이 떨어지는군.”

“아, 저어……. 이거 아비게일 님이 해 주신 건데…….”

"위엄은 느껴지지 않지만 아주 예쁘군. 화사하고 잘 어울린다는 뜻이었다. 사석에서까지 격식을 차릴 필요는 없겠지."

"가, 감사합니다……."

태세전환이 국가대표급이다. 결과적으로는 블랑슈한테 귀엽다고 한 거니까 한 번만 봐준다.

"전하, 그나저나 무슨 일로 오셨나요?"

나는 다소 새침한 목소리로 물었다. 세이블리안이 몇 번인가 헛기침을 했다.

"곧 당신의 생일이지 않습니까. 그래서 선물을 가져왔습니다."

응? 선물? 세이블리안의 말이 끝나기가 무섭게 시종들이 우르르 들어왔다. 그들은 모두 화려한 상자를 들고 있었다. 저 상자가 선물이라고 해도 말이 될 정도로.

세이블리안은 건조한 손길로 상자를 하나 집어 들었다. 상자를 열자, 그 안에 든 목걸이가 햇빛을 받아 화려하게 빛을 발했다.

세이블리안의 눈동자를 닮은 커다란 사파이어 목걸이였다. 빨려 들어갈 것 같은 진한 푸른색.

햇빛이 닿을 때마다 수백 개의 푸른빛이 눈을 희롱했다. 사파이어도 사파이어지만, 주위에 장식되어 있는 작은 다이아몬드만 해도 어마어마한 가격일 터였다.

미쳤다, 미쳤어. 저게 대체 얼마짜리야? 주위를 둘러싼 시녀들도 눈이 휘둥그레진 채였다.

"다른 것들도 있습니다."

그의 말에 시종들이 차례대로 상자를 열었다. 티아라, 반지, 팔찌, 귀걸이……. 상자가 열릴 때마다 시녀들의 입에서 신음과도 같은 탄성이 새어 나왔다.

“마음에 드십니까?”

그렇게 어마무시한 선물을 해 놓고도 세이블리안의 목소리는 덤덤했다.

“아, 네……. 마음에 들어요.”

어안이 벙벙했다. 왜 갑자기 이런 걸 주지? 생일 선물치고는 너무 과했다. 이런 걸 받을 만한 일을 한 적이 없다.

귀한 선물들을 받았으니 그저 기뻐하면 좋으련만. 나는 오히려 마음이 불안했다. 어차피 받아 봐야 내가 하지도 못할 물건인데……. 주위에서 사치한다고 뭐라 하면 어떡하지.

나는 그가 내민 선물들을 받지도 물리지도 못한 채 망부석처럼 굳어 있었다. 세이블리안은 그런 나를 가만히 바라보고 있을 뿐이었다. 그가 의아한 표정이 되었다가, 사람들을 향해 말했다.

“잠시 왕비와 이야기를 나누고 싶으니, 모두 자리를 비워주게.”

그리고는 망설이다 말을 더했다.

“블랑슈, 너도 잠깐 비켜 주거라.”

어? 어? 사람들은 왜 내보내? 사람들은 군말 없이 물러났다. 왕이 까라면 까야 하니까.

블랑슈 역시 눈치를 보다가 자리를 떴다. 둘만 남게 되자 더욱 어색한 분위기가 흘렀다.

이거 내가 선물 받고 안 좋아해서 이러는 건가? 아, 이거 연기를 맞춰 줘야 했는데 내가 멍청했다. 초조해하는 와중 세이블리안의 목소리가 들려왔다.

“선물이 마음에 들지 않으십니까?”

나는 힐끗 그의 얼굴을 바라보았다. 화가 난 것 같지는 않았다. 그저 궁금해 보일 뿐. 나는 주저하다 말했다.

"아, 그게……. 싫은 건 아닌데. 너무 과해서요."

"과하지 않습니다."

그는 담담하게 말했다. 거짓이라고는 조금도 느껴지지 않아, 나조차도 깜빡 믿을 뻔했다.

"이보다 더한 것을 드려도 모자랄 판입니다. 절대 과하지 않습니다."

세이블리안은 가만히 손을 뻗어, 내 귓가에 사파이어 귀걸이를 가져다 댔다.

"잘 어울리는군요."

그의 목소리가 너무도 다정하여, 순간 가슴이 울렁거렸다. 나는 민망함을 감추려고 괜히 고개를 틀었다.

"그, 뭐냐. 이렇게 선물 주시는 거. 사람들 때문에 그러시는 거죠? 맞아. 선물이 너무 적으면 불화설이 돌 테니까."

응, 응. 맞아. 분명 불화설을 잠재우려고 이러는 걸 거야. 어휴, 그럼 그렇지. 이제야 마음이 좀 놓이…….

"아뇨."

그는 방금 전처럼 딱 잘라 대답했다. 세이블리안의 얼굴은 평소처럼 진중하게 굳어 있었다.

"제가 드리고 싶어서 드리는 겁니다."

어, 야, 잠깐만. 그러지 마라. 차라리 불화설 때문에 그런 거라고 해 줘. 그런 거라면 선물을 받을 수 있을 텐데…….

그는 여전히 내 귀에 귀걸이를 가져다 댄 채였다. 나는 망설이다 가만히 그의 손을 밀어냈다.

"저는……."

혀끝이 마르는 것만 같았다. 나는 그의 얼굴을 외면하며 내뱉듯이 말했다.

"저는, 이런 걸 받을 만한 사람이 아니에요."

그리고 재빨리 말을 이었다.

"또, 이런 식으로 낭비를 하시면 예산에도 문제가 생기지 않겠어요?"

내가 서민이라 그런 건지, 저런 선물을 보고 있자니 가계부 걱정이 되었다. 이렇게 흥청망청 쓰다가 나중에 돈 모자라면 어쩌려고! 특히 이런 사치품에 낭비를 하다니. 무분별한 소비 때문에 가정이 무너지고 사회가 무너지고 국가가 무너지는 법이야!

그러나 세이블리안은 물러설 기색이 보이지 않았다. 오히려 내 반응이 이해가 가지 않는 듯했다.

"문제가 생길 여지는 없습니다. 왕실 예산은 철저하게 관리하고 있으니까요. 이 선물도 제 개인 자금에서 지출했을 뿐입니다."

"하지만 블랑슈의 봄옷 예산도 적게 주셨었고……."

"제레미 부인이 요청한 만큼 지급했을 뿐, 예산이 부족했다면 더 지급했을 겁니다. 설마 왕실 예산이 부족하다고 생각하셨던 겁니까?"

나는 차마 대답하지 못하고 어물거렸다. 예산 깎는다길래 돈 없는 줄 알았지……. 나는 머쓱해져서 괜히 대답을 피했다.

"아무튼, 너무 과해요. 저는 이런 선물 받을 수 없어요."

나는 또박또박 강조하여 말했다. 선물을 거절하는 건 좀 미안하지만, 어쩔 수 없다. 액수가 한두 푼이어야지.

대답은 돌아오지 않았다. 그를 힐끗 보자, 세이블리안은 가만히 귀걸이만 내려다보고 있었다. 왠지 풀이 죽은 것 같기도 했다. 아,

진짜. 저런 얼굴 하면 반칙이라고!

“……알겠습니다. 그러면 선물은 회수하라고 시종들에게 말해 두겠습니다.”

뭔가 큰 죄를 지은 것 같은 기분이 들었다. 그가 들고 있던 귀걸이를 잘 갈무리해 상자에 집어넣었다.

“이만 실례하도록 하죠.”

“아, 네. 가, 가세요.”

세이블리안이 방을 떠나자, 곧 시종들이 들어왔다. 그들이 눈치를 보며 상자를 챙기기 시작했다. 그리고 블랑슈가 그 뒤를 따라 들어왔다. 블랑슈는 시종들이 짐을 챙기는 것을 보고는 눈이 동그래졌다.

“아비게일 님? 무슨 일 있으셨어요?”

“아, 별것 아니에요. 선물이 너무 많아서요.”

블랑슈의 얼굴이 순식간에 어두워졌다. 으, 그러고 보니 아까 세이블리안도 이런 표정이었지. 방을 나갈 때 어깨가 처져 있던 것 같았는데…….

그러고 보니 고맙다는 말 한마디 하지 않았다. 뒤늦게 그 사실을 깨닫자 머리를 쥐어뜯고 싶어졌다. 아! 선물은 안 받더라도 인사는 해야 했는데! 바보 멍청이!

시종들이 하나둘씩 떠나가는 것을 나는 황망하게 바라보았다. 블랑슈가 내 옆에 꼭 달라붙어 내 손을 잡았다.

“블랑슈? 왜 그래요?”

“그게……. 아니, 아무것도 아니에요.”

어쩐지 블랑슈의 목소리에서 불안감이 느껴졌다. 나로서는 이유를 알 수 없는 불안이었다.

나는 말 없이 블랑슈의 어깨를 쓸어내렸다. 블랑슈는 여전히 내 손을 잡고 있었다. 마치 가지 말라는 듯이.

◇

비가 오기 전 공기가 무겁게 내려앉는 것처럼 집무실 안에는 어두운 분위기가 흐르고 있었다. 날씨 탓은 아니었다. 창밖은 맑았고 요며칠 동안 비도 내리지 않았다.

하나 이 숨소리 내기 힘든 분위기는 날사이 유지되는 중이었다. 밀러드는 이 악천후의 원인을 힐끗 보았다. 세이블리안이었다.

표정은 적막인데 존재 자체는 맹풍 같았다. 숲이라도 꺾어버릴 것 같은 매서운 찬바람이 그에게서 흘러나오는 것 같았다. 또 대체 뭐가 문제란 말인가. 얼마 전까지만 해도 봄을 찾은 사람마냥 기분이 좋아 보였는데.

차마 이유를 묻지도 못했다. 함부로 입을 열었다가는 그 칼바람에 혀를 베일 것 같았다.

"밀러드."

"예?"

폭풍 사이에서 자신의 이름이 들려와, 밀러드는 저도 모르게 우스꽝스러운 목소리로 답했다. 그도 그 사실을 자각하고는 재빨리 목소리를 다듬었다.

"예, 전하."

이름을 불러 놓고도 세이블리안은 더 말을 하지 않았다. 표정이 좋지 않아 침묵이 나쁜 예조처럼 느껴졌다.

"물어볼 것이 있네."

"예. 무엇이 궁금하십니까?"

"보통 다른 사람은……."

머뭇거리느라 말끝이 늘어졌다. 세이블리안은 작게 한숨을 쉬고 말을 맺었다.

"선물로 뭘 좋아하지?"

"……예?"

밀러드는 순간 제 귀를 의심했다. 내 귀에 문제가 있었던가? 뭔가 이상한 소리가 들려왔다.

세이블리안이 선물 고민을 하다니. 그럴 리가 없다. 차라리 제 귀가 먹었다는 쪽이 설득력이 있다.

"죄송합니다, 전하. 잘 못 들었습니다."

"다른 사람은 선물로 무얼 좋아하느냐 물었네."

대리석에 끌로 문장을 새기듯 또렷한 발음과 목소리였다. 환청이라기에는 너무 정확했다. 그렇다면 정말? 다른 사람도 아닌 세이블리안이 선물 고민을 한단 말인가?

충격 때문에 머리가 잘 돌아가지 않았다. 하지만 답을 해야만 했다. 밀러드가 더듬더듬 입을 열었다.

"그…… 사람마다 다릅니다."

허술하고 뻔한 대답이었다. 세이블리안은 불만스러운 기색이 되었다.

다시 짧은 한숨. 그는 또다시 고민하는 낯이 되었다. 아까보다 조금 더 긴 고민. 그리고 목소리는 더 낮아졌다.

"그러면 여성은 보통 선물로 뭘 좋아하지?"

유행병이 돈다더니, 세이블리안도 어떤 병에 걸린 것은 아닐까. 밀러드는 잠시 그런 불충한 생각을 했다.

"보통은 꽃이나 보석, 장신구 같은 것을 좋아합니다."

"……."

이번 대답 역시 불만족스러웠다. 세이블리안이 아는 바와 크게 다르지 않기 때문이었다.

그래. 보통은 꽃이나 보석 같은 것을 좋아한다. 작년, 아비게일에게 목걸이를 주었을 때도 기뻐하지 않았던가. 하지만 올해는 왜 거절을 한 것일까? 작년과는 비교도 되지 않을 정도로 귀한 것들인데, 왜 그리도 떨떠름한 표정을 지었을까.

"기뻐하리라 생각했건만……."

기뻐해 주길 바랐건만. 대체 무엇을 선물해야 아비게일은 기뻐해 줄 것인가. 며칠 내내 고민해도 답이 나오지 않았다.

꽃이 좋다면 화원을 지어 줄 것이고, 보석을 좋아한다면 방 하나를 모두 금은보화로 채워 주면 될 것이다.

하지만 아비게일은 선물이 과하다고 거절하였으니, 화원을 선물해 줘 봐야 기뻐하지 않으리라. 또 꺼림칙한 표정을 짓겠지.

갑갑했다. 세이블리안은 고개를 들어 창밖을 바라보았다. 그가 창밖에 뭐라도 있는 것마냥 시선을 주어 밀러드도 그곳을 보았다.

아무것도 없다. 아, 또 저러시는군. 밀러드는 속으로 중얼거렸다. 요 며칠 세이블리안에게 생긴 변화 중 또 하나는 버릇이 생겼다는 점이었다.

세이블리안은 시간 낭비를 좋아하지 않는다. 목표가 생기면 그곳을 향해 직진할 뿐. 이유 없이 멈추는 경우는 없다.

그러나 요즘, 그는 길을 걷다 문득 멈춰 서곤 했다. 딱히 목적이 있는 것도 아닌 듯했다. 잠시 어딘가를 바라볼 뿐이다.

대상은 늘 바뀌었다. 그것은 창밖의 풍경일 때도 있었고, 벽에 걸린 예술품이기도 했으며, 때로는 시녀들에게 시선이 머무르기도 했다. 그 뜻을 모르는 시녀들은 괜히 얼굴을 붉히고, 가슴이 설레어 밤잠을 이루지 못했으나 세이블리안은 정작 아비게일을 생각하고 있었다.

그녀는 보석을 거절했다. 그렇다면 무엇을 주어야 기뻐할까. 무엇을 좋아하고, 무엇을 싫어할까. 혹 저 여인들이 걸친 것을 아비게일은 좋아할까. 이 벽에 걸린 풍경화가 그녀의 취향일까.

정원에 핀 꽃 무리도 예전에는 무감하게 지나쳤건만, 이제는 잠시 그 앞에서 머무르며 아비게일을 생각했다.

궁금한 것이 많아졌다. 아비게일이 어떤 색깔을 가장 좋아하고, 어떤 향기를 좋아하며, 취미는 무엇이고 무엇을 보며 웃는지.

지난번 선물은 거절당했으니 이번만큼은 마음에 꼭 드는 것으로 주고 싶었다. 하지만 정원의 꽃은 너무 소박해 보였고 시녀들의 드레스는 아비게일이 만든 것만 하지 못했다.

무엇을 주어도 제 성에 차지 않았다. 세이블리안은 작게 앓는 소리를 냈다. 그런 모습을 지켜보던 밀러드가 넌지시 입을 열었다.

"혹시 왕비님의 선물로 고민 중이신 거라면……."

여전히 이 상황을 믿을 수 없다는 듯, 떨떠름하고 떫은 목소리로 그는 말을 이어 갔다.

"왕비님의 시녀에게 물어보는 것은 어떨까 싶습니다. 가까이서 지내는 시녀라면 분명 왕비님의 취향을 알 겁니다."

시녀? 그 말에 세이블리안의 표정이 조금 밝아졌다. 이제야 가까스로 마음에 차는 대답이 나왔다.

"시종에게 아비게일의 시녀를 불러오라 명하게."

그는 망설이지도 않고 시종을 불렀다. 하명이 떨어진 지 얼마 되지 않아, 시종은 아비게일의 시녀를 데리고 왔다.

갑작스러운 호출에 시녀는 적잖이 긴장한 기색이었다. 클라라가 넙죽 고개를 숙였다.

"구, 국왕 전하를 뵙사옵니다."

목소리가 떨리고 있었다. 집무실에 들어오는 것은 처음이었다. 국왕과 독대를 하는 것도 마찬가지였다.

더군다나 어째서 세이블리안이 자신을 불렀는지 짚이는 바가 없었다. 혹 어떤 벌을 받는 것은 아닌가 싶어 몸이 떨려 왔다.

"고개를 들게."

허락이 떨어진 뒤에야, 클라라가 간신히 얼굴을 들었다. 여전히 얼굴이 희끄무레했다.

다행히 세이블리안에게서 한풍은 사라지고 없었다. 그는 건조한 목소리로 물었다.

"아비게일과는 잘 지내고 있는가?"

익숙한 이름에 클라라의 긴장이 아주 조금 풀어졌다. 아마도 치죄하려는 것은 아닌 듯했다.

"네! 잘, 잘 모시고 있습니다!"

"그렇군. 다름이 아니라 물어볼 것이 있어 불렀네."

그리 운을 띄워 놓고, 뒷말은 이어지지 않았다. 뒤늦게 부끄러움이 찾아온 탓이었다. 하지만 고민은 짧았다.

아비게일을 생각하느라 더 이상 속을 앓을 수는 없었다. 생일이 하루하루 다가오고 있는 참이다.

“아비게일이 요새 무엇에 관심을 갖고 있지?”

“……왕비님이요?”

클라라가 큰 눈을 깜빡거렸다. 질문의 저의를 더듬어 보느라 잠시 말이 없었다. 그러다 그녀의 눈이 영민하게 반짝였다.

“전하, 정말 송구하옵니다만…….”

클라라는 세이블리안의 안색을 살피며 조심스레 말을 이어 갔다.

“혹 실례가 되지 않는다면, 어째서 왕비님의 취향을 묻는지 여쭤봐도 될까요?”

옆에서 그 모습을 지켜보고 있던 밀러드가 얼굴을 찌푸렸다. 겁 없는 질문이었다. 어디서 감히 왕의 의중을 물으려 하는가.

그러나 밀러드와 달리 세이블리안은 크게 기분이 상하지 않은 것 같았다. 망설이는 기색은 있었으나 그는 순순히 답을 내주었다.

“아비게일에게 선물을 하기 위함이다.”

목소리는 서늘했으나, 말에는 온기가 깃들어 있었다. 클라라가 씨익 웃었다.

“그렇다면 왕비님께서 좋아하실 만한 것이 있습니다.”

세이블리안은 어디 이야기해 보라는 듯 그녀를 바라보았다. 클라라가 중요한 비밀이라도 말하듯, 목소리를 내리깔았다.

“왕비님께서 좋아하실 만한 물건은…….”

아침부터 들려오는 말발굽 소리와 바퀴 돌아가는 소리에 일찍 잠에서 깼다.

마차를 끌고 들어오는 말들은 하나같이 관리를 잘 받고, 갈기에 윤기가 흐르고 있었다. 누가 봐도 귀족들이 키우는 말이었다.

혈통이 좋아 보이는 말만큼이나 마차 역시 고급스러웠고 그 안에서 나오는 물건들 역시 예사롭지 않았다.

크고 작은 상자들, 미처 상자에 들어가지 못한 귀중품들이 방에 쌓여 가기 시작했다. 나는 조금 아득한 기분으로 그것을 바라보고 있었다.

"로제 가문에서 보낸 선물입니다. 왕비님의 탄신일을 진심으로 경축한다는 말을 전해달라 하셨습니다."

"아르마니 후작께서 앞으로 열릴 연회에 꼭 초대받고 싶다는 뜻을 비치셨습니다."

"키르쉬 가문에서……."

"스토크 가문에서……."

으윽, 수많은 가문의 이름이 귓속에서 실타래처럼 엉키는 기분이었다. 생일 연회가 얼마 남지 않자 여러 가문에서 선물을 보내오기 시작했다.

그들의 선물에서는 애정이 아닌 절박함이 느껴졌다. 왕비에게 밉보이지 않으려면 어쩔 수 없었겠지.

작년에도 선물은 꽤 많이 받았는데, 올해는 그 규모가 남달랐다. 보내오는 선물이 거의 두 배는 많은 것 같았다.

"올해는 선물이 왜 이리 많지?"

그렇게 중얼거리자, 목걸이에서 작은 목소리가 닿을락 말락 들려왔다.

"네가 세이블리안과 사이가 좋아졌다고 하니, 더욱 줄을 서려는 것이겠지."

베리테의 말은 일리가 있었다. 작은 회사에서도 정치 싸움이 살벌한데, 진짜 정치판이면 오죽할까.

휴우, 회사에서도 정치판에 안 끼려고 발버둥을 쳤는데 결국 이렇게 되는 건가. 방 하나를 가득 채운 선물을 보고 있자니 착잡해졌다.

"기쁘지 않아?"

"잘 모르겠네."

지난번 세이블리안이 선물을 주었을 때도 그랬지만, 너무 과한 선물은 기쁨보다 불안함을 가져왔다. 게다가 이 선물을 보낸 사람들의 목적을 알고 있으니, 쉽게 기뻐할 수도 없었다.

"혹시 이 정도 급으로는 만족을 못하는 거야? 큰일이네. 난 무슨 선물을 줘야 하지."

베리테가 반쯤은 농담하듯 말했다. 나는 질색했다.

"제발 부탁인데, 축하한다는 말이면 충분해."

전생에서 보냈던 생일 파티가 그리워졌다. 친구들이랑 맛있는 것을 먹고, 밤새도록 술 마시며 수다를 떨던 파티.

차라리 베리테랑 술판을 벌일까. 그편이 더 재밌을 것 같았다. 시녀와 하녀들이 선물을 정리하던 중, 노마가 입을 열었다.

"전하, 웨이틀리 영애가 보낸 선물입니다."

웨이틀리 영애? 익숙한 이름에 나는 반가움을 느꼈다. 몇 번 차를 마셨더니 웨이틀리 영애가 친구처럼 느껴졌다.

"뭘 보냈어?"

그 말에 노마는 포장을 끄르고 내용물을 보여 주었다. 그건 숄이었다. 초록색 원단이 꽤 세련되면서도 고풍스러운 분위기를 풍겼다.

"편지도 함께 있습니다만."

내가 손을 내밀자, 노마가 편지를 건네주었다. 편지의 내용은 너무 소박한 선물을 보내 미안하다는 것이었다.

아니야! 아주 좋아! 소박하다고는 하지만 이것도 분명 비싼 거겠지. 암만 봐도 광택이 예사롭지 않은데.

"웨이틀리 영애도 연회에 초대해야겠네."

"네. 명단에 추가하도록 하겠습니다."

명단 작성하는 것도 일이다, 일. 이 선물을 보낸 사람을 전부 초대할 수도 없고…….

나는 막막한 기분으로 하녀들을 바라보았다. 하녀들은 열심히 선물 상자를 개봉하고, 내용물을 정리하고 있었다.

선물로 들어온 것 중 대부분은 드레스와 장신구였다. 때때로 익숙한 동양풍의 물건이 보이기도 했다.

"왕비님. 선물들은 왕비님의 방으로 옮길까요?"

"아니. 그냥……. 다른 방에 가져다 놔줘. 잠깐 구경만 할게."

클라라는 고개를 끄덕인 뒤 뒤로 물러났다. 선물들은 분류에 따라 잘 정리되어 있었다. 그중에서 가장 내 눈에 들어오는 것은 드레스였다. 아무래도 전공이 전공이니까.

입지는 않겠지만 한 벌 한 벌 디자인을 확인했다. 대부분 내가 유행시킨 옷들이었다. 아무래도 내 비위를 맞춰야 할 테니 말이지.

선물의 양을 보고 처음에는 좀 질겁했지만, 그래도 막상 구경하니 즐거웠다. 옷마다 디자이너의 취향이 보였다. 호오, 이 옷은 이렇게 포인트를 줬구나. 세공 단추를 다는 게 트렌드인가 보다.

그렇게 드레스와 겉옷을 살피던 중, 나는 잠시 손을 멈췄다.

"요즘은 녹색이 유행인가?"

드레스 중에서 녹색 원단을 쓴 것이 많이 보였다. 노마가 담담하게 대답했다.

"네. 새로운 염료가 나왔다더군요. 수도에서도 요즘 유행이라 합니다."

오호, 올해 가을 시즌 컬러는 초록색이구나. 초록색도 참 좋지. 유행 요소를 알게 되니 왠지 신이 났다.

"일단 모두 드레스룸으로 옮겨 줘. 앞으로 옷 걱정할 일은 없겠네."

"네, 왕비님. 그런데……."

노마가 머뭇거리는 것이 보였다. 그녀는 방 한쪽을 힐끗 보았다. 그쪽에는 아직 포장을 풀지 않은 상자가 하나 남아 있었다.

"저 선물은 왕비님께서 직접 확인하셔야 할 것 같습니다."

"저게 뭔데?"

"국왕 전하께서 보내신 것입니다."

어? 지난번에 선물을 보내 놓고 또? 이번엔 또 뭘 보냈을지 걱정이 되는데……. 으음. 그냥 소박한 물건이면 좋겠다. 반짇고리 같은 거.

상자 크기가 그다지 크지 않은 것이 다행이랄까. 아니, 방심하면 안 된다. 보석류는 크기가 작아도 비싸니까.

나는 망설이다가 조심스레 상자를 열었다. 내용물을 본 순간, 나는 눈을 의심할 수밖에 없었다.

"……진짜 전하가 보낸 선물이야?"

"네. 오늘 아침 전하의 시종이 전달해 주었습니다."

“잘못 보내신 거 같은데.”

세이블리안이 절대로 보낼 리가 없는 물건이 들어 있었다. 나는 손가락으로 슬쩍 그것을 들어 올려 보았다.

속옷이었다. 정확히 말하자면 란제리. 사랑스러운 흰색 레이스가 잔뜩 붙어 있는 란제리.

우와……. 완전 싫어. 란제리? 란제리이이?

이게 대체 무슨 일이야. 표정 관리가 안 된다. 보지 않아도 내 표정이 썩어 들어가는 게 느껴진다.

다른 사람이 보낸 선물을 노마가 착각한 게 아닐까 싶었지만, 꼼꼼한 그녀가 실수할 리 없다. 그러면 정말로 세이블리안이 보냈다는 건데……. 대체 이런 걸 왜 보냈지? 협박인가? 내가 선물을 받아 주지 않자, 이런 식으로 보복을 하는 것인가?

그의 의중을 알 길이 없어 그저 심란했다. 나는 조용히 선물 상자를 닫았다.

“……이것도 일단 드레스룸에 넣어 놔.”

마음 같아서는 저런 남사스러운 속옷은 바로 태워 버리고 싶었지만, 일단은 국왕의 선물이다. 쟁여 두는 수밖에.

노마는 뭔가를 더 말하려다가 조용히 상자를 받았다. 클라라가 초조한 표정이 되어 말했다.

“저, 왕비님? 선물이 마음에 안 드세요?”

“어? 아, 뭐……. 딱히 취향은 아니라서.”

내 대답에 클라라의 표정이 확 어두워졌다. 그러고 보니 얘, 나랑 세이블리안의 사이를 열렬히 응원했지. 하지만 란제리 선물을 받고 기뻐할 수는 없잖아. 아, 진짜 왜 저걸 보냈지? 이해가 안 가네.

나는 툴툴대며 다시 선물 구경을 시작했다. 으음, 블랑슈에게 줄 만한 것이 있으면 좋겠는데. 딱히 눈에 띄는 게 없었다.

사실 란제리의 충격 때문에 다른 선물이 눈에 들어오지 않았다. 약간 넋을 놓고 설렁설렁 선물을 살펴보고 있는데 노마가 말했다.

"전하, 레이븐 공작님께서 뵙기를 청하십니다."

응? 레이븐이라고? 이 사람은 또 왜 왔지. 나는 우선 고개를 끄덕였다.

잠시 후, 레이븐이 들어왔다. 오늘도 봄바람처럼 부드러운 미소를 지은 채였다.

"평안하셨습니까, 왕비님."

그는 그렇게 말한 뒤, 방 안을 둘러보았다. 시선이 방을 가득 채운 선물에 닿았다.

"선물이 많이 도착했군요."

반쯤은 감탄하는 목소리였다. 나는 소파에 앉은 뒤, 레이븐을 바라보았다.

"여기저기서 선물이 오고 있더군요. 앉으시죠, 레이븐 경."

레이븐은 정중히 내 맞은편에 앉았다. 그를 마주 보고 있자, 왠지 묘한 기분이 들었다.

그의 얼굴을 보면 볼수록 세이블리안이 떠오른다. 닮았으나 철저하게 닮지 않은 형제.

세이블리안……. 대체 왜 란제리를……. 아, 아니. 란제리 생각은 그만하자! 레이븐이랑 이야기해야지.

"왕비님의 생일이란 이야기를 들어, 부족하나마 선물을 드리러 찾아왔습니다."

나는 레이븐의 얼굴을 가만히 바라보았다. 딱히 내게 아부를 하는 것 같지 않았다. 정말 순수하게 내 생일을 축하해 주고 있다는 느낌.

지난번에도 생각했지만, 레이븐은 꽤나 자상한 성격 같다. 이 모진 세상에 이토록 올곧게 자라나다니…….

"고마워요, 레이븐 경. 진심으로요."

그의 진심에 나 역시 진심으로 답을 돌려주었다. 레이븐이 쑥스럽다는 듯이 웃었다.

"너무 굉장한 선물들을 많이 받으셔서 조금 부끄럽군요."

음. 굉장한 선물을 많이 받기는 했지. 란제리라던가, 란제리라던가, 란제리라던가. 그나저나 레이븐은 뭘 가져왔으려나? 란제리는 아니겠지.

나는 반쯤은 두려운 마음으로, 반쯤은 기대하는 마음이 되었다. 레이븐이 코트 안쪽 주머니에서 무언가를 꺼내는 것이 보였다.

그것은 한 손에 잡힐 정도의 크기로, 언뜻 보면 향수병처럼 보였다. 하지만 그 안에 든 것은 액체가 아니었다.

연기라고 해야 하나, 액체와 기체의 중간적인 느낌이라고 해야 하나. 따뜻해 보이는 노란색의 무언가가 부드럽게 출렁였다. 대체 저게 뭘까? 내가 가만히 바라보자, 레이븐 경이 설명을 덧붙였다.

"마도구입니다. 그렇게 대단한 기능이 있는 건 아니지만, 마도구를 모으신다고 들어서요. 혹시 이미 갖고 계시나요?"

"아뇨. 없어요. 그나저나 마도구가 요새 비싸졌다고 들었는데요."

사실 알고 보면 이 방에서 가장 비싼 물건 아닐까? 또다시 심란해지기 시작했다.

"부끄럽지만 그다지 비싼 것은 아닙니다. 아마 다른 사람들도 흔히 가지고 있을 겁니다."

흠, 그래? 그렇다면 다행이다. 나는 그에게서 마도구를 넘겨받았다. 크리스털 병은 빈 것처럼 그저 가벼웠다.

"그렇다면 받도록 하죠. 이 마도구는 대체 뭔가요?"

"클리너라는 이름으로 부르더군요. 향수처럼 뿌리면, 닿은 부분의 액체나 가루 종류가 녹듯이 사라집니다."

뭔가 굉장한 듯하면서도 소박한 기능이었다. 뭔가 청소할 때 유용하려나.

"보통은 무언가를 잘못 적었을 때 잉크를 지우는 데 사용하는데, 여성분들은 조금 다른 기능으로 쓴다고 합니다."

"다른 기능이라면……?"

그는 대수롭지 않다는 듯이 말했다.

"화장을 지우는 용도로 쓴다더군요."

순간 눈앞에 번쩍 별이 빛나는 것 같았다. 나도 모르게 목소리가 커졌다.

"뿌리기만 하면 화장을 지워 준다고요?"

"네. 별것 아닌 기능이죠."

"별것 아니라뇨? 엄청난 기능인데요?"

나는 잔뜩 흥분하고 말았다. 화장을 지워 주는 마도구라니! 원래는 그런 용도가 아닌 것 같았지만 어쨌거나 굉장했다.

야근을 하고 집에 들어와 침대에 털썩 드러누워, 어째서 화장 지워 주는 기계가 발명되지 않았는지 원망하던 나날들.

아비게일이 되었어도 화장 지우기에서 벗어날 수는 없었다. 오히려 더욱 가혹해졌다.

얼굴에 분을 칠하고, 테라코타나 터키석을 빻은 가루로 눈가를 칠한다. 연지는 백단나무와 진사, 밀랍으로 만들어졌는데 이게 정말……. 죽어도 안 지워진다.

클렌징폼도 없이 비누로만 닦아야 하기에 왠지 모를 찝찝함이 있었는데. 대박이다. 이번에 받은 선물 중에서 제일 좋아!

나는 소중히 클리너를 품에 안았다.

"고마워요, 레이븐 경. 무척 마음에 드는군요."

그는 다소 어리둥절한 표정이 되었다. 화장 안 하는 사람들은 이해하지 못하겠지. 이게 얼마나 중요한 건지…….

"다행입니다. 마음에 드신다니. 아, 참고로 안에 든 것은 마력입니다. 주기적으로 보충하면 반영구적으로 쓸 수 있죠."

오오, 이 반액체 상태의 내용물이 마력이었구나. 신기하다. 그런데 주기적으로 보충을 해 줘야 한다고……?

"인간 중에는 마법사가 거의 없다고 들었는데. 궁정 마법사를 찾아가야 하는 건가요?"

"걱정하지 않으셔도 됩니다. 제가 보충해 드릴 수 있으니까요."

"레이븐 경께서요?"

아니, 그가 마법사였단 말인가? 새삼 그가 더욱 신기해 보였다. 레이븐이 겸손하게 말했다.

"네. 약간의 마력은 있어서요."

"그러면 혹시 이 마도구도 레이븐 경께서 만든 건가요?"

"아쉽게도 그 정도까지는 재능이 없습니다. 그래도 마도구를 작동시킬 정도의 마력은 있죠."

그래도 마력이 있다는 거잖아. 굉장하다. 레이븐이 부드럽게 미소 지었다.

“마력이 다 떨어지시면, 언제든 제게 말씀해 주시면 됩니다.”

“하지만 이런 걸로 부탁드리기 죄송스러운걸요.”

“마력 보충은 딱히 힘든 일이 아니니까요. 정 불편하시면 제가 아닌 다른 궁정 마법사에게 명하셔도 되는 것이니, 너무 걱정하지 않으셔도 됩니다.”

그의 목소리에 강압은 느껴지지 않았다. 그저 정중한 배려가 느껴질 뿐.

뭐, 뭐야. 젠틀해……. 가슴이 뭉클해졌다. 이런 선물까지 받았는데 연회에 초대를 안 할 수가 없지.

“그나저나 아직 레이븐 경께는 초대장을 드리지 않았죠.”

“아, 생일 연회 말씀이시군요. 주신다면 기쁘게 가겠습니다만…….”

그는 약간 곤란해 보였다. 잠시 망설인 끝에, 레이븐은 미안하다는 듯이 웃었다.

“눈에 띄는 것을 좋아하지 않아서 연회 참석은 어려울 듯싶습니다. 또한 국왕 전하께서도 그걸 원하실 겁니다.”

으응. 맞아. 너네 사이 안 좋았지.

세이블리안과 레이븐이 정치적인 관계 때문에 데면데면한 것이 아쉬웠다.

세이블리안은 겉으로는 냉해 보이지만 실제로는 여린 구석이 있다. 레이븐 역시 조용하지만 상냥한 사람이고.

나름 좋은 형제로 지낼 수 있을 것 같은데……. 내가 너무 무른 생각을 하고 있는 걸까?

“아쉽지만 어쩔 수 없군요. 선물 고마워요, 레이븐 경.”

어쨌거나 레이븐을 초대하면 양쪽 다 불편해질 것이다. 레이븐은 이해해 줘서 고맙다는 듯이 눈꼬리를 흐렸다.

"마음에 드신 것 같아 기쁩니다. 시간을 많이 뺏을 수는 없으니, 이만 실례하도록 하겠습니다."

레이븐은 자리에서 일어났다. 그리고는 내게 손을 내밀었다. 아마 인사를 하려는 모양이었다.

내가 오른손을 건네자, 그는 가볍게 손끝을 잡았다. 손등에 부드러운 입술이 잠시 닿았다가 떨어졌다.

아, 아니? 뭐지 이 거친 스킨십은? 나는 당황해서 레이븐을 올려다보았으나 그는 그저 태연할 뿐이었다.

"그러면 즐거운 생일 되시길 바랍니다."

그는 산뜻하게 미소 지은 뒤, 방을 떠나갔다. 나는 아직도 얼떨떨한 기분으로 그를 바라보고 있었다.

손등에 키스라니……. 아니, 아니. 딱히 특별한 것도 아니다. 다른 사람들도 흔히 하는 인사인걸.

세이블리안에게는 받아본 적이 없어서 당황했다. 휴, 진정하자. 이러다간 연회 때 손등 키스 받을 때마다 경기 일으키겠어.

나는 주의를 분산시킬 겸, 다시 한번 클리너를 바라보았다. 그 안에서 반짝이는 마력은 선명한 금색이었다. 마치 레이븐의 눈동자를 닮은 색. 이 안에 담긴 것은 레이븐의 마력일까? 어찌 됐든, 좋은 선물을 받았다.

"클라라, 이 선물은 내 방의 화장대 위에 올려놔 줘."

"아, 네. 왕비님……. 란제리는 어떻게 할까요?"

"그건 장롱 깊숙한 곳에 넣어 둬."

클라라는 심각한 표정으로 클리너를 갖고 떠나갔다. 혹시 쟤도 탐나서 그러는 건가? 나중에 몇 번 뿌려 줘야지.

◇

어둠이 먼저 발을 내디디면 그 뒤로 추위가 따라온다. 아니면 그 반대일지도 모른다. 그렇다 할지라도 어둠과 추위가 형제라는 것에 쉬이 반대할 사람은 없으리라.

계절은 여름을 넘어 가을로 향하고 있었다. 시간이 끝의 계절로 향할수록 밤의 시간도 빠르게 찾아왔다. 일주일 전까지만 해도 이 시각이라면 환했을 궁전이다. 시종들이 부지런히 궁 내를 돌아다니며 촛불을 붙이는 것이 보였다.

세이블리안의 방에는 시종이 들어올 필요가 없었다. 왕의 방에도 어둠은 찾아왔으나, 마도구에서 흘러나오는 빛 덕분에 충분히 밝았다.

그는 침대에 걸터앉아 한참이나 말이 없었다. 시계를 힐끗 보니 어느새 10시가 넘어 있었다. 아비게일의 방으로 가야 한다. 그 사실을 알면서도 그는 자리에서 일어날 생각을 하지 못하고 있었다.

밤이 이렇게 긴장되는 것은 퍽 오랜만의 일이었다. 매일 밤 아비게일을 만나는 것이 익숙해지는 참이었건만.

그 시녀의 말을 듣지 말았어야 했나. 그는 반쯤 후회했다. 아비게일의 선물로 무엇을 준비하면 좋을지 물었을 때, 클라라의 입에서는 뜻밖의 말이 튀어나왔다.

[란제리를 선물하면 기뻐하실 거예요.]

[……란제리?]

그 말에 세이블리안도, 밀러드도 당황하고 말았다. 시녀의 눈동자에는 굳건한 믿음이 배어 있었다.

아비게일을 보필하는 시녀의 말이니 신빙성은 있었다. 지난번 아비게일이 자신의 침소에 찾아왔을 때도 란제리를 입고 있었고.

민망하긴 하였으나, 마땅히 다른 선물이 생각나지 않았다. 세이블리안은 왕실 양장사를 불렀다.

그녀에게 맞는 속옷을 만들라 명하자 양장사는 세이블리안에게 물었다.

[색깔은 어떤 걸로 할까요? 그리고 어떤 형태로 할까요?]

그 질문에 세이블리안은 무척 당황했다. 색깔? 형태? 그는 잠시 아비게일이 속옷을 입은 모습을 상상했다가 몸서리를 쳤다. 그것은 무척 불경한 일처럼 느껴졌다.

[자네가 알아서 하게.]

그리 말하고는 양장사를 물렀다. 그가 떠나간 뒤에도 아비게일에 대한 미안함이 남아 있었다. 부인의 벗은 몸을 상상하다니. 아비게일이 알면 화를 낼 일이었다.

그럼에도 그는 자꾸만 아비게일을 생각했다. 그때, 자신의 침소에 들렀을 때 그녀는 어떤 속옷을 입고 있었을…….

세이블리안은 제 뺨을 가볍게 때렸다. 이런 추잡한 생각을 하고 있다니. 아비게일에게 실례다.

그는 얼얼해진 뺨을 문지르고 다시 한번 시계를 보았다. 10시 5분. 시간이 참 더디게 갔다.

그녀는 오늘 선물을 받았을 것이다. 기뻐했을까? 그것을 입었을까? 속옷만 입은 채 자신을 기다리고 있을지도 모른다. 그런 속옷 차림의 그녀를 마주한다면…….

심장이 조이는 듯 아팠다. 박동이 불규칙적으로 뛰는 게 느껴졌다. 사실 진작부터 그랬던 심장이었다.

그녀의 속옷 차림을 보고 졸도라도 하는 것은 아닐까. 아니, 괜찮을 것이다. 아비게일의 손을 잡는 것도 능히 해냈으니 속옷 차림 정도야 잘 버텨낼 수 있을 것이다.

그는 자리에서 벌떡 일어났다. 그녀가 어떤 모습을 하더라도, 놀라지 않으리라 다짐하고 침소로 향했다.

가을의 밤은 서늘했다. 오히려 좋았다. 조금씩 목덜미를 타고 올라오는 열기가 덕분에 식어가고 있었다.

침소에 도착하여 그는 가볍게 노크를 했다. 약간의 사이를 두고 대답이 들려왔다.

"들어오세요."

늘 똑같은 목소리. 차분하고 다소는 무감하게 들리는 목소리였다. 세이블리안은 심호흡을 하고 안으로 들어섰다.

"어서 오세요, 전하."

"……안녕하십니까, 아비게일."

세이블리안의 시선은 바닥을 향하고 있었다. 그녀는 지금 무슨 차림을 하고 있을까.

속옷 차림의 아비게일이 눈에 어른거렸다. 그는 한참 동안 바닥만 노려보고 있다가 큰 결심을 하고 고개를 들었다.

"……왜 그렇게 보세요?"

아비게일은 평소와 같은 슈미즈 차림이었다. 세이블리안은 조금 허망한 눈이 되어 있었다.

속옷 차림이 아니라서 그는 반쯤은 안도했다. 반쯤은? 나머지 반이 아쉬움이라는 사실에 그는 짐짓 당황했다.

"차라도 한잔 드릴까요?"

아비게일이 무표정한 얼굴로 말했다. 세이블리안이 고개를 끄덕이고는 자리에 앉았다.

그는 차를 따르는 왕비의 뒷모습을 바라보았다. 그녀는 평소처럼 담담해 보였다.

"허브티예요. 드시면 숙면에 좋을 거예요."

"고맙습니다, 아비게일."

세이블리안은 조심스레 찻잔을 받았다. 여전히 시선은 바닥을 향한 채였다. 왠지 모르게 그녀의 얼굴을 보기가 부끄러웠다.

차는 적당히 뜨거웠다. 부드러운 캐모마일의 향이 목과 비강을 간질이자 조금은 차분해지는 것도 같았다.

아비게일도 똑같은 차를 마시고 있었다. 그녀는 아무런 말도 없었다. 세이블리안이 눈치를 보다 슬며시 입을 열었다.

"별일 없으십니까?"

"별일이요?"

아비게일이 무슨 말을 하냐는 듯이 물었다. 그는 당황하여 말을 돌렸다.

"컨디션이라든지……."

"괜찮아요."

무심한 대답에 대화가 뚝 끊겼다. 세이블리안은 힐끗힐끗 아비게일을 살피다가 조심스레 물었다.

"그, 선물은……."

방금 전 차를 마셨는데도 어느새 입안이 말라 있었다. 그가 힘겹게 말끝을 맺었다.

“받으셨습니까?”

입고 있는지는 차마 물어볼 수 없었다. 세이블리안의 질문에 아비게일은 잠시 당황하는 기색이었다.

“아, 선물이요……?”

세이블리안이 고개를 끄덕이자, 아비게일이 진중한 표정이 되어 말했다.

“네. 받았어요.”

“……그렇군요.”

세이블리안은 조금 낙담했다. 기뻐할 거라 생각했는데, 이번에도 실패한 모양이었다.

“전하, 여쭤볼 게 있습니다만.”

“말씀하십시오.”

“저기…… 속옷은…… 왜 보내신 거죠……?”

그녀는 마치 못 받을 물건을 받은 사람처럼 말했다. 세이블리안의 목소리에 당황이 묻어났다.

“마음에 들지 않으십니까?”

“어…….”

아비게일은 조금 곤란하다는 듯한 표정이 되었다. 지난번 선물을 주었을 때와 흡사한 표정.

“……이번에도 마음에 들지 않으셨나 보군요.”

후회가 밀려왔다. 또 실패다. 이번에야말로 그녀를 만족시키고 싶었는데.

"아, 그게. 좀 당황스러워서요. 전하가 보낼 만한 선물이 아니잖아요. 이런 선물은 제 시녀나……."

그렇게 말을 하던 중, 아비게일의 목소리가 뚝 끊겼다. 그녀는 뭔가를 깨달은 사람처럼 보였다.

"전하. 혹시 클라라랑 만나셨나요?"

"……!"

어떻게 알았지? 정곡을 찔렸다. 저도 모르게 목이 뻣뻣하게 굳었다. 대체 뭐라 대답해야 할지 알 수 없었다.

변명을 하려 했으나, 그는 그것이 무용함을 깨달았다. 아비게일의 눈에는 선명한 확신이 서려 있었다.

거짓말을 해 봐야 그녀에게 들킬 것이다. 아비게일의 기분을 상하게 하고 싶지는 않았다.

언제부턴가 그의 기준은 아비게일이 되었다. 그렇기에 그가 고를 수 있는 선택지는 하나뿐이었다.

"……예. 만났습니다."

이실직고하는 목소리가 푹 꺼져 있었다. 서리를 하다 걸린 아이처럼 두 눈에는 희미한 두려움이 어려 있었다.

"당신께 선물을 하려는데, 무엇을 받으면 기뻐하실지 알 수 없었습니다. 그래서……."

차마 말을 맺지 못했다. 그답지 않은 행동이었다. 아니, 이 방에 들어선 뒤 꺼낸 모든 말과 행동 중 그다운 것이 있기는 했던가.

죄인처럼 그는 고개를 숙이고 있었다. 손이 죽은 시체처럼 차갑게 얼어 갔다.

아비게일은 한참이나 말이 없었다. 그 침묵이 두려웠다. 역시 화가 난 것일까.

“전하께서 클라라를 불러서, 제가 뭘 좋아하는지 물어보셨다는 거예요?”

“……예.”

확인 사살을 당했다. 이 이상 아비게일의 얼굴을 볼 낯이 없었다. 그녀가 물러가라 명하지 않아 차마 자리도 뜨지 못했다.

숨 막힐 듯한 정적이 영원처럼 이어졌다. 그러다 후후, 하고 작게 웃는 소리가 들렸다. 노기 없는 목소리에 세이블리안은 간신히 고개를 들었다.

그가 아비게일을 바라본 순간, 세계가 덜컥 소리를 내며 멈춰 버리는 것 같았다.

아비게일이 웃고 있다. 그녀가 웃는다. 기쁘다는 듯이, 쑥스럽다는 듯이. 멋쩍어 어쩔 줄 몰라 하면서도 입꼬리가 귀엽게 올라가 있었다.

지난번, 너트맥에 취해 있을 때 보았던 미소와는 또 달랐다. 멈추었던 세계가 간신히 움직이고, 그의 심장이 심하게 요동치기 시작했다.

“클라라까지 불러서 물어보셨을 줄은……. 전 웬 속옷인가 해서 깜짝 놀랐네요. 어휴, 클라라 이 지지배…….”

요즘 들어 아비게일의 웃는 모습이 조금 부드러워졌다고 느끼는 중이었다. 하지만 오늘만큼 그녀의 미소가 아름다워 보이기는 처음이었다.

그녀가 웃는다. 나로 인해 웃는다. 그는 얼빠진 사람처럼 그 미소를 눈에 담는 데만 열중이었다.

더 보고 싶다. 좀 더 웃어주면 좋겠다. 아비게일이 민망한지 뺨을 매만지며 말했다.

"흠, 크흠. 뭐 어쨌거나……. 여러모로 마음 써주셔서 감사합니다. 오해할 뻔했어요."

"오해라면?"

"설마 이걸 입고 나오길 바라셨다던가……."

"그럴 리가 없지 않습니까."

그는 황급히 부정했다. 아비게일이 제 음흉한 마음을 들여다본 것 같아서 초조했다. 그녀가 장난스럽게 웃었다.

"알아요. 그리고 그런 짓 한 번만 더 하면 예산 깎는다고 하셨잖아요. 그럴 생각 추호도 없습니다."

아비게일의 단언에 세이블리안은 방금 전과 비슷한 기분을 느꼈다. 절반의 안도, 절반의 아쉬움.

아니, 아니다. 안도는 거짓말이다. 오로지 아쉬움뿐이다.

"앞으로 그런 일로 예산을 깎지는 않을 것이니 안심하십시오."

"네?"

아비게일이 그게 무슨 말이냐는 듯 바라보았다. 세이블리안은 황급히 고개를 틀었다.

"너무 늦게까지 있었군요. 좋은 밤 되십시오, 아비게일."

이 이상 머물렀다가는 제 엉큼한 속내를 들킬까 두려웠다. 멍청한 놈, 멍청하고 음습한 놈.

세이블리안은 빠르게 밤 인사를 남기고 방을 빠져나왔다. 올 때나 갈 때나 같은 길인데 한 번도 가본 적 없는 새로운 길을 걷는 것만 같았다.

무미건조했던 세계가 오르골 소리를 내며 돌아가는 것 같았다. 그 사랑스러운 음색은 그의 벅찬 심장 소리를 닮아 있었다.

◇

나는 심호흡을 한 채 거울 앞에 서 있었다. 맨살에 와닿는 공기가 서늘했다.

"너 진짜 보고 있는 거 아니지?"

"아, 안 본다니까!"

약간 떨어진 곳에서 베리테가 버럭 소리를 지르는 것이 들렸다. 나는 슬그머니 눈을 떴다.

거울 안에는 아비게일이 서 있었다. 늘 보는 얼굴이지만, 오늘은 유독 남처럼 보였다.

그녀는 흰색 속옷을 입고 있었다. 실크와 레이스로 만들어진 그 속옷은 아슬아슬하게 아비게일의 살갗을 가리고 있었다.

와, 와우……. 지난번 클라라가 가져온 란제리보다는 덜 야했지만, 어쩐지 부끄러움은 더 컸다. 세이블리안이 줘서 그런가. 흠, 크흠. 예쁘긴 예쁘네. 좀 민망해서 그렇지.

"그거 입고 세이블리안 보여 주려고?"

"아냐! 어차피 버리기 아까우니까 입는 거야!"

그냥 평범한 속옷일 뿐인걸! 어차피 위에 옷 입으면 다 똑같으니까 입는 것뿐이다. 정말로.

그나저나 흰색이라……. 세이블리안 취향이 흰색인가? 섹시한 것보다는 좀 청순한 타입을 좋아하는 걸지도…….

아니, 내가 왜 그 양반 취향을 분석하고 있지? 나는 허둥지둥 드레스를 챙겨 입었다.

"다 입었어. 나와도 돼."

내 허락이 떨어진 뒤에야 베리테는 모습을 드러냈다. 전신 거울에 나타난 베리테의 표정이 심상치 않았다.

"왜, 뭐, 왜. 왜 그렇게 봐?"

"너 세이블리안 좋아하지?"

"뭐?! 그건 또 뭔 소리야?"

갑작스러운 질문에 목소리가 튀었다. 베리테는 온갖 의심을 품은 눈초리였다.

"안 좋아하면 왜 선물로 받은 속옷을 입냐?"

"아이고 참나, 억울해 죽겠네. 선물 두 번 받으면 사귀는 줄 알겠다!"

"너네 이미 결혼했어."

그렇긴 하지. 아, 아니 이게 아니라. 나는 팔짱을 낀 채 베리테를 내려다보며 말했다.

"그리고 너 어제 진짜로 세이블리안 왔을 때 안 봤지?"

"단둘이 있을 때 보지 말라고 했잖아. 안 봤어!"

베리테는 억울하다는 듯이 말했다. 흠, 오늘 아침에 내가 세이블리안한테서 속옷 선물 받았다는 이야기에도 자지러지게 놀랐지. 그 반응을 보니 몰랐던 것 같기는 한데…….

"어쨌거나! 좋아하는 거 아니니까!"

"정말? 그럼 세이블리안 싫어?"

"음……. 싫은 건 아닌데……."

처음 봤을 때보다는 여러모로 인상이 나아졌다. 좀…… 귀엽기도 하고? 특히 어젯밤에는 좀 놀랐다. 클라라를 불러 내 취향을 물어봤다는 것도 그렇고. 정말이지 상상도 못 한 일이었다.

그리고 그 사실을 말하며 바짝 긴장한 모습이…… 사랑스러웠다. 그래, 사랑스러웠어! 그 덩치 크고 칼바람 쌩쌩 풍기는 남자가 간식 훔쳐먹다 걸린 강아지처럼 바라보는데! 어떻게 안 귀여워할 수가 있겠어?

하지만 그게 그를 사랑'한다'는 뜻은 아니다. 사랑'스러운'거지!

어느 쪽이든 간에, 저런 말을 들으면 베리테가 어떤 표정을 지을지 장담할 수 없었다. 나는 그 감상을 속으로 삼켰다. 베리테는 여전히 불만스러운 표정이었다.

"아무튼! 백번 양보해서 내가 세이블리안을 좋아한다 쳐. 문제 있어?"

"있어."

"뭐? 헉, 설마……."

나는 입을 틀어막은 채 베리테를 바라봤다.

"너…… 나 좋아하니?"

"장난하냐?"

베리테의 눈매가 아까와는 비견도 할 수 없을 정도로 더러워졌다. 나는 빠르게 사과했다.

"미안."

농담인데 저렇게까지 정색할 줄이야. 나는 괜히 민망해서 툴툴거렸다.

"그러면 왜 그런 걸 물어봐? 내가 세이블리안을 좋아하는지."

"걱정돼서 그러는 거지."

베리테가 한숨을 푹 내쉬었다. 그리고는 어린 애 보는 듯한 시선으로 나를 바라봤다.

“저런 냉혈한을 좋아하면, 좋아하는 쪽이 무조건 상처받을 게 뻔하잖아.”

예상외의 대답이 돌아왔다. 난 그냥 날 놀리려고 한 줄 알았는데……. 베리테는 답답하다는 듯이 말했다.

“너, 예전에 세이블리안 때문에 마음고생 많이 했다며. 또 상처받으면 어떡해?”

아, 저 답답한 표정은 걱정에서 우러나오는 거였구나.

나는 아비게일의 감정을 떠올렸다. 세이블리안에게 외면당했을 때 느꼈던 그 처절한 절망감. 그리고 고통.

베리테의 말이 맞다. 만약 내가 세이블리안을 좋아하게 되면 그와 같은 감정을 또 느끼게 될 것이다.

차마 원망조차 할 수 없는 절망감이다. 그가 전처에게 당한 일을 아는데, 어떻게 그를 원망할 수 있을까.

나는 그를 사랑할 수 없다. 사랑해서는 안 된다. 그에게 사랑 고백을 하면, 겨우 아물기 시작한 상처가 다시 터지고 곪아갈 것이다. 하지만…….

“걱정 마. 내가 세이블리안에게 연애 감정을 느낄 일은 없으니까.”

마음을 접은 일에는 익숙하다. 내 마음이 다른 사람을 곤란하게 하는 건 잘 알고 있으니까.

전생에서 나는 몇 번인가 누군가를 좋아했었고, 고백도 했다. 그때마다 상대방의 얼굴이 형편없이 일그러지는 걸 똑똑히 봐야만 했다.

추한 여자의 고백만큼이나 당혹스러운 것이 또 있겠는가. 만약 그때 그 사람들처럼 세이블리안의 얼굴이 당혹으로 일그러진다면…….

순간 가슴이 철렁했다. 아니, 절대 그런 얼굴을 보고 싶지 않다. 지금도 충분히 좋은 사이고. 나는 이 관계를 깨고 싶지 않다.

"그냥 형식적인 부부 사이를 잘 유지하려는 것뿐이야. 선물도 두 번 거절하기 미안해서 받은 거고."

"그러면 다행이다만."

베리테의 미간이 그제야 좀 느슨해졌다. 그는 허리에 손을 짚은 채 쫑알쫑알 잔소리했다.

"어휴, 진짜 물가에 애 내보낸 심정이다. 또 선물 몇 개 받고 헤헤거리면서 마음 줬다가 상처받고 밤마다 울어댈까 걱정이다, 걱정."

"너 꼭 우리 엄마 닮았다."

어딘가 모르게 엄마의 잔소리를 떠올리게 하는 목소리였다. 휴, 베리테랑 투닥거려서 그런가. 이상하게 몸이 나른했다.

"그나저나 요즘 들어 피곤하네. 가을이라 그런가."

나는 소파에 비스듬히 누웠다. 처음에는 감기인가 싶었는데, 딱히 열이나 기침 등의 증상은 없었다. 속이 좀 메슥거리고, 기운이 좀 없을 뿐.

그걸 보고 클라라는 임신한 게 아니냐며 호들갑을 떨었다. 마침 달거리가 시작되어 모든 오해에서 벗어났지만.

"많이 피곤해?"

"그냥, 조금? 드레스 디자인하느라 좀 무리했나. 연회 때까지는 나아지겠지."

연회는 어느새 일주일 앞으로 다가와 있었다. 연회 맞이용 드레스를 만드느라 애 좀 썼지. 물론 내 건 아니고 블랑슈 거였지만.

요즘 유행하는 스타일로 맞췄으니 블랑슈도 좋아하겠지? 오늘이 마침 시작하는 날이라 무척 설레었다.

“본인 생일에 남 드레스 만드는 사람은 너밖에 없을 거다.”

“칭찬으로 받아들일게. 뭣하면 너도 한 벌 해 줄까?”

“……뭐, 나중에 시간 나면 한 벌 해 주든가.”

나는 쿡쿡 웃고는 자리에서 일어났다. 블랑슈한테 가져다줄 과자 좀 챙겨 놔야지.

열심히 과자를 챙기던 중, 한 시녀가 들어왔다. 블랑슈의 시녀였다. 무슨 일로 온 거지? 그런데 문득 이상한 것을 느꼈다. 시녀의 표정이 굳어 있었다.

다른 사람이 나를 보고 경직되는 건 자주 봤지만, 뭔가…… 느낌이 달랐다.

“무슨 일이지?”

“저, 그게…….”

시녀는 머뭇거리다가 말을 이어 갔다.

“공주님께서 조금 편찮으십니다. 때문에 오늘 시작은 어려우실 것 같다고…….”

나는 들고 있던 쿠키를 떨어트렸다. 뭐? 우리 블랑슈가 아프다고?! 이게 대체 무슨 소리야?

“블, 블랑슈가 아프다니. 어디가? 어떻게? 언제부터?”

“며칠 전부터 기운이 없으시더니, 오늘 구토 증세가…….”

어제 봤을 때 조금 힘이 없어 보이기는 했는데, 그게 이렇게 될 줄은 몰랐다. 내 목소리에 다급함이 묻어났다.

“전하께도 이 사실을 알렸나?”

“네. 국왕 전하께도 우선 말씀드렸습니다.”

"알겠네. 블랑슈 공주의 병문안을 가 보도록 하지."

나는 황급히 발걸음을 옮겼다. 내가 가도 딱히 할 수 있는 건 없겠지만, 그래도 아프다는 이야기를 듣고 가만히 앉아 있을 수는 없었다.

달음박질을 치듯이 블랑슈의 방으로 향했다. 문을 벌컥 열고 들어서자 시녀들이 놀란 토끼들마냥 돌아보았다.

"블랑슈의 상태는? 정확히 어디가 아픈 거지?"

"토사곽란의 증세가 좀 있으십니다."

토사곽란이면…… 장염인가? 체한 걸지도 모른다. 어른이면 그러려니 했겠지만 어린아이다 보니 걱정이 많았다.

그래도 엄청 심각한 건 아니라 조금 마음을 놓았다. 에휴, 얼굴이라도 보고 가야지.

나는 블랑슈의 침실로 향했다. 시녀들이 당황해하는 것이 보였지만, 굳이 나를 말리지는 않았다.

침실로 들어서자 싸한 냄새가 풍겨왔다. 약의 냄새일까. 몇 하녀들이 블랑슈의 시중을 들다가 나를 보고 황급히 고개를 조아렸다.

나는 자리를 비켜 달라는 의미로 눈짓을 했다. 눈치 빠른 하녀들이 곧 물러갔다.

블랑슈가 색색 숨을 내쉬는 소리만이 들려왔다. 잠이 든 것일까. 침대 가까이 다가갔다.

새싹이 흙덩이를 들어 올리는 것마냥, 이불이 조금 솟아올라 있었다. 블랑슈였다. 그 아이는 고통스러운 듯, 얼굴을 일그러트린 채 숨을 몰아쉬고 있었다.

이렇게 아픈 걸 보니 이루 말할 수 없는 죄책감이 몰려 들어왔다. 이 어린아이가 이토록 아픈데, 나는 시시덕거리며 속옷 타령이나 하고 있었다니…….

왜 진작 눈치채지 못했을까. 나는 가만히 옆자리에 앉아 블랑슈의 잠든 얼굴을 바라보았다. 블랑슈의 길고 풍성한 속눈썹이 파르르 떨리고 있었다. 깊이 잠든 건 아닌 모양이었다.

이마에 식은땀이 송골송골 맺혀 있었다. 나는 젖은 수건으로 땀을 닦아 주었다. 블랑슈는 몇 번인가 몸을 뒤척이다가 힘겹게 눈꺼풀을 들어 올렸다. 아직 몽롱한 눈빛과 시선이 마주쳤다.

"블랑슈 공주."

나는 조심스레 블랑슈의 이름을 불렀다. 아이의 눈동자는 여전히 아득했다. 그러다 이것이 현실임을 깨달은 듯, 놀란 표정이 되었다.

"어, 어……. 아비게일 님? 왜 오셨어요……?"

내가 왜 왔는지 이해가 안 간다는 듯한 물음이었다. 그러다 이내 답을 깨달은 듯 미안하다는 듯이 말했다.

"죄송해요. 오늘 드레스 시착하기로 했는데……. 곧, 곧 준비할게요."

블랑슈는 그렇게 말한 뒤, 힘겹게 몸을 일으키려 했다. 바람을 맞은 꽃송이마냥 몸이 휘청거렸다.

아니, 아니. 대체 뭐 하는 거야! 나는 황급히 블랑슈의 어깨를 잡았다.

"일어나지 말아요! 그것 때문에 온 거 아니에요. 병문안을 온 것뿐이에요."

"병문안……?"

여전히 이해가 안 간다는 얼굴이었다. 아니, 왜 그런 표정을 짓는 거야 대체.

나는 블랑슈를 다시 자리에 눕혔다. 양손에 잡힌 팔뚝이 너무나

가늘었다. 블랑슈는 얌전히 누워 나를 올려다보았다.

아파서 헐떡거리는 와중에도 시착 걱정이라니. 마음이 무척이나 쓰였다.

"블랑슈 공주, 많이 아프죠?"

"아, 아뇨! 하나도 안 아파요……."

그렇게 말을 하는 블랑슈의 얼굴은 파리해져 있었다. 목소리에도 힘이 없고 숨소리도 가늘다. 정말이지 누가 봐도 아파 보이는데 아닌 척하기는. 예전에 세이블리안과 부딪쳐 손목을 삐었을 때도 이랬었지.

아픈 것도, 쓸쓸한 것도 다 참아내기에 11살은 너무 어리다. 좀 더 응석을 부려도 좋으련만. 내가 아팠을 때는 별것 아닌 걸로도 엄마 아빠를 부르곤 했는데.

그냥 나에게 신경을 써 주고 옆에 있어 주는 게 좋았다. 그리고 그건 블랑슈라 할지라도 크게 다르지 않을 것이다. 나는 잠시 고민하다 입을 열었다.

"블랑슈 공주. 옆에 좀 누울게요."

"네, 네?"

나는 블랑슈가 거절할 틈을 주지 않고 침대로 올라갔다. 넓은 침대는 세 사람이 누워도 자리가 남을 것만 같았다. 침대 쿠션이 부드럽게 출렁였다. 옆에 누워서 보니 블랑슈는 한층 더 작아 보였다.

음, 분명 토사곽란이라고 했었지. 나는 블랑슈의 배 위에 가만히 손을 올렸다. 그리곤 어린 시절 어머니가 그랬던 것처럼 나는 가만히 블랑슈의 배를 문질러 주었다.

엄마 손은 약손이고, 나는 친모는 아니고 계모지만. 어쨌든 효과는 있겠지. 나는 속으로 가만히 흥얼거렸다. 계모 손은 약손, 계모 손은 약손.

블랑슈는 얼떨떨한 눈으로 내 손을 내려다보고 있었다. 아마 이렇게 누가 배를 문질러 준 적이 없는 모양이었다.

"블랑슈 공주, 제가 어렸을 때 배앓이를 한 적이 있었는데요."

내가 그렇게 운을 띄우자, 그제야 블랑슈가 나를 바라보았다.

"그때 너무 아파서 하루 종일 누워 있었거든요. 그때, 어머니가 제 옆에 누워서 계속 제 배를 문질러 주셨어요."

아비게일이 아닌 내 어머니의 이야기지만. 아비게일 역시 비슷했겠지.

"어머니가 배를 문질러 주는 것도 좋았지만 그냥 옆에 같이 있어 주는 게 좋더라고요."

아이이든 어른이든, 아플 때 혼자 있으면 서러워지는 법이다. 사람의 온기와 목소리가 꿀보다 달게 느껴지곤 했다.

"그래서 일부러 안 아픈데도 아픈 척할 때도 있었어요."

"아비게일 님이요?"

블랑슈는 놀라서 되물었다. 어느새 평소의 그 순진무구한 눈동자로 돌아와 있었다.

"네. 자주 그랬어요."

"신기해요. 아비게일 님이 그러셨다니……."

"뭐, 저도 어리광 부리고 싶을 때는 있으니까요."

나는 블랑슈의 배를 도닥도닥 두드렸다. 생각해 보면 어머니는 내 거짓말을 눈치채지 않으셨을까. 그럼에도 계속 옆에 누워 나를 달래고, 간호해 주셨었다.

“아플 때는, 아니 아플 때가 아니어도 어리광 부려도 돼요. 블랑슈 공주는 그래도 괜찮은 나이에요.”

그렇게 말한 뒤, 나는 장난스럽게 슬픈 표정을 지었다.

“혹시 내가 부담스러워서 어리광 부리기 힘든가요?”

“아, 아니에요! 절대 그런 거 아니에요……!”

장난친 게 미안해질 정도로 블랑슈는 간절하게 부정했다. 그러다 내 옷소매를 꼭 쥐고는 조심스레 말했다.

“그냥, 그냥…… 좀, 무서웠어요.”

음. 아비게일의 얼굴이 좀 무섭긴 하지. 익숙해졌다고 생각했는데 아닌 모양이었다.

“아비게일 님이 예전에는 저를 별로 안 좋아하셨잖아요…….”

차마 아니라고 할 수는 없었다. 아비게일은 확실히 블랑슈를 싫어했으니까. 어떻게 해야지 거짓말을 하지 않고 무마할 수 있을까.

대답을 고민하는 사이 블랑슈가 기어들어 가는 목소리로 말했다.

“그래서…… 혹시 제가 귀찮게 하면, 또다시 저를 싫어하게 되실 것 같았어요. 그래서…….”

블랑슈는 말을 맺지 못한 채 고개를 푹 숙였다. 아니, 어째서 그런 생각을……? 내가 널 싫어할 리가 없잖니, 블랑슈. 내가 널 얼마나 좋아하는데.

그리 답하려는 순간, 이상하게 세이블리안이 떠올랐다. 지난밤. 세이블리안도 딱 이런 모습을 하고 있었다. 클라라를 불러 생일 선물을 물어봤다는 이야기를 할 때.

고개를 떨군 채, 시선을 맞추지 못하고, 불안한 목소리로 설명을 이어가다가 미처 문장을 완성하지 못하는…….

그 모습이 의외라고 생각하곤 있었다. 왜 저렇게 긴장하고 불안해하는 건지 당시에는 잘 이해가 가지 않았다.

아마 부끄러워 저러나보다 생각했다. 그런데 지금 블랑슈의 모습을 보고, 이야기를 들으니 좀 다른 생각이 들었다.

그도 혹시 무서웠던 걸까? 나에게 미움받을까 봐?

"저는 아비게일 님한테 미움받고 싶지 않아요……. 갑자기 고향으로 돌아가실까 봐 너무 무섭고……."

그때 블랑슈가 내 팔을 꼭 끌어안았다. 마치 세이블리안이 내 손을 잡던 것처럼, 애절하게.

"가지 마세요, 아비게일 님……. 투정도 안 부리고, 어리광도 안 부리고, 말도 잘 들을 테니까……."

"아니, 아니. 안 가요. 고향 안 가요."

잠시 넋이 나가 있어, 대답이 늦었다. 나는 황급히 블랑슈를 달랬다.

"왜 갑자기 그런 생각을 했어요? 내가 고향에 돌아갈 거라고."

우리 이제까지 사이좋았잖아? 나만 그렇게 생각한 건가. 블랑슈가 주저주저하다 말했다.

"아바마마 선물을 거절하셔서…… 아바마마를 싫어하는 줄 알아서 그래서 고향으로 가실 줄 알았어요……."

아. 그러고 보니 내가 세이블리안의 선물을 거절했을 때, 블랑슈의 표정이 많이 안 좋았지. 내가 이혼할 거라 생각한 모양이다. 아니, 아닌데……. 나 지금 세이블리안이 선물해 준 속옷 입고 있는데.

하지만 아이에게 차마 그런 말을 할 수는 없다. 나는 망설이다가 블랑슈를 더욱 힘주어 안았다.

"저는 전하를……."

나는 잠시 단어를 고르다 입을 열었다.

"좋아해요."

음, 그러니까 가족으로. 가족으로!

"블랑슈도 좋아해요. 몇 번이고 말했지만."

나는 블랑슈의 머리를 조심히 쓰다듬었다. 그 아이는 새끼 고양이처럼 얌전히 내 쓰다듬을 받았다.

"이젠 네르겐 이곳이 제 고향인걸요. 그러니 걱정하지 말아요. 신에게 걸고 맹세할게요."

이렇게 귀엽고 사랑스러운 널 두고 어딜 가겠니. 내가 신까지 걸고 맹세한 뒤에야, 블랑슈는 안도하는 기색이었다.

"다행이다……."

이제야 긴장이 풀어져, 블랑슈의 얼굴에 사랑스러운 미소가 퍼져나갔다.

휴, 세이블리안의 선물을 거절한 게 이런 파급력을 갖고 올 줄이야. 앞으로는 블랑슈 앞에서 조심해야지.

블랑슈는 내 품에 꼬물꼬물 파고들었다. 어휴, 귀여워 죽겠네. 나는 쿡쿡 웃으며 블랑슈를 토닥여 주었다. 몸도 아픈데 마음고생까지 하고 있었다니. 그래도 이야기를 들어서 다행이다. 앞으로는 세이블리안이랑도 친하게 지내야겠다.

"그나저나 뭐 먹고 싶은 거 있어요? 아니면 보고 싶은 거라든지."

아플 때는 잘 먹어야지! 하루 종일 침대에만 누워 있으면 심심할텐데, 베리테라도 데려올까.

"괘, 괜찮은데……. 안 먹어도 괜찮아요."

"어허. 아까 말했죠? 어리광 부려도 괜찮다고. 원하는 게 있으면 뭐든 말해요."

"……정말로요?"

"정말로."

블랑슈는 잠시 망설이는 기색이 되었다. 그 아이는 나를 바라보았다가, 시선을 피했다가를 반복하다가 큰 용기를 내듯 입을 열었다.

"저기, 부탁이 있는데요……."

"부탁? 뭐든 말해 봐요."

네가 별궁이 갖고 싶다고 해도 노력해 볼게! 세이블리안이랑 협상해 봐야지.

블랑슈는 부끄러운지 이불을 얼굴 위로 끌어올렸다. 이불에 먹혀, 작게 웅얼거리는 소리가 들려왔다.

"엄마라고…… 불러 봐도 돼요……?"

엄마라고 불러 봐도 되냐고? 뭘 해 달라는 게 아니라?

내가 당황하여 대답을 못하고 있자, 블랑슈가 변명하듯 작은 목소리로 말했다.

"불러 본 적이 한 번도 없어서……."

그 말을 듣자 나는 조금 눈물이 나올 것 같았다. 엄마라고 단 한 번도 불러 본 적이 없다니.

생각해 보면 당연한 일이었다. 블랑슈의 생모는 얼마 가지 않아 죽었고, 그 뒤로 왕비의 자리는 비어 있었다.

블랑슈의 물음에 나는 잠시 망설였다. 엄마. 묘한 울림을 가진 단어라는 생각이 들었다.

나는 블랑슈를 귀여워하고, 아끼고, 사랑한다. 하지만 딸로서 사랑하기보다는 귀여운 조카를 보는 마음에 더 가까울 것이다.

아이를 낳은 적도 없고, 결혼을 해 본 적도 없다. 때문에 엄마라 불리는 것은 내게도 꽤나 낯선 일이었다. 하지만…….

"아가."

어째서인지 지금 이 순간, 블랑슈가 내 아이처럼 느껴졌다.

나를 얼마나 엄마라고 부르고 싶었을까. 얼마나 참고 있었을까. 이 작은 아이는 뭘 그리 참고 사는 걸까.

이렇게 아플 때나 간신히 부탁하는, 이 작고 안쓰러운 아이를 내가 어떻게 외면하나.

나는 제대로 된 어머니가 아니다. 그렇다 할지라도 지금 이 순간, 나는 블랑슈를 내 아이라 부르고 싶었다.

"블랑슈, 내 아가."

"……엄마."

블랑슈가 작게 속살거리듯 말했다. 나는 이불 위를 토닥였다.

"그래, 블랑슈."

"엄마."

"그래, 나 여기에 있단다."

"엄마……."

블랑슈는 여전히 고개를 이불에 묻고 있었다. 훌쩍훌쩍, 작게 우는 소리가 들려왔다.

나는 조심스레 이불을 거두었다. 코가 빨개진 채 블랑슈는 훌쩍이고 있었다.

"감사해요……."

코를 먹어 맹맹한 목소리였다. 블랑슈는 눈물 젖은 얼굴로 나를 올려다보았다.

"아비게일 님이 우리 어마마마라서 저는 너무 좋아요……. 감사해요, 아비게일 님……."

우는 얼굴로 그 아이는 웃었다. 나는 차마 따라 웃지 못했다. 마음이 아파서, 그 아이가 너무 고와서, 차마 웃지도 울지도 못했다.

나는 그저 탁상 위에 놓은 손수건을 집어 블랑슈의 눈물을 닦아주었다. 울음은 그쳤지만 여전히 눈가는 촉촉했다. 나는 피식 웃으면서 블랑슈의 손을 잡았다.

"엄마라고 부르고 싶었어요?"

"……네."

"언제부터?"

"……처음 만났을 때부터요."

아비게일, 이 복 많은 여자야. 이렇게 너를 사랑해 주는 아이였는데 왜 네가 받는 사랑의 절반도 돌려주지 못했니.

"카린 영애는 어렸을 때, 가끔씩 어머니 곁에서 잤대요. 저는 그게 너무너무 부러웠어요……."

"그러면 다음에 같이 잘까요? 밤에 간식도 먹고, 이런저런 이야기도 나누면서."

"네……! 너무 좋아요."

블랑슈는 여전히 코를 훌쩍이고 있었다. 이런, 너무 울었다. 가뜩이나 몸이 아파서 힘들 텐데.

"물 줄까요? 목마를 텐데."

"네, 네……."

나는 자리에서 일어나 주위를 둘러보았다. 마실 물이 보이지 않았다. 밖에서 가져와야 하나.

문가로 다가가자, 무언가가 우당탕하는 소리가 들려왔다. 뭐지? 문이 조금 열려 있었다. 내가 아까 덜 닫았나? 밖으로 나와 보니 그곳에는 의외의 사람이 있었다.

세이블리안이었다. 그는 문가와 조금 떨어진 곳에 서 있었다.

"아, 아비게일."

세이블리안은 벽이 몸을 기댄 채, 무표정한 얼굴로 책을 읽는 중이었다.

"병문안을 왔는데, 이야기 나누는 중이라길래 기다리고 있었습니다."

"……그러셨군요."

그런데 왜 책은 거꾸로 들고 있니? 와중에 벽에 기대고 있는 그가 너무도 고상하게 보여 더욱 기묘했다.

"안으로 들어오셔도 돼요. 블랑슈도 전하를 보고 싶어 할 거예요."

"예. 알겠습니다."

나는 물병을 들고 안으로 들어왔다. 블랑슈는 세이블리안을 보고 다람쥐처럼 깜짝 놀랐다.

"아, 아바마마……?"

세이블리안과 나는 블랑슈의 옆에 나란히 앉았다. 그가 무심하게 물었다.

"몸은 좀 어떠냐."

"네. 괜찮……."

블랑슈가 그렇게 말하다가 슬쩍 내 눈치를 보았다. 그러다가 우물우물 말을 바꿨다.

"……조금 속이 메스껍고 어지러워요."

"그렇군."

어휴, 제 딸이 아프다는데 여전히 무뚝뚝하다. 나는 그의 옆구리를 쿡 찌른 뒤, 환자용 물병을 건네주었다.

세이블리안은 그것을 들고 멀뚱멀뚱 있다가, 뒤늦게 눈치를 챘다.

"일부러 일어나지 말거라. 물은 내가 먹여 줄 테니."

환자용 물병은 작은 티포트처럼 생긴 것이었다. 주둥이가 대롱처럼 길었다.

세이블리안은 누워 있는 블랑슈의 입에 물을 흘려 넣어 주었다. 그 아이는 아기 새처럼 얌전히 물을 마셨다. 이제야 좀 부녀 같은 장면이 그려졌다. 세이블리안은 물병을 떼어낸 뒤, 수건으로 입가를 닦아 주었다.

블랑슈는 이 상황이 낯선 것처럼 보였으나 기뻐 보였다. 세이블리안은 꼼꼼히 입가를 닦아 주고는 손을 떼어냈다.

그리고는 침묵. 한쪽 다리를 꼬아 앉은 채로 한참이나 말이 없었다. 가만히 블랑슈를 바라볼 뿐. 그러다 불쑥 말을 꺼냈다.

"더 필요한 것 없느냐?"

"네?"

"더 필요한 것 없느냐고 물었다. 먹고 싶은 것이라든지, 아니면 보고 싶은 책이라든지. 뭐든 말하거라."

그답지 않은 말에 나도, 블랑슈도 당황했다. 이제야 이 양반이 철이 들었나……?

블랑슈는 갑자기 선물을 받은 사람처럼 어리둥절한 기색이었다. 나는 슬금슬금 블랑슈를 부채질했다.

"전하께서 이리 말씀하시니, 필요한 게 있으면 말해 봐요."

영지 하나 달라고 해 버려. 이제껏 못 해 준 거 생각하면 영지도 솔직히 모자라다.

블랑슈는 그 말에 고민하는 기색이 되었다. 그러다 잠시 후, 머뭇대는 목소리가 들려왔다.

"그러면……. 제가 잠들 때까지 옆에 계셔주실 수 있나요? 아바마마랑 어마마마랑 같이……."

"그래, 알겠다."

어휴, 정말이지 소박한 부탁을 늘 어렵게 하는 아이라니까.

블랑슈는 대답을 듣고는 안개꽃처럼 희게 웃었다. 아까 봤을 때에 비해 눈빛에 생기가 돌아왔다.

곧 블랑슈는 안심하고 눈을 감았다. 입가에 미소를 머금은 채. 곧 블랑슈는 잠에 빠졌다.

평화로운 숨소리가 들려왔다. 방금 전까지만 해도 다소 부자연스럽게 느껴지던 약의 냄새도 이제는 차분하게 느껴진다. 세이블리안은 잠든 딸의 얼굴을 가만히 보고 있었다. 어떤 감상에 빠진듯한 얼굴. 이대로 두면 하루 종일 블랑슈를 들여다볼 것 같았다.

나는 그의 어깨를 톡톡 두드린 뒤, 나가자는 듯이 세이블리안을 바라보았다. 그는 고개를 끄덕였다. 우리는 발소리를 내지 않도록 주의하며 밖으로 나왔다. 침실에서 멀어진 뒤 나는 입을 열었다.

"왜 그렇게 블랑슈를 보고 계셨어요?"

그가 그런 표정으로 블랑슈를 보는 것은 처음이었다. 세이블리안이 가만히 침실 쪽으로 시선을 주었다.

"그 아이가 잠든 얼굴을 본 것이 처음이라 신기했습니다."

"신기하기만 했나요?"

"아뇨. 뭐랄까……. 참 작구나, 다치기 쉽겠구나. 그런 생각을 했습니다."

평소의 그라면 마치 사물의 크고 작음을 논하는 사람처럼 말했겠지. 하지만 지금은……. 작은 새끼 동물을 보고 놀라워하는 사람처럼 느껴졌다.

이 사람도 조금씩 아빠가 되어 가나 봐. 흐뭇한 마음이 되어 그를 바라보았다. 세이블리안은 잠시 생각에 잠겨 있다 입을 열었다.

"그러고 보니 드릴 말씀이 있었습니다. 산책이라도 하시겠습니까?"

"네. 좋아요."

무슨 이야기를 하려고 그러는 걸까. 나는 조용히 그와 함께 바깥으로 나왔다.

정원 쪽으로 나오자 낙엽 냄새를 머금은 가을바람이 머리카락을 쓸어내리고 지나갔다. 가을 냄새가 선명하다. 정원수들은 어느새 단풍으로 물들어 있었다.

그 풍경은 마치 누군가의 팔레트 같았다. 하늘에만 수 종류의 파란색이 존재하고, 그 위로 드리워진 단풍들의 색도 모두 제각각이다. 레드, 버건디, 크림슨, 루퍼스, 불가리안 로즈, 클라레……. 모두 빨강의 이름이지만 같은 색깔은 아니다.

아름다운 풍경이지만 블랑슈가 누워 있는 상황이다 보니 죄책감이 들었다. 블랑슈도 얼른 나아서 이 풍경을 보여 주고 싶다.

그러고 보니 세이블리안과 산책을 하는 것도 처음이네. 나는 묵묵히 그의 옆을 따라 걷다가, 슬쩍 입을 열었다.

"그래서 하실 말씀이 뭔가요?"

세이블리안이 자리에 멈춰 섰다. 빛 아래에서 보니 그의 눈동자가 하늘을 닮았다. 약간의 우려와 걱정이 배어 있는 흐린 하늘.

"요즘 유행병 소식은 들으셨습니까?"

"아, 네. 들었어요."

왕국에 정체불명의 유행병이 돈다는 이야기는 들었다. 다행히 흑사병 같은 종류는 아니라고 들었다. 어지럼증과 메스꺼움을 동반하는 병이라고 했는데…….

잠깐, 설마?

"블랑슈가 유행병에 걸린 건가요?"

유행병. 아직 이름이 없는 병. 원인과 증상이 뭔지 확실하지 않은 병. 방금 전까지는 그래도 흑사병이 아니니 다행이지, 라고 생각했던 마음이 무서운 속도로 사라져 갔다.

"브, 블랑슈는 괜찮은 거죠? 죽는 병 아니죠?"

"예. 걱정하지 마십시오. 사망자도 나오지 않았고, 자연 치유된 자들도 있다고 합니다."

그 말을 듣자 조금은 불안이 누그러지는 듯했다. 아주 조금. 설탕 알갱이만큼.

"블랑슈의 치료에는 최선을 다할 것입니다. 의사들과 마법사들이 병의 원인을 찾고 있는 중이니, 괜찮을 겁니다."

그게 뭔지 빨리 알아내야 할 텐데. 나는 한숨을 내쉬었다. 한숨과 함께 추풍이 잠시 불었다.

"그래서 말인데…… 당신의 생일 연회를 미루는 것이 어떨까 싶습니다만."

그는 그것이 퍽 미안하다는 듯이 말했다. 미안해할 일은 아니다. 이성적으로 생각해 보면 당연한 결정이지. 블랑슈가 아픈 와중, 연회를 치를 수는 없다. 어차피 연회를 크게 여는 것이 마뜩잖던 참이다.

"네. 좋아요."

"차후 더 크게 열도록 하겠습니다."

아니, 나는 소박한 게 좋은데. 세이블리안이 말을 이어 갔다.

"아직 병의 원인을 알아내지 못했으니, 그대도 몸조심하십시오."

세이블리안이 무척이나 불안하고 걱정된다는 듯이 말했다. 내가 죽었다 살아났을 때와는 전혀 다른 눈빛으로.

그때나 지금이나 같은 사람, 눈동자의 색깔도 같은데 전혀 다른 파란색이다.

"네. 걱정 마세요, 전하."

그가 그리 마음을 써 주는 것이 나는 퍽 좋았다. 씩 웃으며 그를 보자, 세이블리안은 그저 고개를 끄덕였다.

"들어갑시다. 바람이 차군요."

그는 그리 말하며 정원수가 있는 곳을 바라보았다. 먼 곳에서 거센 풍성이 들려왔다.

건조한 밤바람은 냉기를 머금고 있었다. 말 위에서 느끼는 바람은 더욱더 찰 것이었다. 밤의 적요는 말발굽 소리에 파편으로 흩어졌다. 파발꾼이 고삐를 재게 놀리고 있었다. 다급히 말을 몰고 가는 곳은 왕궁이었다.

그는 숨 돌릴 새도 없이 비서관의 방으로 향했다. 비서관에게 서신을 넘겨주자, 그 역시 크게 지체하지 않고 세이블리안의 방으로 향했다.

그곳에는 밀러드와 세이블리안이 있었다. 찬바람이 깃든 두루마기를 세이블리안에게 건넸다.

"남부에서 온 서신입니다."

세이블리안은 그것을 받아 펼쳐보았다. 읽는 데에는 오랜 시간이 걸리지 않았다. 서신에는 짤막한 내용만이 적혀 있었다.

「유행병으로 인한 사망자가 발생하고 있습니다.

병의 원인은 불명입니다.」

세이블리안은 침묵했다. 요즘 들어 부드러워졌던 표정이 옛날처럼 딱딱하게 굳어 있었다.

병이 창궐했다는 소식을 들으면 누구라도 동요할 것이다. 하지만 세이블리안의 동요는 사뭇 다른 것이었다.

왕궁에도 병마의 마수가 끼치고 있는 중이었다. 이미 병자들이 속출하고 있었다.

"블랑슈는 어떻게 되었지? 그리고 아비게일의 용태는 어찌 되었는가?"

블랑슈에 이은 두 번째 희생양은 아비게일이었다.

공주에 이어 왕비까지 영문 모를 병에 걸렸다. 게다가 사망자가 나오기 시작했다니.

비서관은 세이블리안의 질문에 쉬이 입을 열지 못했다. 세이블리안의 얼굴에 어린 차가운 노기 때문이었다.

"블랑슈 공주님께서는 거의 완치되셨습니다. 일상 생활하는데도 문제없으시고요."

"아비게일의 상태는?"

"왕비님은 지금 주치의들이 최선을 다해 보필……."

"난 그딴 것을 묻지 않았다. 아비게일은 어찌 되었지?"

벼락이 거목을 쪼개듯 말허리가 잘려나갔다. 사람 목 한두 개쯤은 쉬이 잘라낼 노여움이었다. 방 안으로 서늘한 추풍이 휘몰아치는 것 같았다. 세이블리안은 온몸이 칼날인 사람 같았다.

요즘 들어 아비게일 앞에서는 길이 든 강아지 같은 모습을 보이곤 했으나, 맹수 같은 본성이 어디 갈 리가 없다. 요즘 들어 그의 표정이 풀어져 비서관도 그 사실을 아차 잊고 있었다. 그가 저도 모르게 고개를 숙였다.

"……왕비님의 병증이 악화되고 있습니다."

비서관은 단두대에 선 사람처럼 벌벌 떨었다. 마치 아비게일이 병든 것이 제 탓인 것 마냥.

세이블리안의 목소리가 서슬 퍼런 칼날 같았다.

"의관들과 문관들, 마법사들 중에서 병에 대해 짐작하는 이는 아무도 없는가?"

"……예."

이곳에 의관, 문관, 마법사들이 없어 다행이었다. 그들을 직접 마주한다면 세이블리안은 이 분노를 다스리지 못했을 것이다. 이 나라에서 가장 실력이 뛰어나다는 자들이 치료법은커녕 병의 원인조차 짐작하지 못하고 있다.

블랑슈마저 회복하지 못했다면 세이블리안이 어찌 되었을지, 그로서도 알지 못했다.

그들을 벌해 봐야 화풀이일 뿐, 본질적인 문제 해결에는 도움이 되지 않는다. 그 사실을 알면서도 그는 화를 참을 수 없었다.

밀러드는 그 모습에 감히 말을 붙이지 못했다. 이렇게까지 노기를 드러내는 세이블리안은 거의 처음 보는 듯했다. 신혼 초, 아비게일이 그를 수차례 괴롭혀도 이 정도까지는 아니었다.

그가 왕위에 올라있는 동안 전염병이 돌지 않은 것도 아니다. 오히려 그때의 병에 비하면 이번 유행병은 나은 편이다. 규모도 크지 않고 사망자의 수도 적다. 불안한 점이 있다면 병의 원인을 모른다는 것뿐.

그럼에도 세이블리안은 그 어느 때보다도 날카로웠고 살기를 흘리고 있었다.

그 살기의 기원을 세이블리안은 알지 못했다. 왜 이렇게까지 화가 나고 불안해하는가.

그는 불안했다. 두려웠다. 절벽에 선 사람이 바람 한 줄기에도 떠는 것처럼 위태로웠다. 혹여라도 이 병에 걸려 아비게일이 죽는다면. 그녀가 제 품에서 사라진다면.

그는 이미 아비게일의 죽음을 한 차례 경험했다. 지금 생각해 보면 어떻게 그리 냉정할 수 있었는지 이해가 가지 않는다.

아비게일이 죽었다는 소식을 들었을 때, 그는 슬픔이나 후련함이 아닌 연민을 느꼈다.

그녀를 좋아하지는 않았다. 다만 가엾게는 여겼다. 불쌍한 여자. 당신 역시 권력의 도구로 이용당해 이렇게 죽는구나.

그러니 다음 생에는 두 번 다시 만나지 말자. 우리는 서로에게 맞는 짝이 아니었으니.

그리 생각하며 그는 관에 흰 백합을 던져 넣었다. 하지만 만약 지금 그가 아비게일의 관 앞에 서게 된다면. 그때처럼 태연하게 관 앞에 서 있을 수 있을까.

아비게일의 장례식을 떠올리자 뱃속이 모조리 타버릴 것 같았다. 절대 안 된다. 절대 허락하지 않겠다.

절대로 아비게일이 죽도록 하지 않겠다. 그는 이를 아득 갈았다. 부러지지 않은 게 용할 정도로.

"지금 당장 모든 대신들을 부르게."

"……지금 말씀이십니까?"

비서관은 감히 반문을 했다. 시각이 밤 11시를 넘었기 때문이었다.

"그래. 지금 당장."

"전하."

옆에서 가만히 사태를 지켜보던 밀러드가 입을 열었다. 세이블리안이 찌르듯 돌아보았다.

"진정하십시오. 내일 이른 아침 회의가 예정되어 있습니다. 지금 그들을 부르지 않더라도 큰 차이는 없을 것입니다."

그를 옆에서 오랫동안 보필한 자만이 감히 할 수 있는 충언이었다. 진정하라는 말에 세이블리안의 눈이 희번덕 뒤집혔다가 이어지는 말에 멈칫했다.

"왕비님 역시 전하께서 냉정하게 대처하시길 원할 겁니다."

아비게일의 이름은 마치 비 같았다. 마른 들판을 훨훨 태우던 홍염 위로 비가 쏟아지듯, 세이블리안이 잠잠해졌다.

갑자기 피가 식자 세이블리안은 왠지 모르게 아찔해졌다. 방금 전 흥분했던 자신을 반추하느라 그랬다.

그가 가장 경멸하는 무리 중 하나는 감정에 휩쓸려 일을 그르치는 자들이었다.

이성적으로, 냉철하게, 왕답게……. 그는 늘 그리 살아왔다. 그랬는데 그는 일순간 모든 것을 잊어버렸다. 그 어느 때보다 세이블리안은 어수룩하고, 아둔했으며, 겁쟁이가 되어 있었다.

왜 이리 어리석어졌나. 왜 이리 왈패 같은 짓을 하고 있나. 그는 한숨을 내쉬며 말했다.

"……물러가라. 대신들은 소집하지 않아도 좋다."

"예. 알겠습니다."

단비와도 같은 하명이었다. 비서관은 구사일생한 심정으로 황급히 집무실을 빠져나갔다.

가까스로 세이블리안의 가슴을 태우던 불은 꺼졌지만 그을음은 남아 있었다. 방 안의 불빛들도 그의 얼굴에 드리운 그늘을 쫓아내지 못했다.

"왕비님은 괜찮으실 겁니다."

밀러드의 위로에도 그는 한참이나 답이 없었다. 그저 제 얼굴을 쓸어내릴 뿐.

"……알고 있다."

병에 걸린다 해도 죽는 것은 아니다. 죽은 자들은 제대로 돌봄을 받지 못하는 평민이나 부랑자들이다.

블랑슈도 회복을 했으니 아비게일 역시 곧 병을 떨쳐내리라. 십수명의 사람들이 그녀를 위해 일하고 있지 않은가.

그렇지만, 그렇지만……. 그는 입술을 깨물었다. 정말 만에 하나, 그녀가 죽는다면.

"……물러가게, 밀러드."

더 이상 수하 앞에서 우스운 꼴을 보이고 싶지 않았다. 밀러드는 조용히 떠나갔다.

혼자 남게 되자 문득 어둠이 무겁게 느껴졌다. 분노가 새어 나가자, 두려움과 그리움이 빈자리를 채웠다. 아비게일이 보고 싶다. 늘 보고 싶었지만 오늘은 유독 그립다.

아비게일이 유행병에 걸린 뒤, 몇 번인가 그녀를 찾아갔었다. 하지만 안정을 취해야 한다는 의사의 말에 문 앞을 서성거리다 돌아서길 수차례였다.

이야기를 나누지 못해도 좋다. 먼발치에서 머리카락 한 오라기만 봐도 좋을 것이다. 더 이상 참을 수가 없었다. 주치의에게 얼굴만 보게 해 달라고 사정을 하더라도, 그녀가 보고 싶었다.

그는 아비게일의 침소로 향했다. 늘 가는 길인데, 갈 때마다 낯설다. 침소에 도착하자 주치의가 졸린 기색을 한 채 나왔다. 정말로 자고 있었다면 그대로 목덜미를 붙잡아 창밖으로 내던졌을 것이다.

"아비게일은?"

"왕비 전하께서는 지금 주무시고 계십니다. 오늘 낮보다는 그래도 상태가 좋아지셨습니다."

그 말을 듣자 가슴 속으로 공기가 스며드는 것 같았다. 그렇다 하더라도 이대로 돌아갈 생각은 없었다.

"얼굴만 보고 나오겠다."

애초에 깨울 마음도 없다. 그녀가 곤히 자고 있다면 그것으로 된 일이다.

주치의가 한 차례 그를 말리려 했으나 그의 살기에 차마 입을 떼지 못한 채 고개만 조아렸다. 세이블리안은 소리 내지 않으려 애쓰며 안으로 들어섰다.

방은 어두웠다. 그는 잠시 눈이 어둠에 익숙해지길 기다렸다. 가구의 윤곽이 어렴풋하게 드러나자 작게 숨 쉬는 소리도 들려왔다.

세이블리안은 조심스레 침대로 다가갔다. 겹 어둠 속에서도 아비게일의 얼굴은 또렷하게 보였다.

아비게일은 주치의의 말대로 잠들어 있었다. 며칠 앓아누운 탓에 볼이 쏙 들어가 얼굴이 파리했다.

오랜만에 보는 얼굴이었다. 아니, 실제로 따지면 고작 며칠밖에 지나지 않았다. 그런데 왜 몇 년이 지난 것처럼 느껴질까.

얼굴을 보면 안도할 줄 알았는데, 그 파리해진 얼굴을 보니 더욱 걱정이 거세졌다.

그는 조용히 침대 옆에 앉았다. 얼굴만 보고 가려 했는데 막상 얼굴을 보니 떠날 수가 없었다. 그는 조심스레 아비게일의 손을 잡았다. 평소에는 따뜻한 손이 오늘은 조금 차갑게 느껴졌다.

아비게일의 손이 잠시 움찔했다. 그러더니 세이블리안의 손을 그러잡았다. 깬 건가 싶었지만 잠결에 그런 모양이었다. 세이블리안은 안도한 채, 한참이나 그녀의 손을 잡고 있었다. 그는 오랜만에 무력감을 느꼈다.

온갖 명약과 마법, 유능한 의사를 불러왔음에도 그녀는 여전히 병상에 누워 있다. 그 사실이 그저 허탈할 뿐이었다. 일국의 왕이라는 작자가 제 아내 하나 낫게 하지 못한다니.

그것이 사무치게 미안하고 서러웠다. 오랜만에 느껴보는 무력감에 어깨가 떨려 왔다. 그는 처연한 심정으로 아비게일의 얼굴을 들여다보았다.

이렇게 잠든 얼굴을 보는 것은 두 번째다. 애초에 동침을 하지 않으니, 보고 싶어야 볼 수 없는 얼굴이었다.

"……으음."

그때, 아비게일이 작게 신음 소리를 내며 뒤척였다. 세이블리안은 흠칫 놀라 고개를 뒤로 빼내었다. 아비게일이 눈을 떴다.

"……세이블리안?"

눈매가 게슴츠레한 것을 보아하니, 아직 잠이 덜 깬 모양이었다. 저렇게 경칭 없이 이름으로 부르는 것도 처음이었다.

"예, 아비게일. 저 여기 있습니다."

제 이름이 불리자 세이블리안은 순종적으로 답했다. 아비게일이 여전히 몽롱한 시선으로 그를 바라보았다.

"전하? 왜 여기에……."

"약속했잖습니까."

세이블리안은 조금 더 힘을 주어 그녀의 손을 잡았다.

"매일 밤, 그대의 손을 잡으러 오겠다고."

그것은 오로지 변명이다. 그저 당신이 보고 싶어서 왔다. 오로지 내 이기심으로 왔다. 하지만 차마 그리 말하지는 못했다. 아비게일은 그 말을 듣고 배시시 웃었다.

"와 줘서 고마워요. 저도 보고 싶었어요."

평소라면 하지 않았을 말인데, 잠기운과 병 때문에 솔직한 심정이 스르르 흘러나왔다.

아비게일은 며칠 동안 앓으며 그를 생각했다. 예전에는 몇 주 동안 보지 않아도 괜찮았던 얼굴인데 이상하게도 보고 싶었다.

자신을 단단히 잡고 있는 이 손이 그리웠다. 저 서늘하면서도 다정한 벽안이 그리웠다. 조곤조곤한 목소리 하나 그립지 않은 구석이 없었다.

아파서 그런가 보다. 아프면 외로워지니까. 그래서 이토록 그가 보고 싶었나 보다.

아비게일이 그런 생각을 하고 있는 와중, 세이블리안은 조금 넋이 나가 있었다. 그는 조심히 아비게일의 손을 끌어 제 얼굴로 가져다 댔다. 아비게일의 손이 뺨에 닿자 그의 심장박동이 손끝을 통해 아비게일에게 전달되었다.

"저도 그대가 보고 싶었습니다."

사무치도록. 뼈저리도록. 미치도록.

그대가 그리도 보고 싶었다. 그런데 그대도 내가 보고 싶었다니. 당장 밖으로 뛰쳐나가 모든 이에게 자랑하고 싶어졌다.

아비게일은 멍한 눈으로 웃었다. 부스스한 힘없는 미소가 사랑스러우면서도 가련했다.

"미안합니다, 아비게일. 아직 치료법을 찾지 못했습니다."

병에 지친 얼굴을 보자, 그는 대역죄인이라도 된 것 같았다. 방금 전 비서관에게 윽박지르던 것과는 전혀 딴판인 얼굴이었다.

"내일 회의를 소집하기로 했습니다. 이 나라에서는 병의 원인을 찾아내지 못했지만, 외국이나 혹은 다른 종족들이라면 알고 있을지 모릅니다."

아비게일은 눈을 깜빡거리다 물었다.

"다른 종족……? 다른 종족은 우리와 사이가 나쁘지 않나요?"

"예. 그렇죠."

"그런데 어떻게……."

"방법이 있으니, 너무 걱정하지 마십시오."

적이라 할지라도 거래를 거절하지는 않을 것이다. 회유할 만큼의 대가를 주면 된다. 그것이 땅이든, 돈이든 간에.

아비게일은 가만히 세이블리안에게 잡혀 있는 손가락을 꼼지락거렸다. 답답한 모양인가 싶어 슬쩍 손을 놓아주었다.

그러나 그녀는 손을 거두는 대신 세이블리안의 얼굴을 매만졌다. 그의 눈가, 뺨, 턱을 스치고 지나가는 손길이 좋았다.

"요즘 못 주무셨나요?"

어둠 속이라 미처 눈치를 못 챘는데, 얼굴이 조금 까슬해져 있었다. 밝은 곳에서 본다면 눈 아래가 검게 들어간 것도 알 수 있었으리라.

"많이 바쁘실 텐데……. 굳이 이런 때까지 찾아오지 않으셔도 돼요."

아비게일은 염려스러운 듯이 말했다. 세이블리안은 가만히 그녀의 눈을 들여다보았다.

"그대를 만나러 올 시간은 있습니다. 그리고 하고 싶었던 말도 있고."

"하고 싶었던 말이요?"

얼굴을 쓰다듬던 손이 뺨 위에서 멈추었다. 세이블리안의 고즈넉한 목소리가 들려왔다.

"생일을 축하한다고, 그리 말하고 싶었습니다."

어느새 시각은 자정을 넘어 있었다. 아비게일의 생일이었다. 축하한다는 말에 큰 의미가 없음을 알지만, 그럼에도 그는 그 말을 전하고 싶었다.

"가급적이면 가장 먼저 축하를 하고 싶었습니다."

그 말에 아비게일은 묘한 표정이 되었다. 그러다 이내 기분 좋게 웃었다.

"고마워요, 전하. 생일 연회는 치르지 못하게 되었지만……."

그러다 이내 씁쓸한 목소리가 되어 말을 이었다.

"블랑슈가 생일 연회를 많이 기대했을 텐데, 미안하네요."

"걱정하지 마십시오. 그 아이는 그대가 빨리 낫기만을 바라고 있을 겁니다."

아닌 게 아니라 실제로 그랬다. 블랑슈 역시 아비게일의 병문안을 왔다가 시무룩한 얼굴로 돌아갔으니까.

아비게일은 힘없이 웃었다. 그래, 그 착한 아이라면 분명 내 걱정을 하고 있겠지. 문득 블랑슈가 자신을 엄마라고 부르던 모습이 떠올랐다. 그때는 블랑슈가 침대에 누워 있었다.

"그러고 보니 지난번 블랑슈 공주의 병문안을 갔을 때……."

아비게일은 느릿하게 말을 꺼냈다. 아주 오래전의 일을 회상하는 사람처럼 보였다.

"공주가 저를…… 엄마라고 불렀어요."

그녀는 유리잔을 옮기는 사람처럼 조심스럽게 '엄마'라는 단어를 발음했다.

"솔직히 말하자면, 전…… 좀 놀랐어요. 블랑슈 공주를 아끼긴 하지만, 제가 그 아이의 어머니라는 생각은 미처 못하고 있었거든요."

그 말은 세이블리안으로서도 조금은 의외였다. 늘 블랑슈를 예뻐하기에 당연히 딸처럼 여기고 있을 줄 알았건만.

"미안했어요. 그리고…… 걱정됐어요. 아이가 아픈 것도 빨리 눈치채지 못했는데. 제가 과연 어머니 역할을 잘 해낼 수 있을까."

그녀는 조금 불안해 보였다. 어찌 보면 무책임한 말이다. 더군다나 남편 앞에서 할 말은 아니었을지 모른다. 하지만 세이블리안은 그녀를 책망하지 않았다. 그저 잠시 말을 고를 뿐.

"당신께서는 여러 차례 제게 물어보셨죠. 블랑슈를 싫어하느냐고."

그의 목소리가 조금 가라앉아 있었다. 세이블리안은 힘겹게 단어를 하나씩 골라 갔다.

"그 아이를 싫어하는 것은 아닙니다. 다만…… 아버지로서 그 아이를 어떻게 대해야 할지 모르겠다는 것도 사실입니다."

마치 갓 태어난 새끼 짐승을 어찌 다뤄야 할지 모르는 것처럼.

"저는 어린 시절, 선왕 전하와 대비 전하와 함께 자라지는 않았습니다. 별궁에서 교육을 받고, 건국제나 신년에 뵙는 것이 전부였지요."

왕족이나 귀족이 자식의 교육을 가정 교사와 시종, 시녀들에게 일임하는 것은 드문 일이 아니었다. 블랑슈를 별궁에 보내지 않고 본궁에 두고 키운다고 했을 때 놀란 이들도 있었으니 말이다.

"왕으로서 사는 방법은 알아도 아비로서 사는 방법을 몰랐습니다. 당신께서 알려 주신 덕분에 조금씩 배워나가고는 있습니다만……."

그는 말꼬리를 흐린 채, 아비게일을 가만히 바라보았다.

"아직도 제게는 아버지라는 역할이 낯섭니다. 그때마다, 당신께서 하셨던 말씀을 떠올립니다."

"제가 했던 말이요?"

아비게일은 영문을 모르겠다는 듯 그를 올려다보았다. 세이블리안이 속삭이듯 말했다.

"우리는 가족이 될 수 있다는 말."

그때도 오늘과 같은 밤이었다. 추위를 피해 몸을 붙이는 새들처럼 간절히 손을 잡은 채, 아비게일이 세이블리안에게 속삭였던 밤.

"저는 남편으로서도, 아비로서도 무언가가 부족할지 모릅니다. 하지만 가족은 될 수 있다는 그대의 말을 믿고 있습니다."

세이블리안의 눈동자가 어둠 속에서 푸르게 빛났다. 그의 눈빛이 이토록 다정한 파란색이었던가.

“아비게일, 너무 두려워하지 마십시오. 블랑슈와 당신은 이미 가족입니다.”

아비게일은 말이 없었다. 가족이라는 단어의 울림이 너무도 따스하여 뭐라 말이 나오지 않았다.

한참을 침묵했음에도 세이블리안은 기다려 주었다. 그녀는 여전히 자신을 잡고 있는 세이블리안의 손을 힘주어 잡았다.

“……전하도 블랑슈의 가족이에요.”

그녀는 조금 힘겹게 말했다. 그리고는 살풋 미소 지었다.

“저와 전하도 가족이고요.”

남아 있는 빈손으로 세이블리안의 손을 겹쳐 잡았다. 그녀는 눈을 감고 조곤조곤 말했다.

“우리는 가족이에요.”

세이블리안은 잡혀 있지 않은 손을 들었다. 그리고 아비게일의 머리를 가만히 쓸어내렸다. 커다랗고 믿음직스러운 손이었다.

“그대가 다 나으면 가족끼리 생일을 축하합시다.”

“네, 좋아요.”

세이블리안은 다소 서툴게 그녀를 쓰다듬고는 손을 떼어냈다. 그는 아쉽다는 듯 말했다.

“아픈 사람의 시간을 너무 뺏었군요.”

그리 말하면서도 세이블리안은 손을 놓지 않았다. 자리를 떠야 하는데 조금 더 그녀의 곁에 있고 싶었다.

그것은 아비게일도 마찬가지였다. 그가 옆에 있어 주면 좋겠다고,

그런 생각을 했다.

“병문안 와 주셔서 감사합니다. 가서 쉬셔야죠.”

하지만 아비게일은 조심스레 손을 빼냈다. 세이블리안의 까슬한 얼굴을 만져보았기 때문이다.

“예. 그럼 물러가겠습니다.”

세이블리안은 아쉬움을 삼킨 채 자리에서 일어났다. 아비게일이 잠을 청하려는 듯 눈을 감은 뒤에야 그는 방을 나섰다.

“왕비님, 정말 일어나셔도 괜찮으시겠어요? 좀 더 누워 계시는 게…….”

클라라가 울먹거리며 말했다. 나는 노마의 도움을 받아 오랜만에 외출복으로 갈아입고 있었다.

“애초에 증상도 심하지 않았는걸. 이젠 많이 나아졌어.”

“그래도요. 아직도 이 병이 뭔지 밝혀지지 않다니. 너무 답답해요.”

클라라가 입술을 삐죽거리며 말했다.

음, 그러게. 그건 나도 좀 궁금하다.

세이블리안은 내게 말했던 대로, 외국과 이종족에게 사절을 보내 협조를 요청했다. 혹여라도 병의 치료법을 알고 있다면 거래에 응할 생각이 있다고.

하지만 거래는 이루어지지 않았다. 이종족 중 대다수는 요청을 거절했고, 요정 쪽에서는 병의 원인을 모른다고 답했다.

내가 병에서 나은 건 치료 덕분이 아니라 운 좋게 회복이 된 것뿐이었다. 대체 이 병은 이름이 뭘까. 몸이 많이 나아지긴 했지만 아직도 조금씩 어지럼증이 오곤 했다.

그래도 더 이상 누워 있고 싶지는 않았다. 내내 침대에만 누워 있으니 지치고 지겹다. 오랜만에 산책이라도 나가야지.

그렇게 외출 준비를 하던 중, 한 시녀가 안으로 들어왔다. 그녀는 잠시 머뭇대다 말했다.

"왕비님. 레이븐 공작님께서 병문안을 오셨습니다만……. 어떻게 할까요?"

그러고 보니 내가 앓아누워 있던 동안, 레이븐이 한 번 방문했던 적이 있다고 들었다. 그때는 주치의가 면회를 거절해서 들어오지 못했지만.

"들어오시라 그래."

산책이야 나중에 해도 되겠지. 곧 시녀들이 자리를 비켜 주고 레이븐이 안으로 들어왔다.

늘 웃는 낯인 사람이었는데 오늘은 표정이 어둡다. 그 차이가 사뭇 신선하게 느껴졌다.

"왕비님, 몸은 좀 괜찮아지셨습니까?"

"네. 덕분에요."

내 대답에도 레이븐의 얼굴은 여전히 걱정으로 얼룩져 있었다. 이 사람은 얼굴에 희로애락이 고스란히 드러나는 타입이구나. 세이블리안은 감정의 변화가 잘 드러나지 않는 편인데. 아니, 딱히 그런 것도 아닌가?

요즘은 여러 가지 표정을 보게 되었다. 그에게 표정이 하나씩 늘어나는 걸 볼 때마다, 신기하고도 즐거웠다. 지난번 밤에 병문안을 왔을 때도 좀 다른 것 같았다. 비몽사몽 했던 터라 기억은 잘 안 나지만.

"실례가 되지 않는다면 자리에 앉아도 괜찮을까요?"

레이븐의 물음에 나는 퍼뜩 정신을 차렸다. 이런, 손님을 계속 세워 두고 있었네.

"네. 물론이죠."

나는 맞은편의 초록색 소파를 가리켰다. 레이븐은 그제야 자리에 앉았다.

"아직 몸이 다 회복되지 않으셨다고 들었습니다."

"네. 그래도 이제 생활하는 데에는 무리가 없지만요."

"얼른 병의 원인이 규명되면 좋겠는데 말입니다."

"전하께서 힘쓰고 계시니, 곧 밝혀질 거예요."

요즘 잠도 제대로 못 자고 있는 것 같던데. 왕이 과로를 하고 있다 보니 그 아래 사람들 역시 추가 근무에 연장 근무에 야간 근무까지 하고 있다 들었다.

레이븐은 미소 지은 채 내 말을 듣고 있었다. 그러다 물끄러미 나를 응시하며 입을 열었다.

"국왕 전하를 많이 믿으시나 보군요."

레이븐의 질문에 나는 약간 의아함을 느꼈다. 왜 이런 걸 물어보는 거지?

"네. 당연하죠."

그 사람만큼 일 잘하는 사람이 또 어딨다고. 그리고 자기가 한 말은 꼭 지키는 사람이니까 잘 될 것이다.

그는 내 대답이 만족스러웠던 것인지, 아니면 딱히 할 말이 없어서 그런 건지 조용히 미소만 짓고 있었다.

"아, 그러고 보니 병문안 선물을 가져왔습니다."

“선물이요? 지난번에도 주셨잖아요. 덕분에 잘 쓰고 있어요.”
선물 받은 뒤 내내 아파서 많이 쓰지는 못했지만. 애들이 클리너 몇 번 뿌리면 빨래 안 해서 좋다길래 자주 빌려줬다.
“그건 생일 선물이고 이건 병문안 선물이니까요.”
레이븐은 그렇게 말하며 희미하게 웃어 보였다. 그의 금색 눈동자가 따뜻한 빛을 띠고 있었다.
“쾌유를 비는 마음에서 가져온 것이니 받아 주셨으면 좋겠습니다.”
그는 그렇게 말하며 작은 상자를 하나 내밀었다. 상자는 한 뼘 정도 되는 길이와 높이였다.
으음, 계속 받기만 하기엔 미안한데. 거절을 하려고 해도 그가 너무 정중하게 나와 미안했다. 다음에 나도 뭔가 선물하긴 해야겠다. 일단은 받아 두는 수밖에.
“감사히 받겠습니다, 레이븐 경. 풀어 봐도 될까요?”
“물론이죠.”
그는 조심스레 상자를 건네주었다. 상자는 가벼웠다. 깔끔한 베이지색 상자를 열어 보니 그 안에는 유리로 만든 새가 있었다.
유리 장식품인가? 꽤 잘 만들어진 장식품이었다. 나는 그것을 조심스레 들어 올렸다.
“감사합니다, 레이븐 경. 정말 예쁜…… 꺅!”
손 위에 있던 새가 파르르 날아올랐다. 까, 깜짝이야! 대체 뭐지? 나는 어리둥절해져서 내 머리 위를 날아다니는 새를 올려다보았다.
새의 몸은 찬란한 금색으로 빛나고 있었다. 익숙한 노란색. 클리너에서 넘실거리던 금빛 마력을 닮았다.
설마? 이것도 마도구인가? 내가 레이븐을 바라보자, 그가 쿡쿡 웃다가 황급히 입꼬리를 내렸다.

"이것도 마도구인가요?"

"아, 네. 맞습니다. 심심해하실 것 같아서 말이죠."

새는 작게 지저귀며 내 어깨에 앉았다. 자세히 보니 유리가 아니라 마력이 유리처럼 형태를 띠고 있는 것이었다. 마도구라고 하니 신기하고 귀엽기는 한데…… 비싼 선물을 많이 받으니 좀 부담스럽기는 하다.

이 와중에 작은 새는 고운 목소리로 지저귀고 있었다. 색깔이 노랗다 보니 병아리나 카나리아 같다.

"무료하실 동안 그 새가 노래를 불러 줄 겁니다. 그 녀석, 꽤 명가수거든요."

레이븐은 그렇게 말하며 가볍게 손가락을 튕겼다. 그러자 유리새가 포르르 날아가 창가에 앉았다.

곧 축음기를 튼 것처럼 깔끔하고 아름다운 노랫소리가 흘러나오기 시작했다. 플루트의 음색을 닮은 소리다. 순식간에 방 안에 봄이 찾아온 것만 같다.

밝고 사랑스러운 노래. 새의 열창에 나도 모르게 넋이 나가 귀를 기울이고 있었다.

어느새 새는 한 곡을 완창하고 입을 다물었다. 칭찬을 해 달라는 듯, 내 어깨로 날아와 머리를 부볐다.

"어떠십니까?"

"와, 정말 노랫소리가 좋네요. 깜짝 놀랐어요."

"제가 제일 좋아하는 곡입니다. 마음에 드시는 것 같아 기쁘네요."

그렇게 말하며 레이븐은 순박하게 웃었다. 세이블리안보다 형이라고 들었으니 20대 후반 정도 되었을 텐데 웃는 모습이 퍽 소년 같다. 그의 모습이 너무도 순진하고, 새의 노래가 고와 나도 모르게 고개를 끄덕일 뻔했다. 하지만…….

“좋은 노래를 들려주셔서 감사합니다. 그 노래만으로도 충분한 선물이 되었어요.”

첫 번째 선물까지는 호의라고 칠 수 있지만, 두 번째 선물부터는 좀 부담이 되었다. 이만큼 받았으면 나도 뭔가를 돌려줘야 할 텐데. 이에 합당한 것을 줄 자신이 없었다.

레이븐은 내 거절에 당황하는 것 같았다. 그는 어쩔 줄 몰라 하다가 조심스레 입을 열었다.

“그러면 다 나으신 뒤 돌려주시는 건 어떨까요? 그동안은 좋은 장난감이 되어 줄 겁니다.”

으음, 탐이 나긴 하지만 냉큼 받기도 좀 그랬다. 차라리 내 돈 주고 사고 말지.

고민에 빠져 있던 사이, 주치의가 슬그머니 들어왔다. 그는 조심스레 말했다.

“실례지만 왕비님께서 약을 드실 시간인지라…….”

“아. 그럼 이만 실례하도록 하겠습니다. 쾌차하시길 바랍니다.”

레이븐은 큰 미련 없이 자리에서 일어났다. 그가 떠나간 뒤에야 나는 내 마음을 추스를 수 있었다.

와, 큰일 날 뻔했네. 어떻게 이리도 내 맘에 드는 걸 쏙쏙 골라 왔지? 게다가 거절을 거절하는 방식도 능숙했다.

레이븐, 저 사람……. 현대에서 태어났다면 쇼호스트 같은 거 잘할 것 같다. 통장 거덜 날 뻔했어.

그런 생각을 하며, 나는 약을 삼켰다. 으윽, 쓰다. 그리고는 주치의가 부지런히 나를 진찰하고는 입을 열었다.

"조금씩 차도가 있으시니, 너무 걱정 마십시오."

"혹 유행병의 원인에 대해서 알아낸 것은 있나?"

"……아직, 불명입니다."

주치의는 무척이나 송구하다는 듯이 말했다. 치료법까지는 몰라도 원인이라도 알 수 있다면 좋으련만.

"수고했네. 이만 물러가 보게."

나는 의사를 물린 뒤, 침대로 향했다. 산책을 갈까 싶기도 했지만 그사이 몸이 나른해져 버렸다.

"비비, 괜찮아?"

"응. 조금 피곤해서 그래."

목걸이에서 희미한 목소리가 흘러나왔다. 나는 로켓 목걸이를 짤깍 열었다. 베리테가 걱정스러운 눈으로 나를 보고 있었다. 내가 병에 걸린 뒤부터 얘도 고생 많이 했지.

나는 직접 보지 못해 잘 모르지만, 거울 안에는 여러 공간이 있는 모양이다. 그리고 그사이에는 서재도 있다고 한다. 베리테는 내가 아픈 동안 온갖 책들을 다 읽으며 병원病原을 찾아다녔고.

하지만 인간의 역사 중, 이러한 병이 얼굴을 드러낸 것은 이번이 처음이라고 한다.

"치료법까지는 몰라도 원인이라도 알 수 있다면……."

그가 엄지손톱을 잘근 깨물었다. 이렇게 초조해하는 모습은 처음 보는 것 같다.

"정말 이상한 병이야. 아무리 찾아도 비슷한 사례조차 안 나와. 감염

경로도 불확실하고, 병에 걸린 사람들 사이의 공통점도 딱히 없어."

"응. 처음에는 전염병인가 의심했다는데 딱히 그런 것도 아니라며?"

전 왕국에 같은 병이 도는데, 전염병은 아니다. 그런 것도 참 드문 현상이었다.

베리테는 골치 아프다는 듯한 표정을 지었다. 그는 무언가를 중얼중얼거렸다.

"왜 갑자기 이번 가을부터 이 병이 돌기 시작한 걸까? 뭔가 이유가 있을 텐데……."

그 말에 나도 고민에 빠졌다. 베리테의 말대로 왜 하필 이번 가을에 이런 병이 돌기 시작한 걸까?

작년 가을과 뭔가 다른 점이 있을 텐데……. 그때, 무언가가 내 목걸이를 툭툭 찔렀다.

"그 새는 뭐야 대체? 기르는 거야?"

"어우 씨, 깜짝이야. 뭐야 이거?"

화들짝 놀라 몸을 일으키자, 내 가슴 위에 올라와 있던 새가 포르르 날아올랐다. 아까 그 유리새였다.

"아, 이거. 언제 두고 갔지?"

아까 주치의가 들어오는 사이 놓고 갔나 보다. 성격은 순둥순둥해 보이는데 은근 고집이 있다.

그러고 보니 같은 마도구니까 친구가 될 수 있지 않을까? 말은 못 하지만.

그사이 새는 다시 내 어깨 위로 날아왔다. 그리고는 신경질적으로 목걸이의 끈을 쪼아댔다.

"뭐야. 마도구야? 야, 저리 안 꺼져?!"

베리테가 으르렁대며 새를 위협했다. 유리새는 그러거나 말거나 짹짹거리며 베리테를 공격했다.

“이 녀석, 쪼면 안 돼!”

나는 황급히 새를 손으로 덥석 잡았다. 방금 전까지만 해도 공격적이던 새가 얌전하게 변했다. 베리테가 충격받은 얼굴로 말했다.

“나 말고 다른 마도구가 생긴 거야?”

“아냐! 아까 레이븐이 강제로 주고 간 거야.”

이러다가 마도구 때문에 사랑과 전쟁 찍게 생겼네. 새가 얌전해지자 나는 조용히 손을 놓아주었다.

“같은 마도구인데 친구가 되는 건 어때?”

“싫어. 절대로 반대야.”

베리테가 투덜거리거나 말거나, 새는 포르르 내 주위를 날아다녔다. 삐삐 소리를 내며 우는 게 진짜 새 같았다. 다시 봐도 참 예쁜 노란색이었다. 이 노란색 역시 레이븐의 마력인 걸까?

햇빛이 닿자 그 노란색은 더욱 선명하고 화려한 빛으로 빛났다. 노란색이라고 하기에는 좀 더 강한 색깔이었다. 블론드와 같은 노란색? 아니, 아니다. 골드도 아니고, 허니 옐로우도 아닌 이 색은…….

그래. 굳이 따지자면 오피먼트다. 왕의 노랑이라고 불리는 그 찬란한 금색.

문득 강의 시간에 들은 이야기가 떠올랐다. 교수님은 색깔에 얽힌 이야기를 강의 틈틈이 들려주곤 하셨다. 그중에는 오피먼트에 관한 이야기도 있었다.

오피먼트는 색깔의 이름이기도 하고 광물의 이름이기도 하다. 이 광물을 갈아서 만든 안료도 오피먼트라고 불리는데 고대 이집트와 그리스, 로마에서도 사용할 정도로 역사가 길다.

왕의 노랑이라는 별칭에서 알 수 있듯이 금과 같은 색으로 반짝이기에 많은 이들의 관심을 받았다. 하지만 결코 오피먼트는 금이 될 수 없다. 금처럼 반짝이지만, 금보다는 한참 가치가 떨어진다.

새삼 레이븐의 처지와 비슷하다는 생각이 들었다. 왕의 아들이지만 왕자는 될 수 없는 레이븐. 찬란하게 빛나는 금색이 왠지 모르게 서글퍼 보였다.

그 외로도 오피먼트에 대해 여러 이야기를 들었다. 광물이 워낙 약한 터라 빛을 받으면 쉽게 변색이 되기도 하고, 황이 포함되어 있기 때문에 냄새도 좋지 않…….

“쟤는 그냥 짹짹대는 기능만 있고, 나는 더 유능…… 비비?”

나는 침대에서 벌떡 일어났다. 베리테가 왜 그러냐는 듯 나를 바라보았다.

오피먼트에 대한 이야기를 한 뒤, 교수님은 몇 가지 색에 대한 이야기를 더 해 주셨다.

번개가 나를 꿰뚫고 지나가는 것 같았다. 그리고 동시에 한 가지 가설이 떠올랐다. 아니, 단순한 가설이라고 치부하기에는 정황이 너무 잘 맞는다. 나는 황급히 방 안을 둘러보았다.

레이븐이 앉아 있었던 소파. 내가 두르고 있는 숄. 선물 받았던 드레스들의 색깔. 순식간에 소름이 온몸을 타고 올라왔다. 나는 다급히 방 밖으로 뛰쳐나갔다.

“비비, 비비?”

베리테가 말을 걸었지만 답을 할 겨를이 없었다. 뒤에서 뭐라 소리를 치는 주치의도, 시녀도 무시한 채 나는 복도를 뛰어갔다. 뛰면

뛸수록 질척한 무언가가 들러붙은 듯한 무력감과 메스꺼움이 한층 더 또렷하게 느껴졌다.

나는 어느새 세이블리안의 집무실 앞에 도착해 있었다. 시종이 나를 보고 뭐라 말을 걸기도 전, 나는 집무실의 문을 벌컥 열었다.

안에는 세이블리안과 밀러드, 스토크 공작이 있었다. 스토크 공작이 나를 보고는 불쾌하다는 듯이 얼굴을 찌푸렸다. 하지만 그의 표정 따위는 알 바가 아니었다.

"세이블리안 전하!"

나는 황급히 세이블리안에게 다가갔다. 그 역시 밀러드나 공작처럼 놀란 듯했으나 거부감은 없어 보였다.

"아비게일, 무슨 일 있으십니까?"

"녹색, 녹색이에요."

세이블리안이 의아하다는 듯한 표정을 지었다. 그는 내 양팔을 감싼 뒤 달래듯이 말했다.

"천천히 설명하십시오, 아비게일. 무엇이 녹색이란 말입니까."

흥분과 조급함 때문에 말이 제대로 나오지 않았다. 그의 침묵 덕분에 나는 가까스로 진정할 수 있었다.

"유행병의 원인 말이에요. 유행병의 원인은 비소 중독이에요."

"비소? 독으로 쓰이는 그것 말씀이십니까? 하지만 어떻게 그리 많은 이들이 비소 중독에 걸립니까?"

"요즘 유행하는 녹색 안료에 비소가 포함되어 있어요."

오피먼트에 황이 포함되어 있는 것처럼 예전에 쓰이던 안료 중에는 유독물질이 포함된 경우가 꽤 많았다. 그리고 그중에 셸레 그린Scheele's green이 있다.

등장하자마자 수많은 사람들의 사랑을 받은 녹색 안료. 드레스뿐 아니라 벽지에도 사용되고 심지어는 식용 색소로도 사용된 녹색.

그 녹색에 엄청난 양의 비소가 포함되어 있다는 사실은 오랜 시간이 지난 뒤에야 밝혀졌다. 수많은 사람이 죽을 때까지.

“당장 그 안료의 사용을 금지시키고 모두에게 알려야 해요! 사용된 제품은 모두 수거하도록 명을 내려 주세요!”

나의 외침에 정적이 찾아왔다. 세 사람은 모두 놀란 얼굴로 나를 바라보고 있었다. 그중에서 가장 먼저 정신을 차린 사람은 스토크 공작이었다. 그가 가볍게 웃으며 말했다.

“왕비님, 몸 상태는 괜찮으십니까?”

내 안위를 묻는 것처럼 들리지만 그것은 명백한 조롱이었다. 스토크 공작이 말을 이어 갔다.

“안료 때문에 유행병이 돈다니 다소 황당한 이야기로군요.”

“황당하더라도 진실이에요.”

나는 공작의 눈을 노려보며 말했다. 그의 입가에서 조금씩 미소가 사그라들었다. 공작이 딱딱히 굳은 얼굴로 물었다.

“증거는요?”

증거? 증거라면……!

그러다 순간 나는 말을 잃었다. 흥분이 가라앉으며 이성이 되돌아왔다. 증거가 없다.

셸레 그린에 비소가 들어 있다는 것은 내 세계의 지식일 뿐이다. 이 세계에서 유행하는 녹색 안료가 셸레 그린일 거란 보장은 없다.

그저 녹색 안료가 유행하던 시기와 유행병이 발생한 시기가 거의 비슷해서 나도 모르게 셸레 그린일 것이라 단정해 버렸다. 만약 그 녹색 안료가 셸레 그린이 아니라면? 다른 것이 원인이라면?

내가 입을 다물자, 스토크 공작은 보란 듯이 이죽대며 웃었다. 너무 성급했다. 증거를 찾은 뒤에 와야 했는데…….

"병 때문에 조금 혼란스러우신 모양입니다. 이해합니다, 왕비님. 이만 들어가서 쉬시……."

"유행병으로 인해 죽은 최초의 환자는 조화 제조공이라 했었지."

세이블리안의 목소리가 스토크 공작의 말을 끊었다. 나는 멍해져서 그를 올려다보았다. 그의 얼굴은 평소처럼 담담하고 냉철했다. 밀러드의 얼굴에 비친 의구심, 스토크 공작이 품고 있는 조롱 따위는 비치지 않는 표정이었다.

"안료가 병의 원인이라면 조화 제조공이 죽은 것도 이해가 가는 법이다. 밀러드."

"예. 전하."

"녹색 안료를 제작하는 공방으로 사람을 보내게. 안료를 제작하는 데에 어떤 재료가 들어갔는지 확인하고, 비소가 들어갔다면 그자를 내 앞으로 데려오도록."

"명대로 하겠습니다."

밀러드는 세이블리안의 지시를 듣고 자리를 떴다. 고요가 찾아왔다. 나는 넋이 나가 세이블리안을 바라보았다.

그가 나를 믿어 주고 있다. 어찌 보면 근거 하나 없는 허무맹랑한 이야기건만, 내 말을 믿고 조사를 하라 명했다.

"전하. 근거가 없는 이야기에 괜한 시간을 쓰시는 듯합니다만……."

스토크 공작이 조심스레 입을 열었다. 세이블리안이 순순히 내 말을 믿은 것에 꽤나 놀란 눈치였다.

세이블리안은 공작의 간섭에도 딱히 노기를 드러내지 않았다. 그저 누구라도 압도당할 만큼 냉정한 목소리로 말할 뿐.

"의사, 문관, 마법사. 그들 중 그 누구도 병의 원인을 추측하지 못한 상황이다. 가설이라 하더라도 시험해볼 가치는 충분하다고 생각하는데."

법관을 연상케 하는 시선이었다. 스토크 공작은 입술을 달싹거리다 이내 침묵했다.

"사람들을 시켜 궁 내에 있는 물건 중 녹색 안료를 쓴 것들을 모두 회수하라 이르게. 알겠나? 스토크 공작."

"……예. 알겠습니다."

바늘 같은 목소리가 스토크 공작을 찌르자 그는 밀러드의 뒤를 따라 집무실을 떠났다.

다시 한번 고요가 찾아왔다. 나는 그제야 깊은 숨을 토해냈다. 긴장이 풀려 온몸이 노곤했다.

이번에는 운이 좋았다. 바보, 멍청이. 무턱대고 뛰어들다니. 베리테가 알면 한심하다고 혀를 차겠다.

만약 셸레 그린이 아니면 어떡하지. 나뿐만 아니라 세이블리안도 곤란해질 텐데. 뒤늦게 걱정이 들어, 나는 고개를 푹 떨구었다.

"저기, 전하……."

"예. 아비게일."

그는 평소와 같은 목소리로 답했다. 동요 없는 표정, 굴곡 없는 눈빛. 나는 왠지 위축되는 기분이었다.

"안료에 비소가 든 건 제 착각일지도 모릅니다. 그러니까……."

"괜찮습니다."

돌아온 대답이 꽤나 담담하여, 나는 묘한 기분이 들었다. 당신이 그럴 줄 알았다, 애초에 별 기대하지 않았다 그런 대답을 할 줄 알았는데.

"아직 확증은 없지만 그대의 말에는 일리가 있습니다. 병사한 이의 직업도 그렇고, 녹색 의상이 유행하던 시기와 병이 유행한 시기가 겹치기도 하니 말입니다."

만약 그 목소리가 나를 위로하는 듯했더라면 나는 더욱 미안했을 터였다. 하지만 그의 목소리는 그저 편견 없이 공정하게 들려왔다. 그래서 나는 안도할 수 있었다.

"설령 안료가 원인이 아니었다 하더라도 괜찮습니다. 그 어떤 명의라 할지라도 단 한 번 만에 병인을 알아내는 법은……."

그러다 그의 시선이 문득 어딘가에 멈추었다. 시선을 따라가 보니, 그는 내 발을 보고 있었다.

맨발이었다. 아. 아까 너무 놀라서 그대로 뛰쳐나오다 보니 신발 신는 것도 까먹은 모양이다. 세이블리안이 작게 한숨을 내쉬었다.

"실수가 잦으시군요."

"……그냥 급하게 오느라 그랬어요."

되지도 않는 변명을 늘어놓았다. 그는 나를 책망하는 대신 나를 집무실 의자에 앉혀주었다.

그가 늘 앉아 있는 자리였다. 왠지 왕좌에 앉은 것 같아 기분이 묘했다. 세이블리안은 손수건에 물을 적셔 내 발을 닦아 주었다. 나는 화들짝 놀라 그를 밀어냈다.

"뭐, 뭐 하시는 거예요?"

"그러면 일국의 왕비가 발을 검게 더럽힌 채 그냥 있을 겁니까?"

"딱히 더러워진 것도 아닌데……."

나는 꿍얼거리면서 그의 말을 얌전히 듣고 있었다. 세이블리안은 기어코 내 발을 다 닦아 준 뒤 허리를 폈다.

"더 이야기를 나누고 싶지만, 일이 바빠질 것 같군요. 방까지 모셔다드리겠습니다."

"네? ……허억!"

세이블리안의 손이 내 오금과 등에 닿는가 싶더니 순식간에 몸이 번쩍 들렸다. 그가 나를 안아 들고 있었다. 이게 말로만 듣던…… 공주님 안기인가?!

"아니, 전하! 괜찮아요! 제가 걸어갈 수 있으니까요!"

"또 맨발로 가실 생각입니까?"

"시, 시녀들에게 신발을 가져오라 하면……."

"제가 직접 가는 게 시간이 덜 걸립니다."

그는 가지를 쳐내듯 내 말을 수월하게 잘라냈다. 아니, 아니. 난 이런 게 익숙하지 않다고!

세이블리안이 나를 품에 안고 집무실을 나섰다. 몸이 흔들리자 나도 모르게 그의 목을 꼭 끌어안았다.

허, 허어…… 이게 대체 무슨 일이야? 얘가 나를 안고 있다고? 진짜 강해졌구나, 세이블리안.

그는 망설임 없이 내 방으로 향했다. 무겁지도 않은가?

안으로 들어서자 시녀들이 놀란 얼굴이 되었다. 그런 시선을 받으면 움츠러들 법도 한데 그는 개의치 않고 침실로 들어섰다. 그리고는 조심스레 나를 침대에 눕혀 주었다. 나는 여전히 어리둥절한 기분이었다.

"푹 쉬고 계십시오. 혹 그대의 도움이 필요하면 또 찾아오겠습니다."

그는 잠시 내 얼굴을 보며 뭔가를 망설이다 침실을 떠났다. 문 닫히는 소리가 들렸다.

어……. 대체 무슨 일이 있었던 거지. 멍하게 있는데 유리새가 날아와 내 머리 위에 앉았다.

"……비비, 지금 네 표정 어떤지 알아?"

베리테의 목소리가 들려왔다. 나는 얼이 빠져 있다가 거울을 들여다보았다. 그곳에는 얼굴이 새빨갛게 변한 아비게일이 있었다. 그제야 심장이 빠듯하게 뛰는 소리가 들려왔다.

"아비게일 님, 눈 뜨시면 안 돼요!"

"알겠어요, 블랑슈 공주."

눈을 감자, 시각 외의 모든 것들이 한층 더 또렷하게 느껴졌다. 내 손을 잡고 있는 블랑슈의 손이 얼마나 따뜻하고 보드라운지. 먼 곳에서 풍겨오는 케이크의 향기가 얼마나 달콤한지.

"조금만 더 가면 돼요."

나는 블랑슈에게 이끌려 어디론가 걸어가고 있었다. 유일한 길잡이는 이 작은 아이뿐이었다. 블랑슈의 들뜬 목소리를 듣고 있자니, 눈을 감아도 그 아이가 웃는 얼굴이 보이는 것만 같았다.

달칵. 문 열리는 소리가 들린다. 빵 냄새가 더욱 진하게 풍겨왔다. 식당인가?

"여기에 앉으세요. 자아, 조심조심……."

블랑슈가 내 손을 잡아 어디론가 이끌었다. 손을 휘저으니 무언가가 닿았다. 의자인 것 같았다.

더듬더듬 짚어가며 의자에 앉았다. 블랑슈의 드레스가 스쳐 지나가는 소리가 들렸다.

"이제 눈 뜨셔도 괜찮아요. 하나, 두울, 셋!"

그 신호에 맞춰 나는 눈을 떴다. 그 순간 내 머리 위로 흰 꽃잎들이 뿌려졌다.

"생일 축하해요, 아비게일 님!"

눈앞에는 테이블이 놓여 있었다. 가을꽃과 과일로 장식된 바구니가 중앙에 놓여 있고 그 옆으로는 잘 차려진 성찬이 놓여 있었다.

무엇보다 눈에 띄는 건 내 앞에 놓인 커다란 케이크였다. 하얀 크림이 듬뿍 올라가 있고, 그 위로는 말린 제비꽃이 장식되어 있다. 그리고 그 옆에, 세이블리안이 서 있다. 그는 무뚝뚝한 얼굴로 말했다.

"생일을 축하드립니다, 아비게일."

"생일 축하드려요, 아비게일 님!"

그 뒤를 이어 블랑슈가 맑은 목소리로 인사를 건넸다. 나는 장난스레 물었다.

"아비게일? 계속 그렇게 부를 건가요?"

내가 지긋이 묻자, 블랑슈가 잠시 망설이는 기색이 되었다. 그러다 곧 부끄러운 듯이 웃었다.

"……어마마마."

"그래요, 블랑슈."

블랑슈는 헤헤 웃으며 내 옆에 앉았다. 세이블리안은 우리의 맞은편에 앉아 있었다.

“아비게일, 몸은 정말로 괜찮으신 겁니까?”

“네. 물론이죠. 의사도 괜찮다고 했으니까요. 원인과 치료법도 알게 되었잖아요.”

짧다면 짧고, 길다면 긴 시간 동안 나를 괴롭혔던 무기력증과 메스꺼움은 사라지고 없었다.

블랑슈 역시 볼에 살이 통통하게 올라 있었다. 그 아이가 대단한 사람이라도 보듯이 나를 올려다보았다.

“정말 어마마마는 굉장하세요. 어마마마 덕에 녹색병을 발견했다고 아바마마께서 알려 주셨어요.”

블랑슈가 말한 것처럼 이름 없이 유행병이라고만 불리던 그 병에 이름이 생겼다. 모두가 그 병을 녹색병이라 불렀다.

가을에 내내 유행하던 그 녹색 안료에는 내 예상대로 상당량의 비소가 포함되어 있었다. 병을 앓고 있던 사람들의 집에서는 셸레 그린을 사용한 물품들이 다수 나왔다. 녹색 드레스, 재킷 등은 물론이고 방 하나를 전부 녹색으로 도배한 이들도 있었다.

궁에 있던 것 중 녹색인 것은 모두 태워졌다. 생일 선물로 받은 드레스와 숄, 장갑 등도 잿더미가 되었다. 세이블리안은 해당 안료의 유통을 금지시키고 제작자를 엄벌에 처했다.

나와 블랑슈 역시 치료를 받고 깔끔하게 나았다. 후유증이 걱정되었지만 의사들의 치료와 마법사들의 정화 의식으로 완치되었다.

그리고 내가 녹색병을 발견하게 된 계기는……. 녹색 안료를 넣은 쿠키를 쥐가 먹고 죽은 걸 봤다, 그래서 눈치를 챌 수 있게 되었다. 그런 식으로 무마되었다.

지금이야 일이 잘 마무리되었다지만 돌이켜 생각해 보면 좀 섬뜩했다. 만약 세이블리안이 믿어 주지 않았다면 어떻게 되었을까.

"세이블리안 전하께서 잘 처리해 주신 덕분에 병도 막을 수 있었던 거죠."

나는 고마움을 담아 말했다. 그는 가만히 고개를 저으며 말했다.

"제 덕이 아닌 그대의 덕입니다. 당신의 도움이 아니었다면 아직까지 그 병에는 이름이 없었을 것입니다."

세이블리안의 목소리는 평소처럼 담담했다. 약간의 겸양도 없었다. 정말 이 모든 것이 내 공이라는 듯.

그렇게까지 말해 주니 왠지 나도 조금 뿌듯해졌다. 내가 사람들을 구했다고 자랑스러워해도 되는 거겠지?

"그나저나 생일 연회는 정말 안 해도 괜찮습니까? 이렇게만 지내기엔 다소 검소한 것 같습니다만."

세이블리안이 테이블을 돌아보며 말했다. 케이크를 제외하면 평상시의 식사 때와 크게 다르지 않았지만 나는 만족스러웠다.

"오히려 작년보다 호화로운걸요."

나는 앞에 놓인 와인 잔을 들었다. 샴페인의 기포가 반짝거리는 것이 마치 별 같았다. 그 사이로 세이블리안과 블랑슈가 비치고 있었다.

"올해는 블랑슈도, 세이블리안 전하도 함께 있잖아요."

작년의 파티에는 수많은 사람이 참가했지만, 정작 가장 중요한 두 사람이 없었다. 나의 아이, 나의 남편, 나의 가족. 가족들과 함께 하는 파티만큼이나 값진 것이 어디 있을까.

세이블리안은 조금 놀란 눈이 되어 나를 보고 있었다. 나는 장난스레 말했다.

"가족끼리 건배할까요? 블랑슈는 사과 주스로 하죠."

"저도 해도 되나요?"

"물론이에요."

나는 와인 잔에 사과 주스를 따라주었다. 블랑슈의 손에 비해 잔이 컸기 때문에, 블랑슈는 두 손으로 와인 잔을 꼭 잡았다.

샴페인이 반짝거리는 것만큼이나 블랑슈의 두 눈동자에도 기쁨의 별이 가득했다. 블랑슈가 얼른 건배하자는 듯 세이블리안을 바라보았다.

그는 나와 블랑슈를 잠시 번갈아 보고는 와인 잔을 들었다. 입가에 희미한 미소가 고였다.

"생일 축하해요, 어마마마!"

"생일 축하드립니다, 아비게일."

축하 인사와 함께 잔들이 가벼운 소리를 내며 부딪쳤다. 맑고 청명한 소리와 함께 블랑슈가 함박웃음을 지었다.

후후, 역시 괜히 북적거리는 파티보다 절친한 사람끼리 모여서 식사를 하는 게 더 좋네. 베리테도 여기 있으면 더욱 좋을 텐데. 조만간 두 사람에게도 소개할 기회가 있으면 좋으련만.

"어마마마. 늦었지만 생일 선물이에요……!"

블랑슈가 쭈뼛대며 슬그머니 무언가를 건넸다. 손수건이었다. 블랑슈가 쑥스러운 기색이 되어 말했다.

"액세서리는 별로 안 좋아하신다길래, 손수건에 자수를 놓아 봤어요."

희고 부드러운 손수건은 한눈에 봐도 고급이었다. 그리고 모서리 부분에 귀여운 자수가 새겨져 있었다.

꽃과 덩굴이 새겨진 사이로 토끼들이 보였다. 지난번 내가 선물해 준 토끼 인형과 흡사한 형태였다.

그런데 차이점이 있었다. 토끼가 세 마리였다. 흰 토끼 두 마리 사이에 덩치가 좀 더 큰 검은 토끼 한 마리가 있다.

"그리고 이건…… 아바마마께 드리는 선물이에요."

블랑슈가 우물쭈물 세이블리안에게도 손수건을 내밀었다. 언뜻 보니 내 것과 같은 디자인이었다.

세이블리안은 그것을 가만히 바라만 보고 있었다. 그리고는 납득이 가지 않는다는 듯 말했다.

"내 생일은 한참 멀었다만."

"생신이 아니어도 드리고 싶어서……. 사실 제 것도 있어요. 아바마마, 어마마마, 그리고 제 것. 다 똑같은 거예요."

블랑슈가 꼬물꼬물 제 손수건도 꺼내 보여 주었다. 뭐, 뭐야. 귀여워! 셋 다 같은 손수건이라니……!

"이 토끼는 아바마마예요."

블랑슈가 짧은 손가락으로 검은 토끼를 가리키며 말했다. 풋, 그러고 보니 좀 닮았다. 눈매가 좀 사나워 보이네.

"어마마마랑 제 인형만 있어서, 아바마마도 그 사이에 있으셨으면 했거든요."

아. 그런 생각을 하고 있었구나. 블랑슈의 세심함에 나는 감탄을 금치 못했다. 세이블리안 역시 마찬가지인 것 같았다. 의아하다는 눈빛이 어느새 부드럽게 가라앉았다. 짐짓 고마운 기색이었다.

"……고맙구나, 블랑슈. 잘 받으마."

그는 손수건을 받아 한참이나 자수를 내려다보았다. 그 모습에 블랑슈는 헤살거리며 웃었다. 이제 좀 아빠랑 딸 같다. 나는 뿌듯해져서 말했다.

"좋아요. 자, 그럼 이제 다 같이 케이크 먹을까요?"

"네!"

블랑슈가 활기차게 대답했다. 나는 케이크를 크게 한 조각 잘라 접시에 덜어 주었다. 블랑슈는 귀여우니까 큰 딸기 올라간 걸로 줘야지. 세이블리안은 단 거 싫어하니 안 먹으려나?

그러나 그는 싫다는 대답 대신, 얌전히 제 몫의 케이크를 기다리고 있었다. 아, 진짜 까만 토끼 같잖아. 귀엽기는.

나는 두 번째로 큰 딸기가 올라간 조각을 주었다.

"잘 먹겠습니다!"

블랑슈가 기세 좋게 인사를 한 뒤 케이크를 먹기 시작했다. 무척이나 행복하다는 듯이.

나도 한 입 먹어보았다. 자연스럽고 심심한 단맛이었다. 이 정도면 세이블리안도 먹을 수 있겠지.

다행히 그는 싫은 내색 없이 케이크를 먹고 있었다. 나는 두 사람을 흐뭇하게 바라보았다.

그때, 블랑슈가 제 케이크 위에 있던 딸기를 내 접시에 옮겨 주었다.

"오늘은 어마마마 생일이니까요. 딸기 많이 드세요!"

"아니, 블랑슈……. 딸기 좋아하잖아요."

"좋아하는 거니까 어마마마께 드리고 싶어요!"

으아악, 이런 착한 아이 같으니라고! 그때, 옆에서 가만히 있던 세이블리안이 신기하다는 듯이 말했다.

"딸기를 좋아하십니까?"

"네. 좋아하는 편이에요."

"그렇군요."

그는 고개를 끄덕이곤 제 딸기를 내게 주었다. 어느새 내 접시에 딸기가 가득했다. 세이블리안이 진중한 목소리로 말했다.

"그럼 내년에는 딸기 과원을 선물로 드리겠습니다."

"아니. 너무 과한 건 싫다니까요!"

"……알겠습니다. 다른 걸 생각해 보겠습니다."

블랑슈가 우리를 보며 행복하게 미소 짓고 있었다. 나 역시 그 모습을 보고 피식 웃었다.

내년에도, 내후년에도 늘 이런 생일이었으면 좋겠다. 블랑슈와 세이블리안이 함께하는.

그래서 세이블리안이 내년에 딸기 과원을 선물로 주겠다고 했을 때, 내심 기뻤다. 우리, 내년의 생일에도 함께 있겠구나 싶어서.

나는 웃으며 딸기를 하나 베어 물었다. 올해 딸기는 유난히 달고 상큼한 것 같았다. 내년 생일에는 두 사람이 어떤 선물을 주려나? 벌써 내년이 기대되기 시작했다.

> 2권에서 계속

계모인데, 딸이 너무 귀여워 1

초판 인쇄 2020년 11월 28일
초판 발행 2020년 12월 10일

지은이 이르
펴낸이 최재호
펴낸곳 주식회사 에이템포미디어

편집 디자인 s:now* **표지 디자인** RAEHA
교정 교열 에이템포미디어 출판부

등록번호 2019년 2월 27일 제 2019-000012호
주소 경기도 부천시 부천로 198번길 18, 202동 1101호(춘의동, 춘의테크노파크 2차)
전화 070-4100-0600

전자우편 atempo_media@naver.com
블로그 atempomedia.com
인스타그램 instagram.com/atempomedia_books
트위터 twitter.com/atempomedia

ISBN 979-11-6428-376-7

Atempo
WEBTOON
계모인데
딸이 너무
귀여워
CARTOONIST 모구랭
ORIGINAL CREATOR 이르

계모인데 딸이 너무 귀여워

I AM STEPMOTHER BUT MY DAUGHTER IS SO CUTE

ADDENDUM #1화

CARTOONIST 모구랭
ORIGINAL CREATOR 이르

거울아,
거울아.
이 세상에서
가장 아름다운 건
누구지?

울렁
세상에서
제일
아름다운 건…
사아아아…!
'블랑슈 프리드킨'
공주님입니다.

끼
끼
기
으득..
기
?

부웅
콰
앙

하아
하아
아하,
아하하…
오싹-…
크큭…
후… 역시…
우리 블랑슈가
세상에서
제일 귀여워…….
기분 탓인가…?

내 이름은
이백합.

귀엽고 아름답고
사랑스러운 것들이
너무 좋아서
동화 속 공주님처럼
살아가고 싶었지만
흐뭇~
현실은
잘난 구석 하나 없는
평범한 사람으로
남을 수밖에 없었다.

흐뭇~
대신
아동복 디자이너로서
아이들을
공주님으로 만드는
행복한 일을
하고 있었는데…

백합 씨—
수면실
백합… 씨?
백합 씨!!
괜찮아?!
잠깐,
숨을 안 쉬는 것
같은데?!!
서른 살 젊은 나이에,
회사 수면실에서
과로사했다.
…이럴 줄
알았으면
다이어트한다고
굶지나 말걸.
그리고
눈을 뜨자,

이 아름답고
고혹적이며
잔인한 악녀,
편히 들어요.
백설 공주의 계모인
'아비게일 프리드킨'이
되어 있었다.
—는 이야기.
블랑슈 공주.
네, 네에….
아비게일 님.
그나저나,
대체 어떻게
저런 생명체가
존재할 수
있는 거지?

눈처럼 하얀 피부,
인형 같은 얼굴
흑단처럼 찰랑이는
검은 머리에
크고 깊은
푸른 눈망울.
과로사한 나에게
또 디자인화를
그리고 싶게
만드는구나,
나의 뮤즈!!
싱
아아, 블랑슈….
내가 디자인한 옷을
네가 입어 준다면
얼마나 행복할까….
저어…
호, 혹시 제가 또
무슨 잘못이라도
한 건가요…?

앗, 그런 거
아니에요.
그냥 함께
차나 마실까 해서
부른 거랍니다.
아, 맞다.
웃지 말걸.
젠장, 아비게일…!
잊고 있었는데
이 얼굴은
예쁜 주제에
이상하게도 웃으면
엄청 소름 끼친다.
크…
이게 바로
페이스인가….
뭐, 아무튼!
어렴풋이 떠오르는
아비게일의 기억으로
유추해 보건데,
이 '살인 미소' 말고도
블랑슈가 아비게일을
무서워할 수밖에 없는
이유가 더 있었다.

쨍그랑
내가 그렇게 말했는데, 감히 내 말을 무시했다 이거지?!
아름다움에 과하게 집착하던 아비게일은
성안의 예쁘장한 여자들은 모두 내쫓거나 괴롭히기 일쑤였고,
불쾌하니 저 애랑 마주치지 않게 하라고 했잖아!!
썩 꺼져!!
공주인 블랑슈에게도 예외 없이 크고 작은 괴롭힘을 일삼아 왔다.

죽도록 괴롭힌 데다
한 번 죽었다
살아나기까지 한
계모가 얼마나
두렵겠는가.
하지만 이쪽도
그저 블랑슈 걱정만
하고 있을 수 있는
처지는 아니다.
이대로라면
동화 속 여왕처럼
내 미래는
베드엔딩 확정이니까.
달궈진
쇠 구두를 신고
죽을 때까지
춤을 춘다
했던가….
블랑슈
공주.
깜짝
결론적으로
나를 죽이는 것도
살리는 것도
블랑슈이니…

우리 관계를 개선하는 것이 내 첫 번째 미션인 셈이다.
찰랑
그동안…
정말로 미안했어요.
공주를 괴롭혔던 일들, 무척 후회하고 있습니다.

네, 네…?
죽었다 살아나니,
많은 것들을 후회하게 되더군요.
지금까지 내가 저지른 일들이 사라지지 않는다는 거 알아요.
그래도 마음이라도 전하고 싶었어요.
…….
꽈악..

확실히 악역답게
차가운 인상이긴
하지만…
이렇게
아름다운 당신은
뭐가 그렇게 아쉬워
어린아이에게까지
질투를
해야 했던 걸까.

하아…

갑자기 놀라게 해서 미안해요.
무리하지 말고 이만 쉬러 가도 괜찮아요.
네?
아, 네…….
톡..
그, 그럼 평안하세요, 아비게일 님.
사락

벌컥

콩

휘이이…
어…
쿠당!

벌떡
블랑슈 공주?!
괜찮아요?!
다치지 않았어요?
움찔
저는 괜찮…
윽…!

앗, 어떡해…
아픈 거죠?
혹시 넘어지면서
손을
다친 건가요?
주의력이
부족하군.
괜, 괜찮아요.
정말…

주치의를
불러 주도록 하지.

잠시
아비게일과
할 이야기가
있으니
너는
그만 물러가거라,
블랑슈.

limited edition

NOT FOR SALE

계모인데 딸이 너무 귀여워

I AM STEPMOTHER BUT MY DAUGHTER IS SO CUTE

ADDENDUM #1화

CARTOONIST 모구랭
ORIGINAL CREATOR 이르

limited edition

NOT FOR SALE